Helen Scarlett
Das Geheimnis der Gouvernante

PIPER

Zu diesem Buch

»Die Haushälterin musterte mich. ›Miss Eleanor kann Eigenschaften an den Tag legen, die …‹, sie suchte nach einem Wort, ›… abgestellt werden müssen. Als Gouvernante haben Sie die Aufgabe, Ihre Schülerin zu beobachten und Bericht über sie zu erstatten, damit ihre Eltern Maßnahmen ergreifen können, falls das nötig ist.‹
Ich verspürte ein tiefes Unbehagen. ›Was sind das für Eigenschaften?‹
›Es ist besser, wenn ich nicht mehr sage. Zu gegebener Zeit werden Sie verstehen, warum Wachsamkeit nötig ist. Allerdings muss ich Sie warnen, dass Miss Eleanor eine gerissene junge Dame sein kann. Falls sie versucht, Freundschaft mit Ihnen zu schließen, müssen Sie auf der Hut sein.‹«

Helen Scarlett hat schon immer die großen Romane des neunzehnten Jahrhunderts geliebt, mit vielen Gouvernanten und Intrigen. Manchmal fragt sie sich, ob sie in der falschen Epoche geboren wurde. Die meisten Schauplätze dieses Romans sind real und liegen im Nordosten Englands, wo sie mit ihrem Mann und den beiden Töchtern lebt. Sie unterrichtet Englisch und schreibt, wann immer sie eine freie Minute hat.

Helen Scarlett

Das Geheimnis der Gouvernante

Roman

Aus dem Englischen von
Sabine Schulte

PIPER

Mehr über unsere Autorinnen, Autoren und Bücher:
www.piper.de

Wenn Ihnen dieser Roman gefallen hat, schreiben Sie uns unter Nennung des Titels »Das Geheimnis der Gouvernante« an *empfehlungen@piper.de*, und wir empfehlen Ihnen gerne vergleichbare Bücher.

Die Übersetzung wurde gefördert durch ein Stipendium der VG Wort im Rahmen des Bundesprogramms NEUSTART KULTUR der Beauftragten der Bundesregierung für Kultur und Medien.

VG WORT

NEU START KULTUR

Die Beauftragte der Bundesregierung für Kultur und Medien

Unser Versprechen für mehr Nachhaltigkeit
- Klimaneutrales Produkt
- FSC®-zertifiziertes Papier
- Hergestellt in Europa

FSC www.fsc.org MIX Papier | Fördert gute Waldnutzung FSC® C021394

Deutsche Erstausgabe
ISBN 978-3-492-31824-2
März 2023

Titel der englischen Originalausgabe:
»The Deception of Harriet Fleet«, Quercus, London 2020

Redaktion: Kerstin von Dobschütz
Umschlaggestaltung- und abbildung: Johannes Wiebel | punchdesign unter Verwendung von Motiven von Shutterstock.com und AdobeStock
Satz: Satz für Satz, Wangen im Allgäu
Gesetzt aus der Minion Pro
Gedruckt von ScandBook in Litauen
Printed in the EU

Für Mark, Izzy, Maddie und Mary,
mit aller Liebe.

Und für Zoë – sie war der mutigste Mensch,
den ich je gekannt habe, und glaubte fest daran,
dass man stets seinen Träumen folgen solle.

11. August 1849

Samuel würde ihr geheimes Spiel für sich behalten. Er konnte am Leben bleiben. Wenn man ihn leise wieder in sein schützendes Bettchen zurückbrachte, würde niemand erfahren, dass er jemals fort gewesen war. Diejenigen, die davon wussten, hatten zu viel Angst, um etwas zu verraten. Jetzt konnte die Zukunft noch aufgehalten und neu entworfen werden. An diesem Augustmorgen standen alle Möglichkeiten offen. Doch im Sommer dämmert der Morgen so hoch im Norden früh, und das Haus erwachte sicherlich schon. Jeder rosagoldene Streifen am Himmel forderte eine Entscheidung. Bald würde es hell sein, und dann gab es keine Wahlmöglichkeit mehr. Dann würde seine Abwesenheit auffallen.

Sein pummeliges Händchen hielt ein Geschenk hoch, Gänseblümchen und Gras, die er aus der frühmorgendlich feuchten Wiese herausgerupft hatte. Seine Augen waren so blau wie ferne Himmel.

Er sollte leben.

Aber die Stimmen meldeten sich wieder, dieses Mal lauter. »Töte ihn, töte ihn!« Ihnen Einhalt zu gebieten, war unmöglich – Widerstand machte sie nur zornig und noch hartnäckiger. Unüberhörbar schrien sie Erinnerungen an Unrecht und

Leid heraus. Nur Rache konnte sie zum Schweigen bringen. Er durfte nicht am Leben bleiben. Doch selbst das grausame Messer, aus einer tiefen Tasche gezogen, zögerte, als es über Samuel schwebte. Er blickte hoch und schrie erschrocken auf, als er endlich verstand, welches Spiel gespielt wurde. Beim ersten ungeschickten Zustoßen fielen zerdrückte Gänseblümchen und Gras um den Jungen herum auf den Boden. Dann wurde es leichter, und die scharfe Klinge stach immer wieder zu. Der Abgrund war überwunden, und die Zeit setzte wieder ein.

1

Die schauerlichen Ereignisse, von denen ich auf diesen Seiten erzähle, haben sich vor vielen Jahren zugetragen, aber sie waren derart verhängnisvoll, dass sie sich mir so lebhaft einprägten, als wären sie gestern erst geschehen. Meine Geschichte mag an manchen Stellen reißerisch klingen, doch ich kann Ihnen versichern, dass ich, soweit es nach all dieser Zeit möglich ist, diese grauenvolle Phase meines Lebens wahrheitsgetreu schildere und nicht bestrebt bin, meinen Bericht in irgendeiner Weise auszuschmücken.

Mein geliebter Henry liegt nun im Sterben, und ich werde als einzige lebende Zeugin übrig bleiben. Allein aus diesem Grund habe ich mich entschlossen, diesen wahrhaftigen Bericht über die Begebenheiten in Teesbank Hall niederzuschreiben und damit die düsteren Mutmaßungen zu beenden, die im Laufe der Jahre aufkamen.

Ich war gerade einundzwanzig geworden, als ich in Egglescliffe ankam, einem kleinen Ort in der Grafschaft Durham. Man schrieb das Jahr 1871, und seit den Ereignissen, um die es in meinem Bericht vor allem gehen soll, waren bereits mehr als zwei Jahrzehnte vergangen. Egglescliffe war im Begriff, sich neu zu erfinden, und auf einst grünen Wiesen waren graue Fabriken aus dem Boden geschossen. Die Ortschaft war zum Zentrum des Landes von George Stephenson, dem Eisenbahnpionier, geworden. Überall zerschnitten Bahngleise das Land und verbanden sogar die kleinsten Dörfchen miteinander. Die Landschaft hier sah völlig anders aus als die golden leuchtenden Wiesen meiner Heimat in Norfolk, und ich dankte Gott dafür. Hier wollte ich mich verstecken.

Auf dem Bahnhof empfing mich ein Durcheinander aus zuschlagenden Türen, Pfiffen und dem Zischen und Fauchen der Dampflokomotive, die sich schwerfällig wieder in Bewegung setzte. Ein uniformierter Träger stand in strammer Haltung am Ende des Bahnsteigs, aber ich war weder hübsch noch reich genug, um seine Aufmerksamkeit zu wecken, daher hatte ich meinen alten Reisekoffer selbst aus dem Eisenbahnwaggon gezerrt. Doch ich hatte noch einen Rest von dem gestohlenen Geld übrig, und damit wollte ich mir für die letzten Meilen einen Wagen nehmen. Wieder einmal tastete ich in meinem Beutel nach dem klein zusammengefalteten Brief von Mrs Jenson, um mich zu vergewissern, dass er noch dort war.

Ich hatte keiner Menschenseele von meinem Vorhaben erzählt, nicht einmal meiner Cousine und lieben Freundin Lucy. Wenn sich die erste Empörung gelegt hatte, wollte ich versuchen, sie benachrichtigen zu lassen, aber ich wusste nicht, wie viele Monate oder gar Jahre vergehen würden, bis ich es wagen konnte, selbst Verbindung zu ihr aufzunehmen. Vielleicht würde das niemals geschehen, denn Onkel Thomas Stepford würde seine Tochter mit Argusaugen beobachten und sie einspannen, um mich zu finden. Lucy fand sicherlich, dass ich sie hintergangen hatte, aber darüber durfte ich nicht weiter nachdenken.

Neben dem Bahnhofsgebäude entdeckte ich eine Pferdekutsche und zwei Männer, die müßig herumstanden und ihr Pfeifchen rauchten. Als ich mich zu ihnen begab und fragte, ob der Wagen zu mieten sei, trat der Keckere der beiden vor und erwiderte: »Jawohl, Miss. Wo möchten Sie denn hin?«

»Nach Teesbank Hall bitte, Sir. Gleich an der Jackson's Lane.« Die Adresse hatte sich in mein Gedächtnis eingebrannt.

Nun schwiegen beide Männer, und ich meinte zu sehen, wie sie sich einen Blick zuwarfen, allerdings so flüchtig, dass ich mir nicht ganz sicher war.

Der Angesprochene machte eine Handbewegung. »Teesbank Hall liegt in dieser Richtung, und es ist nicht weit. Direkt am Fluss. Sie können leicht zu Fuß hinkommen, noch bevor es dunkel wird.«

»Ich werde Sie selbstverständlich für die Fahrt dorthin bezahlen. Sonst müsste ich diesen schweren Reisekoffer tragen.«

Der Kutscher schüttelte den Kopf. »Nein, Miss, es passt mir nicht. Ich habe so viel zu tun, Sie müssen sich einen anderen suchen, der Sie fährt.« Sehr zu meinem Erstaunen wandte er sich ab und stellte sich wieder neben seine leere Kutsche.

Sein Freund zögerte. »Ist 'n schlimmer Ort, Miss, ganz schlimm. Da wollen Sie nicht hin.« Er machte eine Pause. »Kann ich Sie irgendwo anders hinbringen?«

In meiner Verwirrung antwortete ich nicht so vorsichtig, wie es angebracht gewesen wäre, sondern sagte ganz aufrichtig: »Einen anderen Ort gibt es nicht, Sir.« Das war die schlichte Wahrheit – es gab keinen anderen Ort auf der Welt, wohin ich hätte fliehen können. Meine Not, nicht meine Neigung, bestimmte mein Ziel.

Da tat der Mann etwas höchst Merkwürdiges. Während er mich weiter ansah, malte er mit dem Zeigefinger ein Kreuzzeichen in die Luft und sagte dabei: »Mögen Gott und alle seine Heiligen Erbarmen mit Ihnen haben.« Er wollte nach meiner Hand greifen, aber ich schreckte instinktiv vor seiner Berührung zurück. Sein theatralisches Gehabe ließ mich an seinem Verstand zweifeln. In unserer Korrespondenz hatten die Wainwrights hochachtbar gewirkt, eine Familie, die durch den Kohlebergbau im Norden der Grafschaft Durham reich geworden war. Die seltsame Reaktion des Mannes verunsicherte mich, aber weil sonst niemand zu sehen war, fühlte ich mich genötigt, ihn zu fragen: »Aber wie soll ich dort hinkommen, Sir, wenn Sie mich nicht hinbringen wollen?«

»Niemand wird Sie da hinfahren, Miss, aber wenn Sie unbedingt hinwollen, es sind ja bloß zwei Meilen oder so. Sie müssen der Straße von Stockton nach Yarm folgen und dann runter zum Fluss abbiegen.«

Ich bedankte mich für diese Wegbeschreibung und machte mich daran, meinen Reisekoffer auf dem zum Glück trockenen Lehm der neu angelegten Straße halb zu ziehen, halb zu tragen. An dieser Hauptstraße wurden gerade einige beachtliche Villen gebaut, sodass die Luft von Hämmern und Sägen erfüllt war. Zu meiner Linken strömte der Fluss Tees, er war von der Straße aus jedoch nicht zu sehen, weil ein dichtes Waldgebiet ihn verbarg. Mit meinem schweren Koffer kam ich nur langsam vorwärts, und ich spürte, wie sich auf meiner Oberlippe Schweißperlen bildeten. Mehrere Passanten betrachteten mich neugierig. Als ich stehen blieb, um Luft zu schöpfen, verfluchte ich im Stillen die beiden Fuhrleute und ihre Weigerung, mich nach Teesbank Hall zu bringen.

Je weiter ich mich vom Bahnhof entfernte, desto ländlicher wurde die Gegend, und dann fand ich einen Wegweiser zur Jackson's Lane, der mich auf einen Fußweg zum Fluss hinunterführte. Ich war noch keine halbe Meile von der betriebsamen Yarm Road entfernt, aber ich hätte ebenso gut irgendwo mitten auf dem Land sein können, denn nun umgaben mich hohe Eichen und Eschen. Es war ein klarer Märztag, und die tiefe Stille wurde nur vom schwermütigen Ruf eines Brachvogels unterbrochen. Ich atmete die frische, berauschende Luft der Freiheit ein und fühlte mich gestärkt und lebendig. Eine Welle der Zuversicht erfasste mich. Ich hatte überlebt.

Ich brauchte für den Weg länger als erwartet, und die Dämmerung setzte schon ein, als ich mich dem Herrenhaus näherte. Es stand ganz allein und hob sich als finsterer Block vom dunkelnden Himmel ab. Ein hoher schmiedeeiserner Zaun umgab das Gelände, und erst als ich eine Weile am Tor gerüttelt hatte, ließ es sich mit lautem Klirren aufschieben. Das Haus war in seiner herben Anmut beeindruckend. Die Front war mit Efeu bewachsen, dessen dichtes Grün von mehreren Fensterreihen unterbrochen wurde. Die hellen Läden waren halb geschlossen, und vor einigen Fenstern befanden sich Balkone, sodass das Gebäude etwas von einem französischen Château hatte.

In den vergangenen Tagen war ich sehr angespannt gewesen und hatte selbst ein kleines Schälchen Suppe nur mit Mühe und Not zu mir nehmen können, daher war mein Kopf vielleicht nicht ganz klar. Allerdings spürte ich deutlich, dass dieses versteckte Haus etwas Trostloses und Unheimliches hatte. Mir war, als wäre jedes Fenster ein halb geöffnetes Auge, das mich bespitzelte, und diese merkwürdige Empfindung wurde noch stärker, als ich hinter einem Fenster ganz oben im Haus eine Gestalt in einem roten Umhang entdeckte, die anscheinend auf mich hinunterblickte. Ich kniff die Augen zusammen, um besser sehen zu können, und hob grüßend eine Hand, aber im selben Moment war das Wesen fort, und ich nahm an, dass das schwindende Licht oder meine überreizte Fantasie mir einen Streich gespielt hatte. Achselzuckend ermahnte ich mich, nicht weiter darüber nachzudenken. Essen und dann ein guter Schlaf würden die eisige Kälte in meinem Bauch bestimmt vertreiben.

Eine kiesbestreute Auffahrt führte mich zu der großen Eichentür des Vordereingangs. Zögernd blieb ich stehen. Was sollte ich jetzt tun? Erwarteten die Wainwrights, dass ich durch die Vordertür kam, oder sollte ich den Dienstboteneingang benutzen? Ich sah oder hörte keine Menschenseele, die mir einen Hinweis hätte geben können. Zwar war ich den Wainwrights gesellschaftlich mehr oder weniger gleichgestellt, und meine eigene Gouvernante hatten wir immer wie ein Familienmitglied behandelt, doch ich wusste, dass das keineswegs üblich und vor allem auf Vaters Eigenarten und seine Vorstellung von Anstand zurückzuführen war. Zudem war Teesbank Hall viel imposanter als mein Elternhaus.

Der schwere Türklopfer hatte die Form eines Löwenkopfes, und ich hob ihn vorsichtig an und ließ ihn dann fallen, sodass der Schlag laut durch die Stille des frühen Abends hallte. Es dauerte ein Weilchen, bevor sich im Haus etwas regte, und ich hatte mich beinahe schon damit abgefunden, dass ich nach einem Hintereingang suchen musste, als die Haustür geöffnet wurde und eine kleine, vogelähnliche Frau vor mir stand. Sie war in schwarzen Trauerkrepp gekleidet, hielt sich stocksteif und strahlte kalte Tüchtigkeit aus.

»Sie müssen Miss Harriet Caldwell sein. Ich bin Mrs Jenson, die Haushälterin.«

Harriet Caldwell. Zum ersten Mal hatte jemand mich mit diesem falschen Namen angesprochen, und ich war begeistert, weil meine Täuschung gelungen war. »Ja, Madam. Ich glaube, wir haben korrespondiert.«

Ihre dunklen Augen musterten mich scharf von oben bis unten und wiesen mich auf mein schmutziges Gesicht, mein zerdrücktes Kleid und meine staubigen, geflickten Stiefel hin. Als Antwort auf ihren fragenden Blick sagte ich leise: »Ich musste die zwei Meilen vom Bahnhof in Eaglescliffe zu Fuß gehen, Madam. Kein Wagen wollte mich herfahren.«

Mit einem leichten Zusammenkneifen der Augen deutete sie an, dass sie meinen derangierten Zustand missbilligte. Dann nickte sie und erklärte: »Es wird erwartet, dass Sie in Zukunft den Dienstboteneingang auf der Rückseite des Hauses benutzen. Die Wainwrights nehmen es mit diesen Dingen sehr genau.«

Derart gerügt erwiderte ich: »Ja, das werde ich –«, doch Mrs Jenson unterbrach mich und fuhr fort: »Es ist angenehmer, wenn wir uns unten in meinem Wohnzimmer unterhalten. Bitte folgen Sie mir. Sie dürfen Ihr Gepäck im Flur lassen. Ich werde einen der Gärtner bitten, es nach oben zu bringen.«

Sie entfernte sich mit raschen Schritten, und ich musste mich beeilen, um nachzukommen. Endlich erreichten wir ihre Wohnstube, wo gegen die kühle Abendluft ein kleines Feuer brannte. Der Raum war überladen, vollgestopft mit Nippsachen, Sticktüchern mit Bibelsprüchen und Bildern von einsamen Landschaften. Von seinem Ehrenplatz auf einem altmodischen roten Damastsofa aus beäugte mich missbilligend ein wohlgenährter Spaniel. Eine Wand des Raumes war Regalen mit in Leder gebundenen Büchern vorbehalten. Dort trafen die Romane von Charles Dickens auf die gesammelten Predigten von John Wesley. Auf dem Kaminsims zählte eine reich verzierte goldene Uhr die Minuten. Diese Uhr war der Inbegriff von Achtbarkeit, und ihr lautes Ticken versicherte mir, dass die Worte des Kutschers töricht und melodramatisch gewesen waren.

Mrs Jenson deutete auf einen kleinen Tisch, auf dem ordentlich gestapelt Papiere und Quittungen lagen. Wir setzten uns, und sie nahm einige Blätter von einem der Stapel. Es waren die Briefe, die ich ihr geschrieben hatte. »Sie sind von Norfolk angereist, wie ich sehe.«

»Ja, Madam. Ich bin zwei Tage lang unterwegs gewesen.« Ich war nervöser, als mir bewusst gewesen war, und stieß meine Worte kurzatmig und abgehackt hervor. Ich bemühte mich zwar, gefasst zu erscheinen, aber in diesem fremden Zimmer, ohne bekannte Gesichter oder anderes Vertrautes, fiel es mir schwer.

Mag sein, dass Mrs Jenson ein gewisses Mitleid mit mir

empfand, sie bot mir nämlich Tee an und schenkte aus einer großen, blau-weißen Porzellankanne ein. Ich umfasste die warme Tasse und lauschte aufmerksam, während sie die Bedingungen meines Dienstverhältnisses in Teesbank Hall erläuterte.

»Heute Abend werden Sie natürlich erst einmal essen und sich ausruhen, bevor dann morgen früh Ihr Dienst beginnt.«

»Vielen Dank.« Inzwischen war es viele Stunden her, dass ich etwas gegessen hatte, und ich war sehr hungrig.

»Mr und Mrs Wainwright haben jedoch darum gebeten, dass ich vorher mit Ihnen spreche. Ihre Stellung bei uns beinhaltet bestimmte Dinge, über die Sie Bescheid wissen müssen, und die Wainwrights mögen es nicht, wenn man sie mit Haushaltsdingen belästigt.«

Ich schaute Mrs Jenson abwartend an.

Sie las von dem Blatt ab, das sie in der Hand hielt: »Im Empfehlungsschreiben Ihres früheren Dienstherren steht, dass Sie Französisch, Geografie, Zeichnen und Klavierspielen unterrichten können. Ist Französisch Ihre einzige Fremdsprache?«

»Ich spreche fließend Französisch – meine Mutter stammte aus der Provence, und ich bin mit der Sprache aufgewachsen.«

»In Ihrer zukünftigen Stellung wird Ihnen das nichts nützen, denn Miss Eleanor lernt Deutsch und die alten Sprachen. Besitzen Sie darin Kenntnisse?«

Ich musste einräumen, dass mir abgesehen von Englisch und Französisch jegliche Sprachkenntnisse fehlten. Mrs Jenson strich etwas auf dem Papier durch und fuhr dann fort: »In diesem Empfehlungsschreiben steht auch, dass Sie eine ehrbare, gottesfürchtige junge Dame sind. Ich nehme an, Sie sind Anhängerin des anglikanischen Glaubens?« Sie machte eine Pause und sah mich an. »Ich hoffe, Sie neigen nicht zu irgendwelchen radikalen Ansichten.«

Obwohl es nicht ganz der Wahrheit entsprach, versicherte ich ihr, das sei nicht der Fall.

»Schön. Und Sie waren bei Ihrer vorherigen Familie vier Jahre lang angestellt?« Fragend sah sie mich an.

Da ich gerade erst einundzwanzig geworden war, befürchtete ich, dass dieser Teil meiner Täuschung am ehesten zu meiner Entlarvung führen könnte. Ich antwortete ausweichend: »Als Vater starb, war ich gezwungen, schon in jungen Jahren eine Stellung zu suchen.« Ich hatte beschlossen, so nahe wie möglich an der Wahrheit zu bleiben, denn dann würde es mir leichter fallen, mein Lügengebäude aufrechtzuerhalten.

Ahnte Mrs Jenson etwa, dass ich meine Geschichte erfunden hatte? Ich erstarrte vor Schreck, doch da sprach sie weiter: »Ihr Dienstvertrag sieht ein Gehalt von fünfzig Pfund im Jahr vor, die Sie für jeweils sechs Monate rückwirkend erhalten werden. Hinzu kommen Wohnung und Beköstigung.«

»So hatten Sie es in Ihrem Brief geschrieben«, bestätigte ich.

Sie sprach weiter: »Einmal im Monat haben Sie einen Sonntagnachmittag zur freien Verfügung, dann dürfen Sie Verwandte oder Freundinnen besuchen.«

»Ich habe keine«, sagte ich, und Mrs Jenson nickte, als habe sie diese Antwort erwartet.

»Abends, wenn Miss Eleanor anderweitig beschäftigt ist,

steht Ihnen das Schulzimmer zur Verfügung, dort dürfen Sie lesen oder nähen, und wenn Sie keine Pflichten haben, dürfen Sie auf dem Gelände spazieren gehen. Der Fußweg am Fluss entlang ist sehr schön. An bestimmten Abenden wird man Sie bitten, der Familie zu Mahlzeiten und ähnlichen Gelegenheiten Gesellschaft zu leisten. Es ist ein ruhiges Haus, und Besuch ist Ihnen nicht gestattet.«

»Ich verstehe, Mrs Jenson.«

Sie sah mich aufmerksam an und sprach die nächsten Worte mit besonderem Nachdruck: »Außerdem müssen Sie jetzt etwas über Miss Eleanor, Ihre zukünftige Schülerin, erfahren. Ich hielt es nicht für angebracht, diese Dinge in unserer Korrespondenz zu erwähnen. Es ist besser, wenn wir hier darüber sprechen.« Sie hielt kurz inne. »Miss Eleanor ist nicht gesund, daher muss sie sehr sorgfältig beobachtet werden.«

Mein erster Gedanke war, dass sie unter einem körperlichen Gebrechen litt, daher fragte ich: »Ist sie bettlägerig?«

Mrs Jenson verneinte meine Vermutung mit einer Handbewegung. »Nein, nein. Körperlich ist sie recht robust. Ihre Schwierigkeiten sind anderer Art. Sie leidet unter einer Gemütsschwäche, die sie zu einer Gefahr für sich selbst und andere macht. Mrs Anderson, ihre Pflegerin, betreut sie während der Nachtstunden, von sieben Uhr abends bis sieben Uhr morgens. In der übrigen Zeit liegt die Verantwortung für Miss Eleanor ganz allein bei Ihnen. Sie dürfen sie nicht aus den Augen verlieren und …« Mrs Jenson machte eine Pause, um ihren nun folgenden Worten mehr Gewicht zu verleihen, »… die Herrschaft erwartet, dass sie über sämtliche Aktivitäten ihrer Tochter vollständig unterrichtet wird.«

»Aber warum, Madam?«, platzte ich heraus.

Mrs Jenson musterte mich mit ihren klugen Augen. »Miss Eleanor kann Eigenschaften an den Tag legen, die …«, sie suchte nach einem Wort, »… abgestellt werden müssen. Als Gouvernante haben Sie die Aufgabe, Ihre Schülerin zu beobachten und Bericht über sie zu erstatten, damit Mr and Mrs Wainwright Maßnahmen ergreifen können, falls das nötig ist.«

Ich verspürte ein tiefes Unbehagen. »Was sind das für Eigenschaften?«

Mrs Jenson erwiderte mit Bestimmtheit: »Es ist besser, wenn ich nicht mehr sage. Falls etwas auftreten sollte, wozu es, so Gott will, nicht kommen wird, werden Sie verstehen, warum Wachsamkeit nötig ist. Allerdings muss ich Sie warnen, dass Miss Eleanor eine gerissene, heimtückische junge Dame sein kann. Falls sie versucht, Freundschaft mit Ihnen zu schließen, müssen Sie auf der Hut sein.«

Ich war beunruhigt und fürchtete mich auch ein wenig, schließlich war ich als Gouvernante gekommen, nicht als Spionin. Doch ich konnte es mir nicht leisten, diese Stellung abzulehnen. Ich hatte keine Zufluchtsstätte außer Teesbank Hall, folglich blieb mir nichts anderes übrig, als zustimmend zu nicken.

Daraufhin öffnete Mrs Jenson ein großes Haushaltsbuch und schob es über den Tisch zu mir herüber. »Außerdem müssen Sie jeden Tag Buch führen.«

Verwirrt betrachtete ich die aufgeschlagenen Seiten. Ich sah Listen von Lebensmitteln und Mengen, etwa »2 Esslöffel Haferbrei und ½ Tasse Milch« und darunter »2 Scheiben

Rindfleisch und 1 kleine Kartoffel«, was aber mit Tinte in einer anderen Farbe wieder durchgestrichen worden war. In der letzten Spalte standen Buchstaben, zum Beispiel am 14. März ein großes S und am 20. März ein S und ein V. Verwundert fragte ich: »Und was soll ich hier aufschreiben?«

»Wenn Miss Eleanor üble Laune hat, verweigert sie aus Trotz die Nahrung«, erklärte Mrs Jenson. »Daher besteht der Arzt darauf, dass wir genau festhalten, was sie zu sich nimmt. Weil Sie den ganzen Tag mit ihr zusammen sein werden, können Sie die Mengen beobachten.«

»Und was bedeuten die Buchstaben?«, fragte ich.

»Sie dienen mir und ihrer Pflegerin als Erinnerungsstütze«, antwortete Mrs Jenson. »Das Buch wird dort unter Verschluss gehalten.« Sie deutete auf einen großen Mahagonischrank in einer Ecke des Raumes. »Jeden Abend um sieben Uhr kommen Sie hierher, machen die Einträge für den Tag und erstatten mir Bericht.«

Ich musste ein besorgtes Gesicht gemacht haben, denn Mrs Jenson sagte: »Es ist zu Miss Eleanors eigenem Besten, dass sie jederzeit unter Aufsicht steht.« Ihre Miene war nun völlig verschlossen, und wieder fiel mir auf, dass ihr Gesicht und ihre ganze Person etwas Strenges, Unnachgiebiges hatten. Sie fuhr fort: »Falls Miss Eleanor etwas Ungehöriges sagt oder tut, muss ich unverzüglich informiert werden. Fürs Erste ist das alles, was Sie wissen müssen.«

Die Haushälterin erhob sich und drückte damit aus, dass unser Gespräch beendet war. Ich stand ebenfalls auf, und durch die merkwürdigen Anweisungen ermutigt, traute ich mich zu fragen: »Der Kutscher am Bahnhof riet mir davon ab, hierherzufahren. Er sagte, es sei ein schlimmes Haus. Warum wollte er mich warnen?« Kaum hatte ich diese Worte ausgesprochen, da bereute ich sie auch schon. Onkel Thomas Stepford hatte immer gesagt, Neugier sei einer meiner größten Fehler und würde einmal mein Verderben sein.

Mrs Jenson kniff die Lippen zusammen. »Hier ist ein Kind getötet worden. Das war eine große Tragödie. Es hat der Familie viel Kummer bereitet und in der ganzen Gegend für dummes Geschwätz gesorgt. Doch das liegt jetzt viele Jahre zurück, und wir befassen uns nicht mehr damit.« Sie unterband alle weiteren Fragen mit der Bemerkung: »Ich lasse Ihnen eine Mahlzeit in die Gesindestube bringen. Vermutlich möchten Sie nach Ihrer Reise zeitig zu Bett gehen.«

Mrs Jensons Wohnstube befand sich in der Nähe der Küche, sodass ich während unserer Unterhaltung immer wieder das Klappern und Klirren von Tellern und Töpfen gehört hatte und gelegentlich auch die Glocke, mit der die Herrschaft nach Bedienung läutete. Jetzt brachte Mrs Jenson mich in den großen Raum mit seinen weißen Fliesen und den schimmernden Kupferpfannen, die an der Decke hingen. Sie stellte mich der Köchin vor, einer Mrs Hargreaves, und wies sie an, ein Abendessen aus Speck und Eiern und eine Kanne Tee für mich zuzubereiten. An einer Seite war eine Tür, durch die ich ihr in die Gesindestube folgte.

Ein Mädchen mit streitlustigem Gesicht lümmelte sich an dem großen Holztisch, stand aber sofort auf und nahm ihren abgegessenen Teller vom Tisch, als wir eintraten. Mrs Jenson warf ihr einen bösen Blick zu. »Eliza, haben Sie etwa nichts zu tun? Gehen Sie Mrs Hargreaves zur Hand und bringen

Sie Miss Caldwell dann ihr Essen. Sie ist die neue Gouvernante.«

Dann wandte Mrs Jenson sich noch einmal an mich: »Miss Caldwell, wenn Sie Ihre Stellung in Teesbank Hall behalten wollen, rate ich Ihnen, nicht so viele Fragen zu Dingen zu stellen, die Sie nichts angehen. Es würde Ihnen gut anstehen, zurückhaltender zu sein.« Daraufhin verließ sie die Gesindestube.

2

Eliza war stehen geblieben, um Mrs Jenson den Vortritt zu lassen. Nun schnitt sie eine Grimasse. »Wenn Sie wirklich vorsichtig sein wollen, achten Sie besser darauf, dass Sie Mr Wainwright aus dem Weg gehen.«

»Wie meinen Sie das?«

»Also, ich richte es möglichst so ein, dass ich nicht allein mit ihm im Zimmer bin. Er kann seine Hände nicht bei sich behalten.« Und mit dieser bissigen Bemerkung eilte Eliza in die Küche, während ich erschöpft auf dem harten Stuhl sitzen blieb.

Als Speck und Eier endlich fertig waren, knallte Eliza den Teller vor mir auf den Tisch. Ich hatte sie in der Küche mit der Köchin murmeln hören, und ihr Tonfall hatte deutlich gemacht, dass sie sich ärgerte, weil sie eine Person bedienen sollte, die ihrer Meinung nach kaum höher gestellt war als sie selbst. Das Essen schwamm in Fett und war nahezu ungenießbar, daher gab ich es nach einem halbherzigen Versuch auf und verzehrte stattdessen zwei dicke Scheiben Brot mit Butter. Eine ängstliche Unruhe hatte mich befallen, denn Mrs Jensons Worte über Eleanor gingen mir nicht aus dem Kopf. Worin bestand ihr Gemütsleiden, und warum war ihr nicht zu trauen? Ich sann auch über die Buchstaben in dem großen Haushaltsbuch nach, über das S und das V. Was konnten sie bedeuten?

Vielleicht war es tatsächlich ein schlimmer Ort, so, wie der Kutscher es gesagt hatte. Falls ich die Absicht gehabt hätte, mich länger hier aufzuhalten, hätte ich mich vielleicht gefürchtet, doch ich wollte nur so lange bleiben, bis meine Spur erkaltet war und ich etwas Geld gespart hatte. Dann würde ich den nächsten Schritt machen. Ich dachte an die Atlanten, die einst so zahlreich in Vaters Bibliothek gestanden und mir exotische Orte gezeigt hatten. Ich hatte vor, eine Schiffspassage zu buchen, zu einer der neuen Welten, von denen ich auf den bebilderten Seiten einen kleinen Eindruck bekommen hatte. Solange ich den Blick fest auf mein nächstes Ziel gerichtet hielt, würde ich alle Widrigkeiten dieses vorübergehenden Aufenthalts ertragen können.

Als ich gegessen hatte, war es längst dunkel, und Agnes, eins der Dienstmädchen, erhielt den Auftrag, mir mein Zimmer zu zeigen. Sie war etwa in meinem Alter und hatte große, treue braune Augen und bräunliches, straff aus dem Gesicht gekämmtes Haar. Ich erwiderte dankbar ihr Lächeln, denn ich war froh über ein freundliches Zeichen in diesem fremden Haus. Sie holte zwei lange weiße Kerzen und einen schlichten Kerzenhalter aus Messing aus einer Küchenschublade und erklärte, sie würde mich zu meinem Zimmer geleiten, das sich ganz oben im Gebäude befand.

Weil Agnes die Aufgabe hatte, zu überprüfen, ob alle Feuer für die Nacht ausgebrannt waren, führte uns der Weg in den Hauptteil des Gebäudes. Teesbank Hall war mit teuren, ein wenig altmodischen Mahagonimöbeln ausgestattet, doch selbst das Kerzenlicht konnte die düstere Atmosphäre nicht vertreiben. Obwohl alles sauber und blank poliert war, schien es, als würde das Haus vernachlässigt und als hätte man die Räume planlos möbliert, sodass es eher wie ein seelenloses Museum als wie ein Zuhause wirkte. Überall war es totenstill, und auf Agnes' Kontrollgang begegneten wir niemandem. Als ich sie fragte, ob ich ihre Kerze halten solle, während sie ihren Pflichten nachging, legte sie besorgt den Zeigefinger an die Lippen. »Pst«, wisperte sie. »Die Herrin möchte keine Stimmen hören.«

Ich hätte gern gewusst, warum nicht, aber als ich zu meiner Frage ansetzte, verzog Agnes nur das Gesicht und arbeitete schweigend weiter.

Ein auffälliges Merkmal von Teesbank Hall war eine mit Schnitzereien geschmückte Treppe, die in großen Windungen in der Mitte des Gebäudes nach oben führte. Als Agnes ihre Arbeit im unteren Stockwerk beendet hatte, führte sie mich jedoch an dieser Treppe vorbei zu einer schlichten Tür am Ende eines Flures. Dahinter befand sich das Treppenhaus für die Dienstboten, das seitlich an das Haus angebaut worden war, sodass die Hausangestellten unsichtbar ihren Pflichten nachkommen, Kohle holen und Wäscheberge schleppen konnten. Der gesamte Haushalt arbeitete wie eine gut geölte Maschine, ohne dass die Herrschaft deren Einzelteile, nämlich die Bediensteten, wahrnahm.

Der Treppenaufgang war selbst an den sonnigsten Tagen düster, und die schmalen, hohen Stufen schienen sich endlos in die Höhe zu schrauben. Agnes ging rasch vor mir her, denn ihr war der Weg vertraut, aber ich musste mich vorsichtig durch das Treppenhaus tasten. Als wir schließlich das Dachgeschoss erreichten, fiel mir auf, dass sich hier oben mitten durch das Haus eine Mauer zog, sodass es praktisch zweigeteilt war. Vier oder fünf Räume gingen nach vorn hinaus und ebenso viele nach hinten. Die beiden parallel laufenden Flure waren finster, und Agnes' Kerze konnte die Dunkelheit um uns herum kaum vertreiben.

Nachdem wir das Haupthaus hinter uns gelassen hatten, war Agnes wieder lebhaft geworden. »Ihr Zimmer geht nach vorn«, erklärte sie, »wir haben es für Sie vorbereitet. Die Gouvernanten wohnen immer darin, es ist ein großer, schöner Raum.« Sie ging den Flur entlang, und ich folgte ihr.

»Das klingt, als hätte es hier schon viele Gouvernanten gegeben«, bemerkte ich.

Ich hatte das unbekümmert dahergesagt, aber Agnes drehte sich zu mir um und sagte sehr ernst: »Sie bleiben nie. Das Haus liegt zu weit ab, und das Leben hier ist zu schwer.«

»Ach, ich bin sicher, dass ich durchhalten werde.« Ich lächelte ihr zu, aber ihr Blick blieb ernst, und sie gab keine Antwort.

Mir fiel auf, dass auch dieser Teil des Hauses verlassen wirkte. Sämtliche Türen am vorderen Flur waren geschlossen. Um unser verlegenes Schweigen zu brechen, fragte ich: »Wohnt hier oben sonst noch jemand?«

»Wir Mädchen schlafen alle hier, allerdings im hinteren Flur. Da wurden Schlafräume für die weiblichen Bediensteten eingerichtet.«

»Dann ist mein Zimmer also das einzige in diesem Flur, das bewohnt wird?«, fragte ich.

Agnes war vor der letzten Tür stehen geblieben. Sie sah angelegentlich zu Boden und sagte: »Die Gouvernante schläft immer im vorderen Teil des Hauses. Mrs Jenson sagt, die Räume nach vorn heraus sind besser, und außerdem schlafen die meisten von uns Mädchen nicht gern allein.«

»Warum möchten Sie kein eigenes Zimmer haben? Es ist doch eine Verschwendung, wenn ein Haus über so viele Zimmer verfügt und man sie nicht nutzt.«

Sie fuchtelte mit den Händen. »Es ist besser, bei den anderen zu schlafen.«

»Aber warum?«, fragte ich, denn was sie sagte, verwirrte mich immer mehr.

»Hier oben ist es dunkel, und manche sagen, sie würden Geräusche hören – und auch Erscheinungen sehen. Nicht, dass mir das schon passiert wäre«, versicherte sie mir hastig, »und ich glaube, die Leute reden einfach gern, aber mir ist es trotzdem lieber, wenn ich das Zimmer mit anderen teilen kann.«

»Was für Erscheinungen? Sie glauben solche Geschichten doch nicht, oder?« Ich war verblüfft, denn ich hatte Agnes für recht vernünftig und besonnen gehalten.

Sie musste mir meine Verwunderung angemerkt haben, denn ihre nächsten Worte klangen abwehrend. »Ich habe ja nicht gesagt, dass *ich* etwas gesehen hätte. Aber Eliza beschwört es. Geistererscheinungen.«

»Ist das der Grund, warum mich niemand vom Bahnhof hierherbringen wollte?«

»Niemand kommt nach Teesbank Hall heraus, wenn es sich vermeiden lässt. Die Einheimischen nennen das Herrenhaus Mordhaus. Wir haben immer zu wenig Dienstboten, weil niemand hier arbeiten will. Ich würde auch lieber heute als morgen weggehen, wenn ich eine andere Stellung finden könnte, und ich arbeite schon seit drei Jahren für die Wainwrights.«

»Mordhaus? Weil hier ein Kind umgebracht wurde?« Ich erinnerte mich an Mrs Jensons Worte.

Agnes nickte. »Aber ich darf nicht darüber sprechen. Wenn Mrs Jenson wüsste, dass ich geplaudert habe, würde sie einen Tobsuchtsanfall kriegen. Sie verpetzen mich doch nicht, oder?«

»Nein, natürlich nicht«, antwortete ich. »Vielleicht bilden die Dienstmädchen sich ein, Gespenster zu sehen, weil es hier oben so dunkel und einsam ist.« Ich erklärte es mir so, dass die düstere Atmosphäre des Dachgeschosses und die tragischen Ereignisse der Vergangenheit die Ursache für die angeblichen Erscheinungen von Gespenstern oder bösen Geistern waren.

»Vielleicht haben Sie recht.« Agnes zuckte die Schultern. »Versprechen Sie mir, Mrs Jenson kein Sterbenswörtchen davon zu sagen, dass ich Ihnen vom Mordhaus erzählt habe? Und dass wir Angst haben, hier oben zu schlafen?«

Ich versicherte Agnes noch einmal, dass ich schweigen würde, und überlegte, dass sie mehr Angst vor der Haushälterin zu haben schien als vor irgendwelchen übernatürlichen Erscheinungen. Trotzdem wagte ich es, sie zu fragen: »Was halten Sie von Miss Eleanor, meiner zukünftigen Schülerin? Mrs Jenson hat von ihren seltsamen Eigenheiten gesprochen.«

Agnes schüttelte den Kopf. »Dazu müssen Sie sich selbst ein Urteil bilden, Miss. Ich habe nicht das Recht, etwas darüber zu sagen.«

»Aber warum muss sie ständig beaufsichtigt werden?«

Agnes blickte mich an. »Ich habe ein engeres Verhältnis zu Miss Eleanor als die meisten anderen hier, aber ich bin trotzdem vorsichtig, wenn ich mich in ihrer Nähe aufhalte. Morgen früh werden Sie sehen, was ich meine.«

Das war keine sehr beruhigende Antwort, aber ich musste mich damit zufriedengeben. Doch dann, als Agnes sich schon zum Gehen wandte, hielt sie noch einmal inne, als nehme sie ihren ganzen Mut zusammen, um mir etwas Wichtiges mitzuteilen. Sie schickte sich an zu sprechen, stockte und setzte erneut an, sagte dann aber nur: »Schlafen Sie gut. Sie haben die Kerze für Ihren Nachttisch, bloß für alle Fälle. Ich würde sie an Ihrer Stelle die Nacht hindurch brennen lassen.«

»Hat das einen bestimmten Grund?«, fragte ich, weil sie so ängstlich wirkte.

»Nein«, entgegnete Agnes und ging durch den Flur zurück. Das Dunkel verschluckte sie rasch.

Ich überlegte, was sie mir vielleicht Bedeutsames hatte mitteilen wollen. Doch ich hatte weiß Gott genügend eigene Geheimnisse und brauchte nicht auch noch fremde. Wenn das, was Agnes mir verschwiegen hatte, wichtig war, würde ich es zu gegebener Zeit erfahren.

Mein eigenes Zimmer. Es gefiel mir recht gut, war zwar schlicht, aber mehr als ausreichend – und hier spukte es mit

Sicherheit nicht. Die Dachkammer war groß, und auf den gebohnerten Bodendielen lag ein Flickenteppich in gedeckten Violett- und Rosatönen. In der Mitte stand ein Bett mit einem schwarzen Eisengestell und gestärktem, makellos weißem Bettzeug. Rechts in der Ecke befand sich ein übergroßer Kleiderschrank, neben dem ich meinen Reisekoffer entdeckte, und gegenüber vom Fenster stand eine kleine Kommode mit einem Spiegel sowie Krug und Waschschüssel darauf. Der Spiegel war altmodisch, mit einem Rahmen aus dunklem Holz, in den Kirschen und wirbelnde Blätter eingeschnitzt waren, und das Glas schimmerte leicht grünlich und war fleckig geworden vor Alter. Der starke Lavendelduft des Bohnerwachses konnte den muffigen Geruch von abgestandener Luft nicht überdecken, und ich nahm mir vor, am Morgen gleich das Fenster zu öffnen.

Obwohl ich so zuversichtlich gewesen war, fühlte ich mich sehr allein, nachdem Agnes gegangen war, und ich hoffte, dass ich sie mit meinen Zweifeln an den Geistererscheinungen im Dachgeschoss nicht verletzt hatte. Es wäre schade gewesen, so schnell eine mögliche Verbündete zu verlieren. Ein wenig neidisch stellte ich mir vor, wie auf der anderen Seite der trennenden Wand die Dienstmädchen jetzt vielleicht kicherten und schwatzten. Um die Schatten zu vertreiben, stellte ich meine Kerze auf die Kommode, und dann setzte ich mich so auf das Bett, dass ich in den Spiegel sehen konnte.

Ich hatte es mir zur Gewohnheit gemacht, mein Haar abends gründlich zu bürsten – einhundert Striche mit der silberbeschlagenen Bürste. Aus dem grünlichen Spiegelglas blickte mein Gesicht mich an. Meine Haut war blass und meine Züge unscheinbar. Meine Augen waren dunkel genug, um Geheimnisse zu verbergen, doch mein Haar war mein krönender Schmuck, es schimmerte lichtbraun und golden. Normalerweise steckte ich es zu einem lockeren Knoten auf, dem nur wenige Locken entkommen durften. Von Gestalt war ich schlank und mädchenhaft, doch meine Lippen waren zu rot und zu voll, um schön zu sein – Cousine Lucy sagte immer, sie seien ein Zeichen für meine leidenschaftliche und trotzige Natur. Vielleicht hatte sie recht, denn ich konnte mich nicht nach Anweisungen richten und mich nicht so benehmen, wie Onkel Thomas Stepford es verlangte.

Auf dem Nachttisch lag die obligatorische Bibel, und das Sticktuch an der Wand mahnte: »Und gedenke deines Schöpfers in den Tagen deiner Jugendzeit, ehe die Tage des Übels kommen und die Jahre herannahen, von welchen du sagen wirst: Ich habe kein Gefallen an ihnen. (Prediger 12,1)«

Ich sank auf die Knie. Für mich waren die Tage des Übels bereits gekommen, und welches Gefallen hatte ich an den Tagen meiner Jugendzeit? Ein Beobachter hätte vielleicht geglaubt, ich wäre tief ins Gebet versunken. Doch mein Gebet richtete sich nicht an Gott, sondern an mich selbst. Es war mein allabendlicher Spruch: »Ich lasse mich von den Umständen nicht zerbrechen. Ich werde das hier überstehen. Alles geht vorüber.« Ich wiederholte meinen Wahlspruch, bis ich anfing, ihn für wahr zu halten.

Von der Reise erschöpft, zog ich mein Oberkleid aus, spritzte mir kaltes Wasser aus dem Krug ins Gesicht und stieg im Unterkleid in das schmale Bett. Zu Hause in Norfolk hatte ich diese Momente vor dem Einschlafen ausgekostet und mir die exotischen Ziele meiner geplanten Flucht ausgemalt, als Wirklichkeit gewordene Bilder und Beschreibungen aus den Büchern meines Vaters. Solche Vorstellungen hatten die Schrecken meines Alltagslebens ausgelöscht. An diesem Abend jedoch war ich so müde, dass selbst die Geheimnisse, die Eleanor umgaben, mich nicht davon abhalten konnten, sogleich in tiefen, traumlosen Schlaf zu fallen.

3

Am nächsten Morgen erwachte ich von dumpfem Gepolter und den gedämpften Gesprächen der Dienstmädchen. Die Wände im Dachgeschoss waren dünn, sodass auch Geräusche aus entfernteren Zimmern zu hören waren. Vermutlich standen die Mädchen früh auf, um die Feuer anzuzünden und mit ihren Arbeiten im Haushalt zu beginnen. Ich blieb noch ein wenig liegen, genoss die Wärme unter den Decken und feierte den ersten Morgen meiner erschwindelten Freiheit.

Der helle Märzsonnenschein fiel durch die Gardinen. Ich schob die Bettdecke zurück, stand auf und öffnete das Fenster, um frische Luft hereinzulassen. Zu meiner Überraschung war das Fenster ganz und gar mit einem feinen Drahtnetz bedeckt, das ringsherum am Rahmen festgenagelt war. Als ich später Mrs Jenson danach fragte, erklärte sie, die Vögel würden in die Dachkammern hereinfliegen und in ihrer Panik nicht mehr hinausfinden, daher seien die Fenster im Dachgeschoss alle mit Drahtnetzen gesichert. Dieses Netz sorgte aber auch dafür, dass die Luft nicht richtig in die Fenster hineinströmte, und verstärkte so den Eindruck von Leblosigkeit und Enge in diesem Teil des Hauses.

Ich kleidete mich eilig an, denn ich fürchtete schon, an meinem ersten Morgen in der neuen Stellung zu spät zu kommen, und rieb mit dem Wasser aus der Kanne etwas Leben in mein blasses Gesicht. Als meine Müdigkeit wich, machte ich mir Gedanken darüber, was ich Eleanor beibringen sollte. Der geduldige Unterricht meiner eigenen Gouvernante musste mir als Leitfaden dienen, doch vermutlich würde mein Mangel an Erfahrung nur allzu bald offenbar werden.

Und Eleanor? In ihren Briefen hatte Mrs Jenson weder die gefährlichen »Eigenschaften« meiner Schülerin erwähnt noch die Notwendigkeit der ständigen Beaufsichtigung. Ich fragte mich, ob ich die Stelle angenommen hätte, wenn mir das bekannt gewesen wäre, aber außer den Wainwrights hatte niemand auf meine Anzeige in der *Morning Post* geantwortet. Und als die Antwort schließlich kam, hätte ich mich auf alles eingelassen.

Zur abgesprochenen Zeit nahm Mrs Jenson mich mit in die Bibliothek, die auch als Schulzimmer diente, um mich Eleanor vorzustellen. Auf dem Weg dorthin war ich so nervös, dass mein Magen sich verkrampfte, und fast hätte ich es gewagt, weitere Fragen zu meiner Schülerin zu stellen, doch dann erinnerte ich mich an die ernste Warnung der Haushälterin am Abend zuvor. Die Frage erstarb mir auf den Lippen, und wir gingen schweigend den Flur entlang.

Ich weiß nicht, welches Bild ich mir von Eleanor gemacht hatte, aber ich war überrascht, dass mein Schützling größer war als ich selbst und nur wenige Jahre jünger. Sie stand trotzig am Fenster und sah sich kaum um, als wir eintraten.

»Wo ist Mrs Anderson?«, fragte Mrs Jenson. »Warum ist sie nicht hier bei Ihnen?«

»Ich habe sie vor fünf Minuten fortgeschickt. Für eine kurze Zeit kann man mir doch sicherlich vertrauen.«

»Mrs Anderson weiß, dass sie ständig bei Ihnen sein muss.«

»Dann sprechen Sie doch mit ihr, ich werde das nicht tun«, erwiderte Eleanor schmollend.

Sie war sehr dünn, hatte schwarzes Haar und trug ein dunkelgrünes Kleid, das schlaff an ihrer jungenhaften Gestalt herunterhing. Die langen Ärmel hatte sie über ihre Handgelenke gezogen, sodass sie ganz und gar abgeschottet wirkte.

Als ich später die Gelegenheit hatte, sie genauer zu betrachten, fiel mir das klassische Ebenmaß ihrer Züge auf. Ihr Gesicht war zwar so markant, dass man sie nicht als schön bezeichnet hätte, doch sie hätte gut aussehen können. Warum das nicht der Fall war, vermochte ich nicht zu sagen – vielleicht war ihr Kinn zu spitz oder der Blick ihrer blauen Augen zu stechend. Jedenfalls machte sie immer ein finsteres Gesicht. Es war klar, dass sie nicht die Absicht hatte, meine Anwesenheit zur Kenntnis zu nehmen. Ihr ganzer Körper schien angespannt zu sein, als blicke sie verbissen auf einen Punkt am fernen Horizont, weil sie nach jemandem oder etwas Ausschau hielt.

Mrs Jenson änderte ihre Taktik und sagte mit schmeichelnder Stimme: »Miss Eleanor, das ist Miss Caldwell. Sie ist Ihre neue Gouvernante. Könnten Sie sich bitte umdrehen und sie freundlich begrüßen?«

»Ich bin kein Kind mehr, also reden Sie nicht so mit mir«, fauchte Eleanor.

Ich hatte Mrs Jenson für recht furchtlos gehalten, doch sie entschuldigte sich sogleich, und ihr Verhalten zeigte mir, dass sie sich vor dieser jungen Frau in Acht nahm. Ich erinnerte mich an ihre Warnung, dass ich vor meiner Schülerin auf der Hut sein müsse.

Eleanor wandte sich ein wenig zu mir um, sah mir aber nicht in die Augen. »Mir ist bewusst, dass eine neue Gouvernante eingestellt worden ist, aber es muss doch allen klar sein, dass ich keine brauche.« Ihre Stimme verriet eisige Verachtung. »Jedenfalls kann ich nicht sehen, was die da mir beibringen könnte.« Ich fürchtete, dass ihr vernichtender Blick meinem schäbigen Kleid galt, von dem der Schmutz der Reise sich nicht ganz abwischen ließ, und meinem gewöhnlichen, ernsten Gesicht.

»Miss Eleanor, Sie haben versprochen, brav zu sein. Miss Caldwell ist von weit her gekommen, um Sie zu unterrichten. Ich weiß, dass Mr Henry Sie in seinem Brief aus Durham aufgefordert hat, entgegenkommend zu sein und keine Streiche mehr zu spielen«, bat die Haushälterin.

Diese letzte Bemerkung schien die beabsichtigte Wirkung zu haben. Eleanor zwang sich zu etwas wie einer Begrüßung und streckte mir die Hand hin. »Ich bin Eleanor Wainwright«, sagte sie ernsthaft.

»Ich freue mich, Ihre Bekanntschaft zu machen«, sagte ich und ergriff ihre Hand, überrascht über diese förmliche Geste.

»Sehr schön, so ist's recht«, rief Mrs Jenson aus. »Ich bin sicher, dass Sie gut miteinander auskommen werden. Jetzt muss ich mich wieder meinen Pflichten zuwenden, aber ich werde wiederkommen und nachsehen, ob Sie Ihr Versprechen halten, Miss Eleanor. Sie wissen, dass das Mr Henrys Wunsch ist.« Damit verließ Mrs Jenson das Schulzimmer so hastig, wie der Anstand es erlaubte. Sie tat so, als wäre eine Art Waffenstillstand geschlossen worden, doch wir alle wussten, dass dem nicht so war. Kaum war die Haushälterin gegangen, da beäugte Eleanor mich kritisch. »Ich will keine Gouvernante, und ich versichere Ihnen, dass Sie es hier nicht lange aushalten werden. Das kann ich Ihnen versprechen.«

Ich war entschlossen, mich nicht einschüchtern zu lassen. Die Erfahrung hatte mich gelehrt, dass es immer am besten ist, Schwierigkeiten sofort anzugehen, daher antwortete ich: »Ich bin sicher, dass ich Sie vieles lehren kann. Ich bin in Zeichnen, Klavierspielen und Geografie ausgebildet. Meine Mutter war Französin, sie stammte aus der Provence, und ich spreche und schreibe die Sprache fließend.«

Eleanor lachte. Dann sagte sie langsam: »Französisch ist in diesem Haus nicht erlaubt, und außerdem habe ich mit zwölf Jahren angefangen, Deutsch, Latein und Altgriechisch zu lernen. Und was Zeichnen, Klavierspielen oder Geografie angeht, ziehe ich es vor, meine Zeit nicht mit derartigen Trivialitäten zu verschwenden.« Ihr Tonfall drückte ihre ganze Verachtung für mein Angebot aus. Sie deutete auf die Bücher in den Regalen. »Es fehlt mir, wie Sie sehen, nicht an Bildung und Gelehrsamkeit. Ich habe den größten Teil der Bücher hier in der Bibliothek gelesen, selbst diejenigen, von denen Vater und Großmutter glauben, dass sie für das empfindliche weibliche Hirn schädlich sind.«

Mir wurde heiß vor Verlegenheit. »Diese Bibliothek ist hervorragend ausgestattet, Miss Eleanor«, sagte ich.

Sie überhörte meine Bemerkung. »Vor etwa zwei Jahren hatte ich eine Hauslehrerin, Miss Lilian Howard. Sie war in der Lage, mich zu unterrichten, aber das war meinen Eltern offenbar viel zu gefährlich. Sie wurde fortgeschickt und durch eine ganze Reihe schwachsinniger Gouvernanten ersetzt. Jetzt lehrt mein Bruder Henry mich, was er auf der Universität lernt, damit ich nicht vor Unwissen ersticke wie so viele Menschen meines Geschlechts.« Sie sah mich eindringlich an. »Ich beabsichtige, die Allgemeine Prüfung für Frauen an der Universität in London abzulegen. Ich kann wohl kaum annehmen, dass Sie über genügend Wissen verfügen, um mir bei der Vorbereitung darauf behilflich zu sein.«

Damit hatte sie vermutlich recht. »Vielleicht haben Ihre Eltern eine Gesellschafterin für Sie gesucht?«

Eleanor blickte mich spöttisch an. »Die Lage ist nicht so verzweifelt, dass meine Eltern für Gesellschaft mit einer Person wie Ihnen Geld ausgeben müssten. Ich suche mir meine Freundinnen selbst. Offen gesagt, ich habe keine Ahnung, warum meine Eltern sich entschieden haben, wieder eine Gouvernante einzustellen. Ich vermute, dass Sie mich ausspionieren sollen.«

Meine Wangen brannten.

»Ah ja, ich verstehe. Ich habe nicht lange gebraucht, um Ihnen auf die Schliche zu kommen. Das sind Sie also, eine Spionin. Eine grässliche kleine Spionin. In der Vergangenheit bin ich hintergangen worden, aber noch einmal lasse ich das nicht zu. Und das können Sie meinen Eltern persönlich ausrichten.« Voller Bitterkeit drehte sie sich wieder zum Fenster.

Ich schwieg.

»Offensichtlich wissen Sie hier nicht Bescheid. Sie kommen nicht aus dieser Gegend und ahnen nicht, welchen Ruf meine Familie hat. Ich bezweifle, dass Sie hier wären, wenn Sie mehr wüssten.« Damit nahm sie ihre Wache am Fenster wieder auf und gab mir so zu verstehen, dass sie nicht weiter mit mir sprechen wollte.

Mich verließ der Mut, denn mir wurde klar, dass ich die mir gestellte Aufgabe unmöglich bewältigen konnte. »Wir sollten wohl mit dem Unterricht beginnen«, bot ich an. Ich sah mich in der Bibliothek nach Anregungen um.

Eleanor lachte freudlos. »Ich warte auf die Rückkehr meines Bruders. Daher wird es mir mehr Nutzen bringen, hier am Fenster stehen zu bleiben. Sie können sich beschäftigen, wie Sie möchten.«

Verlegen begann ich, Papier und Tinte zusammenzusuchen. In den Regalen fand ich einen Atlas, und nun gaukelte ich mir selbst vor, das wäre ein guter Beginn für unsere Unterrichtsstunden.

Die Tür wurde geöffnet, und das Geräusch riss mich aus meinen Gedanken. »Da bist du ja, Henry, endlich bist du da!«, rief Eleanor voller Freude. »Ich warte seit Tagesanbruch am Fenster, aber von dir war nichts zu sehen. Wie bist du denn hergekommen?«

Eine tiefe Männerstimme antwortete: »Ich habe den Weg über die Felder genommen.« Nach kurzem Schweigen fuhr der Sprecher fort: »Ach, Ellie, ich hatte vergessen, dass ich dir versprochen hatte, am Fenster der Bibliothek vorbeizureiten.«

»Wie konntest du das vergessen? Früher hast du es doch

immer so gemacht. Ich habe nach dir Ausschau gehalten. Aber gut. Es war einfach so todlangweilig ohne dich. Ich hatte nur unsere lieben Eltern und die Großmutter als Gesellschaft, und ich würde lieber Bleichpulver fressen, als länger als fünf Minuten mit ihnen zusammen zu sein.«

»Sag das nicht, Ellie!« Ihr Bruder lachte.

Als ich mich umdrehte, sah ich, dass die Geschwister sich umarmten. Dann hielt Henry seine Schwester auf Armeslänge von sich. »Ich glaube, du wirst tatsächlich erwachsen. Im Handumdrehen bist du eine junge Dame und wirst in die Gesellschaft eingeführt.«

Eleanor runzelte die Stirn. »Du weißt, dass ich mir nichts daraus mache, eine Dame zu sein. Offen gesagt, habe ich mehr Freude an meinen Büchern. Ach so …«, sie warf mir einen Blick zu, »das ist übrigens Miss Caldwell. Sie kann mir nichts beibringen, sie ist bloß die neueste Spionin, die Vater eingestellt hat. Aber sie ist nicht besonders gut, ich habe sie schon enttarnt.«

Der Bruder wandte sich zu mir um und starrte mich kühl und missbilligend an. Henry Wainwright war hochgewachsen und dunkelhaarig wie seine Schwester, doch die Gesichtszüge, die tiefblauen Augen und die hohen Wangenknochen, die bei Eleanor eigenartig wirkten, führten bei ihm zu einem charaktervollen und unleugbar guten Aussehen. Er beherrschte den ganzen Raum mit seiner Gegenwart, und ich spürte, wie ich errötete. Mein Wissen über Männer beschränkte sich auf meine Erfahrungen mit meinem Vater und meinem Onkel. Die beiden waren zwar sehr verschieden, aber sie waren mir vertraut. Die Anwesenheit von Henry Wainwright jedoch hatte etwas Beunruhigendes. Ein feines, spöttisches Lächeln umspielte seine Lippen, als er sich wieder an seine Schwester wandte. »Sie sieht nicht gerade wie eine Spionin aus, oder?«

»Nein, sie ist ziemlich bescheiden und unscheinbar. Miss Richardson, du weißt schon, meine letzte Gouvernante, war immerhin geistreich und schön – aber beides hat ihr ja wenig genützt, als Mutter herausfand, wie sehr Vater ihre verborgeneren Eigenschaften schätzte. Und es hat Miss Richardson nichts genützt, dass sie ihn nach besten Kräften entmutigte.«

»Ich habe den Eindruck, dass Miss Caldwell solche unerwünschten Aufmerksamkeiten nicht zu fürchten braucht«, murmelte Henry seiner Schwester zu, und sie grinste mich hämisch an.

Bei dieser Demütigung musste ich blass geworden sein, jedenfalls bemerkten die Geschwister, dass ich Henrys Worte gehört hatte. Er besaß so viel Anstand, dass er zur Entschuldigung eine halbe Verbeugung machte und leicht errötete – er hatte nicht beabsichtigt, dass ich seine gewisperte Bemerkung hörte. Eleanor jedoch lächelte schadenfroh über mein Unbehagen.

Ich reagierte mit einem steifen Nicken und erklärte in dem Versuch, meine Würde zurückzugewinnen: »Miss Eleanor, wir müssen mit unserem Unterricht beginnen. Ich habe die Anweisung erhalten –«

»Muss ich sie überhaupt beachten?«, wandte Eleanor sich wieder an Henry. »Schließlich ist sie nichts weiter als ein Spitzel. Erzähl mir von Durham«, bat sie ihn dann. »Und sag ihr, sie könne sich entfernen.«

»Ich habe die Anweisung erhalten, stets und ständig in Miss Eleanors Nähe zu bleiben«, sagte ich ruhig.

»Ich will nicht auf sie hören«, fauchte Eleanor. »Sie muss begreifen, dass ich nicht auf sie hören muss.«

»Ellie, wir waren uns doch einig, dass du zu der neuen Gouvernante freundlicher bist. So ist es doch bestimmt besser, als wenn du allein wärst.«

Als Antwort zog Eleanor bloß die Schultern hoch, und ich fürchtete, dass meine Gesellschaft nun ebenso unerwünscht war wie die ihrer Eltern und ihrer Großmutter.

Mit ruhiger Überlegenheit nahm ihr Bruder jetzt die Rolle des vernünftigen Vermittlers an. Das fand ich noch unerträglicher als die zickigen Forderungen seiner Schwester. »Miss Caldwell, sicherlich werden Sie keine Einwände haben, wenn Eleanor und ich uns an den Kamin setzen und leise miteinander sprechen. Wir haben uns einige Wochen lang nicht gesehen. Sie dürfen gern Ihre nützliche Tätigkeit fortsetzen und weiter Papier und Stifte sortieren.«

Diese Bemerkung rief bei Eleanor erneut schadenfrohes Gekicher hervor. Wie ich die beiden Geschwister hasste! Aber da mir kaum eine andere Wahl blieb, beschäftigte ich mich am Tisch und zwang mich, die scharfen Erwiderungen, die mir auf der Zunge lagen, hinunterzuschlucken. Ich konnte es nicht riskieren, meine Stellung zu verlieren, jedenfalls nicht in den ersten sechs Monaten. Folglich musste ich lernen, eine Gelassenheit an den Tag zu legen, die meinem Wesen nicht entsprach. Bruder und Schwester steckten die Köpfe zusammen, beredeten Vertrauliches und lachten leise. Ab und zu schauten sie zu mir herüber, und bei dem Gedanken, dass ich die Quelle für ihre Erheiterung sein könne, wand ich mich vor Verlegenheit.

Der Tag verging quälend langsam, und ich wurde erst erlöst, als Mrs Jenson hereinkam und an mich gewandt verkündete: »Da Mr Henry jetzt hier ist, erlaubt Mrs Wainwright Ihnen, den Unterricht abzubrechen und Ihre Sachen auszupacken.«

»Vielen Dank. Dann gehe ich jetzt auf mein Zimmer.« Ich nickte den Geschwistern zu. »Wenn Sie mich bitte entschuldigen.«

»Ja, selbstverständlich, Miss Caldwell«, erwiderte Henry übertrieben höflich.

»Und Sie werden gebeten, heute Abend mit der Familie das Dinner einzunehmen. Seien Sie um Punkt sieben Uhr im Speisezimmer«, fügte die Haushälterin hinzu.

Diese Aufforderung überraschte mich nicht wenig, war ich doch gerade erst angekommen. Auch Eleanor schien erstaunt zu sein, denn sie hielt die Luft an und hob die Hand vor den Mund, um ein ungläubiges Auflachen zu unterdrücken. Dann warf sie ihrem Bruder einen ärgerlichen Blick zu. Offenbar verspürte sie genauso wenig den Wunsch, mit ihren Eltern zu dinieren, wie ich. Warum forderten die Wainwrights mich dazu auf? Ich hätte den Abend tausendmal lieber allein verbracht, nur mit meinen Plänen und meinen Träumen als Gesellschaft.

Müde stapfte ich die Dienstbotentreppe hinauf zu meiner Dachkammer. Es war beruhigend, meine wenigen Habseligkeiten auszupacken, Leibwäsche und Strümpfe ordentlich in die Schubladen zu legen, zwei zerlesene Bücher auf das Regalbrett zu stellen und meine Kleider in den Schrank zu hängen. Die einfache, rhythmische Tätigkeit tat meinem überspannten Gemüt wohl, und als der Gong mahnte, dass das Dinner in Kürze serviert werden würde, war ich ruhig und gefasst. Ich hatte mein abgetragenes graues Reisekleid gegen ein cremefarbenes Musselinkleid mit einem Muster aus kleinen grünen und gelben Blütenzweigen eingetauscht. Es war eins meiner Lieblingskleider gewesen, und ich hatte es geschafft, es vor meinem Onkel zu verstecken, wenn er mein Zimmer durchsuchte. Meine Freude über das gerettete Kleid war umso größer, als es mir gelungen war, dem Onkel zumindest bei dieser Kleinigkeit einen Strich durch die Rechnung zu machen. Ich hatte mich gewaschen und mir in aller Ruhe das Haar gebürstet und fühlte mich nun wenigstens halbwegs vorzeigbar und bereit, es mit allem aufzunehmen, was die bevorstehende Verpflichtung mit sich bringen mochte.

Ich entschied mich, auch das Perlenhalsband meiner Mutter anzulegen, den einzigen Schmuck, den ich besaß. Vater hatte es Maman an dem Tag geschenkt, als sie in der Église du Saint-Esprit in Aix-en-Provence getraut wurden. Eine Woche später hatte Estelle Artique ihre Heimat und ihre Familie für immer verlassen. Sie hatte alles aufgegeben, aus Liebe zu meinem Vater, einem schweigsamen englischen Medizinstudenten, den sie kennengelernt hatte, als er in einem Sommer an der Universität von Aix-en-Provence Französisch gelernt hatte.

Manchmal, wenn Maman im Hochsommer die süßen Düfte von Lavendel und Mimosen roch, fühlte sie sich an die Provence erinnert und wurde schweigsam oder aber sprach sehnsüchtig von der Heimat ihrer Kindheit. Aber wenn sie dann sah, wie unglücklich das meinen Vater machte, zwang sie sich zu einem Lächeln und versicherte ihm, sie würde sich jederzeit wieder genauso entscheiden. Und normalerweise war sie fröhlich und strahlte vor Lebensfreude und Abenteuerlust. Sie hatte sich sehr einen Sohn gewünscht, denn sie hatte geglaubt, ein Nachfolger sei der sehnlichste Wunsch meines Vaters, aber ich hatte den Eindruck, dass Vater mit unserer kleinen Familie zufrieden war.

Als Maman zwei Tage nach meinem siebten Geburtstag bei der Geburt eines kleinen Jungen starb, machte er sich große Vorwürfe. Während der Sarg mit Mutter und Kind an einem trostlosen Februartag in das Grab hinuntergelassen wurde, sah ich ihn zum ersten und einzigen Mal weinen.

Ich zwang mich, meine Erinnerungen fortzuschieben. Es war nicht gut, allzu lange in der Vergangenheit zu verweilen.

Normalerweise verbarg ich die Halskette in einem weißen Taschentuch, aber heute Abend wollte ich etwas von zu Hause tragen. Vielleicht war ich doch aufgeregter, als mir bewusst war, denn es fiel mir schwer, das Schloss zu schließen. Mir war klar, dass die Zeit knapp wurde, daher versuchte ich es mit Gewalt. Doch meine Finger waren ungeschickt, und die Schnur riss. Dutzende von schimmernden Perlen sprangen unter das Bett. Ich fiel auf die Knie und mühte mich verzweifelt, sie einzusammeln. Ein Schluchzer stieg mir in der Kehle auf, doch da ertönte der zweite Gong. Jetzt musste ich mich sputen, und mir blieb nichts anderes übrig, als später nach den Perlen zu suchen.

4

Es war mir längst zur Gewohnheit geworden, meine wahren Gefühle zu verbergen. Während ich die Treppe hinabstieg, atmete ich langsam, um mich zu beruhigen. Meine äußere Erscheinung sollte nichts von meinem inneren Aufruhr verraten, und mit erhobenem Kopf betrat ich das Speisezimmer. Wegen der Eichenvertäfelung an den Wänden war der Raum dunkel, und eine reich verzierte Petroleumlampe an der Decke beleuchtete ihn. In der Mitte stand ein großer, ovaler Tisch, der mit schimmerndem Silber und weißen Porzellantellern gedeckt war. Die Familie hatte sich bereits gesetzt, und meine Verspätung wegen der zerrissenen Halskette bedeutete, dass ich den Raum als Letzte betrat. Links von mir saßen Eleanor und Henry, deren Demütigungen im Schulzimmer mir nach wie vor zu schaffen machten. Die übrigen Familienmitglieder waren für mich unbeschriebene Blätter, und ich betrachtete sie unauffällig.

Ich blieb ruhig stehen und wartete darauf, dass ich vorgestellt wurde und einen Platz am Tisch zugewiesen kam. Diese Aufgabe fiel Henry zu. Ich meinte, gelangweilte Heiterkeit in seinem Blick zu sehen, als ich seine höfliche Verbeugung mit einem steifen Knicks erwidern musste. »Ich hatte bereits das

Vergnügen, die Bekanntschaft von Miss Caldwell zu machen, auch wenn unser Start vielleicht nicht der beste war.« Seine Schwester warf ihm einen kühl zustimmenden Blick zu. »Darf ich das wiedergutmachen? Ich habe die Ehre, Ihnen meine übrige Familie vorzustellen. Zuerst meine Mutter, Mrs Susan Wainwright.«

Mit einer ganz leichten Neigung des Kopfes und einem Murmeln, das man als Begrüßung verstehen konnte, nahm Mrs Wainwright mich zur Kenntnis. Damals war sie eine Frau von Mitte fünfzig. Sie trug ein schwarzes Seidenkleid, und ihre Augen hatten das Blau ferner Himmel. Es war offensichtlich, dass sie weder an mir noch an den übrigen Anwesenden Interesse hatte. In ihrer Jugend musste sie sehr schön gewesen sein, jetzt aber war ihr mürrisches Gesicht voller Falten, und ihr einstmals goldblondes Haar wurde weiß.

Ich knickste, wie die Sitte es von einer jungen Frau verlangte. Dann war Mr Matthew Wainwright an der Reihe, ein Mann, der von übermäßigem Genuss dick geworden war. Die violetten Äderchen auf seinen Wangen zeugten von Alkohol und durchzechten Nächten. Er musste Anfang sechzig sein, und sein Haarschopf war schneeweiß, doch es war noch zu erkennen, dass er früher einmal gut ausgesehen hatte. Er strahlte etwas Unangenehmes aus, und ich nahm mir vor, ihm aus dem Weg zu gehen. Jetzt musterte er mich von oben bis unten, bevor er sich wieder dem interessanteren Inhalt seines Weinglases zuwandte.

»Und natürlich muss ich Sie auch meiner Großmutter vorstellen, denn es war vor allem ihr Wunsch, dass Sie heute Abend mit uns essen.«

Diana Wainwright saß am anderen Ende des Tisches, dem Kaminfeuer am nächsten. Die ausgeprägten Wangenknochen gaben ihrem Gesicht etwas Hochmütiges, und nachdem sie mich mit ihren blauen Augen eindringlich betrachtet hatte, verkündete sie: »Die Neue ist keine Schönheit, Susan. Ihretwegen brauchst du dir keine Gedanken zu machen.« Ihre Worte gingen in einen langen Hustenanfall über.

Sie hatte von mir gesprochen, als befände ich mich gar nicht im Raum. Ich war nicht eitel und wusste gut, dass ich nicht hübsch war, aber es tat weh, öffentlich darauf hingewiesen zu werden. Die Schamröte stieg mir ins Gesicht, und ich blickte zu Boden, um das Urteil der alten Dame nicht auch in den Augen der anderen wiederzufinden. Hatte sie meine Anwesenheit beim Essen vielleicht nur verlangt, um Bemerkungen über mein Aussehen machen zu können?

Als ihr Hustenkrampf schließlich nachließ, japste sie: »Warum ist es hier drinnen immer so heiß und stickig? Ich kann hier nicht atmen, Susan, das weißt du doch.«

»Du hast selbst darauf bestanden, ganz nahe am Kamin zu sitzen. Vielleicht möchtest du dich kurz zurückziehen?« Die Schwiegertochter zuckte die Achseln.

Eleanor stand auf. »Komm, Großmutter, ich begleite dich an die frische Luft.«

Diana Wainwright machte eine ärgerliche Geste: »*Dich* will ich nicht in meiner Nähe haben.« Doch Eleanor beharrte mit einer gewissen Boshaftigkeit auf ihrem Vorschlag. Sie und Henry brachten ihre Großmutter aus dem Raum, indem sie die alte Frau halb stützten und halb trugen.

Ich blieb mit den Eheleuten allein zurück. Schweigend saßen sie sich an dem langen Tisch gegenüber. Mrs Wainwright zerkrümelte ihr Brot auf dem Teller zu einem ordentlichen Häufchen, was ihre gesamte Aufmerksamkeit erforderte. Mr Wainwright rührte sich eine Weile nicht, nur das flackernde Lampenlicht warf Schatten auf sein rotes Gesicht. Dann schenkte er mir, ungeachtet meiner Beteuerungen, dass ich keinen Alkohol trank, ein großes Glas Rotwein ein. Als er mir das gefüllte Glas reichte, berührten seine Finger meine Hand einen Moment länger als nötig, und ich bekam Gänsehaut vor Ekel. Ich nippte an dem Wein. Er schmeckte bitter und brannte mir in der Kehle, aber wenigstens hatte ich in dem unbehaglichen Schweigen etwas zu tun.

Mr Wainwright zog eine silberne Dose aus der Tasche, nahm eine kurze Zigarre heraus und klopfte sie gegen die Seite der Dose.

»Matthew, du wirst doch nicht vor dem Essen rauchen«, beschwerte sich seine Frau.

»Warum denn nicht, um Gottes willen?«

»Und jetzt musst du auch noch Gott lästern?«

Er lachte bitter. »Hier gibt es so wenig, was man genießen kann. Da möchte ich alle kleinen Freuden auskosten, die sich mir bieten.«

»Der Gestank ist widerlich, und wir müssen gleich in diesem Raum essen.«

Er steckte die Zigarre genießerisch an und teilte mir im Plauderton mit: »Ich rauche ausschließlich dominikanische Zigarren. Die meisten schwören auf kubanische Zigarren, aber die finde ich vulgär.« Der Raum füllte sich rasch mit einem aufdringlichen Geruch nach gewürztem Holz. Mr Wainwright lehnte sich zurück, während Mrs Wainwright die Nase rümpfte und sich mit der Serviette vor dem Gesicht herumwedelte, was ihr Mann aber geflissentlich übersah. »Ich nehme an, Sie haben gehört, was man sich über Teesbank Hall erzählt?«, fragte er mich.

Ich dachte an die beiden Kutscher am Bahnhof und an Agnes. »Nein, Sir, bevor ich hier ankam, habe ich nicht viel über das Haus gewusst.«

Mrs Wainwright hörte auf, sich Luft zuzufächeln: »Siehst du, unser Ruf ist gar nicht so schlecht, wie du glaubst.«

Ihr Mann fuhr fort, als hätte sie nicht gesprochen: »Es heißt, hier würde es spuken – oder auf dem Haus läge ein Fluch, wie die Einheimischen Ihnen berichten werden.« Mir fiel auf, dass er sein Weinglas fest umklammert hielt.

»Matthew, du weißt, dass es Unsinn ist, was die Leute reden«, entgegnete seine Frau missmutig. »Warum wiederholst du es? Sie brauchen wohl kaum einen Vorwand, um uns zu hassen.« Sie blickte wieder auf das Häufchen aus Brotkrumen vor sich – offenbar hatte sie ihr Pulver verschossen.

»Ich versuche nur, die neue Gouvernante zu warnen und sie auf die Horrorgeschichten über unser Haus vorzubereiten, die sie vielleicht hören wird. Die besten Häuser haben doch ihre Gespenster, weiß Gott.« Er rülpste leise in seine Serviette und versuchte, mir noch mehr Wein aufzudrängen, wobei er seine Hand zu lange auf meiner liegen ließ. »Haben Sie irgendwelche merkwürdigen Erscheinungen bemerkt, Miss Colton?« Mr Wainwright grinste anzüglich.

Als er mich unter dem Tisch mit dem Fuß anstupste, zog ich meinen Fuß vorsichtig fort. »Ich heiße Miss Caldwell, Sir.

Mir ist nichts Merkwürdiges aufgefallen, aber man hat mich vor den Gefahren in Teesbank Hall gewarnt.«

Seine Frau lächelte mit zusammengepressten Lippen. »Ich denke, Miss Caldwell spricht da etwas Wichtiges an.«

Im Gegensatz zu der alten Witwe wussten Susan Wainwright und ich, dass Männer nicht immer Schönheit von einer Frau verlangen. Manchmal reicht es, arm und schutzlos zu sein.

»Die Einheimischen sind alle Idioten. Abergläubische Idioten. Hier gibt es keine Gefahren.«

Das Gespräch wurde unterbrochen, denn Henry kehrte mit seiner Großmutter zurück. Sie lehnte sich an seine Schulter und klammerte sich mit der juwelengeschmückten Hand an seinen Arm. »Wir sind jetzt einigermaßen wiederhergestellt, Großmutter, oder nicht?«

»Danke, Henry. Ich kann wieder atmen. Warum lüftet ihr dieses Zimmer nie richtig?«, tadelte sie ihre Schwiegertochter. Mrs Wainwright jedoch sah einfach fort und tat, als hätte sie ihre Worte nicht gehört. »Henry und Matthew, ihr seid die Einzigen in diesem Haus, denen ich vertrauen kann. Ihr würdet mich nicht ersticken lassen. Aber Matthew, du rauchst bei Tisch. Du weißt, dass ich den Geruch nicht leiden kann.«

»Entschuldige, Mutter.« Er drückte die Zigarre auf einem Teller aus, wo sie noch einige Momente weiterglimmte.

»Ist Eleanor noch nicht zurück?«, fragte Henry.

»Wir dachten, sie wäre bei euch«, antwortete seine Mutter.

In diesem Moment trat Eleanor ins Zimmer. Sie war ein wenig außer Atem, und ihre Augen funkelten. »Vater, heute Abend ist sie hier. Ich kann sie wieder spüren.«

Mr Wainwright schoss die Zornesröte ins Gesicht. »Ich will solches Gerede bei Tisch nicht hören. Sei still, Eleanor.«

Sie beachtete ihren Vater gar nicht. »Etwas muss passiert sein. Sie ist heute Abend sehr stark.« Ich bemerkte, dass Eleanor beim Sprechen an dem Ärmel über ihrem linken Handgelenk zerrte, sodass er ganz faltig wurde.

»Ist sie nicht richtig im Kopf? Hör sofort damit auf.« Matthew Wainwright knallte sein kristallenes Weinglas auf den Tisch und erhob sich. »Ich will keine Spukgeschichten mehr hören.« Auf dem weißen Tischtuch breiteten sich rote Flecken aus.

»Warum leugnest du es? Du weißt doch, dass sie umgeht«, sagte Eleanor und sah ihrem Vater in die Augen. »Sie hat uns bei ihrem Tod verflucht. Und auf uns lastet wirklich ein Fluch. Sieh uns doch an!«

»Nein!«, polterte Mr Wainwright. »Es gibt kein Gespenst. Schluss jetzt mit diesem Gefasel!«

Mit weißem Gesicht trotzte die Tochter ihrem tobenden, rotgesichtigen Vater.

Er wandte sich an seine Frau. »Kannst du ihr nicht den Mund verbieten?«

Susan Wainwright zuckte kaum merklich mit den Schultern. »Sie ist in jeder Hinsicht deine Tochter. Du bist derjenige, der sie bändigen muss.«

»Sie muss lernen, wann sie zu schweigen hat. Und so wahr mir Gott helfe, wenn niemand anders sie das lehren kann, werde ich es tun«, drohte er.

Eleanor wollte weitersprechen, aber Matthew Wainwright

ging auf sie zu. Rasch und unerwartet schlug er ihr mit der flachen Hand ins Gesicht. Das Geräusch klang fast wie ein Pistolenschuss. Eleanor taumelte unter der Wucht des Schlages, und es schien, als würde sie stürzen, doch im letzten Moment hielt sie sich am Tisch fest und konnte sich wieder aufrichten.

Henry sprang auf. »Wage es bloß nicht, sie zu berühren!«

Vor Überraschung fuhr Susan Wainwright sich mit zitternder Hand an den Mund und formte lautlos ein O mit den Lippen. Sie sagte nichts.

»Glaub bloß nicht, du könntest mir sagen, was ich in meinem Haus zu tun und zu lassen habe!«

Mr Wainwright fuhr herum und schien sich auf seinen Sohn stürzen zu wollen, aber da rief Eleanor: »Nein, Henry, bitte – das macht es nur noch schlimmer. Bitte misch dich nicht ein!«

Matthew Wainwright keuchte heftig. »Sorg dafür, dass sie so etwas nie wieder sagt, dann fasse ich sie auch nicht mehr an.«

»Du hast kein Recht –« begann Henry, aber Eleanor stellte sich zwischen die beiden Männer.

»Nein, Henry, hör auf. Es ist meine Schuld. Ich hatte vergessen, dass es in diesem Haus verboten ist, die Wahrheit auszusprechen.« Auf ihrer Wange bildete sich ein roter Fleck, den sie jetzt mit der Hand bedeckte.

Mr Wainwright starrte Eleanor an. »Ich will nicht in einem Raum mit ihr essen. Ich will mit dieser unausstehlichen Tochter nichts mehr zu tun haben, bis sie gelernt hat, den Mund zu halten.« Er drehte sich um und verließ das Speisezimmer.

Agnes und Eliza standen mit einer riesigen Suppenterrine an der Tür, aber er drängte sich an ihnen vorbei.

Ein furchtbares Schweigen entstand.

Schließlich fragte Susan Wainwright: »Warum musstest du deinen Vater so erzürnen?«

»Ich habe es nicht absichtlich getan.« Eleanor schüttelte heftig den Kopf. »Ich kann sie heute Abend ganz nahe bei uns spüren. Ich dachte, ihr spürt sie auch. Henry, es tut mir leid. Ich habe dir deinen ersten Abend zu Hause verdorben. Ich hätte nichts sagen sollen.«

»Aber Eleanor, du kannst doch nicht zulassen –«

Mit einem Blick zu mir hinüber schnitt sie ihm das Wort ab: »Sag nichts, nicht vor ihr.«

Diana Wainwright murmelte: »Nicht in Gegenwart von Dienstboten, Henry.«

Ich wurde rot vor Verlegenheit. Er blickte mich an.

Diana Wainwright übernahm das Ruder. »Henry, da Matthew uns verlassen hat, bist du jetzt für den Trinkspruch zuständig. Und ihr«, Diana Wainwright nickte den beiden Dienstmädchen zu, »dürft hereinkommen und servieren.« Die Mädchen löffelten eine kräftige Gemüsesuppe in unsere Teller, und Agnes bedeckte die Weinflecken diskret mit einer weißen Serviette. Ich fragte mich, ob derartige Vorfälle in Teesbank Hall an der Tagesordnung waren.

Henry hob sein Glas und brachte einen Toast auf die Gesundheit seiner Familie aus. Als Außenstehende war ich mir nicht sicher, ob die Geste, mit der sie die Gläser hoben, ironisch oder solidarisch gemeint war. Mir war elend zumute, und das Essen lag mir schwer im Magen. Eleanor nahm gar nichts zu sich, sondern berührte nur ab und zu den roten Abdruck auf ihrer Wange. Überrascht bemerkte ich, dass sie lächelte. Henry wandte sich ihr zu, als wolle er sie etwas fragen, aber sie schüttelte den Kopf.

Niemand sprach, und nur das Schaben der Löffel auf dem Porzellan war zu hören. Schließlich wurde das bedrückende Schweigen unerträglich, und Henry fragte mich: »Miss Caldwell, hatten Sie vorher schon einmal das Vergnügen, die Grafschaft Durham zu besuchen?«

Diana Wainwright räusperte sich, um ihren Unmut darüber kundzutun, dass ich in die Unterhaltung einbezogen wurde, aber ich antwortete dennoch. »Diesen Teil der Welt kenne ich noch nicht, Sir. Bisher bin ich nicht weiter in den Norden gekommen als bis nach Harrogate, dort habe ich einmal mit Vater eine Kur gemacht.« Der Rotwein gab mir Mut, und ich blickte Diana Wainwright herausfordernd an. Warum sollte ich Henry nicht als Gleichgestellte antworten? Meine Familie mochte nicht so reich sein wie die Wainwrights, aber wir waren in Norfolk recht angesehen. Mein Urgroßvater war Bürgermeister von Norwich gewesen, und unser Landgut befand sich – auch wenn es jetzt kleiner geworden war – seit mehreren Generationen im Besitz der Familie meines Vaters.

Henry fuhr fort: »Diese Gegend hier ist nur für ihre Fabriken und ihre Eisenbahnen berühmt, aber sie besitzt eine ganz eigene Schönheit. Ich möchte in keinem anderen Teil des Landes leben.«

»Gibt es Sehenswürdigkeiten, deren Besuch Sie empfehlen würden, Sir?«, fragte ich.

»Drüben bei High Force ist der Wasserfall. Kein Geringerer als William Turner hat ihn gemalt, und er ist ein atemberaubender Anblick, insbesondere wenn man ihn in der Ruhe unmittelbar nach einem Sturm betrachtet.«

»Ich habe viel von Turners Werken gehört und wäre sehr daran interessiert, eines zu sehen«, erwiderte ich.

»Im Morgenzimmer hängt ein Farbdruck. Den müssen Sie sich gleich morgen anschauen.«

Unsere Unterhaltung war angenehm und streifte nur belanglose Themen, doch der Gewaltausbruch schwelte den ganzen Abend lang unter der Oberfläche. Ich musste immer wieder daran denken.

Henry erzählte mir gerade von seinem kürzlichen Aufenthalt in York, als Eleanor ihn unterbrach: »Hast du vor, Edward zu besuchen, während du hier bist?«

»Wahrscheinlich reite ich morgen früh nach Long Newton hinüber.«

»Dann wirst du vermutlich auch seine Schwester sehen?«, fragte die Großmutter. »Rosalind ist eine so liebenswürdige junge Dame. Du musst ihr meine herzlichsten Grüße überbringen.«

Henry errötete. »Ich glaube, Miss Merryweather ist zu Hause. Ich werde ihr sagen, dass du dich nach ihr erkundigt hast.«

»Rosalind Merryweather ist die geistloseste Frau, die ich je kennengelernt habe.« Eleanor prustete verächtlich und blickte von ihrem unberührten Essen auf.

»Geistlos? Was meinst du denn damit, Eleanor?«, fragte Diana Wainwright.

»Ich meine, dass sie nur Stroh im Kopf hat. Sie redet von

nichts anderem als von Mode, Blumengestecken und Verlobungen.«

»Dass sie nicht ständig die Nase in Büchern hat, heißt nicht, dass sie ungebildet ist.« Henry lachte. »Miss Merryweather ist sehr nett, Eleanor, genauso wie ihr Bruder, der zufällig mein ältester Freund ist.«

»O ja, sie sind beide sehr nett, aber Rosalind ist fürchterlich langweilig und unbelesen.«

»Was gibt dir das Recht, so über andere zu urteilen?«, fragte Henry.

»Nun, Eleanor, man braucht gewiss nicht weit zu suchen, um zu sehen, wie gefährlich übertriebenes Lernen ist und wie sehr es das Gemüt junger Damen angreifen kann«, bemerkte Diana Wainwright. »Miss Merryweather ist sehr hübsch, und das wird ihr im Leben weit mehr nützen.«

»Warum sollte ihr Aussehen wichtiger sein als ihr Verstand?«, fragte Eleanor.

»Weil es ihr helfen wird, einen guten Ehegatten zu finden«, erklärte ihre Großmutter.

»Und ist ein sogenannter guter Ehegatte das einzige Ziel, das eine Frau im Sinn haben sollte?«

»Ich kann mir schwerlich ein erstrebenswerteres Ziel für eine junge Dame vorstellen. Aber wo sind Agnes und Eliza? Die Teller müssen abgeräumt werden. Kaum braucht man die beiden, da verschwinden sie.«

Eleanor schien abzuwägen, ob sie antworten sollte, besann sich aber offenbar eines Besseren, und im weiteren Gespräch ging es um Menschen, die ich nicht kannte. Henry richtete seine Bemerkungen fortan ausschließlich an seine Familie und schenkte mir kaum noch Aufmerksamkeit. Er hatte seinen Gastgeberpflichten Genüge getan. Das bedeutete, dass ich ihn in aller Ruhe betrachten konnte. Während er sprach, wurde sein Gesicht von der Lampe beleuchtet, seine hohen Wangenknochen traten hervor, und seine Augen glommen blau. Er sah gut aus, aber er hatte auch etwas Zögerliches, und ich begann, meinen ersten Eindruck von ihm zu überdenken. Ich fragte mich, ob er sich vor seinem Vater fürchtete. Dann senkte ich den Blick auf meine sittsam vor mir gefalteten Hände. Als ich mich erneut in der Tischrunde umschaute, fiel mir auf, dass die Großmutter mich mit bohrenden Blicken ansah. Ich wandte mich rasch ab.

Schließlich ging die Mahlzeit zu Ende. Ich war müde und hatte gehofft, gleich zu Bett gehen zu können, aber Mrs Jenson hatte nach mir geschickt. Ich sollte ihr meinen ersten Eindruck von Eleanor schildern. Als unser Gespräch beendet war, waren die Räume unten verlassen und geschlossen. Mit einer gewissen Erleichterung stieg ich endlich die schmale Treppe zu meiner Kammer hinauf. Die flackernde Kerze trug ich vor mir her wie einen Schild, der mich vor der Finsternis des engen Treppenhauses schützen sollte.

Auf dem Weg nach oben hatte ich verrückterweise immer mehr den Eindruck, dass jemand in geringem Abstand vor mir herging, gerade so, dass ich ihn oder sie nicht sehen konnte. Der leichte Schritt legte nahe, dass es eins der Dienstmädchen war, und einige Male vermeinte ich, einen flatternden Zipfel von einem dunklen Kleid zu sehen. Ich wollte sie ansprechen, doch etwas schien sich schwer auf meine Zunge zu legen, und ich brachte kein Wort heraus. Ich ging ein wenig schneller und versuchte, einen Blick auf sie zu erhaschen, denn ich wollte mich überzeugen, dass es Agnes war oder die missmutige Eliza. Doch immer, wenn ich dachte, ich hätte sie fast erreicht, machte die Treppe wieder eine Biegung, und dahinter war niemand zu sehen.

Eleanors Worte fielen mir ein: »Du weißt doch, dass sie umgeht.« Ich zitterte in der nächtlichen Kühle. Obwohl ich nicht abergläubisch war, packte mich die Angst. Sosehr ich mich auch zur Vernunft rief, ich wurde meine wachsende Besorgnis nicht los, dass ein übelwollendes Wesen in der Nähe war. Ich beeilte mich nicht mehr, es einzuholen, denn ich fürchtete mich vor dem, was ich hinter der nächsten Ecke sehen könnte. Ich sehnte mich nach dem Schutz meines Zimmers und nahm mir vor, Agnes' Rat zu folgen und die Kerze die ganze Nacht brennen zu lassen.

Als ich schließlich das Dachgeschoss erreichte, war ich so überzeugt, dass mich dort eine Geistererscheinung erwartete, dass ich erleichtert aufseufzte, als der düstere Flur leer war. Ich rannte in meine Dachkammer. Dabei schirmte ich die Kerzenflamme mit der Hand ab, denn ich ängstigte mich sehr davor, ohne Licht zu sein.

Keuchend erreichte ich mein Zimmer. Ich schlug die Tür hinter mir zu und drehte den Schlüssel herum. Als ich die Kerze auf der Kommode abstellte, achtete ich darauf, dass der Docht nicht im Wachs ertrank und die Flamme keinen Zug bekam. Ich wollte nicht riskieren, dass sie erlosch und es in meiner einsamen Kammer stockfinster wurde. Das Kerzenlicht warf riesige Schatten an die Wände, und ich beeilte mich, mein weißes Nachthemd anzuziehen.

Ich setzte mich so auf den Bettrand, dass ich mich im Spiegel sehen konnte, und begann mein allabendliches Ritual. Ich löste mein Haar und bürstete es und hoffte, mit dieser einfachen Tätigkeit meine Furcht einflößenden Fantasien in Schach halten zu können.

Aber es half nicht: Aus dem Spiegel blickte mir mein Bild und doch nicht mein Bild entgegen. Von Nadeln und Spangen befreit wallte mir das Haar jetzt verführerisch bis zur Taille hinunter. Meine Augen waren dunkel, mein Blick wissend, und meine vollen roten Lippen – mein Mund war immer zu sinnlich gewesen – waren halb geöffnet und einladend. Die Form und die Umrisse meines Gesichts waren mir vertraut, aber meine Züge erschienen mir völlig verwandelt. Und was ich mir kaum einzugestehen wagte: Ich, die ich immer unscheinbar und gewöhnlich ausgesehen hatte, war schön – allerdings auf eine verderbte Weise. Und welchen furchtbaren Preis hatte ich für diese Schönheit bezahlt?

Wieder ergriff mich die Angst. Wenn der Spiegel mir nun zeigte, wer ich wirklich war? Vielleicht war dies das Gesicht, das ich der Welt darbot? Alle würden die Wahrheit sehen. Er hatte gesagt, mein Schicksal stehe in meinen Knochen geschrieben und für alle, die mich aufmerksam betrachteten, sei es deutlich sichtbar. Mein Spiegelbild lieferte mir jetzt den Beweis für seine Worte.

Entsetzt hielt ich mir die Augen zu. Ich hoffte, dass der Spiegel mir mein gewohntes Bild zurückwerfen würde, wenn ich wieder hineinsah, das Bild der vernünftigen, sittsamen Harriet. Wahrscheinlich hatte das trübe Licht mir einen Streich gespielt. Doch nein. Ich blickte wieder in das fremde

Gesicht. Ich zog es mit den Fingerspitzen nach. Ich riss die Augen auf, und das Spiegelbild machte es mir nach. Es war unleugbar mein eigenes Gesicht. Es war die andere Harriet, von der er gesprochen hatte. Ich hatte versucht zu fliehen, aber diese andere war mir gefolgt und wollte mich wieder in die Erniedrigung hinabziehen. Mit zitternden Händen hängte ich ein wollenes Tuch über das Spiegelglas. Ich konnte meinen Anblick nicht mehr ertragen.

Kein Licht mehr zu haben, war eine beängstigende Vorstellung, aber was ich gesehen hatte, ängstigte mich noch mehr. Ich nahm meinen ganzen Mut zusammen und blies die Kerze aus. Die Dunkelheit umschloss mich so dicht, dass sie fast greifbar erschien.

Starr vor Angst stieg ich in das schmale Bett und krümmte mich zusammen, als könnte ich mich so schützen. Ich zog die Decken fest um mich, aber sie vermochten die Kälte, die mir bis ins Herz drang, kaum abzuhalten. Als wäre das noch nicht schlimm genug, hörte ich in der Ferne ein schwaches Klopfen und ein gedämpftes Schluchzen, so, als wäre jemand gefangen und versuchte verzweifelt zu fliehen. Ich rief: »Kann ich Ihnen helfen? Was ist los?«, war aber dankbar, als keine Antwort kam. Nur Stille. Was hätte ich auch tun können? Ich lag zwar wach, fürchtete mich aber so sehr, dass ich niemandem zu Hilfe hätte kommen können. Also murmelte ich meinen abendlichen Spruch vor mich hin: »Ich lasse mich von den Umständen nicht zerbrechen. Ich werde das hier überstehen. Alles geht vorüber.«

Doch gegen die Kräfte, die sich um mich herum versammelten, fühlte ich mich machtlos.

5

Ich hatte nicht erwartet, in jener Nacht Schlaf zu finden, doch irgendwann überwältigte mich die Erschöpfung. Als sich am Himmel die ersten Streifen Morgenlicht zeigten, fiel ich in eine tiefe Bewusstlosigkeit. Es war kein erholsamer Schlaf. Stattdessen überfielen mich Bilder vom vergangenen Abend: Mr Wainwright, der mich lüstern ansah und seine Hand auf meiner liegen ließ, Eleanors hysterische Erregung und die Explosion der Gewalt, als er sie schlug. Und mein Gesicht im Spiegel.

Die wirren Bilder setzten sich zu einer Art Geschichte zusammen, und ich hatte einen seltsamen, sehr lebhaften Traum. Ich war wieder in meinem Elternhaus und ging auf der Wiese am Fluss entlang, als ich Vater vor mir zu sehen glaubte. Er war schwarz gekleidet und schien in tiefer Trauer zu sein. Voller Wiedersehensfreude rief ich nach ihm, aber er reagierte nicht, sondern ging rasch weiter. Ich eilte der Gestalt nach und wollte sie einholen, aber der Abstand zwischen uns blieb stets gleich, und ich konnte Vater nicht erreichen. Als ich erneut rufen wollte, war meine Stimme leise und heiser, kaum mehr als ein Flüstern. Da schüttelte der Mann den Kopf und murmelte etwas. Ich konnte es zwar nicht verstehen, aber im Traum wusste ich, er bestritt, dass ich seine Tochter war. Das erfüllte mich mit tiefem Schmerz und verlieh mir die Kraft, noch schneller zu laufen, sodass ich ihn schließlich doch einholte. Ich zupfte ihn am Ärmel. »Liebster Vater, ich bin's, deine Harriet.«

Der Mann wandte sich um. Es war nicht Vater, sondern Onkel Thomas Stepford. Er grinste hämisch und sagte: »Ich wusste, dass du mich beizeiten finden würdest.«

Dann blitzte dieses scheußliche blendende Licht auf. Ich erstarrte, und die Zeit blieb stehen. Ich schreckte aus dem Schlaf hoch und war sofort hellwach. Es war ein Traum gewesen, ein Albtraum. Ich befand mich fast dreihundert Meilen weit von Swaffham entfernt. Der Onkel konnte nicht wissen, dass ich hier war. Ich schloss die Augen wieder und schob die Erinnerungen mit aller Willenskraft fort.

Im nüchternen Tageslicht fand ich Erklärungen. Der fremde Ort, der berauschende Wein und die verstörenden Ereignisse des vergangenen Abends hatten alle zu meinem unruhigen Schlaf beigetragen. Und höchstwahrscheinlich waren sie auch an meinem verzerrten Spiegelbild schuld. Das Schluchzen war sicherlich das Herzeleid eines heimwehkranken Dienstmädchens gewesen, das der Wind mir zugetragen hatte. Ich schämte mich für meine törichten Ängste. Dennoch wagte ich es nicht, das Wolltuch vom Spiegel abzunehmen, denn wer konnte wissen, ob das Gesicht noch darunter lauerte?

Ich schälte mich aus den schweren Decken und stieg aus dem Bett. Mein Mund war trocken, und ich hatte einen schlechten Geschmack und einen dicken Kopf und fühlte mich benommen. Die Sonne stieg schon höher, und ich fürchtete, dass ich nicht rechtzeitig um sieben Uhr im Schulzimmer sein würde. Auf der anderen Seite des Flurs war alles still, die Dienstmädchen mussten schon längst an der Arbeit sein. Weil mir das schwere Essen vom Vorabend noch im Magen drückte, hatte ich keinen Appetit auf Frühstück. Ich wusch mich rasch, kleidete mich an und steckte mir eilig das Haar hoch.

Dann rannte ich die schmale Treppe hinunter und kam außer Atem in der Bibliothek an. Eine große, abstoßende Frau drehte sich zu mir um. Das musste die Pflegerin Mrs Anderson sein. Vor Ärger hatte sie rote Flecken im Gesicht, und ihr ganzer Körper drückte ihren Unmut aus.

Ohne Einleitung schimpfte sie los: »Es ist zehn Minuten nach sieben. Meine Zeit ist um. Ich arbeite von sieben Uhr abends bis sieben Uhr morgens.«

»Es tut mir leid, ich habe verschlafen«, versuchte ich zu erklären.

»Am Tag sind Sie für Miss Eleanor zuständig, Sie ganz allein. Sie haben mir heute schon wertvolle Minuten gestohlen, und ich erwarte, dass Sie mir diese Zeit ersetzen.« Sie sprach mit dem starken Akzent der Ungebildeten. »Das ist einfach nicht in Ordnung, und ich werde mich bei Mrs Jenson beschweren.«

»Es kommt nicht wieder vor, das verspreche ich Ihnen, und morgen bin ich vor sieben Uhr hier und löse Sie ab. Aber bitte beschweren Sie sich nicht.« Meine Stellung hier war mein einziger Schutz vor dem Elend, denn ich hatte auf der Zugfahrt nach Eaglescliffe fast mein gesamtes Geld ausgegeben. Da ich mittellos und noch dazu eine Frau war, konnte ich nicht einfach in die Fremde ziehen und ein Vermögen machen, nicht so wie Heathcliff in *Sturmhöhe* und andere Helden in den bekannten Romanen, die ich damals gern las.

»Diesmal sag ich noch nichts, aber ich habe Sie gewarnt.«

Während dieses Gespräch stattfand, arbeitete Eleanor an ihrem Schreibtisch. Das rote Mal auf ihrer Wange war deutlich zu sehen, und sie berührte es von Zeit zu Zeit. Unsere Unterhaltung schien ihr gleichgültig zu sein, denn sie blickte nicht auf. Die Schrift in ihrem Buch bestand aus unlesbaren Krakeln – Altgriechisch, vermutete ich, und ich hatte den Verdacht, dass sie diese Sprache gewählt hatte, weil sie wusste, dass sie mir unbekannt war. Eleanors Miene drückte aus, dass ihre Aufmerksamkeit allein auf das Buch gerichtet war, doch als Mrs Anderson die Bibliothek verließ, bemerkte sie nüchtern: »Sie sind zu spät gekommen. Mrs Anderson kann Verspätung nicht leiden. Sie wird gut bezahlt, aber sie will keinen Moment länger mit mir verbringen als unbedingt nötig.«

»Es tut mir leid, dass ich mich verspätet habe, Miss Eleanor. Ich bin bereit, mit dem Unterricht zu beginnen.«

Meine Stimme musste gezittert oder auf andere Weise etwas von meinen Gefühlen preisgegeben haben, denn Eleanor sah erneut auf und betrachtete mich genauer. »Da ist etwas vorgefallen, habe ich recht? Geht es Ihnen gut?«

Wenn ich Eleanors Worte so zu Papier bringe, könnte man eine Besorgnis um mein Wohlergehen herauslesen. Doch nichts könnte weniger der Wahrheit entsprechen. Ihre Augen funkelten vor Erregung, genauso wie am vergangenen Abend, aber ihr Tonfall passte eher zu einem wissenschaftlichen Experiment, etwa zur Beobachtung eines Insekts, nachdem man es mit einem Stöckchen angestupst hat.

Meine Einsamkeit und der Schrecken des Traumes lasteten schwer auf mir, und beim Sprechen traten mir die Tränen in die Augen. Ich war so durcheinander, dass ich aufrichtiger antwortete, als ich es einem mir augenscheinlich feindlich gesinnten Menschen gegenüber hätte tun sollen. »Ich konnte nicht schlafen und hatte eine unruhige Nacht.«

Jetzt hörte Eleanor aufmerksam zu. »Man hätte das Zimmer für immer absperren sollen.«

»Warum? Was ist darin geschehen?« Ich fürchtete, dass meine Dachkammer in irgendeiner Weise mit dem Mord verbunden war.

Aber Eleanor stieß nur ein freudloses Kichern aus. »Das werden Sie sicherlich bald genug erfahren.« Sie wandte den Blick ab, griff mit der rechten Hand nach ihrem linken Handgelenk und zerrte am Ärmelaufschlag.

Ich konnte nicht anders, ich musste sie fragen: »Wurde dort das Kind getötet?«

Überrascht sah sie mich wieder an. »Sie wissen schon davon? Nein, das Kind wurde nicht im Zimmer der Gouvernante ermordet. Aber ich habe versprochen, dass ich nicht mehr darüber rede.«

Damit war das Thema beendet, und ich überlegte, was ich jetzt tun konnte. Ich musste einen geregelten Unterrichtsablauf einführen, sonst war ich verloren; mich quälte der Gedanke an meine abendliche Berichterstattung bei Mrs Jenson, denn bestimmt sollte ich Einzelheiten über unsere Tätigkeit abliefern. »Wollen wir dann mit unseren Studien beginnen, Miss Eleanor?«, schlug ich vor.

Ihr Ton war wieder kühl, als sie antwortete: »Ich habe gestern sicherlich klargemacht, dass ich von Ihnen keine Unterweisungen annehmen werde.«

»Aber das müssen Sie«, verlangte ich mit gespielter Überzeugung. »Ich bin als Ihre Gouvernante eingestellt worden.«

Eleanor quittierte diese Bemerkung mit Schweigen und wandte sich wieder ihren Büchern zu. Sie blickte nicht mehr auf und nahm meine Anwesenheit auch nicht in anderer Weise zur Kenntnis. Ein bedrückend langweiliger Vormittag lag vor mir, und die Zeit schien stillzustehen. Ich hatte mich schon damit abgefunden, mich in Samuel Johnsons *Lives of the Poets* zu vertiefen, als die Stille von aufgeregten Rufen und Flüchen unterbrochen wurde. Dann schlug die Haustür krachend zu. Das heftige Geräusch ließ mich zusammenzucken, aber Eleanor sah nicht auf, sodass ich mich fragte, ob ich Opfer einer Sinnestäuschung geworden war.

Um Punkt zwölf Uhr brachte Agnes ein Tablett mit zwei Tellern, Gabeln und Löffeln und zwei Gläsern Wasser herein. Sie warf mir einen mitfühlenden Blick zu, und ich war froh, dass ich in diesem Haus wenigstens eine Verbündete hatte.

Eleanor überraschte mich, indem sie Agnes fragte: »Was war das vorhin für ein furchtbarer Krach?« Sie hatte den Lärm also doch gehört.

»Das war Ihr Vater, Miss. Mr Wainwright musste unerwartet in geschäftlichen Angelegenheiten nach Newcastle aufbrechen«, antwortete Agnes.

»Gut. Mein Gerede über das Gespenst hat ihn wütend

gemacht«, sagte Eleanor mit zufriedenem Schmunzeln. »Er kann es nicht leiden, wenn man ihn an die Vergangenheit erinnert.« Sie griff nach dem roten Mal auf ihrer Wange.

Agnes und ich sahen uns wieder an, dann verließ sie wortlos das Schulzimmer.

Eleanor und ich verzehrten schweigend unser Mittagessen. Die Mahlzeit war schlicht und fast nicht genießbar, ein Klumpen Kartoffelmus, dazu Möhren und verkochtes Rindfleisch, das in Stücke geschnitten worden war, als wären wir beide kleine Kinder. Als wir fertig waren, betrachtete ich verlegen Eleanors Teller, um in Mrs Jensons Buch festhalten zu können, wie viel sie gegessen hatte. Sie sah mich an. »Spionin«, fauchte sie. »Sie sind nichts weiter als eine Spionin.«

Sie ging zu ihrem Arbeitstisch und vertiefte sich wieder in ihre Bücher. Seufzend griff ich nach *Lives of the Poets*, und der Uhrzeiger zählte ungerührt die Stunden. Diese Eintönigkeit wurde in den folgenden Monaten unser Alltag. Eleanor wollte sich nicht von mir unterrichten lassen, ja, sie machte klar, dass ihr schon allein der Gedanke daran zuwider war, und schließlich musste ich einsehen, dass ich nicht die Rolle einer Gouvernante, sondern die einer Gefängniswärterin innehatte. Es gab nichts, was ich meiner Schülerin hätte beibringen können.

Doch ohne jede Absprache war uns beiden klar, dass wir der Außenwelt etwas vorspielen mussten, und mit der Zeit entwickelte sich zwischen uns eine seltsame Komplizenschaft. Eleanor saß jeden Morgen am gleichen Tisch. Hohe Stapel von Liebesromanen und historischen Werken umgaben ihren Arbeitsplatz – sämtliches Wissen, welches darüber hinausging, war in jener Zeit für eine junge Dame unangebracht. Hinter diesen Mauern verbargen sich jedoch die verbotenen Früchte männlicher Gelehrsamkeit – die lateinischen und griechischen Lehrbücher, die Schnörkel und Gleichungen der höheren Mathematik, ja, sogar Bücher über die Grundlagen des Maschinenbaus und die Fortschritte in der Landwirtschaft. Die Bibliothek war ursprünglich für ihren Bruder ausgestattet worden, aber Henry zeigte nur flüchtiges Interesse daran. Eleanor war es, die alles verschlang, was sie in den Regalen fand.

Ich saß immer etwas von ihr entfernt, damit niemand mir den Vorwurf machen konnte, ich wüsste, dass meine Schülerin Verbotenes studierte. Aber ich war Eleanor doch nahe genug, um so zu tun, als würde ich sie unterrichten, wenn Mrs Jenson das Schulzimmer inspizierte. Eleanor und ich sprachen nicht darüber, aber diese stillschweigende Abmachung schien etwas wie einen Waffenstillstand zu bewirken. Natürlich warf sie mir immer noch einen verächtlichen Blick zu, wenn ich nach einer Mahlzeit ihren Teller besichtigte, und ich meinerseits schämte mich jedes Mal, wenn ich am Ende des Tages in Mrs Jensons Buch eintrug, was mein Schützling verzehrt hatte.

Im Laufe der Zeit wurde mir klar, dass sie fast nichts zu sich nahm, sondern das Essen bloß auf dem Teller herumschob. Doch obwohl sie erschreckend dünn war, schien eine leidenschaftliche Energie in ihr zu brennen. Wenn sie nicht studierte, wanderte sie stundenlang in der Bibliothek umher, immer im Kreis, bis sie außer Atem war. Einmal fragte ich sie, ob sie gern draußen spazieren gehen würde.

Sie lachte. »Alle wollen, dass ich das tue. Nein, ich bleibe im Haus und bestimme selbst, wann ich bereit bin, ins Freie zu gehen.«

In diesen ersten Wochen war ich sehr einsam. Tag für Tag war ich zwölf Stunden lang mit Eleanor und ihrer Verachtung eingesperrt. In den restlichen Märztagen und den größten Teil des Aprils wurde ich nicht mehr zum Nachtmahl der Wainwrights eingeladen – vermutlich hatte die alte Dame sich davon überzeugt, dass ich für die Mannsleute im Haus keine Gefahr darstellte. Die anderen Familienmitglieder sah ich nur aus der Ferne. Henry war ohnehin oft unterwegs, er besuchte Freunde oder studierte an der Universität, und Matthew Wainwright wurde häufig in geschäftlichen Angelegenheiten nach Newcastle gerufen.

Doch ich sehnte mich nach Ablenkung, um die dunklen Gedanken zu vertreiben, die sich mir immer wieder aufdrängten. Mein verzerrtes Spiegelbild und die Geschehnisse in Norfolk bewirkten, dass ich ständig reizbar und ängstlich war. Mir war, als befände sich am äußersten Rand meines Blickfeldes etwas Bedrohliches: Falls ich mich zu schnell umdrehen sollte, würde ich es deutlich sehen und gezwungen sein, mich damit und mit mir selbst auseinanderzusetzen.

Manchmal schweiften meine Gedanken dorthin ab, und dann, immer dann, spürte ich Eleanors Blick. Ich sah auf und ertappte sie dabei, dass sie mich beobachtete, fast so, als wäre sie fähig, meine Gedanken zu lesen. Ich befürchtete, dass sie wissen könnte, was ich erlebt hatte, und dass mein Gesicht im Spiegel das Gesicht war, das ich der Welt zeigte.

6

Eleanor und ich waren gemeinsam in der stillen Bibliothek eingeschlossen, zwischen Eichen- und Eschenholz, den Bäumen vom Flussufer. Das Wetter war trostlos gewesen – wochenlang hatte es meistens in Strömen geregnet. Als sich nach dieser trüben Zeit endlich eine blasse Sonne durch die Wolkendecke drängte, brach Eleanor zu meinem größten Erstaunen ihr Schweigen. »Haben Sie Lust, mit mir einen Spaziergang auf dem Anwesen zu machen?«, fragte sie.

»Ja, natürlich. Ich lasse unsere Mäntel bringen«, erwiderte ich. Ich freute mich sehr darauf, dem Gefängnis des Schulzimmers zu entkommen, und traf alle nötigen Vorbereitungen. Der April ging zu Ende, aber der Tag war noch kuhl, daher zogen wir uns beide warm an. Im letzten Moment steckte Eleanor noch einen braunen Umschlag in die Tasche. Ich fragte mich, was sie damit vorhatte, schwieg aber.

Sie entschied, dass wir auf einem unbefestigten Fußweg, der uns hinter dem Haus durch ein kleines Wäldchen führte, zum Fluss hinuntergingen. Der Erdboden war nach dem wochenlangen Regen feucht und schwer, aber in der Ferne spiegelte sich das zaghafte Blau des Himmels im Fluss, und das frische Grün überall duftete nach Frühling.

Auch wenn ich keinen behaglichen gemeinsamen Spaziergang erwartet hatte, war ich doch überrascht, dass Eleanor, kaum hatten wir das Haus verlassen, mit raschem Schritt davonging, ohne mich weiter zu beachten. Sie sah starr geradeaus und warf nur gelegentlich einen Blick zurück, um die Entfernung zwischen uns einzuschätzen. Mir wurde klar, dass sie diesen kleinen Ausflug geplant hatte und es einen speziellen Grund dafür gab, doch ich hatte keine Ahnung, wie der aussah.

Ich wollte sie keinesfalls aus den Augen verlieren, denn ich hatte Mrs Jensons strenge Ermahnung, dass ich ständig bei ihr sein müsse, nicht vergessen. Doch Eleanor ging schnell, und bald war ich außer Atem. Außerdem hatte ich einen Stein im Stiefel, daher blieb ich kurz stehen, um ihn zu entfernen und Luft zu holen. Als ich weitergehen wollte, war sie nicht mehr zu sehen. Ich geriet in Panik.

Irgendwo vor mir hörte ich Zweige knacken, und ich schlug mich nach links in eine Baumgruppe, weil ich hoffte, Eleanor dort zu finden oder wenigstens den Weg abzukürzen und sie dadurch schneller einzuholen. Mit meinen dünnen Stiefelsohlen kam ich auf dem matschigen Hang ins Rutschen, und tief hängende Zweige verfingen sich in meinem Haar. Ich bemühte mich, die Orientierung zu behalten, aber nachdem ich den gepflegten Teil des Anwesens verlassen hatte, wurde das Gelände urwüchsig und wild. Als ich mich umdrehte, erkannte ich jedoch über den Baumwipfeln das Herrenhaus. Seine Fenster schienen mich böse anzustarren, aber wenigstens konnte ich mich nicht verlaufen.

Ich riss mich zusammen und überlegte. Ich war nicht weit gegangen. Wenn ich das Herrenhaus als Anhaltspunkt nahm, würde ich zurück auf den Fußweg finden. Mein Rocksaum war feucht und schmutzverklebt, und an meinen Stiefeln hingen ganze Klumpen dunkler Erde. Ich zwang mich, gleichmäßig zu atmen, und spürte, wie meine Angst dem Zorn wich. Schritt für Schritt drängte ich mich durch die dichten Zweige und tastete mich an den Fußpfad heran. Er musste ganz nahe sein, doch weil ich das Herrenhaus nicht mehr sehen konnte, war ich mir nicht sicher, in welcher Richtung er lag. Aber ich hatte mir vorgenommen, dass Eleanor mir kein Schnippchen schlagen sollte.

Endlich fand ich den schmalen Weg wieder. Einsam schlängelte er sich zum Fluss hinunter. Von Eleanor war nichts zu sehen, aber sie konnte sich ja nicht in Luft aufgelöst haben. Wenn ich dem Pfad folgte, musste ich sie irgendwann finden. Missmutig und mit rotem Kopf stapfte ich weiter, und ich war bestürzt, als ich hinter mir Hufschläge hörte. Ich drehte mich um und erkannte Henry. Hätte ich ihn früher bemerkt, dann hätte ich mich zwischen den Bäumen versteckt, um mich nicht seinem Spott auszusetzen.

»Miss Caldwell, guten Tag.« Er nickte vom Pferd herab. Bestimmt fiel ihm auf, wie zerzaust ich war. »Geht es Ihnen gut?«

»Ja, Sir, sehr gut, vielen Dank«, sagte ich so nachdrücklich, wie ich konnte. Zuletzt hatte ich beim Dinner mit der Familie mit ihm gesprochen, als das Glas Rotwein mir Mut und

Selbstbewusstsein gegeben hatte. Doch jetzt, im nüchternen Tageslicht, war ich verlegen, und mir fehlten die Worte.

»Man hat mir gesagt, dass meine Schwester mit Ihnen zu einem Spaziergang aufgebrochen ist, und ich wollte Sie beide gern begleiten. Aber anscheinend sind Sie allein?«

»Miss Eleanor ist vorausgegangen, und ich kann sie nicht finden.« Vielleicht hatte Henry eine Idee, wohin seine Schwester verschwunden sein konnte, aber ich zögerte, ihn um Hilfe zu bitten, weil ihn das vermutlich nur in seiner Ansicht bestärken würde, dass ich nichts taugte.

»War es nicht ein wenig unvorsichtig von Ihnen, Ihre Schülerin aus den Augen zu verlieren?«, fragte er und stieg zu meinem größten Schrecken vom Pferd. »Lassen Sie mich bei der Suche helfen, Miss Caldwell. Ich möchte Sie unterstützen.«

»Nein, nein, das kommt nicht infrage. Ich bin sicher, dass sie nicht weit fort ist und dass ich sie leicht finden kann, Sir.« Dass ich sein Angebot zurückwies, war schlicht unfreundlich, aber das kümmerte mich jetzt nicht. Ich war ohnehin schon ganz durcheinander, und seine Anwesenheit würde das nur noch verstärken. Er verunsicherte mich, und ich wollte klarstellen, dass unser Umgang miteinander ausschließlich förmlich und höflich sein würde.

»Schön«, sagte Henry und stieg wieder auf. Er deutete zum Fluss hinunter. »Sie werden Eleanor sehr wahrscheinlich im Bootshaus finden. Dort sitzt sie gern, ganz allein. Wenn Sie dem Weg nach rechts folgen, können Sie es nicht verfehlen.« Damit wendete er sein Pferd und ritt zum Herrenhaus zurück.

Ich folgte seiner Wegbeschreibung und gelangte nach etwa zehn Minuten an ein Gebäude, welches das Bootshaus sein musste. Es war ein kleines, reich verziertes Haus direkt am Flussufer, ein Miniaturschlösschen mit Türmchen im gotischen Stil. Da es im Schutz einer Baumgruppe stand, war es erst zu sehen, wenn man es fast erreicht hatte. Die Fensterläden waren geschlossen, und es wirkte verlassen, aber ich war überzeugt, dass Eleanor sich darin versteckte. Kein Laut war zu hören – nicht einmal Vogelgesang durchbrach die Stille dieses Tages.

»Miss Eleanor, ich weiß, dass Sie hier sind.«

Keine Antwort.

»Warum wollen Sie nicht mit mir sprechen? Mr Henry hat mir gesagt, dass Sie im Bootshaus sind.«

Wieder bekam ich keine Antwort, aber ich hörte ein überraschtes oder gereiztes Murmeln. Ich hatte genug von Eleanors Kapriolen und beschloss, einfach ins Bootshaus hineinzugehen und ihr gegenüberzutreten. Als ich jedoch die Tür öffnen wollte, merkte ich plötzlich, wie kalt mir geworden war. Mein wollener Umhang hatte nicht verhindern können, dass ich bis auf die Knochen durchgefroren war.

Ich glaube nicht, dass ich sehr empfänglich für die Atmosphäre von Orten bin, aber als ich vor der Tür des Bootshauses stand, spürte ich eine derart tiefe Verzweiflung, dass sie mich zu überwältigen drohte und mir die Luft nahm. Es war eine höchst merkwürdige Empfindung, und während ich sie jetzt beschreibe, muss ich an eine Fotoplatte denken, auf der Silber und Quecksilber einen Moment des Lebens einfangen und festhalten, damit man ihn für immer sehen und spüren kann. Ich erlebte den Schmerz eines anderen Menschen, etwas, das außerhalb von mir war, das in die Luft selbst eingeprägt zu sein schien. Meine Erschütterung versetzte mich in den verzweifelten Moment zurück, als Dr. Williams sagte, er könne für meinen Vater nichts mehr tun. In diesem Augenblick hatte ich gewusst, dass er sterben würde und dass ich fortan allein in der Welt zurechtkommen musste.

Mit vorgetäuschter Beherztheit rief ich: »Miss Eleanor, warum treiben Sie diese törichten Spielchen? Ich weiß, dass Sie hier sind.«

Wieder kam keine Antwort, aber ich spürte ihre Gegenwart und hörte scharfe, schnelle Atemzüge. Mrs Jensons Warnung fiel mir ein: Eleanor konnte gerissen und heimtückisch sein. Mit einer seltsamen Angst betrat ich das dämmrige Gebäude. Das Keuchen ließ mich an ein gefangenes Tier denken, in die Ecke getrieben, aber immer noch kraftvoll. Was war, wenn sie mich jetzt ansprang oder wenn sie mich an diesen einsamen Ort gelockt hatte, um mir etwas anzutun?

Im Zwielicht des Bootshauses konnte ich zuerst nicht sehen, wo sie sich versteckte, aber als meine Augen sich an das Halbdunkel gewöhnt hatten, entdeckte ich sie an der Wand gegenüber. Ihr Gesicht war ausdruckslos, und sie blickte mich an. »Sie können es auch spüren«, sagte sie.

Angstvoll schüttelte ich den Kopf.

»Ich hab gewusst, dass Sie es können.« Ihre Augen funkelten im Dämmerlicht.

»Nein«, formte ich mit den Lippen, aber mein erschrockenes Gesicht zeigte ihr, dass sie recht hatte.

Sie lächelte mit düsterer Genugtuung. »In gewisser Weise sind wir beide uns ähnlicher, als wir es uns wünschen würden«, sagte sie.

Da wusste ich, dass sie etwas von der Angst und der Dunkelheit erahnen musste, die mich bedrängten, obwohl ich mich nach Kräften bemühte, die Vergangenheit aus meinem Gedächtnis zu vertreiben.

»Haben Sie irgendetwas gesehen, als Sie hereinkamen?«, fragte Eleanor.

»Nichts«, sagte ich. Das stimmte zwar, aber es war nicht die ganze Wahrheit. Ich hatte nichts gesehen, aber ich hatte eine Anwesenheit gespürt. »Es ist ein kaltes, verlassenes Haus.«

»Lesen Sie das hier, dann wissen Sie, warum es hier spukt.« Sie zog ein Blatt aus dem braunen Umschlag und schob es mir in die Hand. Es war ein kleines gedrucktes Plakat.

BELOHNUNG

Für Hinweise, die dazu führen, dass Samuel Wainwright unversehrt zurückkehrt, wird eine hohe Belohnung ausgesetzt. Der Junge wird seit Freitag, 10. August 1849, vermisst, zum großen Kummer seiner Eltern, Mr und Mrs Matthew Wainwright, Teesbank Hall, an der Jackson's Lane im Pfarrbezirk Preston on Tees im Distrikt Eaglescliffe.

VERMISST

Samuel Wainwright, zwei Jahre alt, wurde seit Freitagabend, 10. August, nicht mehr gesehen. Am Freitag wurde er noch von seinem Kindermädchen ins Bett gebracht. Samuel hat blaue Augen, blondes Haar und ein rosiges Gesicht. Er trug nur sein Nachthemd, im Haus fehlt keine andere Kleidung.

HINWEISE

Falls jemand Hinweise zum Aufenthaltsort des Kindes geben kann, möge er sich an die Rechtsanwälte Seddon und Wilson wenden, an der High Street in Stockton-on-Tees, und dort diese Hinweise vorlegen. Wenn sie zur Rückkehr des unversehrten Kindes führen, zahlt Mr Wainwright eine Belohnung von einhundert Pfund.

»Es war Papierverschwendung«, sagte Eleanor. »Mein Bruder Samuel war bereits tot.«

Mit zitternden Händen gab ich ihr das Plakat zurück. »Das tut mir sehr leid. Ich wusste nicht, dass das ermordete Kind Ihr Bruder war.« Ich war mir unsicher, was ich sagen sollte, daher zögerte ich.

»Sie verbieten mir, darüber zu sprechen«, sagte Eleanor. »Aber ich muss ständig daran denken. Ich werde in dem Haus gefangen gehalten, aus dem er entführt wurde. Und hier«, sagte sie mit einer hilflosen Geste, »wurde Samuel vor zweiundzwanzig Jahren gefunden. Abgeschlachtet.« Sie packte meinen Arm und drehte mich so, dass ich sie ansehen musste. Sie war mir zu nahe, und ich versuchte, mich zu befreien, denn ich kann es nicht ertragen, wenn ich unerwartet angefasst werde. In ihren Augen lag eine seltsame Erregung, und sie schien weder mich noch unsere Umgebung richtig wahrzunehmen. »Seine Kehle war fast ganz durchgeschnitten, das war die tödliche Wunde, sagte der Arzt, aber seine Leiche wies mehr als ein Dutzend Stichverletzungen auf.«

Ich rang nach Luft. »Er war zwei Jahre alt!« Die Kälte, die ich beim Eintreten ins Bootshaus gespürt hatte, wurde noch eisiger. »Woher wissen Sie das alles?«, fragte ich.

»Ich habe die Gerichtsprotokolle und noch weitere Dokumente. Ich musste die Wahrheit herausfinden.«

Ich wollte keinen Augenblick länger in diesem Haus des Todes verbringen, daher versuchte ich, Eleanor zum Gehen zu bewegen. Doch sie grub ihre Nägel nur noch tiefer in meinen Arm und drückte mich auf einen Sitz am Fenster hinunter. »Ich kann Ihnen die Dokumente zeigen. Es war ein berühmter Mordfall, und auf den Straßen wurden Flugblätter verkauft. Man nannte den Fall damals den Französischen Mord.«

Das Verbrechen war mir erschreckend vertraut. Es war ein berüchtigter Fall gewesen, auch wenn Vater mich vor den Einzelheiten bewahrt hatte, als er mir einmal davon erzählte. Ich konnte kaum glauben, dass mein Leben einst so beschützt gewesen war.

»Schauen Sie hier«, sagte Eleanor beharrlich, »das stammt aus der gerichtlichen Untersuchung der Todesursache. Sie ersehen daraus, in welchem Zustand die Leiche hier gefunden wurde.« Eleanor drückte mir einige Papierbögen in die Hände, und ich begann zu lesen.

Sämtliche Protokolle der Verhandlungen vor den Geschworenen des Coroners in Stockton-on-Tees bezüglich der Leiche von Samuel Wainwright, der nach dem 10. August 1849 zu einem unbekannten Zeitpunkt in Teesbank Hall an tiefen Schnittwunden starb.

Mitstenografiert und ediert von S. R. Stocksley.

RICHARD DIVINE, aufgerufen, vereidigt und vernommen durch den CORONER.

C.: Wer sind Sie?

R. D.: Ich bin Gärtner in Teesbank Hall in Eaglescliffe.

C.: Ist es richtig, dass Sie die Leiche von Samuel Wainwright gefunden haben?

R. D.: Ja, Sir.

C.: Wo haben Sie die Leiche gefunden?

R. D.: Sie lag im Bootshaus.

C.: Waren Sie der Erste, der im Bootshaus gesucht hat?

R. D.: Nein, Sir.

C.: Warum wurde die Leiche nicht vorher gefunden?

R. D.: Sie war zum Teil hinten im Bootshaus unter lockerer Erde versteckt und mit einer Plane zugedeckt.

C.: Was haben Sie getan, nachdem Sie die Leiche gefunden hatten?

R. D.: Ich bin losgerannt, um es dem Bezirksrichter, Mr Hughes, mitzuteilen, der sich zu diesem Zeitpunkt bei Mr und Mrs Wainwright aufhielt. Ich sagte, sie sollten sofort mitkommen, aber ich war so außer mir, dass ich ihnen nicht erklären konnte, warum.

C.: Ist es richtig, dass Mr Wainwright als Erster im Bootshaus erschien?

R. D.: Ja, Sir. Mrs Wainwright ist in anderen Umständen und stolperte auf dem unebenen Boden. Mr Hughes blieb zurück, um ihr zu helfen.

C.: Wie haben Mr und Mrs Wainwright reagiert, als sie die Leiche gesehen haben?

R. D.: (Pause) Mr Wainwright geriet außer sich und begann zu schreien. Er rief: »Gott, warum hast du meine Familie auf diese Weise bestraft?« Mrs Wainwright war zuerst still und sehr bleich. Ich hatte Angst um sie, denn die Niederkunft steht kurz bevor. Aber dann sprach sie.

C.: Was sagte Mrs Wainwright?

R. D.: (längere Pause) So sieht Rache aus.

C.: Hat sie das wörtlich gesagt?

R. D.: Ja, Sir.

C.: Was meinen Sie, was diese Worte bedeuten?

R. D.: Das weiß ich nicht, Sir.

(Der Zeuge zog sich zurück.)

Ich sah Eleanor an. »Warum hat Ihre Mutter das gesagt?«

»Sie müssten die ganze Geschichte kennen, um die Bedeutung dieser Worte zu verstehen.« Bevor ich weiterlesen konnte, nahm sie mir die Protokolle aus der Hand. »Ich werde unsere Familiengeheimnisse nicht so ohne Weiteres preisgeben. Sie müssen es sich verdienen.«

»Wie kann ich das tun?«, fragte ich.

Mit halbem Lächeln sagte sie: »Der Bezirksrichter bestand darauf, dass Samuels Leiche liegen blieb, wo der Gärtner sie gefunden hatte, bis der Arzt sie untersuchen konnte. Meine Familie stand von Anfang an im Verdacht, etwas mit dem Mord zu tun zu haben.«

»Aber das ist unmöglich!«, rief ich aus.

Eleanor hielt mich immer noch ganz fest, sodass ihre Fingernägel sich weiterhin in meinen Arm gruben, und fuhr fort: »Mein Kindermädchen erzählte mir, dass Mutter vor der Leiche ihres Sohnes im Schmutz kniete und schluchzte, sie wolle ihn wieder in sein Bettchen bringen. Vater ging hier im Bootshaus auf und ab, als wäre er wahnsinnig geworden, und bedrohte jeden, der ihn beruhigen wollte.«

»Wie entsetzlich!«

»Ach, was danach kam, war noch schlimmer. Zu jener Zeit hatten meine Eltern wenigstens noch Gefühle. Sie liebten Samuel. Jetzt gibt es in Teesbank Hall keine Liebe mehr.«

»Wurde der Mord aufgeklärt?«, fragte ich.

»O ja, eine Frau wurde dafür gehenkt«, erwiderte sie. »Man hat sie in Durham kreischend zum Galgen geschleift.«

»Eine Frau? Wie konnte eine Frau so etwas tun?«

Eleanor überhörte meine Frage und sprach weiter: »Sie behauptete, sie wolle endlich die Wahrheit sagen. Es war ein schöner Oktobermorgen, und sie war noch jung. Sie wollte nicht sterben.«

Samuel war im August umgebracht worden. Seiner Mörderin war rasch Gerechtigkeit widerfahren, dachte ich.

»Was meinte sie mit der Wahrheit?«, fragte ich

»Ach, dazu war es zu spät. Niemand hörte ihr zu. Sie war vor Gericht schuldig gesprochen worden. Was gab es da noch zu sagen?«

»Aber warum hatte sie ein kleines Kind, fast noch ein Baby, getötet?«

»Und sie hat uns – unsere Familie – verflucht, als sie die Stufen zum Galgen hinaufstieg. Sie bat nicht um Vergebung, weil sie, wie sie sagte, keine Schuld hatte.« Eleanor überlegte einen Moment, dann fügte sie hinzu: »Von den Leuten hier aus der Gegend glaubt niemand, dass sie die Mörderin war.«

»Warum nicht?« Ich hielt inne. Etwas in Eleanors Miene ließ mich fragen: »Glauben *Sie* denn, dass diese Frau die Mörderin war?«

Eleanor ließ mich los und wandte sich ab.

Die Erregung war aus ihrer Stimme verschwunden, und mit nüchterner Eintönigkeit berichtete sie: »Wenn ich als kleines Kind ungezogen war, sagte mein Kindermädchen, ich müsse ganz brav sein, sonst würde die tote Dame zurückkommen und sich für das, was meine Familie ihr angetan habe, an mir rächen.«

»Wie grausam, so etwas zu einem kleinen Kind zu sagen!«

»Es war die einzige Möglichkeit, mich zur Räson zu bringen.«

»Was ist aus dem Kindermädchen geworden?«

»Sie hieß Nancy Wilson. Vater hat sie entlassen, als er erfuhr, welche Geschichten sie mir erzählte. Sie war dabei gewesen, als Samuel abgeholt wurde. Vater hatte Sorge, dass sie mehr wusste, als sie sagte«, antwortete Eleanor.

»Was hätte sie denn wissen können? Und warum hätte sie es verschweigen sollen?«

Leider beantwortete Eleanor meine Frage nicht. Stattdessen fuhr sie fort, als hätte ich nichts gesagt: »Ihre Geschichten führten dazu, dass ich Nacht für Nacht schreiend aufwachte. Aber ich bin sicher, dass es Vater nicht um meine Albträume ging, sondern dass er einfach nicht an die Vergangenheit erinnert werden wollte.«

»Das war doch ein entsetzliches Verbrechen!«, rief ich. »Wie könnte man das jemals vergessen?«

»Mutter vergisst es nicht«, sagte Eleanor mit Bestimmtheit. »Es muss ihr eine gewisse Genugtuung gegeben haben, dass der Mord so furchtbar bestraft wurde. Als der Richter seine schwarze Kopfbedeckung aufgezogen hatte und verkündete, man habe die Mörderin zum Tod durch den Strang verurteilt, fügte er hinzu, dass die Hinrichtung öffentlich stattfinden solle.«

»Weil die Frau ein Kind umgebracht hatte?«

»Es gibt kein schlimmeres Verbrechen«, stellte Eleanor fest. »Haben Sie den Galgen in Durham schon einmal gesehen?«

Ich schüttelte den Kopf.

»Die Verurteilten gehen durch einen schmalen Gang und treten auf eine Plattform hinaus, sodass alle sie sehen können. Dass eine Frau gehängt wird, ist ein seltenes Ereignis, daher zieht es große Menschenmengen an. Sonderzüge wurden eingesetzt, damit die Menschen aus ganz Nordengland anreisen konnten. Es heißt, dass Tausende von Zuschauern kamen, um sie mit faulem Obst und Steinen zu bewerfen. Und als sie in der Schlinge zuckte, hörte sie als Letztes, wie die Menge rief: ›Hure! Die Gouvernante ist eine Hure!‹«

»O Gott.« Entsetzt schlug ich mir die Hände vor das Gesicht. Dieses Wort. Es war mir unerträglich, es ausgesprochen zu hören.

»Ich glaube, das ist der Grund, weshalb sie uns nicht in Frieden lässt. Nancy Wilson glaubte, sie könne erst in den Himmel eingehen, wenn ihr Gerechtigkeit widerfahren sei.« Plötzlich schwieg Eleanor und starrte auf einen Punkt hinter mir, als wäre gerade jemand hereingekommen. Ich drehte mich um, doch da war niemand.

Ich wollte dieses schreckliche Haus, dessen Boden mit Blut getränkt war, nur noch verlassen, daher stand ich rasch auf. »Wir müssen zurück. Der Himmel wird dunkler, sicher regnet es bald.«

Eleanor ließ zu, dass ich sie aus dem Bootshaus hinausführte, aber sie sprach währenddessen weiter: »Es spielt keine Rolle, ob sie schuldig war oder nicht, denn letztendlich wurden wir alle bestraft.« Sie blickte sich erregt um, als könnte uns jemand folgen und unser Gespräch belauschen. Bestürzt schaute ich zu, wie sie an den zugeknöpften Ärmeln ihres Kleides zerrte. »Was tun Sie da, Miss Eleanor? Bitte hören Sie damit auf!«, sagte ich.

Sie schaute mich ausdruckslos an, als hätte sie mich nicht gehört, und riss weiter an dem Stoff, der ihre Handgelenke einhüllte.

»Miss Eleanor, bitte, Sie quälen sich nur selbst. Wir müssen ins Haus zurück. Es gibt Regen.« Inzwischen machte ich mir Sorgen um ihren Geisteszustand, und ich versuchte, sie am Arm den Fußpfad entlangzuziehen, aber ihr ganzer Körper war steif, und sie ließ sich nicht vom Fleck bewegen. Ich wollte nur zurück ins Herrenhaus und ihrer wachsenden Hysterie entkommen.

»Wir können nicht darüber sprechen, das wissen Sie ja auch. Alle glauben, nur unser Reichtum hätte uns gerettet.«

Ich dachte an den Kutscher am Bahnhof und an seine Warnung vor Teesbank Hall. Und ich überlegte, wie trostlos das ganze Anwesen wirkte und dass in den Wochen seit meiner Ankunft kein einziger Besucher gekommen war. »Miss Eleanor, bitte, wir müssen zurück.« Mit aller Kraft begann ich erneut, sie den Weg entlangzuzerren.

Sie schien mich gar nicht wahrzunehmen, sondern murmelte nur vor sich hin: »Mein Bruder war erst zwei Jahre alt. Sie sagen, der Schock über seine Ermordung habe Vaters Haar über Nacht weiß werden lassen, und meine Mutter hat vor Kummer den Verstand verloren. Eigentlich hätte die ganze Familie in jener Nacht umkommen sollen.«

Eleanors Worte ließen mich zurückfahren. »Miss Eleanor, bitte schweigen Sie. Sie quälen sich nur«, wiederholte ich.

Und da, ohne Vorwarnung, veränderte sich ihre Stimmung, und der Irrsinn verschwand aus ihrem Gesicht. Erschrocken sah sie mich an. »Warum halten Sie meinen Arm fest?«

Ich ließ die Hand sinken. »Ich – ich habe mir Sorgen um Sie gemacht. Ich wollte Ihnen helfen, ins Haus zurückzugehen.«

Sie rieb sich den Ärmel, als wäre er beschmutzt. »Fassen

Sie mich nie wieder an«, sagte sie langsam und nachdrücklich. Ihre plötzliche Ruhe erschreckte mich noch mehr als ihre Raserei einen Moment zuvor.

»Wer war die Frau, die wegen des Mordes verurteilt wurde?«, fragte ich. Doch Eleanor entfernte sich bereits und sagte kein Wort mehr.

7

Ich folgte Eleanor zurück ins Herrenhaus. Ihre Worte und die tiefe Verzweiflung, die ich rings um das Bootshaus herum gespürt hatte, hatten mich erschüttert. Wir legten unsere Mäntel ab und kehrten in die Stille des Schulzimmers zurück. Sie betrachtete meine aufgewühlte Verfassung kühl und kritisch, bevor sie sich wieder an ihren Tisch setzte und sich in die abstrakte Algebra vertiefte. Eine derartige Zuflucht gab es für mich nicht, daher sah ich mich in den langen Regalen der Bibliothek nach einem Buch um, das mich von den Gräueln, die Eleanor mir enthüllt hatte, ablenken konnte.

Schließlich entschied ich mich für einen Band des großen Dichters William Wordsworth. Ich hoffte, die Schönheit seiner Verse über die Natur würde mir über die düsteren Gedanken, die mich bedrängten, hinweghelfen, doch das Buch blieb ungelesen auf meinem Schoß liegen. Ich wurde das Bild des einsamen Bootshauses, in dem man Samuel Wainwrights Leiche gefunden hatte, nicht los – so weit vom Herrenhaus entfernt, dass außer seiner Mörderin niemand seine Schreie gehört hatte. Der Band *Ausgewählte Gedichte von William Wordsworth* fiel mit dumpfem Gepolter zu Boden. Eleanor blickte auf und warf mir mit gerunzelter Stirn einen Blick zu. »Ruhe«, zischte sie. »Ich versuche, mich zu konzentrieren.«

»Ich muss immer an den Mord denken«, sagte ich.

»Wir sprechen nicht darüber. Reden würde an dem Geschehenen nichts ändern.«

Daraufhin wollte ich meinen Versuch, Gedichte zu lesen, wieder aufnehmen, aber Eleanor fragte plötzlich: »Möchten Sie ihn sehen?«

»Wen?«, fragte ich verdutzt.

»Samuel. Samuel Wainwright. Meinen toten Bruder. Es gibt eine Daguerreotypie von ihm.«

Ich bekam Angst. »Ich will sie nicht sehen.«

Aber Eleanor war schon aufgestanden und ging zu einem Schrank am Fenster. Sie schloss ihn auf und nahm eine eingewickelte Daguerreotypie heraus. »Packen Sie sie aus, darauf ist mein Bruder zu sehen.«

Sie konnte nicht wissen, was es mich kostete. Selbst jetzt noch steigt die vertraute Übelkeit in mir auf, wenn ich ein Foto ansehen muss. Doch Eleanor wurde ungeduldig, daher wickelte sie die Daguerreotypie auf. Der ganze Haushalt war darauf zu sehen, aufgenommen vor Teesbank Hall. Da diese Art der Fotografie eine lange Belichtungszeit erforderte, posierten die Personen auf dem Bild steif und blickten ausdruckslos in die Kamera. Mr und Mrs Wainwright saßen in der Mitte, allerdings mit ein wenig Abstand voneinander. Sie waren etwa zwanzig Jahre jünger und damals, bevor Alter und Kummer sie gezeichnet hatten, ein schönes Paar. Mrs Wainwright hielt ein Baby auf dem Schoß, und links von ihr standen zwei Mädchen, die etwa dreizehn oder vierzehn Jahre alt sein mochten.

Ich zeigte auf das ältere Mädchen. »Wer ist das?«

»Das ist Clara. Sie war meine ältere Schwester. Und die Dunkelhaarige, die so böse in die Kamera schaut, ist Martha. Sie war zwei Jahre jünger als Clara.«

»Was ist aus den beiden geworden?«, fragte ich. Inzwischen mussten sie in den Dreißigern sein, doch ihre Namen waren noch nie erwähnt worden.

»Das spielt keine Rolle. Und das ist mein Bruder.« Eleanors Tonfall war nüchtern und unpersönlich, so, als wäre sie mit den drei älteren Kinder nicht verwandt.

Selbst auf dieser gestellten und etwas unscharfen Daguerreotypie waren die weichen Züge von Samuels Babygesicht zu erkennen. Wie schrecklich, dass sein kleiner Körper nur wenige Monate später blutig und leblos im Bootshaus gefunden wurde. Nun sah ich mir die Einzelheiten auf dem Bild genauer an und versuchte, die Gesichter der anderen Haushaltsmitglieder zu erkennen. Die Daguerreotypie war etwas verkratzt, aber ich entdeckte das grimmige Gesicht von Mrs Jenson, das mich anstarrte und sich seit damals kaum verändert hatte.

Eleanor blieb bei mir stehen und beobachtete mich. Mein Blick fiel auf eine Gestalt, die etwas entfernt von der übrigen Familie stand. Sie trug ein dunkles Kleid mit einem hübschen Spitzenkragen. Anfangs waren ihre Gesichtszüge undeutlich, doch dann schienen sie vertraute Formen anzunehmen – die dunklen Augen und die allzu sinnlichen Lippen. Ich deutete auf das Foto und rief: »Diese Frau sieht genauso aus wie ich. Wie ist das möglich?«

Eleanor lachte boshaft. »Ich hab mich gefragt, ob Sie die Ähnlichkeit bemerken würden. Mir ist sie schon bei unserer ersten Begegnung aufgefallen, aber ich wollte Ihre Reaktion abwarten, um sicherzugehen.«

»Was wollen Sie damit sagen? Wer ist das?«, fragte ich und betrachtete die Daguerreotypie noch genauer.

Bevor Eleanor antworten konnte, trat Mrs Jenson ein. »Was ist denn hier los? Warum sprechen Sie so laut?« Offenbar war sie gerade an der Bibliothek vorbeigekommen.

»Entschuldigen Sie bitte, Mrs Jenson, aber es geht um dieses Bild.« Ich deutete auf das Bild. »Ich habe einen Moment lang gedacht, ich wäre selbst darauf.« Nach meinem ersten Schrecken war mir klar geworden, dass jegliche Ähnlichkeit nur oberflächlich war. Die Frau war in meinem Alter, und ihre Haut und ihre Haare schienen einen ähnlichen Farbton zu haben, aber ihre Gesichtszüge waren feiner als meine, und sie besaß eine sanfte, anrührende Schönheit.

»So viel Wirbel um eine Fotografie!«, sagte Mrs Jenson, doch dann sah sie genauer hin. »Das hat hier nichts zu suchen! Miss Eleanor, warum haben Sie Miss Caldwell dieses Bild gezeigt?«

Eleanor zuckte die Achseln. Während Mrs Jenson und ich gesprochen hatten, hatte sie uns scharf beobachtet und jedes Wort dieses kleinen Dramas begierig aufgesogen. Jetzt aber blickte sie missmutig und stumm zu Boden.

»Nun, da Sie sich beide beruhigt haben, werde ich mich jetzt darum kümmern.«

Sie nahm die Daguerreotypie an sich und verschwand damit.

Immer noch ganz erschüttert, ließ ich mich auf einen Stuhl sinken. »Wer war die Frau auf dem Bild, Miss Eleanor?«

»Das ist eine Ironie des Schicksals«, sagte sie hämisch. »Das war Arielle Marchal.«

»Arielle Marchal?«

»Die französische Gouvernante. Sie war die Hauslehrerin von Clara und Martha, meinen Schwestern, und sie schlief in dem Zimmer, das Sie jetzt bewohnen. Sie stammte aus der Provence, Miss Caldwell, genauso wie Ihre Mutter. Sie war eine Hure. Arielle wurde für den Mord an Samuel gehängt.«

Eleanor genoss es, diese Liste herunterzurasseln, und ich spürte die vertraute Übelkeit im Magen. Ich begann, Zusammenhänge zwischen mir und der toten Arielle zu sehen. Es gab so viele Übereinstimmungen. Sogar das Wort, dieses grässliche Wort, verband uns.

»Aber Sie glauben nicht daran, dass Arielle die Mörderin war?«

»Ist es wichtig, was ich glaube?« Eleanor sah mich nachdenklich an. »Ich habe Dokumente zu dem Fall. Vielleicht erfahren Sie daraus, wer die Mörderin war, aber Sie bekommen die Papiere nicht umsonst.«

»Wie kann es sein, dass Sie Aufzeichnungen über den Mord besitzen? Samuel ist gestorben, bevor Sie geboren wurden.« Ich fürchtete, dass Eleanor versuchte, mich irgendwie hereinzulegen, weil sie spürte, wie verletzlich ich war.

»Die Dokumente stammen zumeist von meinem Kindermädchen, Nancy Wilson. Sie war von dem Mord besessen, und sie hat alles gesammelt, was sie im Laufe der Jahre finden konnte.«

»Und das hat sie Ihnen dann gezeigt?«

»Es war unser Geheimnis. Nancy war mehr oder weniger Analphabetin, und sie brauchte mich, denn ich musste ihr alles vorlesen.« Eleanor wirkte wieder abgelenkt. »In diesem Haus spukt die Vergangenheit herum – sogar die Luft ist krank vor Erinnerungen. Aber niemand wollte oder will darüber sprechen. Niemand außer Nancy. Wir saßen stundenlang im Bootshaus und untersuchten jede kleinste Einzelheit. Es hieß, der Mord haben Nancy wirr im Kopf gemacht –«, Eleanor zuckte die Achseln, »und ich wollte die Wahrheit wissen.«

»Und sie hat Ihnen die Dokumente überlassen?«

»Nancy Wilson?« Eleanor lachte. »Nein, Nancy Wilson hat in ihrem ganzen Leben nichts freiwillig hergegeben. Ich habe die Papiere an mich genommen, weil sie von Rechts wegen mir gehören – es sind unsere Familiengeheimnisse. Als Nancy entlassen wurde, hat Mrs Jenson ihr beim Packen zugesehen, sodass sie keine gestohlenen Schriftstücke in ihren Koffer stopfen konnte. Ich versprach ihr, die Dokumente sicher aufzubewahren und sie ihr irgendwann wiederzugeben, was ich natürlich nicht vorhatte.«

»Und diese Dokumente werden Sie mir zeigen, damit ich das Rätsel um die Ereignisse damals lösen kann?«, fragte ich.

»Vielleicht. Ich besitze auch noch andere Unterlagen, die ich aus Vaters Arbeitszimmer gestohlen habe. Er will das alles vergessen und ist unvorsichtig geworden. Ich glaube, er hat immer noch nicht gemerkt, dass die Papiere verschwunden sind. Aber, wie gesagt, Sie müssen sich die Wahrheit verdienen.« Eleanor lächelte eisig. »Wenn ich Ihnen gestatte, etwas über unsere Sünden zu erfahren, erwarte ich eine Gegenleistung.«

»Was verlangen Sie?« Ich hatte den Verdacht, dass sie schon lange wusste, welche Forderung sie an mich stellen wollte. Der Ausflug zum Bootshaus, die verlockenden Bruchstücke von Informationen und auch die Daguerreotypie hatten dazu dienen sollen, meine Neugier zu wecken.

»Ich tausche mein Wissen gegen ein Stückchen Freiheit ein. Ich sehne mich nach einer halben Stunde ohne Sie, ohne diese ständige Überwachung. Wenn Sie mir morgen diese Zeit zugestehen wollen, lasse ich Sie die übrigen Protokolle von der Gerichtsverhandlung sehen.«

Ich biss mir auf die Lippe. Mrs Jenson hatte mir die strikte Anweisung gegeben, meinen Schützling niemals allein zu lassen. Keinen Moment lang. Außerdem hatte sie mich gewarnt, dass Miss Eleanor heimtückisch sein könne, und gesagt, ich dürfe ihr nicht vertrauen. Bereits jetzt sah ich, wie verbittert und gepeinigt Eleanor war und, noch schlimmer, wie sehr sie mich hasste. Sie hätte mich ohne Zögern vernichtet, wenn sie das gekonnt hätte.

Auch heute noch frage ich mich, warum ich in diesen Handel einwilligte, obwohl er mich in so große Gefahr brachte. Onkel Thomas Stepford hatte gesagt, meine Neugier würde mein Verderben sein und ich solle weniger Fragen stellen. Vielleicht hatte er recht gehabt. Es stimmt, dass ich unbedingt erfahren wollte, was tatsächlich geschehen war, aber nicht nur aus reiner Neugier. Es gab so viele Parallelen zwischen Arielle Marchal und mir, auch sie war allein und Gouvernante in dieser feindseligen Familie gewesen, und sie erschien mir wie ein Spiegelbild meiner selbst. Ich sagte schon, dass ich nicht abergläubisch war, aber ich stellte mir vor, dass ich, wenn ich ihr Schicksal verstehen würde, auch meine eigenen Erfahrungen begreifen könnte. Und offen gesagt, fiel es mir leichter, mich in die Geschichte einer anderen Frau zu vertiefen, als über meine eigene Vergangenheit nachzudenken.

Eleanor las mir meine Zweifel vom Gesicht ab. »Sie müssen sich jetzt entscheiden. Ich kann nicht versprechen, dass ich mein Angebot wiederhole.« Sie lachte. »Betrachten Sie es als einen Fortsetzungsroman von Charles Dickens. Gegen eine halbe Stunde Freiheit werde ich Ihnen jede Woche eine neue Folge liefern.«

»Und was ist, wenn jemand Sie allein sieht? Dann erfährt Mrs Jenson, dass ich Sie aus den Augen gelassen habe.«

Jetzt wurde ihr klar, dass ich einverstanden war und dass sie ihren Willen bekam. »Ich verspreche, dass ich vorsichtig bin. Niemand wird mich zu sehen bekommen.«

Wie besprochen gingen wir gleich am nächsten Tag wieder zum Bootshaus. »Hier stört uns niemand«, war Eleanors schlichte Erklärung für die Wahl dieses Ortes.

Auf Phasen mit hellem Sonnenschein folgten, wie es für den Frühling charakteristisch ist, plötzliche Regenschauer, und das wechselhafte Wetter spiegelte meine eigenen wiederkehrenden Zweifel an unserer Abmachung. Wir gingen schweigend und im gleichen Schritt. Aus der Ferne musste es aussehen, als wären wir vertraute Gefährtinnen, doch vermutlich war unser Abkommen das Einzige, was uns verband. Eleanor hatte den gleichen braunen Umschlag wie am Vortag bei sich, und ich war schon sehr gespannt, fürchtete mich aber auch davor, in die Geheimnisse jener blutigen Nacht vor so vielen Jahren eingeweiht zu werden. Sie hingegen ließ den Blick schweifen, als überlege sie, wie sie die versprochene Freiheit nutzen würde.

Als wir das Bootshaus erreichten, zögerte ich. Es war so weit vom Herrenhaus entfernt, und der Ort hatte etwas Verlassenes. Ich hatte Angst, die Tür zu öffnen – vielleicht war es doch besser, die Einzelheiten des Mordfalls nicht zu erfahren.

Eleanor sagte verächtlich: »Sie trauen sich nicht, hineinzugehen, weil Sie jetzt wissen, was hier geschehen ist!«

Feigheit wollte ich mir nicht vorwerfen lassen, deshalb drückte ich schnell die Tür auf und trat ein. Es war bloß ein Haus, sagte ich mir, es mochte feucht und finster sein, aber es war ein Haus, weiter nichts. Ich konnte zwar nicht so tun, als fühlte ich mich darin wohl, und es fiel mir schwer, das Wissen um seine Geschichte fortzuschieben – aber das Grauen, das mir am vergangenen Tag in die Eingeweide gefahren war, war vorüber.

Eleanor gab mir ihre Armbanduhr. »Sie können meine Abwesenheit auf die Minute genau überprüfen. Ich verspreche, dass ich nicht länger als eine halbe Stunde fort sein werde.«

»Nicht langer als eine halbe Stunde«, wiederholte ich. In dieser kurzen Zeit konnte sie nichts Schlimmes anstellen.

Daraufhin überreichte sie mir den braunen Umschlag. »Hier. Jetzt können Sie anfangen, die Mosaikstücke zusammenzusetzen.«

»Finde ich darin die Wahrheit?«

»Sie werden das finden, was über die Ereignisse ausgesagt wurde.«

Als sie fort war, setzte ich mich auf den schmalen Fenstersitz. Das vom Regen rein gewaschene Fenster gab den Blick auf den Tees frei, und die herrliche Landschaft ließ mich beinahe vergessen, was hier geschehen war. Doch kaum hatte ich den Umschlag geöffnet, da wurde ich in das finstere Geschehen von damals hineingezogen. Ich überging die Befragung des Gärtners Richard Divine, die ich gestern bereits gelesen hatte, und schlug die zweite Seite auf. Sie befasste sich mit dem Zustand der Leiche und der Todesursache.

Die Leichenschau

THOMAS FULLER, aufgerufen, vereidigt und vernommen durch den CORONER.

C.: Sind Sie ordentlicher Arzt und am College zugelassen?

T. F.: Ich bin ordentlicher Arzt und am College zugelassen.

C.: Kannten Sie Samuel Wainwright?

T. F.: Ich habe ihn an dem Tag, als seine Leiche gefunden wurde, zum ersten Mal gesehen.

C.: Haben Sie ihn zu seinen Lebzeiten gesehen?

T. F.: Nein, Sir.

C.: Auf wessen Ersuchen haben Sie die Leichenschau vorgenommen?

T. F.: Der Bezirksrichter Mr Hughes hatte mich darum ersucht.

C.: In welchem Zustand befand sich die Leiche?

T. F.: Sie war in feines weißes Seidentuch gehüllt

und mit einer Plane bedeckt. Die Leiche war zum Teil vergraben gewesen und daher mit Erde beschmutzt.

C.: Konnten Sie, nachdem Sie die Leiche enthüllt hatten, Wunden erkennen?

T. F.: Ja. Über die Kehle zog sich ein tiefer Schnitt, er war etwa drei Zoll lang und zwei Zoll tief.

C.: Wie sah diese Wunde aus?

T. F.: Sie war tiefviolett, und der Kopf war zum Teil vom Körper abgetrennt.

C.: Glauben Sie, dass Samuel Wainwright infolge dieser Wunde gestorben ist?

T. F.: Ja, Sir. Ich bin überzeugt, dass diese Wunde zu seinem Tod geführt hat.

C.: Wann ist der Tod Ihrer Schätzung nach eingetreten?

T. F.: Aufgrund der beginnenden Verwesung der Leiche vermute ich, dass der Tod entweder in der Nacht auf den 11. August oder am frühen Morgen des 11. August eingetreten ist.

C.: Wies die Leiche noch weitere Wunden auf?

T. F.: Ja. Ich habe eine Reihe von tiefen Schnitten gefunden, die stark geblutet hatten.

C.: Sind Sie der Ansicht, dass der Mord im Bootshaus stattgefunden hat?

T. F.: Ja, Sir. Im hinteren Teil des Bootshauses wurde viel Blut gefunden, in Teesbank Hall dagegen gar keins.

C.: Hatte die Leiche weitere Verletzungen, abgesehen von denen, die Sie bereits genannt haben?

T. F.: Nein, Sir.

C.: Wie ist Samuel Wainwright Ihrer Ansicht nach ins Bootshaus gelangt?

T. F.: Da die Entfernung zum Herrenhaus recht groß ist und der Tote noch so klein war, bin ich der Meinung, dass der Täter oder die Täterin ihn begleitet haben muss.

C.: Und Sie haben keine Hämatome an seinem Körper gefunden, zum Beispiel an den Armen, die darauf hinweisen würden, dass das Kind gegen seinen Willen zum Bootshaus gebracht wurde?

T. F.: Nein, Sir, gar keine.

C.: Welchen Schluss würden Sie daraus ziehen?

T. F.: Ich würde daraus schließen, dass Samuel Wainwright freiwillig mitgegangen ist, höchstwahrscheinlich mit einer Person, die er kannte.

C.: Gibt es sonst noch etwas, auf das Sie uns hinweisen möchten?

T. F.: Ja, Sir. Ich bin kein Fachmann, aber die weiße Seide, in die die Leiche eingehüllt war, war von hervorragender Qualität. Ich glaube nicht, dass ein solcher Seidenstoff in dieser Gegend erhältlich wäre.

(Der Zeuge zog sich zurück.)

Ich betrachtete prüfend den Boden, so, als könnte er noch Zeugnis von den Ereignissen ablegen. Aber ich konnte keine Blutflecken mehr entdecken, und so blätterte ich die Seite um und las die Aussage des nächsten Zeugen.

WILLIAM BLACK, aufgerufen, vereidigt und vernommen durch den CORONER.

C.: In welcher Beziehung standen Sie zu Samuel Wainwright?

W. B.: Ich bin der Butler in Teesbank Hall in Egglescliffe im Pfarrbezirk Preston-on-Tees.

C.: Haben Sie am Morgen des 11. August irgendetwas Ungewöhnliches beobachtet, das für den Mord an Samuel Wainwright wichtig sein könnte?

W. B.: Ja, Sir. Die Tür von der Spülküche in den Garten war nicht abgeschlossen, und der Schlüssel, der sonst an einem Brett neben dem Dienstbotenaufgang hängt, fehlte.

C.: Nimmt man an, dass das Kind durch diese Tür das Haus verlassen hat?

W. B.: Ja, Sir.

C.: Sind Sie sicher, dass die Tür am Vorabend abgeschlossen wurde?

W. B.: Ja. Jeden Abend um neun Uhr kontrolliere ich sämtliche Fenster und alle Außentüren. Und ich sorge dafür, dass alle Schlüssel am Brett hängen.

C.: Haben Sie das auch am 10. August überprüft?

W. B.: Ja, Sir.

C.: Wer hatte Zugang zu diesem Schlüsselbrett?

W. B. (nach einer beträchtlichen Pause): Alle, die sich im Haus befanden und wussten, wo die Schlüssel verwahrt werden.

C.: Wäre Samuel Wainwright fähig gewesen, selbst den Schlüssel vom Brett zu nehmen?

W. A.: Nein, Sir. Der Schlüssel hing zu hoch, außerdem wäre es für ein kleines Kind zu schwierig gewesen, das Schloss aufzuschließen.

(Der Zeuge zog sich zurück.)

Als ich mich anschickte, die längste Zeugenaussage zu lesen, stieß ich auf einen bekannten Namen:

NANCY WILSON, aufgerufen, vereidigt und vernommen durch den CORONER.

C.: In welcher Beziehung standen Sie zu Samuel Wainwright?

N. W.: Ich bin das Kindermädchen in Teesbank Hall.

C.: War Samuel Wainwright das einzige Kind, das Sie betreut haben?

N. W.: Anfangs ja, aber als sie – die französische Gouvernante – fort war, habe ich mich auch um Miss Clara und Miss Martha gekümmert, bis eine neue Gouvernante gefunden wurde.

C.: Waren Sie die erste Person, die Samuel Wainwrights Abwesenheit bemerkte?

N. W.: Ja, Sir. Als ich ihn an dem Morgen wecken wollte, war sein Bettchen leer. Anfangs war ich nicht beunruhigt, weil ich dachte, er würde sicherlich mit seinen Schwestern spielen.

C.: Ab wann machten Sie sich Sorgen?

N. W.: Ich sprach mit seinen Schwestern, aber sie hatten ihn nicht gesehen. Als ich nach ihm rief, antwortete er nicht. Daher sagte ich Mrs Jenson Bescheid, die jetzt unsere Haushälterin ist.

C.: Was geschah daraufhin?

N.W.: Alle Dienstboten suchten das Herrenhaus nach ihm ab.

C.: Warum haben Sie nicht unverzüglich Mr und Mrs Wainwright benachrichtigt?

N.W.: Wir wollten uns erst ganz sicher sein, dass Samuel nicht da war. Mr Wainwright kann zornig werden, wenn man ihn ohne Grund stört.

C.: Wann haben Sie Samuel Wainwright zum letzten Mal gesehen?

N.W.: Als ich ihn am Abend vorher zu Bett gebracht habe.

C.: Können Sie uns sagen, wie der Abend abgelaufen ist?

N.W.: Die Kinder haben in der Kinderstube ihr Abendessen bekommen, und dann habe ich sie mit nach unten genommen, wo sie Mr und Mrs Wainwright Gute Nacht sagen sollten. Aber Miss Clara war sehr launisch und wollte nicht wieder nach oben, daher waren sie später im Bett als sonst.

C.: Was war der Grund für Miss Claras schlechte Laune?

N.W.: Er wollte sie nicht hochnehmen.

C.: Was meinen Sie damit?

N.W.: Mr Wainwright machte viel Aufhebens um den kleinen Samuel, er nahm ihn hoch und tat so, als wolle er ihn über die Schulter werfen. Miss Clara bat ihn, das auch mit ihr zu tun, aber Mr Wainwright sagte, sie sei viel zu alt für solche Kindereien.

C.: Und deswegen war sie schlecht gelaunt?

N. W.: Ja, Sir. Master Samuel ist der Liebling des ganzen Hauses. (Pause.) Ich meine, er war unser aller Liebling. Mrs Wainwright hat einmal gesagt, Samuel sei es als Einziger in der Familie wert, dass Mr Wainwright ihm seine Zuneigung schenkte, und das sei eine Schande.

(Die Vernehmung wurde unterbrochen.)

C.: Was haben Sie getan, als Sie mit Samuel in seine Schlafstube kamen?

N. W.: Wir haben unsere Gebete gesprochen, und dann habe ich ihn ins Bett gebracht. Seine Schwestern sind alt genug, um allein schlafen zu gehen, daher bin ich bei ihm geblieben.

C.: Samuel schlief nicht im gleichen Raum wie seine Schwestern?

N. W.: Nein, Sir.

C.: Können Sie uns die Lage der Schlafräume beschreiben? (NANCY WILSON schüttelte den Kopf, und eine längere Pause entstand. MATTHEW WAINWRIGHT trat auf den CORONER zu und zeigte ihm eine Skizze der Räume, die er eilig angefertigt hatte.)

C.: Miss Wilson, ist es richtig, dass jeder, der Samuel Wainwrights Schlafzimmer betreten wollte, erst durch Ihr Zimmer gehen musste?

N. W.: Ja, Sir.

C.: Haben Sie bemerkt, dass in jener Nacht jemand Ihr Zimmer betrat oder verließ?

N. W.: Nicht, dass ich wüsste, Sir.

C.: Ist es richtig, dass Sie die letzte Person waren, die Samuel Wainwright lebend gesehen hat?

Zwischenruf aus der Zuschauermenge: »So eine Schande! Wollen Sie behaupten, dass ein junges Mädchen etwas so Schreckliches tun würde?«

N. W.: Aber ja, Sir, abgesehen von der Person, die das getan hat, war ich die letzte.

C.: Wissen Sie, wer diesen Mord begangen haben könnte?

N. W.: Ja, Sir.

C.: (Pause.) Wer war Ihrer Ansicht nach der Mörder?

N. W.: Es war eine Mörderin – Arielle Marchal, die französische Gouvernante.

C.: Welchen Grund sollte die Gouvernante gehabt haben, Samuel Wainwright zu töten?

N. W.: Sie tat es aus Rache, Sir. Sie hat alle gehasst, alle Wainwrights. Sie haben sie fortgeschickt, weil sie eine Hure ist.

C. (an Mr Wainwright gerichtet): Ist das wahr, Sir?

Mr Wainwright: Ja, das ist wahr.

(Mrs Wainwright fiel in eine tiefe Ohnmacht, und es gab viel Gedränge und Rufen im Saal. Der Coroner verlangte, Mrs Wainwright solle an einen Ort gebracht werden, wo sie sich ausruhen könne. Das Verfahren wurde vertagt.)

8

Ich war so tief in die düstere Vergangenheit eingetaucht, dass ich die Zeit vergessen hatte. Als ich auf Eleanors Armbanduhr blickte, erschrak ich, denn es waren schon fast dreißig Minuten vergangen. Angst erfasste mich – was sollte ich tun, wenn sie nicht wiederkam? Wenn ich entlassen würde, hatte ich unendlich viel zu verlieren. Wie dumm von mir, dass ich mich von Eleanor hatte bestechen lassen. Ich sprang vom Fenstersitz auf und ging zur Tür. Doch meine Angst war wie weggeblasen, als Eleanor genau zur abgesprochenen Zeit wieder im Bootshaus erschien.

Sie wirkte genauso aufgewühlt wie gestern und fragte sofort: »Haben Sie in den Protokollen gefunden, was Sie suchten? Haben Sie gelesen, dass die Gouvernante für den Mord verantwortlich war?«

»Sie wurde des Mordes angeklagt, aber das heißt nicht, dass sie schuldig war. Der Bezirksrichter schien anzudeuten, dass Nancy Wilson etwas damit zu tun haben könnte. Vielleicht wollte sie die Schuld von sich abwälzen – das Kind muss das Haus ja durch ihr Zimmer verlassen haben.«

»Nancy wäre zu einem Mord nicht fähig gewesen.«

»Aber es war doch grausam von ihr, dass sie Ihnen Geschichten von einem Gespenst erzählt hat, das aus dem Grab aufsteht und Sie für die kleinsten Dinge bestraft.«

»Nancy war sicherlich bösartig, aber sie war zu beschränkt, um nach einem Mord ungeschoren davonzukommen. Sie kann es nicht gewesen sein.«

»Aber vielleicht hat sie mit ihrer Aussage die Identität der wahren Mörderin verschleiert?«, fragte ich. »Und warum haben Zuschauer aus der Menge gesagt, man solle die Familie fragen, was gesch–«

Eleanor schnitt mir das Wort ab: »Sie können nicht von mir erwarten, dass ich diese Frage beantworte.«

»Nein, entschuldigen Sie bitte.« Wir traten aus dem Bootshaus in den frischen Aprilsonnenschein hinaus. Ich ging ein wenig hinter Eleanor und dachte über die Bedeutung dessen nach, was ich gelesen hatte. Eine Einzelheit ging mir nicht aus dem Sinn, aber mit Eleanor wollte ich darüber nicht sprechen.

Sie blieb stehen. »Sie glauben nicht, dass es die Gouvernante war, stimmt's?«

»War Nancy Wilsons Aussage der einzige Beweis dafür? Das reichte doch bestimmt nicht aus, um die Gouvernante zum Tode zu verurteilen.« Mich fröstelte, als ich an den öffentlichen Galgen dachte, unter dem sie ihren letzten Atemzug getan hatte. »Sie hatte keinen Grund, Ihren Bruder zu töten.«

»Mrs Jenson sagte immer, Nancy Wilson und Arielle Marchal hätten zusammengehalten wie Pech und Schwefel. Nancy hätte ihre Freundin nicht belastet, wenn sie unschuldig gewesen wäre.«

Ich schüttelte den Kopf, und plötzlich ging mir ein Licht auf. »Nancy Wilson hat ausgesagt, dass die französische Gouvernante fortgejagt worden war?«

»Ja, mit Schimpf und Schande«, antwortete Eleanor.

»Das Haus war abgeschlossen. Und der Butler hat geschworen, dass nur jemand, der sich im Haus befand, Zugang zum Schlüssel für die Spülküchentür haben konnte.«

Eleanors angespanntes Lächeln erschien mir wie eine Art Belohnung für meinen Scharfsinn, aber sie sagte: »Das Gericht in Durham hat Arielle Marchal nur wenige Wochen nach dem Mord zum Tode verurteilt. Der Richter erklärte, das Beweismaterial gegen sie sei überwältigend, und er bezeichnete sie als widernatürliche, verdorbene Frau.«

»Aber sie wohnte nicht mehr im Haus«, beharrte ich. »Sie hätte keinen Zugang zu Samuel gehabt. Warum hat sie das nicht zu ihrer Verteidigung vorgebracht?«

»Sie hat während ihres ganzen Prozesses nicht gesprochen. Sie stand stumm im Zeugenstand und sagte kein Wort. Die Geschworenen haben ihr Schweigen als Schuldbekenntnis aufgefasst.«

Dabei gab es eine Tatsache, die sie zu ihrer Verteidigung hätte anführen können und die selbst bei der oberflächlichsten Überprüfung ihre Unschuld bewiesen hätte.

»Wenn die Gouvernante nicht die Mörderin war, wurde die wahre Schuldige nicht gefunden«, sagte ich.

»Und lebt unter uns, wollen Sie sagen«, murmelte Eleanor.

»Ja. Warum haben alle so bereitwillig geglaubt, dass die Französin schuldig war?«

»Vielleicht weil es bequem war, ich weiß es nicht«, antwortete Eleanor. »Aber wenn sie nicht die Mörderin gewesen wäre, hätte sie bestimmt gesprochen.«

»Sie hat wirklich während des gesamten Prozesses geschwiegen?«

»Sie hat ihren Namen bestätigt, mehr nicht. Vielleicht ist jeder Mensch fähig, einen anderen zu töten, wenn das Motiv stark genug ist.«

»Hatte sie denn ein Motiv?«

»Wie schon gesagt, Miss Caldwell, ich tausche mein Wissen portionsweise gegen Freiheit ein. Sie können die nächste Folge lesen, wann immer Sie wollen. Ich brauche dafür nur dreißig Minuten Zeit für mich.«

Ich wollte unbedingt wissen, wie die Geschichte weitergegangen war, aber Eleanor verlangte einen hohen Preis, und meine Angst, dass sie nicht wiederkommen könnte, war groß gewesen. Ich durfte nicht den Beweis für die Stichhaltigkeit von Onkel Thomas Stepfords Warnung liefern und mich von meiner Neugier ins Verderben locken lassen. Daher schüttelte ich den Kopf.

Eleanor wirkte ärgerlich. »Ich kann es nicht leiden, wenn meine Wünsche nicht beachtet werden, Miss Caldwell, und ich verlange wirklich sehr wenig von Ihnen. Aber wie auch immer, ich weiß, dass Sie es sich letztendlich anders überlegen werden.«

Damit setzte sie ihren Weg zum Herrenhaus fort, und ich folgte ihr widerstrebend.

Als wir wieder in der Bibliothek angekommen waren, verhielt sie sich so, als wäre ich gar nicht im Raum. Sie setzte sich an ihren Tisch, begann zu zeichnen und summte die ganze

Zeit vor sich hin. Ich überlegte, was wohl so viel Konzentration von ihr verlangen könnte, und ich fand es heraus, als Henry eintrat.

»Henry, sieh dir die Ähnlichkeit an. Ich habe sie genau getroffen, findest du nicht auch?« Sie zeigte ihm das Blatt Papier.

Er betrachtete die Zeichnung und schaute dann zu mir herüber. Vor Überraschung musste er fast lachen. »Ellie, das ist nicht nett von dir.«

»Aber das ist sie doch, oder? Vielleicht hätte ich ihr noch ein Fernglas zeichnen sollen, damit sie wie eine echte Spionin aussieht.«

Das war dem Bruder ein wenig peinlich, und er beeilte sich, das Thema zu wechseln. »Ellie, heute Nachmittag kommen Edward und seine Schwester von Long Newton herübergeritten.«

»Rosalind Merryweather?«, unterbrach Eleanor ihn erschrocken. »Sie kommen her?«

»Ja, sie kommen her«, wiederholte Henry, ohne auf ihr offensichtliches Entsetzen einzugehen. »Vielleicht hast du Lust, einen Spaziergang mit uns zu machen und anschließend Tee zu trinken.«

»Auf gar keinen Fall. Ich bin heute schon spazieren gegangen, frag Miss Caldwell.« Sie nickte zu mir herüber. »Es greift meine Gesichtshaut an, wenn ich zu lange in der Sonne bin, und Tee mag ich nicht.«

»Seit wann machst du dir Sorgen um deine Haut, Ellie? Miss Merryweather ist eine sehr nette junge Dame, sie könnte eine gute Freundin für dich werden. Sie wohnt nur vier Meilen entfernt.«

Eleanor murmelte etwas. Es klang, als wäre ihr eine größere Entfernung lieber, aber dann sagte sie entschlossen zu ihrem Bruder: »Leider bin ich viel zu müde, um heute noch einmal loszugehen. Ich bleibe hier bei meinen Büchern.«

Obwohl Henry mit dieser Antwort augenscheinlich nicht glücklich war, sagte er nur: »Also gut, Eleanor, dann komme ich aber mit den beiden in die Bibliothek. Es wäre unhöflich, wenn du sie nicht wenigstens begrüßen würdest, und es ist nicht richtig, dass du dich so von der Außenwelt abschottest. Gib Miss Merryweather doch eine Chance, dann wirst du feststellen, dass ihr Gemeinsamkeiten habt, da bin ich mir sicher.«

Eleanor weigerte sich, auf diese Bemerkung einzugehen, aber Henrys Neuigkeiten hatten sie sichtlich verstimmt.

Als er den Raum verließ, sagte er noch: »Um meinetwillen, bitte sei Edward und Rosalind gegenüber wenigstens höflich.«

Während dieses Gespräch stattfand, hatte ich mich ans Fenster zurückgezogen. Ich wollte möglichst viel Abstand zu den Geschwistern haben und hatte keine Lust, verspottet zu werden. Doch als Henry den Raum verlassen hatte, zog Eleanor eine Grimasse und schlenderte zu mir herüber. »Miss Caldwell, Sie haben mich zu einem Kunstwerk inspiriert. Vielleicht möchten Sie es als Andenken behalten.«

Die Zeichnung, die sie mir in die Hand drückte, war eine grausame Karikatur. Ich war eindeutig zu erkennen, aber alle Eigenheiten, die ich am wenigsten an mir mochte, waren hervorgehoben: mein reizloses Gesicht, die dunklen Augen, die nichts preisgaben, und der übliche besorgte Ausdruck, der meine Lippen umspielte. Alles war da und verlangte Aufmerksamkeit vom Betrachter. Falls also jemand meine körperlichen Unzulänglichkeiten gütigerweise nicht weiter beachtet hatte, sah er meine Mängel nun deutlich vor sich. Und es machte mir zu schaffen, dass ausgerechnet Henry mich so gesehen hatte. Auf der Zeichnung trug ich ein fremdes Kleid, und erschrocken erkannte ich das dunkle Kleid mit dem hübschen weißen Spitzenkragen, das die Gouvernante auf der Daguerreotypie angehabt hatte.

Eleanor sah, dass ich mich daran erinnerte. »Ich fand diese Kleidung sehr passend für Sie, Miss Caldwell, aber ich muss mich entschuldigen. Die Zeichnung ist noch nicht fertig. Das Wichtigste fehlt.«

Sie nahm mir das Blatt fort und zeichnete mit raschem Strich eine Schlinge um den Hals meines Ebenbildes. »So, sehen Sie. Jetzt ist sie vollständig, Miss Caldwell.«

Ich antwortete nicht und zeigte auch keine Gefühle, weil ich wusste, welche Genugtuung ihr das verschafft hätte.

»Hier, nehmen Sie die Zeichnung, Miss Caldwell. Sie ist eine Warnung.« Eleanor stand ganz dicht vor mir, sodass ihr Gesicht nur wenige Zoll von meinem entfernt war. Ich musste meine ganze Selbstbeherrschung aufbieten, um nicht zurückzuweichen. Sie atmete heftig. »Wenn Sie unbedingt hierbleiben wollen, obwohl Sie unerwünscht sind, müssen Sie die Folgen Ihrer Entscheidung tragen.«

»Ich habe keine andere Wahl«, sagte ich und wandte mich ab.

Über zwei Stunden verbrachten wir in tiefem Schweigen. Dann öffnete sich die Tür zur Bibliothek, und Henry erschien mit einem jungen Mann und einer jungen Frau. Alle drei lachten und schienen in bester Stimmung zu sein.

»Eleanor, wie versprochen bringe ich Edward und Miss Merryweather mit. Ich weiß, dass du sie gern begrüßen möchtest, bevor sie nach Hause reiten.« Sein Blick warnte die Schwester davor, ihre wahren Gefühle auszusprechen.

»Oh, Eleanor, Henry hat uns schon gesagt, dass du unpässlich bist. Es ist so schade, dass du nicht mit uns spazieren gehen konntest.« Mit dem goldenen Haar und den klaren blauen Augen war Rosalind, wie Diana Wainwright es gesagt hatte, sehr hübsch. Jetzt schaute sie sich in der Bibliothek um und rief: »Und was für ein bezaubernder Raum. Aber hier sind so viele Bücher! Die haben Sie doch sicher nicht alle gelesen, Mr Wainwright?«

Henry schüttelte den Kopf. »Nein, ich nicht, aber Eleanor kennt sie vermutlich alle.«

»Sie müssen sehr klug sein, Eleanor«, fuhr Rosalind fort. »Ich möchte wirklich mehr lesen, aber wenn ich eine halbe Stunde still gesessen habe, langweile ich mich derartig, dass ich aufspringen und etwas Interessantes tun muss.«

Henry befürchtete offenbar, dass das Gespräch nach dieser Bemerkung eine ungute Wendung nehmen könnte, daher wandte er sich mir zu. »Das ist Miss Caldwell, Eleanors neue Gouvernante.«

Edward und Rosalind verbeugten sich, und Rosalind lächelte mir liebenswürdig zu. »Oh, ich finde es so bewundernswert, unabhängig zu sein und seinen eigenen Weg in der Welt zu gehen. Sie beschämen mich richtig. Wenn Sie Gouvernante sind, müssen Sie ebenfalls sehr gebildet sein.«

»Immer noch besser als ungebildet«, brummte Eleanor.

Rosalind errötete leicht, und Henry fühlte sich bemüßigt einzugreifen. »Wie gesagt, der armen Eleanor geht es heute nicht gut, und das schlägt ihr aufs Gemüt. Lasst uns zu meiner Großmutter gehen. Sie möchte euch beide auch noch sprechen.«

Und schon waren die drei fort. Als Eleanor und ich wieder allein waren, erklärte sie: »Wenn ich auch nur fünf Minuten mit Rosalind zusammen bin, möchte ich am liebsten kotzen.«

»Aber sie wirkt doch sehr nett«, entgegnete ich.

»Ganz genau.« Und damit wandte Eleanor sich wieder ihrer lateinischen Grammatik zu.

9

Einige Tage darauf erschien Mrs Jenson in der Bibliothek und sagte, sie müsse mich sprechen. Hatte Eleanor ihr erzählt, dass ich sie ohne Aufsicht gelassen hatte? Würde ich nun davongejagt werden? Doch die Haushälterin erklärte: »Ich fahre morgen nach Stockton-on-Tees, und ich möchte, dass Sie mich begleiten. Ich muss Lebensmittel für den Haushalt einkaufen, und ich brauche Hilfe beim Tragen.«

»Und wer bleibt bei Miss Eleanor?«, fragte ich.

»Agnes kann für einige Stunden von ihren Pflichten im Haushalt befreit werden, sodass sie sich während Ihrer Abwesenheit um Miss Eleanor kümmern kann. Stockton ist eine Marktstadt und recht groß. Ich kann mir vorstellen, dass Sie die Stadt interessant finden.«

»Dann möchte ich sehr gern mitkommen, Mrs Jenson.«

Es würde schön sein, der klaustrophobischen Atmosphäre von Teesbank Hall für kurze Zeit zu entrinnen. Ich war noch nicht lange dort und fühlte mich schon, als wäre die Welt bedrohlich eng geworden. Das Anwesen war so abgelegen, und in der Nähe lebten nur wenige Menschen. Etwa eine Meile entfernt lag ein Jagdschlösschen, das Lord Londonderry gehörte, aber bis auf das nötigste Personal, nämlich die Haushälterin und einen Gärtner, wohnte dort normalerweise niemand. Und man hätte ohnehin keinen Umgang mit uns gepflegt, denn die Bediensteten hielten Teesbank Hall für verflucht, und die Londonderrys selbst waren eine alteingesessene Familie und fanden, dass die Wainwrights gesellschaftlich gesehen unter ihrer Würde waren.

»Ich hatte auf Ihre Zustimmung gehofft«, sagte Mrs Jenson, als ich am Abend meine Eintragungen in das große Buch machte. »Die Fahrt wird uns die Möglichkeit geben, ungestört über Miss Eleanors Verhalten zu sprechen.«

Das also war der wahre Grund für ihre Einladung.

Am nächsten Morgen brachen Mrs Jenson und ich in der Kutsche der Wainwrights auf. Es war sonnig, aber noch kühl, und unsere Unternehmung hatte etwas von einem Festtag. Mrs Jenson trug ihre beste Kleidung und hatte ihren Hut übermütig schräg aufgesetzt. Allerdings begleitete uns zu meinem Schrecken ihr verwöhnter Spaniel, und er bestand darauf, auf meinen Füßen zu liegen, sodass ich mich nicht rühren konnte. Man hatte ihm zu Ehren des verstorbenen Prinzen den Namen Albert gegeben, und er litt unter sehr heftigen Leibwinden, da er überreichlich gefüttert wurde. Folglich mussten die Fenster der Kutsche trotz der kühlen Aprilluft während der ganzen Fahrt geöffnet bleiben.

Zuerst tauschten wir Höflichkeiten aus und sprachen über Allgemeines, wie das Wetter und Sehenswürdigkeiten, die mich bei meinem ersten Besuch in der Stadt interessieren könnten. Als diese Themen dann erschöpft waren, fragte Mrs Jenson mich ganz direkt: »Nun, Miss Caldwell, wie gefällt es Ihnen im Herrenhaus?«

Ich zögerte, denn ich wusste nicht recht, wie ich antworten sollte. Wenn Mrs Jenson nur ein wenig Mütterlichkeit ausgestrahlt hätte, hätte ich ihr von dem gedämpften Schluchzen und dem Poltern erzählt, das ich in meiner zweiten Nacht gehört hatte, und vielleicht sogar von meinem seltsamen Spiegelbild, auch wenn mir noch nicht klar war, wie ich das in Worte fassen sollte. Wäre in ihren dunklen Augen nur ein wenig Güte zu sehen gewesen, dann hätte ich ihr vielleicht auch von meinem Heimweh berichtet und ihr gestanden, dass ich Eleanors Verachtung kaum ertragen konnte. Stattdessen aber antwortete ich vorsichtig: »Mein Zimmer ist sehr behaglich, vielen Dank. Ich habe alles, was ich brauche.«

»Schlafen Sie gut in Teesbank Hall?«, erkundigte sie sich.

»Ich … ich … ja, ich schlafe gut.« Die dunklen Ringe unter meinen Augen gaben die wahrheitsgemäße Antwort auf ihre Frage, aber ich konnte mich der Haushälterin nicht anvertrauen. Ihre Fragen erschienen mir wie ein Versuch, mir irgendwelche Enthüllungen zu entlocken, daher fuhr ich fort: »Teesbank Hall hat kaum Verbindung zum Gesellschaftsleben.«

Das schien ihr zu genügen, denn sie nickte. »Ja, das Haus ist recht abgelegen und nicht nach jedermanns Geschmack, aber ich bin seit zwanzig Jahren dort, und ich kann nicht klagen.«

Ich wusste, dass sie bereits zum Zeitpunkt des Mordes im Herrenhaus angestellt gewesen war, denn ihr strenges Gesicht hatte mich von der Daguerreotypie angestarrt. Doch ich wagte es nicht, meine Gedanken laut auszusprechen, sondern fragte stattdessen, wie lange wir in Stockton bleiben würden.

»Ich muss eine Reihe von Händlern besuchen, und anschließend werde ich mich noch für etwa eine Stunde mit meiner Schwester treffen. Dann können Sie auf eigene Faust die Stadt erkunden, wenn Sie möchten.« Mrs Jenson machte eine Pause. Offensichtlich wollte sie noch andere Dinge mit mir besprechen. »Sie arbeiten jetzt seit über einem Monat als Gouvernante für Miss Eleanor, und zweifellos haben Sie sich mittlerweile eine Meinung über ihren Charakter gebildet.«

Ich nickte zurückhaltend, und sie fuhr fort: »Mr und Mrs Wainwright möchten wissen, ob Sie während dieser Zeit unerwünschte Verhaltensweisen bei Miss Eleanor beobachtet haben.«

Welche Antwort erwartete sie von mir? Alles an Eleanors Verhalten erschien mir unerwünscht, doch Mrs Jenson und die anderen Dienstboten nahmen es als normal hin. »Ich fürchte, Miss Eleanor mag mich nicht besonders, und es scheint nichts zu geben, was ich ihr beibringen könnte. Sie möchte, dass ich wieder gehe, das hat sie klargemacht.«

Mrs Jenson überhörte meine letzte Bemerkung und sagte ein wenig ungehalten: »Mr Henry unterstützt Eleanor bei ihrem Bücherstudium, aber nach was ich Sie fragen muss, ist … haben Sie irgendetwas gesehen, was Ihnen Anlass zur Sorge gibt? Hat Miss Eleanor irgendetwas getan oder gesagt, was Sie für befremdlich oder ungehörig halten?«

Wieder wusste ich nicht, wie ich antworten sollte. »Sie kann manchmal eigensinnig sein«, sagte ich zögernd.

»Das ist wahr. Nur Mr Henry hat Einfluss auf sie, und selbst er weiß nicht annähernd, wozu sie fähig ist. Sie ist ein verschlossenes, verschwiegenes junges Mädchen.« Nach einer

Pause fragte Mrs Jenson weiter: »Dann fällt Ihnen an Miss Eleanors Betragen also nichts auf, worüber ich ihren Eltern Bericht erstatten sollte?«

»Sie hat mich ins Bootshaus mitgenommen.«

Mrs Jensons Gesicht verhärtete sich. »Darüber wird mit ihr zu sprechen sein.«

»Der Mord. Sie hat mir von dem Mord an ihrem Bruder erzählt, an Samuel Wainwright.«

Mrs Jenson wandte den Blick ab. »Ja, aber das ist mittlerweile lange her. Darüber zu reden schadet nur. Die ganze Familie hat für das gelitten, was damals geschah.«

Daraufhin musste ich einfach fragen: »Warum sind die Wainwrights nach Samuels Tod nicht von Teesbank Hall fortgezogen? Sie müssen in ihrem Haus doch ständig an die Ereignisse von damals erinnert werden.«

Mrs Jenson überlegte kurz, und ich erinnerte mich an den ersten Abend, als sie mich davor gewarnt hatte, Fragen zu stellen. Doch endlich sagte sie: »Ich glaube, Susan Wainwright wollte unbedingt fort, aber die alte Mrs Wainwright wollte nichts davon hören, und Matthew Wainwright befolgt stets die Wünsche seiner Mutter. Diana Wainwright und ihr Mann Joshua haben das Herrenhaus gebaut, und sie weigert sich, irgendwo anders zu leben.«

»Dabei birgt das Anwesen so schreckliche Erinnerungen.«

»Diana Wainwright sagte damals, wenn sie fortzögen, sähe es so aus, als würden sie fliehen. Sie ist eine Frau, die sich von niemandem einschüchtern lässt.«

Von Mrs Jensons Offenheit überrascht, wagte ich zu fragen: »Mir scheint, Miss Eleanor hat eine ganze Reihe von Gouvernanten gehabt?«

»Ja, es waren einige. Eine der jungen Frauen, sie hieß Lilian Howard, erwies sich als vollkommen ungeeignet, daher konnte die Herrschaft sie nicht mehr dulden.« Mrs Jenson verzog vor Abscheu das Gesicht.

Lilian Howard. Den Namen hatte ich schon einmal gehört. Sie war die einzige Gouvernante gewesen, die Eleanor für fähig gehalten hatte, ihr etwas beizubringen.

»Außerdem kann Miss Eleanor, wie Sie wissen, schwierig sein, und das Haus liegt so einsam. Nicht jede Frau möchte so weit entfernt von einer Ortschaft leben, daher haben uns andere Gouvernanten aus freien Stücken verlassen.« Mrs Jenson schien abzuwägen, was sie mir als Nächstes offenbaren wollte. »Vielleicht würden Sie nicht so hart über Miss Eleanor urteilen, wenn Sie ein wenig über ihre Kindheit wüssten.«

»Ich urteile nicht …«, sagte ich, aber Mrs Jenson tat meine Worte mit einer Geste ab.

»Als kleines Kind wurde sie ausschließlich von Nancy Wilson betreut, einer nichtsnutzigen, nachtragenden jungen Frau. Das hatte eine sehr schädliche Wirkung auf Miss Eleanor.«

Von Eleanor und dem Gerichtsprotokoll wusste ich bereits, wer Nancy Wilson war, aber ich täuschte Ahnungslosigkeit vor, um vielleicht noch mehr von Mrs Jenson zu erfahren. »Nancy Wilson?«

Mrs Jenson blies die Backen auf. »Sie war viele Jahre lang Kindermädchen in Teesbank Hall. Aber man hätte ihr nach Samuels Tod nicht erlauben dürfen, im Haus zu bleiben. Sie war unzuverlässig, und nach Samuels Ermordung wurde sie wirr im Kopf.«

»Und warum hat man sie im Haus behalten?«, traute ich mich zu fragen.

»Der Haushalt war völlig aus den Fugen geraten. Ich glaube, Mr und Mrs Wainwright waren so von ihrem Kummer überwältigt, dass ihnen ziemlich gleichgültig war, was geschah. Auf die beiden Mädchen, Clara und Martha, achtete niemand, und sie verwilderten richtiggehend. Schließlich wurden sie auf ein Internat geschickt.«

»Sind Clara und Martha Miss Eleanors ältere Schwestern?« Geisterhafte Namen aus dem Gerichtsprotokoll. Verschwommene Gesichter auf einer sepiabraunen Daguerreotypie. Man sprach nie von ihnen, und Eleanor hatte mir nicht sagen wollen, was aus ihnen geworden war.

»Ja, sie waren die älteren Töchter der Wainwrights. Beide sind nicht mehr da. Dieses Haus wurde von so viel Kummer heimgesucht.« Mrs Jenson schloss kurz die Augen und schwieg.

Nur Henry und Eleanor waren übrig geblieben, überlegte ich, alle anderen Geschwister waren tot.

»Und Nancy war besessen von dem Mord. Sie redete ständig davon. Sie pflegte Miss Eleanor mit ins Bootshaus zu nehmen«, Mrs Jenson nickte mir zu, »wo Miss Eleanor ja auch mit Ihnen war, und dort hockten sie dann zusammen und gingen alle schaurigen Einzelheiten des Mordes durch.«

»Aber Eleanor war doch noch ein kleines Kind. Warum hat niemand eingegriffen?«

»Niemand wusste davon. Mr Henry war im Internat, und

Miss Eleanor hat nie ein enges Verhältnis zu ihren Eltern gehabt. Sie hat niemandem erzählt, was vor sich ging, und erst als sie Nachtangst bekam, wurde uns klar, dass etwas nicht stimmte. Sie machte sich selbst krank, weil sie Angst vor dem Schlafen hatte. Schließlich wurde der Arzt gerufen. Er brauchte nicht lange, um herauszufinden, was mit ihr los war.« Mrs Jenson machte eine Pause und fuhr dann fort: »Daraufhin wurde dem Kindermädchen gekündigt, aber das Unglück war geschehen, und die arme Eleanor war nicht mehr klar im Kopf. Und ich persönlich bin überzeugt, dass es auch noch weitere Folgen hatte. Deswegen muss Miss Eleanor ständig beaufsichtigt werden.«

»Und das Haus spielt auch eine Rolle. In dem Haus aufzuwachsen, in dem ihr Bruder ermordet wurde, muss sie beeinflusst haben.« Ich erinnerte mich, dass Eleanor mir erzählt hatte, die Geheimnisse der Vergangenheit besudelten Teesbank Hall.

Doch Mrs Jenson duldete keinen Widerspruch. »Es war das Verhalten von Nancy Wilson, das sie um den Verstand gebracht hat. Miss Eleanor wusste in jungen Jahren mehr über die Toten als über die Lebenden, und sie ist nach wie vor überzeugt, dass es im Haus spukt. Für ihre Eltern ist das eine schwere Prüfung. Sie können es nicht ertragen, wenn man von der Vergangenheit spricht.«

So ganz glaubte ich Mrs Jensons Darstellung nicht, daher schwieg ich. Nach einer Weile wandten wir uns wieder der höflichen Konversation zu, aber wir waren beide nicht mit dem Herzen dabei.

Mrs Jenson schien genauso erleichtert zu sein wie ich, als

wir unser Ziel erreichten und Cooper, der Kutscher, uns aussteigen ließ. Er wollte zu einer Wiese am Stadtrand fahren, um die Pferde dort ausruhen zu lassen und den widerstrebenden Albert auf einen Spaziergang mitzunehmen. In einigen Stunden wollte er wiederkommen und uns vor den Shambles abholen, den im Mittelalter erbauten Markthallen an der High Street.

Stockton ist ein geschäftiger Ort mit vielen schönen Beispielen georgianischer Architektur. Diese Gebäude hatten zwar Ähnlichkeit mit Teesbank Hall, aber in der Stadt herrschte nicht die düstere Grabesstille, die das Herrenhaus umgab. Vom ersten Moment an war jedoch nicht zu übersehen, wie merkwürdig die Menschen, die uns begegneten, reagierten. Viele Vorübergehende starrten uns an und wisperten leise, und eine Frau kräuselte die Lippen und zog sogar ihren kleinen Sohn hinter sich her auf die andere Straßenseite.

»Manche Leute sind unwissend«, bemerkte Mrs Jenson, während sie rasch die High Street entlangschritt und sich anscheinend nicht darum scherte, wie unsere Gegenwart auf die Passanten wirkte. Beim Metzger und beim Lebensmittelhändler sprach sie mit fester Stimme und beschwerte sich unverzüglich, wenn sie glaubte, dass wir nicht die beste Qualität bekamen. Um ihren Forderungen Nachdruck zu verleihen, erklärte sie trotzig, sie würde für Teesbank Hall einkaufen.

Als wir alle Geschäfte auf ihrer Liste besucht hatten, sagte sie: »Ich bin mit meiner Schwester verabredet, in ihrem Haus in der Finkle Street, Sie haben jetzt also Zeit, sich frei in der Stadt umzusehen. Der Weg von der Kirche aus am Fluss entlang ist schön, dafür würden Sie etwa eine Stunde brauchen.« Mrs Jenson wies nach links. »Ich erwarte Sie um Punkt eins an den Markthallen, Miss Caldwell.«

Damit drehte sie sich um und entfernte sich. Ich war froh, dass ich eine Weile für mich sein konnte, und hoffte, dass ich ohne Mrs Jensons Begleitung nicht mehr mit dem Haushalt der Wainwrights in Verbindung gebracht werden würde. Der Weg am Fluss entlang war leicht zu finden, und ich folgte seinem mäandernden Lauf, genoss die Sonne auf meinem Gesicht und betrachtete die Umgebung.

Meine Träumereien wurden schlagartig beendet, als mir zwei Männer entgegenkamen. Sie waren in ihr Gespräch vertieft und hatten mich noch nicht bemerkt. Entsetzt erkannte ich Onkel Thomas Stepford, Vaters einzigen Bruder. Nachdem er Schande über den Namen der Familie gebracht hatte, benutzte er nur noch seinen Bühnennamen. Er trug den speckigen schwarzen Frack der Schausteller.

Hinter den Männern schien hell die Sonne, sodass sein Gesicht im Dunkeln lag. Ich nahm nichts anderes mehr wahr als diesen schwarzen Schatten, der auf mich zukam. Alles Blut wich mir aus dem Gesicht.

Selbst jetzt, nach mehreren Jahrzehnten, rieche ich noch die Angst, die mich bei seinem Anblick überkam – es ist ein beißender, bitterer Gestank. Er war ein hochgewachsener, stämmiger Mann, der alle Menschen um sich herum überragte. Doch seine Macht beruhte nicht nur auf seiner physischen Wirkung. Ich spürte sie auch in meinen Träumen – das blendende Licht, das alles durchdrang und mein Hirn betäubte.

Ach Gott, ich war so weit geflohen – er konnte mich doch nicht gefunden haben?

Er war jetzt reich und lebte in meinem Elternhaus als angesehener Wissenschaftler, oder jedenfalls behauptete er das. Ich wusste jedoch, dass er nichts weiter war als ein Scharlatan, der seinen Lebensunterhalt als Schausteller verdient hatte. Er war kreuz und quer im Land herumgereist und hatte staunende Menschenmengen mit seinen phrenologischen Künsten unterhalten. Diese Schwindeleien verkleidete er in die Sprache der Wissenschaft. Die Phrenologie oder Schädellehre behauptete, dass das Gehirn aus verschiedenen Organen bestand, die unterschiedlichen Aspekten der menschlichen Natur zugeordnet waren. Nach diesen Organen richtete sich die Wuchsform des Schädels: Ein Mensch, der besonders gütig war, hatte eine breite Stirn, denn hinter der Stirn war der Sitz der Güte. Bei einer streitlustigen Person fand sich hinter dem rechten Ohr eine Vertiefung. Nach Meinung meines Onkels konnte man die charakterlichen Eigenschaften eines Menschen von den Beulen an seinem Schädel ablesen.

Wenn Cousine Lucy und ich bei den förmlichen Mahlzeiten am Esstisch gefangen saßen, wiederholte er immer wieder, dass der Schädel der Schlüssel zur Seele sei. Er besaß einen endlosen Vorrat an Geschichten – über Verbrecher, die eine Wölbung am Schädel überführt hatte, oder über verliebte Frauen, die eine schlechte Partie gemacht hatten, weil sie seinen Rat, dass eine auffällige Ausbeulung am Kopf ihres Verehrers Geiz verriet, in den Wind geschlagen hatten. Er zwang uns, aufmerksam zu lauschen, und erst wenn wir anschließend den Raum verließen, stopften wir uns die Fäuste in den Mund, damit er unser Gekicher nicht hörte. Allerdings erzählte ich meiner Cousine nichts von dem, was sonst noch geschah. Ich konnte es nicht.

Ich lehnte mich gegen eine alte Gartenpforte, weil meine Beine mir den Dienst versagten. Es gab kein Versteck in der Nähe, und so blieb ich hilflos stehen und beobachtete schicksalsergeben, wie die Gestalten auf dem Weg näher kamen. Erst als ich schließlich ihre Gesichter erkennen konnte, wurde mir klar, dass ich mich geirrt hatte. Nicht Onkel Thomas Stepford kam auf mich zu, sondern ein viel jüngerer Mann mit ähnlicher Statur. Meine wahnsinnige Angst vor Entdeckung hatte dazu geführt, dass ich ihn mit dem Onkel verwechselt hatte. Er besaß eine derart große Macht über mich, dass seine bloße Existenz meine Wahrnehmung trübte – ich sah ihn überall, auch in der Gestalt von Fremden.

Die Männer mussten mir meinen Schrecken angesehen haben, denn einer der beiden trat zu mir und fragte, ob mir etwas fehle und ob sie mir helfen könnten. Ich schüttelte den Kopf, zu schwach und zu überwältigt, um sprechen zu können, und sie gingen weiter. Dieses Mal war es nicht Onkel Thomas Stepford gewesen, aber ich wusste, dass er mich aufspüren würde. Er war ein zielstrebiger Mann, und ich war zu wertvoll für ihn. Dieser Schreck musste mir zur Lehre dienen und mich daran erinnern, wovor ich geflohen war. Auch wenn Teesbank Hall ein trostloses Haus war, war es doch eine Zufluchtsstätte, und in meinem Leben hatte es Schlimmeres gegeben als das Herrenhaus.

Mein Seelenfrieden war dahin, und ich kehrte zu den Markthallen zurück, um auf Mrs Jenson zu warten. Als sie kam, war mir nicht nach einer Unterhaltung zumute, daher sagte ich, ich fühle mich krank. Schweigend fuhren wir nach Teesbank Hall zurück. Als Mrs Jenson mir in der folgenden Woche anbot, sie nach Stockton zu begleiten, lehnte ich ab. Das ärgerte sie vermutlich, aber ich konnte es einfach nicht riskieren, irgendwo gesehen zu werden. Es war besser, wenn ich in meinem Versteck blieb.

10

An diesem Abend hielt ich es in meinem Zimmer allein nicht aus und beschloss daher, mich in die Gesindestube zu setzen, wo ich mit Sicherheit Gesellschaft finden würde. Mrs Jenson war selten dort, weil sie die Würde ihrer einsamen Wohnstube bevorzugte. Mrs Hargreaves, die Köchin, nahm normalerweise den Ehrenplatz am Feuer ein, und man konnte sich darauf verlassen, dass sie aus ihrem reichen Vorrat Geschichten und feste Meinungen zum Besten gab. Ich trat ein und setzte mich leise neben die Tür.

Eliza warf mir einen unfreundlichen Blick zu und murrte vor sich hin: »Was will denn die Hochwohlgeborene hier?«

Agnes gab ihr einen Stups und machte eine leise Bemerkung. Daraufhin ließ Eliza mich in Ruhe, und ich konnte mich in dem beruhigenden Geplauder der anderen Frauen verlieren.

Mr Wainwright war soeben von einer seiner häufigen Geschäftsreisen nach Newcastle zurückgekehrt, und seine lauernde Anwesenheit überschattete das Leben aller jungen Dienstmädchen. Eliza hatte mich schon bei meiner Ankunft vor ihm gewarnt, aber schon eine Stunde in seiner Gesellschaft reichte, um ihm danach möglichst aus dem Weg zu gehen. Er trank viel und stank nach Wein und seinen dominikanischen Zigarren mit ihrem Geruch nach gewürztem Holz. Seine bevorzugte Taktik war es, sich unbemerkt an ein Dienstmädchen heranzuschleichen, das gerade allein irgendwo arbeitete, denn seine Stellung als Hausherr machte es dem armen Mädchen fast unmöglich, sich gegen seine wandernden Hände und die gemurmelten Anspielungen zu wehren. Ich litt vermutlich am wenigsten unter seinen Belästigungen, weil ich den ganzen Tag mit Eleanor zusammen war und er die Nähe seiner Tochter unter allen Umständen mied. Seine Lüsternheit war eins der Hauptthemen, wenn in der Gesindestube geklatscht wurde.

Seine schlimmsten Zudringlichkeiten galten Mary, einem sehr hübschen, schüchternen Mädchen, das seine Stelle im Herrenhaus gerade erst angetreten hatte. Am vergangenen Abend war er in die Küche gekommen, wo sie zufällig allein war, und hatte so getan, als suche er etwas. »Und als ich ihm das Glas gab, hat er seine Hände hier hingelegt.« Verlegen deutete sie auf ihre Brüste. »Er stank nach Alkohol, und er hat etwas ganz Schlimmes gesagt.«

»Was denn?«, wollte Eliza wissen.

Mary errötete. »Ich möchte es nicht wiederholen, aber zum Glück kam in dem Moment Mrs Jenson herein. Ich weiß nicht, was sonst passiert wäre.«

»Er ist ein dreckiges altes Schwein«, sagte Eliza. »Ich hab mir angewöhnt, immer große Stücke rohe Zwiebel zu essen. Wenn er in meine Nähe kommt, hauche ich ihn einfach kräftig an, ich sage ›Ha!‹, und dann gucke ich zu, wie er vor Ekel das Gesicht verzieht.«

»Ach, so etwas würde ich mich niemals trauen«, sagte Mary.

»Selber schuld, Mary. Die Stillen sind immer die Dummen.«

»Aber Eliza, wie kannst du denn selbst den ganzen Tag den Zwiebelgestank ertragen? Ich finde es schon schlimm genug, wenn ich Zwiebeln für Mrs Hargreaves hacke und den Geruch dann an den Fingern habe«, sagte Agnes.

»Mir ist lieber, ich esse Zwiebeln, als dass dieses Scheusal mich überall anfasst«, antwortete Eliza.

»Und seine Frau?«, fragte Mary. »Sie muss doch mitbekommen, wie er sich benimmt. Warum sagt sie nichts?«

»Ich bin sicher, dass sie genau Bescheid weiß, aber wahrscheinlich ist sie einfach froh, dass er ihr nicht nachsteigt.« Eliza lachte. »Die zwei halten es ja nicht mal im gleichen Zimmer aus. Könnt ihr euch vorstellen, dass sie im gleichen Bett liegen?«

Die Mädchen kicherten, und Mrs Hargreaves sah von ihrem Strickzeug auf. »Kommt, Mädchen, ihr wisst, dass es nicht recht ist, so von der Herrschaft zu sprechen.«

»Und Sie wissen, dass wir die reine Wahrheit sagen!«, gab Eliza zurück.

Mrs Hargreaves legte ihr Strickzeug in den Schoß. »Die beiden passen nicht zusammen, aber in jungen Jahren sahen sie beide sehr gut aus. Das muss sie zueinander hingezogen haben. Als ich vor fast dreißig Jahren hier anfing, waren viele Dienstmädchen in Mr Wainwright verschossen.«

Das schockierte uns, denn wir konnten uns nicht vorstellen, dass Matthew Wainwright jemals etwas anderes gewesen war als ein fetter, verlebter Wüstling.

»Und Mrs Wainwright, na gut, sie war ja ständig guter Hoffnung, auf eine Niederkunft folgte gleich die nächste, und meistens waren es Frühgeburten.«

»Ich an ihrer Stelle hätte dem Mann schon vor Jahren sein Ding abgehackt«, warf Eliza ein.

»Schluss jetzt, Eliza. Das geht zu weit«, schimpfte Mrs Hargreaves und wandte sich schnell wieder ihrem Thema zu. »Mrs Wainwright hätte Master Henry beinahe verloren. Er wurde einen Monat zu früh geboren, daran war wohl der Schreck über den Mord schuld. Gott hab den armen Samuel selig.«

Die Tür öffnete sich, und Mrs Jenson trat ein. Wir setzten uns alle ein wenig aufrechter hin, und sie ging geradewegs auf Eliza zu. Ohne jede Begrüßung fragte sie: »Wie oft habe ich Ihnen gesagt, dass die Messer nach jeder Mahlzeit gezählt werden müssen? Und ganz besonders nach dem Abendessen?«

»Ich zähle sie immer, Mrs Jenson. Heute Abend waren alle Messer da.«

»Und wie erklären Sie sich das hier?« Mrs Jenson fuchtelte mit einem Fischmesser vor ihr herum, und Eliza wurde blutrot. »Das lag unter dem Tisch, als ich das Speisezimmer überprüft habe, folglich können nicht alle Messer da gewesen sein.«

»Es tut mir sehr leid, Mrs Jenson. Ich muss mich verzählt haben.«

»Dann passen Sie auf, dass das nicht noch einmal vorkommt, sonst müssen Sie sich vielleicht eine neue Stellung suchen.«

Die Haushälterin verließ die Gesindestube, und alle schwiegen einen Moment. Dann sagte Agnes: »Man kann sich doch leicht mal verzählen, oder? Mrs Jenson übertreibt es ein bisschen.«

Sie sah zu Mrs Hargreaves hinüber, die nun wieder das erste Thema aufgriff. »Hör mal, Mary, du musst vorsichtig sein. Wir hatten vor sieben oder acht Jahren ein Mädchen hier, die war auch so schüchtern wie du. Er ließ sie einfach nicht in Ruhe, ständig war er hinter ihr her. Schließlich kriegte sie einen dicken Bauch, dabei war sie selbst noch kaum mehr als ein Kind.«

»Ach, die Arme«, sagte Mary erschrocken.

»Ihre Familie hat sie verstoßen, und sie wusste nicht, wohin. Sie ist dann bei der Geburt gestorben, im Arbeitshaus.«

»Das ist ungerecht, oder?«, rief Eliza. »Warum musste sie leiden, und er kann einfach so weitermachen, ohne dass er bestraft wird?«

»Ach, ich glaube, er hat seine Strafe bekommen. Da war diese andere …« Mrs Hargreaves holte tief Luft. »Ich glaube, er hat sie wirklich geliebt, aber seine Mutter hat es verboten, und danach sind diese schrecklichen Dinge passiert.«

Alle Mädchen wollten wissen, was Mrs Hargreaves damit meinte, aber sie schüttelte so nachdrücklich den Kopf, dass das Thema fallen gelassen wurde. Stattdessen wandte Agnes sich an mich und fragte: »Was halten Sie denn von Miss Eleanor?«

Ich war überrascht, dass sie mich in die Unterhaltung einbezog, aber nachdem ich kurz überlegt hatte, wie aufrichtig ich sein konnte, antwortete ich: »Sie kann schwierig sein, und manchmal fällt es mir schwer, ihre Stimmung einzuschätzen.«

»Das ist vorsichtig ausgedrückt«, sagte Eliza. »Ich arbeite sehr gern weiter in der Küche, wenn ich auf diese Weise ihren Wutanfällen entgehen kann.«

Miss Hargreaves schüttelte missbilligend den Kopf. »Miss Clara, die Älteste, war noch viel schlimmer. Damit will ich nicht sagen, dass Miss Eleanor nicht schwierig ist, aber ihre ältere Schwester … Mit der hat irgendetwas nicht gestimmt.«

»Wie meinen Sie das?«, fragte Eliza.

»Ich sollte das vielleicht nicht sagen, aber es gab Zeiten, da habe ich mich regelrecht vor ihr gefürchtet. Aber das liegt ja alles lange zurück, und in diesem Haus spricht man am besten nicht über die Vergangenheit.«

»Meine Mutter wollte nicht, dass ich hier arbeite. Sie hat gesagt, Teesbank Hall ist verflucht und die Wainwrights sind eine verworfene Familie«, berichtete Mary. Sie war sehr blass geworden, und kurz darauf verließ sie die Gesindestube und beendete damit das Gespräch über dieses Thema.

An diesem Abend ging ich als Letzte zu Bett. Ich hoffte, dass die Müdigkeit die Erinnerungen an Onkel Thomas Stepford vertreiben würde – aber er verfolgte mich hartnäckig.

11

Dieses schwere, schnaufende Atmen, stockend vor Begierde. Das Licht, immer zu grell. Ich schirmte die Augen mit der Hand ab und erkannte die vertraute dunkle Gestalt, die sich über mich beugte. »Ich kann nicht«, sagte ich. »Ich kann nicht.« Ich war jetzt schon schweißnass. Ich würde mich übergeben. Die Übelkeit stieg mir bereits in die Kehle. Er würde wütend werden. »Ich kann nicht.«

»Du willst genau das. Ich hab gewusst, dass du mich beizeiten finden würdest.« Der Onkel war sich immer so sicher.

»Ich habe dich nicht gesucht. Ich wollte dich nicht finden.«

»Aber ich war schon immer da. In dich eingeschrieben. In deine Knochen eingeprägt.« Die dunkle Gestalt kam näher, und ich hatte furchtbare Angst, dass sie mich ersticken würde. Ich musste ihr entkommen, aber das blendende Licht ließ mich erstarren. Ich konnte mich nicht bewegen. »Ich kann nicht!« Jetzt schrie ich laut, und vor Entsetzen zitterte ich am ganzen Körper. »Ich kann nicht!«

Es klopfte, und eine Stimme rief angstvoll: »Miss Caldwell, Miss Caldwell! Fehlt Ihnen etwas?«

Ich hörte auf zu schreien, aber mein Herz klopfte so laut, dass es in der ganzen Kammer zu hören war. Doch ich war nicht mehr in meinem Elternhaus in Swaffham. Ich lag nicht in meinem Zimmer dort. Ich war fast dreihundert Meilen weit fort.

»Agnes?« Ich bemühte mich, mit fester Stimme zu sprechen. Die Kerze war erloschen, und es war immer noch mitten in der Nacht.

Ein kurzes Zögern. »Ja, Miss. Ist alles in Ordnung? Darf ich reinkommen?«

Ich hängte mir die Decke um und schloss die Kammertür auf. Da stand Agnes. »Sie haben so laut geschrien, dass ich dachte, jemand wollte Sie ermorden.«

»Es war bloß ein Albtraum.« Kalter Schweiß bedeckte meine Haut, und Swaffham war wirklicher als Agnes, die doch vor mir stand.

»Hauptsache, es ist nichts passiert, Miss«, sagte sie und wandte sich zum Gehen.

»Agnes, bitte gehen Sie nicht weg.« Ich wollte jetzt nicht allein sein, denn sobald ich allein war, würden die Erinnerungen mich wieder überfallen. »Könnten Sie nicht eine Weile bei mir bleiben? Und mit mir sprechen? Ich glaube, ich kann nicht mehr einschlafen.«

Sie kam herein. Es war kalt, so mitten in der Nacht, daher wickelten wir uns beide in die Decke und lagen dann aneinandergeschmiegt in dem schmalen Bett. Agnes klapperte mit den Zähnen, und ich spürte ihre Füße wie Eisklumpen an meinen. »Ich hatte früher auch Albträume – im Arbeitshaus litten viele von uns darunter.«

»Ich wusste nicht, dass Sie im Arbeitshaus gewesen sind«, sagte ich.

»Ja, ich und Eliza auch. Wir waren zusammen dort in Bishop Auckland.«

»Dann waren Sie schon befreundet, bevor Sie nach Teesbank Hall kamen?«

»Ja, ich denke schon, sofern man im Arbeitshaus befreundet sein kann. Eliza hat dann ein paar Monate nach mir hier angefangen.«

»Wie war das so? Im Arbeitshaus, meine ich?« Ich wünschte mir so, dass Agnes weitersprach. Vielleicht konnten ihre Worte den Schrecken meines Albtraums überdecken.

Sie sagte trocken: »Ich habe gelernt, lautlos zu schreien, wenn ich Albträume hatte, sonst hätten sie nur gesagt, ich sollte still sein. Nie ist jemand gekommen, um mich zu trösten. Deswegen musste ich jetzt nachsehen, was Ihnen fehlt.«

»Das ist ja furchtbar!«, rief ich.

»Ich war von Geburt an dort. Bis ich nach Teesbank Hall kam, kannte ich kein anderes Leben. Vielleicht halte ich es deshalb besser hier aus als die meisten anderen.«

»Ist das Leben im Arbeitshaus so hart, wie man immer sagt?«

Agnes wirkte nachdenklich. »Nein, so schlimm ist es wohl nicht. Im Arbeitshaus gab es einfach kein Leben. Gar keins.« Sie schwieg, und ich dachte schon, sie würde nichts mehr sagen, doch dann fügte sie hinzu: »Das Arbeitshaus in Bishop Auckland war nicht so schlimm wie manche andere. Ich bekam selten Schläge, und wir mussten nie hungern. Der Inspektor war aufgeklärt.« Sie lachte. »Ja, so hat er das genannt. Wir haben jeden Tag Unterricht in Lesen, Schreiben und

Rechnen bekommen. Ich habe vermutlich mehr gelernt als die Kinder, die nicht im Arbeitshaus aufgewachsen sind.«

»Und trotzdem?«, ermunterte ich sie.

Ich spürte, wie Agnes mir in der Dunkelheit das Gesicht zuwandte. Ihre Worte waren so leise, dass ich mich anstrengen musste, um sie zu verstehen. »Ich bin dort einfach untergegangen. Da waren so viele andere Kinder, und ich war eine graue Maus. Kaum jemand machte sich die Mühe, sich meinen Namen zu merken. Niemand war grausam zu mir, aber es hat sich auch niemand um mich gekümmert. Ich habe keine Erinnerung daran, wie es ist, von einer Mutter oder einem Vater geliebt zu werden.«

»Ach, Agnes, das tut mir so leid.« Wie schlimm mein Leben jetzt auch sein mochte, ich hatte zumindest erfahren, wie es ist, geliebt zu werden.

»Danke, Miss Caldwell, aber ich habe gelernt, härter zu sein. Zuerst hatte ich zu viel Angst, um auf eigenen Füßen zu stehen, daher bin ich als Mädchen für alles im Arbeitshaus geblieben, obwohl es mir dort schlecht ging. Aber als ich achtzehn war, wollte ich die Welt sehen, deswegen habe ich mir eine Anstellung im Haushalt gesucht.«

»Und da sind Sie hierhergekommen?«, fragte ich ungläubig.

»Wenn jemand wie ich überhaupt irgendwo auf der Welt eine Stellung findet, dann hier. Keine Frau, die bei Verstand ist, würde freiwillig in diesem Haus arbeiten«, sagte sie bitter.

»Dann sind wir schon zwei.« Wir schwiegen einen Moment, als wir diese Gemeinsamkeit erkannten, und dann sprachen wir von anderen Dingen. Das war sicherer.

Nach einer Weile fragte ich Agnes: »Warum hasst Miss Eleanor mich so sehr?«

»Ihr Hass richtet sich nicht gegen Sie persönlich. Eleanor weiß einfach, dass die Gouvernanten sie ausspionieren. Die Letzte, eine Miss Richardson, hat so getan, als wollte sie Miss Eleanors Freundin sein, und dann hat sie Mr Wainwright üble Geschichten über sie erzählt. Eleanor hat ganz große Schwierigkeiten gekriegt.«

»Aber das ist doch nicht meine Schuld!«

»Nein, aber Miss Eleanor hat gelernt, niemandem mehr zu vertrauen. Sie führt ein einsames Leben. Nur mit einer von den Gouvernanten hat sie sich richtig gut verstanden, das war Miss Howard. Aber Miss Howard musste gehen.«

»Warum?«, fragte ich.

»Es gab irgendein Problem. Ich weiß nicht genau, was es war«, sagte Agnes. »Ich glaube, man hatte sie wegen irgendetwas im Verdacht. Darüber wird nicht gesprochen. Danach haben die Wainwrights für die Nächte eine Pflegerin eingestellt, und Eleanor durfte nicht mehr allein weggehen.«

»Die arme Eleanor.« Seltsamerweise tat sie mir tatsächlich leid. Ich traute mich zu fragen: »Mrs Jenson will immer wissen, ob Miss Eleanor irgendetwas Schlimmes getan hat, aber was meint sie damit? Habe ich sie nicht schon von ihrer schwierigsten Seite kennengelernt?«

»Nein, wohl kaum. Sonst würden Sie nicht so fragen.«

»Was tut sie denn Schreckliches?«

»Ach, Miss Caldwell, ich wünschte, Sie würden nicht so viele Fragen stellen. Es steht mir nicht zu, darauf zu antworten. Außerdem muss ich morgen früh um fünf aufstehen und brauche jetzt meinen Schlaf.« Damit drehte Agnes sich um und tat so, als würde sie einschlafen.

Ich lag im Dunkeln wach und fragte mich, warum alle sich so sträubten, mir die Wahrheit über Eleanor zu sagen.

12

Als ich am Morgen um sieben Uhr im Schulzimmer erschien, war ich müde, und meine Stimmung sank noch weiter, als ich sah, dass Henry anstelle von Mrs Anderson bei Eleanor war. Wir nickten uns kühl zu, bevor die Geschwister ihr Gespräch fortsetzten. Sie redeten und lachten miteinander – das war so anders als das verdrossene Schweigen, das ich von Eleanor gewohnt war.

Sie warf mir einen kurzen Blick zu. »Henry ist heute Vormittag hier. Sie können jetzt gehen. Er bleibt bei mir.«

»Miss Eleanor, Sie wissen, dass ich hierbleiben muss, es sei denn, Mrs Jenson entbindet mich von meinen Pflichten.«

Sie verzog das Gesicht. »Gut, dann sollten Sie sich eine Beschäftigung suchen und uns nicht stören.«

Seufzend ließ ich mich in einer Ecke nieder, während die Geschwister sich weiter unterhielten. Ich hatte mir vorgenommen, sämtliche Werke von William Shakespeare zu lesen, und war gerade an der Stelle in *Hamlet* angelangt, wo der Dänenprinz dem Geist seines toten Vaters begegnet. Obwohl die Handlung so dramatisch war, konnte ich mich nicht auf das Theaterstück konzentrieren. Henry und Eleanor sprachen über eine Londonreise, die er unternommen hatte, und

Fetzen ihrer Unterhaltung erlaubten mir kleine Ausblicke auf die Welt da draußen, weit fort von der Enge des Herrenhauses.

Eleanor war lebhaft. »Und Vorträge wird es auch geben, Henry«, sagte sie begeistert. »Erinnerst du dich, wie ich im vorletzten Frühjahr Thomas Huxley in Manchester im Owen College gehört habe? Mit Lilian zusammen – ich meine, mit Miss Howard?«

»Ja, Ellie, das weiß ich noch.« Henry lächelte. »Aber –«

»In der *Times* steht, dass es in einer seiner Vorlesungen am Dienstagabend um Darwinismus gehen soll. Stell dir doch einmal vor, wie es wäre, über die großen Theorien und Ideen unserer Zeit debattieren zu können.«

An dieser Stelle musste ich sie einfach unterbrechen: »Ich habe Charles Darwin persönlich kennengelernt.«

Erstaunt sahen die beiden zu mir herüber, und Eleanor fragte: »Wie kann es sein, dass ausgerechnet *Sie* Mr Darwin begegnet sind?«

Ich errötete leicht. Vielleicht hatte ich zu viel gesagt. Ich wollte nicht, dass sie auf meine Vergangenheit aufmerksam wurden, aber Henry und Eleanor sahen mich jetzt erwartungsvoll an, daher fuhr ich fort: »Mein Vater hat viele Jahre mit ihm korrespondiert. Sie haben zur gleichen Zeit in Cambridge studiert, und beide interessierten sich für die Landwirtschaft. Einmal hat Mr Darwin uns zu Hause besucht.« Das musste den beiden genügen, mehr wollte ich nicht sagen.

Doch Eleanor war fasziniert und sah mich mit widerwilligem Respekt an. »Sie haben Charles Darwin kennengelernt?«, wiederholte sie verwundert. »Worüber haben Sie denn gesprochen?«

Ich mochte nicht zugeben, dass er nur einmal das Wort an mich gerichtet hatte, als er nämlich die Quittenmarmelade lobte, die unsere Köchin gekocht hatte. Mir war klar, dass ich Eleanor mit so etwas nicht beeindrucken konnte, also murmelte ich etwas über seine sehr interessanten Ideen, wie die Entwässerung der Fenlands verbessert werden könnte. Eleanor war begeistert, doch als ich nicht mehr zu dem Thema sagen konnte, nahm sie ihr Gespräch mit Henry wieder auf. Allerdings blickte sie immer wieder zu mir herüber, als sähe sie mich mit neuen Augen.

Henry war gerade aus London zurückgekehrt, wo er sich in South Kensington das Gelände angesehen hatte, auf dem in den kommenden Monaten die erste Jährliche Internationale Ausstellung stattfinden sollte. »Mehr als alles andere wünsche ich mir, dass ich zu dieser Ausstellung fahren darf, Henry. Konstrukteure und Fabrikanten aus der ganzen Welt kommen und bringen neue Ideen und technische Erfindungen mit. Alles verändert sich so schnell, und ich möchte dabei sein, statt hier lebendig begraben zu liegen.«

»Die Zeitungen werden über alles berichten. Dann kannst du es doch nachlesen, Ellie.«

»Aber ich möchte die Ausstellung sehen! Von etwas zu lesen, ist nicht das Gleiche, wie es zu erleben. Würdest du Vater bitten, dass er mir erlaubt, dich nach London zu begleiten?«

Henry schüttelte zögernd den Kopf. »Du weißt, wie oft ich so etwas schon versucht habe. Seine Antwort ist immer die gleiche. Vater glaubt, dass du die Stille und den Frieden von Teesbank Hall brauchst.«

»Was meint er denn, welchen Frieden es hier für mich geben kann? In der Vergangenheit unserer Familie gefangen zu sein, ist schlimmer als der Tod. Sie erlauben mir doch nicht einmal –«

»Ellie, hör auf!«, verlangte Henry. Ich blickte zwar in mein Buch und tat so, als würde ich lesen, aber ich war sicher, dass sie mich beide angesehen hatten.

Eleanor schwieg einige Momente. Als sie wieder sprach, war sie gefasster. »Ich würde versprechen, dass ich immer mit dir zusammenbleibe. Vielleicht erlaubt Vater es dann. Ich gebe dir mein Wort, dass alles gut gehen würde.«

»So einfach ist es nicht, Ellie. Du weißt, was Vater sagt. Du musst warten, bis du richtig gesund bist …« Er verstummte.

»In Vaters Augen werde ich niemals richtig gesund sein, Henry. Das wissen wir doch beide.« In Eleanors Stimme lag eine solche Verzweiflung, dass ich nicht anders konnte, als zu ihr hinüberzusehen.

Genau in diesem Moment blickte sie mich an. »O Gott, Henry«, rief sie, »es ist unerträglich! Sie beobachtet mich schon wieder. Ich kann nichts tun – ich kann nicht mal denken –, ohne dass sie mich ausspioniert.« Ihre Stimme bebte. »Ich kann das alles hier ohnehin nicht aushalten, aber mit ihrer schweigenden Bespitzelung macht sie es noch tausendmal schlimmer. Ich sage jetzt kein Wort mehr. Ich will nicht vor ihr in Tränen ausbrechen. Sie schreibt bestimmt alles auf, sodass sogar meine Gedanken nicht mehr mir gehören. Aber was bleibt mir dann noch? Wie kann ich so weiterleben? Ich bin von jeglichem Leben abgeschnitten.« Eleanor stolperte aus dem Raum und schlug die Tür hinter sich zu.

Henry und ich sprangen im gleichen Moment auf. Ich hatte Herzklopfen, und die Wahrheit in Eleanors Worten schmerzte mich, aber es war meine Aufgabe, ihr zu folgen und nachzusehen, was sie machte.

Doch Henry verstellte mir den Weg. Er fragte: »Wie können Sie sich selbst derart erniedrigen, dass Sie meine Schwester so behandeln?«, fragte er. »Haben Sie so wenig Anstand, dass Sie es richtig finden, Eleanor zu überwachen und ihr das bisschen Freiheit zu rauben, das sie noch hat? Eleanor wird in diesem Haus zur Verzweiflung getrieben, und Sie, Miss Caldwell, beteiligen sich daran.«

Jetzt wurde auch ich zornig. »Sie irren sich, Mr Henry! Ich habe mir diese Verpflichtung nicht ausgesucht. Ich bin als Gouvernante hergekommen und nicht, um ihrer Schwester nachzuspionieren. Aber man zwingt mich in diese Rolle, und ich füge mich nur, weil meine Armut mir keine andere Wahl lässt.«

Er war verblüfft, denn bisher hatte ich meine Gefühle verborgen.

»Sie sind wohlhabend – Sie sind ein Mann und können sich frei in der Welt bewegen«, fuhr ich fort. »Aber ich bin eine Frau, und ich muss mich selbst ernähren. Ich befinde mich in einer Lage, die ich mir nicht ausgesucht habe – die ich mir niemals aussuchen würde«, sagte ich bitter. »Erlauben Sie sich bitte kein Urteil über mich, nur weil ich mittellos und in Not bin. Wenn Sie jemandem die Schuld an dieser Situation zuschieben wollen, dann schauen Sie Ihre Eltern an, denn die beiden sind es, die verlangen, dass Miss Eleanor ständig überwacht wird.«

Ich schwieg. Ich hatte zu viel gesagt. Cousine Lucy hatte mich stets gewarnt, ich sei zu widerspenstig und würde das noch bereuen. Jetzt würde man mich mit Sicherheit fortschicken. Ich schlug mir die Hand vor den Mund, als könnte ich das Gesagte so zurücknehmen.

Erschrocken sah Henry mich an. Schließlich sagte er: »Es tut mir leid, Miss Caldwell. Ich hatte nicht gewusst, wie schwierig Ihre Lage ist. Unsere Lebensumstände sind, wie Sie sagen, vollkommen verschieden. Ich werde Eleanor suchen und mich bemühen, sie zur Rückkehr ins Schulzimmer zu bewegen.«

Als er den Raum verlassen hatte, sank ich auf meinen Stuhl.

Dieser Vorfall war der Wendepunkt in meiner Beziehung zu Henry. Von nun an wurde er mir gegenüber höflicher und respektvoller. Das Geflüster mit Eleanor und die Blicke in meine Richtung hörten auf. Ich vermute, dass er mich bis dahin als willige Komplizin bei Eleanors Überwachung betrachtet hatte. Selbst Eleanor war jetzt manchmal nicht mehr so geringschätzig und feindselig, und ich hatte den Verdacht, dass Henry mit ihr gesprochen und sie gebeten hatte, mich freundlicher zu behandeln.

Henry besuchte die neu gegründete Universität in Durham, die von Teesbank Hall aus leicht zu erreichen war. Von Mrs Jenson erfuhr ich, dass er dieser Universität gegenüber der altehrwürdigen Universität in Cambridge den Vorzug gegeben hatte, um in der Nähe zu sein, falls das erforderlich werden sollte. Falls Eleanor ihn brauchte, hörte ich aus diesen Worten heraus. Er studierte Mathematik, war aber bestrebt, eine Anstellung in der Kirche zu bekommen. Angesichts der Tatsache, dass sein Vater die Religion glühend hasste, erschien es mir jedoch unwahrscheinlich, dass er dieses Ziel erreichen würde.

Wenn Henry zu Hause war, verbrachte er seine Zeit meistens in der Bibliothek und unterhielt sich mit Eleanor. Gelegentlich versuchte er, mich ebenfalls in ihr Gespräch einzubeziehen, so, als wolle er ein freundschaftliches Verhältnis zwischen Eleanor und mir fördern und die düstere Atmosphäre unseres Schulzimmers aufhellen. Anscheinend war ihm nicht klar, wie aufgebracht Eleanor darüber war, dass meine schweigende Anwesenheit ihre gemeinsame Zeit mit ihm beeinträchtigte. Falls ich nun auch noch an ihren Gesprächen teilnehmen sollte, würde sie maßlos empört sein. Wenn Henry mich daher nach meiner Meinung zu den Taten von Garibaldi oder Otto von Bismarck oder zur Architektur der neu eröffneten Royal Albert Hall fragte, war ich bei meiner Antwort auf der Hut. Manchmal täuschte ich mangelndes Interesse vor und beschäftigte mich weiter mit irgendeiner selbst gewählten Aufgabe. Tatsächlich aber sehnte ich mich während dieser Stunden nach Austausch, und Henry war der einzige Mensch, der sich geneigt zeigte, mit mir zu sprechen. Doch größer als meine Sehnsucht nach Freundschaft war meine Angst vor Eleanors Rache.

Bisher hatte ich ein zurückgezogenes Leben geführt. Ich hatte keine Geschwister, und Vater wollte mich nicht auf ein Internat schicken, daher war ich zu Hause von einer Gouvernante unterrichtet worden. Aber ich war ein glückliches, wenn auch vielleicht ein wenig ernstes Kind gewesen. Ich mochte den vertrauten Tagesablauf, ich mochte es, mit der Köchin Pläne für die Mahlzeiten zu machen, und ich genoss das besondere Vergnügen, meinen Vater auf seinen Hausbesuchen zu begleiten, und die gelegentlichen Besuche von Freunden, die er über seine wissenschaftlichen Interessen kennengelernt hatte. Zu Mutters Angehörigen hatten wir im Laufe der Zeit den Kontakt verloren, weil sie zu weit entfernt lebten, und Vater hatte nur noch einen einzigen lebenden Verwandten: Onkel Thomas Stepford.

Als dann die schlimme Zeit kam, an deren Einzelheiten ich nicht denken wollte, tröstete mich meine Freundschaft mit Lucy. Da mein Vater und sein Bruder sich entfremdet hatten, lernte ich meine Cousine erst nach Vaters Tod kennen. Sie war anders als alle Menschen, denen ich je begegnet war, und sie brachte mich dazu, über die albernsten Dinge zu lachen. Ihre Kühnheit schockierte mich, und gleichzeitig bewunderte ich sie. Lucy erklärte mir, in der Welt der reisenden Schausteller habe sie schnell erwachsen werden müssen und es sei gefährlich, zu schüchtern zu sein. »Du darfst niemandem vertrauen«, warnte sie mich ernst.

Mit ihrem hellblonden Haar und den jadegrünen Augen sah sie bezaubernd aus. Wenn sie von ihrem Vater oder anderen Erwachsenen angesprochen wurde, antwortete sie artig und schaute sittsam zu Boden, aber sobald wir allein waren, redete sie stundenlang und lachte über alle, die ihrem Charme erlegen waren.

Lucy sagte, ich sei der einzige Mensch auf der Welt, bei

dem sie sich nicht zu verstellen brauche – allen anderen spiele sie etwas vor. Ich erinnere mich, dass sie mich einmal so fest umarmte, dass ich keine Luft mehr bekam. »Ich bin so froh, dass wir uns gefunden haben«, rief sie dabei. »Du bist meine einzige echte Freundin.«

»Und du bist meine Freundin, Lucy. Wenn wir zusammen sind, muss ich immerzu lachen.«

Darüber lächelte sie. Sie hielt mich ganz fest und sagte: »Versprich mir, dass wir uns niemals trennen.«

Ich schwieg einen Moment. »Natürlich werden wir uns niemals trennen«, sagte ich dann, »wir haben uns doch jetzt endlich gefunden.« Wie konnte ich ihr sagen, dass ich bereits meine Flucht plante? Es wäre unmöglich gewesen, ihr das Verhalten ihres Vaters mir gegenüber in seinem ganzen Ausmaß zu schildern.

»Harriet, wir könnten Schwestern sein. Wir haben so viele Gemeinsamkeiten.«

Insgeheim war ich geschmeichelt, denn Lucy war viel verwegener als ich, doch ich protestierte: »Aber wir sind auch sehr verschieden. Ich lebe schon immer in Swaffham, und du hast mit deinem Vater ganz England bereist und viel mehr von der Welt gesehen als ich.«

Sie schüttelte den Kopf. »Alles, was ich gesehen habe, waren billige Absteigen in einer Stadt nach der anderen. Nach und nach sind die Ortschaften miteinander verschmolzen. In Wahrheit war ich genauso von der Welt abgeschnitten wie du. Ich habe eigentlich nie ein Mädchen in meinem Alter gekannt.«

»Ja, in dieser Beziehung sind wir uns ähnlich«, stimmte ich zu.

Lucy war eine außergewöhnlich gute Imitatorin, und wenn sie die Köchin nachahmte, die über sauer gewordene Milch klagte, oder ihren Vater, der sich über die Phrenologie ausließ, kriegte ich Bauchkrämpfe vor Lachen.

Einmal kam Vaters Rechtsanwalt, Mr Braithwaite, zu Besuch. Er war ein sehr freundlicher Mann, aber recht schüchtern, und er stotterte stark, vor allem, wenn er in Verlegenheit geriet. Vater hatte in seinem Testament eine kleine alljährliche Summe für meine alte Kinderfrau verfügt, aber es hatte irgendein Problem gegeben, und sie hatte das Geld nicht erhalten. Mr Braithwaite wollte mit meinem Onkel darüber sprechen und seinen Besuch vermutlich auch nutzen, um sich ein Bild davon zu machen, wie es mir ging. Lucy und ich wurden in die Wohnstube gerufen. Die beiden Männer hatten sich offensichtlich gestritten, bevor wir eintraten, denn Onkel Thomas Stepford stand mit finsterem Blick in einer Ecke.

»M-meine liebe Harriet, wie geht es dir?«, fragte Mr Braithwaite.

»Es geht mir gut, Sir. Ich freue mich sehr, Sie zu sehen«, antwortete ich. Die Erinnerung an das verlorene Leben, für das er stand, versetzte mir einen Stich. Würde es mir gelingen, ihm etwas von meiner tatsächlichen Situation zu offenbaren, während mein Onkel uns so scharf beobachtete?

»Ich m-mich auch, mein K-kind. Es ist einige M-monate her, dass wir uns g-gesehen haben.« Er lächelte mich freundlich an.

Ich wollte gerade antworten, als Lucy vortrat. »Ich bin L-lucy, Harriets C-cousine. Wir k-k-kennen uns noch nicht.«

Es gelang ihr, seine Stimme treffend nachzuahmen. Als sie mir einen Blick zuwarf, hätte ich beinahe laut losgekichert.

Mr Braithwaite sah sie an, und die Röte stieg ihm ins Gesicht. »Ich h-hoffe, d-d-dass a-alles in O-ordnung ist?«, fragte er, wobei sein Stottern immer schlimmer wurde.

»Ja, Mr Braithwaite, vielen Dank, und ich hoffe, dass es Ihrer Familie auch gut geht«, sagte ich.

»D-d-das h-hoffe ich auch«, unterbrach Lucy.

Der arme Mr Braithwaite war außer sich vor Verlegenheit, und kurz darauf verließ er das Haus, dicht gefolgt von meinem Onkel, der sichergehen wollte, dass er wirklich fort war.

»Lucy, du hast ihn vertrieben. Das war grausam von dir«, rief ich.

Sie wurde ganz blass. »Was meinst du damit?«, fragte sie.

»Er hat gemerkt, dass du ihn verspottest, und er ist so ein herzensguter Mann.«

»Harriet, das tut mir furchtbar leid. Ich wollte ihn nicht kränken. Ich verspreche dir, dass ich mich beim nächsten Mal anders benehme.«

Aber es gab kein nächstes Mal, denn Mr Braithwaite kam nicht mehr zu uns ins Haus, sondern regelte alles Nötige über sein Büro in der Stadt. Ich sah ihn nie wieder.

In diesen ersten Monaten in Teesbank Hall war es die Erinnerung an Lucy, die das größte Heimweh in mir auslöste. Obwohl Eleanor sie als beste Freundin niemals ersetzen konnte, wollte ich gern eine Beziehung zu ihr aufbauen. Die Familie abonnierte die *Times*, und wenn Mr Wainwright sie gelesen hatte, wurde die Zeitung in die Bibliothek gebracht.

Ich hatte mir angewöhnt, die Seiten durchzusehen und Artikel zu kennzeichnen, die mir interessant erschienen und die wir zusammen besprechen konnten. Wenn Mr Wainwright nicht da war, bekamen wir die Zeitung sofort, denn Mrs Wainwright war nicht an der Außenwelt interessiert.

Auf diese Weise begannen wir, unserer Faszination für Ereignisse, die sich weit entfernt von Teesbank Hall zutrugen, immer neue Nahrung zu geben. Ganz besonders begeisterte Eleanor die erste Jährliche Internationale Ausstellung in South Kensington. Stundenlang konnte sie sich über dieses Thema auslassen, über die erstaunlichen Fortschritte in der Wissenschaft und die exotischen Ausstellungsstücke aus aller Herren Länder. Wir begannen tastend, uns darüber zu unterhalten, und fanden so eine gemeinsame Ebene. Das war besser als das bedrückende Schweigen, das vorher zwischen uns geherrscht hatte.

Außerdem stellte ich fest, dass Eleanor sehr belesen war und wir bei der Romanlektüre einen ähnlichen Geschmack hatten. Eines Tages saßen wir nebeneinander und sprachen angeregt über George Eliots *Die Mühle am Floss*, als Agnes in der Bibliothek erschien. Sie sah so verdutzt aus, dass ich lachen musste. Später fragte sie mich, was so komisch gewesen war.

»Ihr Gesicht, Agnes. Sie waren ein Bild des Staunens.«

»Sehen Sie, Miss Caldwell, ich hatte nicht gedacht, dass Sie und Miss Eleanor Freundinnen sind. Es ist eine ganze Weile her, dass ich sie so einträchtig mit einer Gouvernante zusammensitzen sah. Seit Miss Howard fort ist, ist das nicht mehr vorgekommen.«

Agnes' Bemerkung machte mich nachdenklich. Konnte man Eleanor und mich als Freundinnen bezeichnen? Unsere Beziehung war nicht mehr ganz so kühl wie am Anfang, aber Eleanor war immer noch unberechenbar. Eben noch unterhielten wir uns vertraut, doch schon im nächsten Moment konnte sie abgelenkt sein und mich ärgerlich anfahren, wenn ich etwas sagte.

Als ich an diesem Abend Mrs Jenson meinen täglichen Bericht erstattete, schien sie besonders schlecht gelaunt zu sein und bemerkte, wie bleich Eleanor doch sei. »Warum nehmen Sie Miss Eleanor nicht häufiger zu einem Spaziergang mit nach draußen, Miss Caldwell? Es ist gut für sie, sich im Freien aufzuhalten, und körperliche Bewegung führt auch zu einem gesunden Geist.«

»Ich versuche so oft, sie zum Hinausgehen zu überreden, aber sie will nicht.« Es war unfair, mir die Schuld daran zu geben, dass Eleanor sich weigerte, das Schulzimmer zu verlassen, denn ich sehnte mich sehr nach frischer Luft. Doch ein weiteres Gespräch war nicht möglich, weil Mary ins Zimmer stürzte. »Mrs Jenson, Sie werden gebraucht. Archie ist von einem Pferd getreten worden, und es geht ihm schlecht. Mr Snowdon möchte, dass Sie entscheiden, ob wir den Doktor holen sollen.«

Mrs Jenson verschwand sofort. Sie schloss nicht einmal mehr den Mahagonischrank ab, wie es sonst ihre Gewohnheit war. Ich schrieb die winzigen Essensportionen, die Eleanor an diesem Tag zu sich genommen hatte, in das große Buch und wollte es dann in den Schrank zurückstellen, weil es dort sicherer war als auf dem Tisch. Doch dabei stieß ich einen Stapel Bücher um, und eines davon landete geöffnet auf dem Fußboden. Als ich es aufhob, sah ich, dass es ein kleines Ausgabenbuch war. Der erste Eintrag war über zwanzig Jahre alt. Seitdem waren hier regelmäßige Zahlungen an einen einzigen Empfänger, »Gate Helmsley« genannt, festgehalten worden. Dabei ging es um ansehnliche Beträge, nämlich zuletzt fünfundzwanzig Pfund pro Monat, eine Summe, welche die Hälfte meines Jahreslohns ausmachte. Verwundert schüttelte ich den Kopf. Doch ich hatte keine Zeit, weiter darüber nachzudenken, denn ich hörte draußen Schritte. Schnell sprang ich auf und schob die Bücher in den Schrank zurück. Als Mrs Jenson hereinkam, musste sie mir mein schlechtes Gewissen angesehen haben, denn sie runzelte die Stirn. »Was machen Sie da am Schrank?«

»Ich habe Eleanors Buch zurückgestellt.«

»Unterstehen Sie sich, sich noch einmal diesem Schrank zu nähern. Er enthält die persönlichen Dokumente der Wainwrights, und die gehen Sie nichts an.« Sie schloss die Tür und drehte den Schlüssel um. »Sie können jetzt gehen, Miss Caldwell, aber ich möchte Ihnen dringend davon abraten, hier noch einmal herumzuschnüffeln.«

Hastig verließ ich den Raum. Während ich meine Dachkammer aufsuchte, überlegte ich, welche Bedeutung mein Fund haben mochte und was der Schrank vielleicht außerdem noch enthielt.

13

Es war selten, dass jemand nach Teesbank Hall kam. Das Haus war zwar weniger als sechs Meilen von der betriebsamen Industriestadt Stockton-on-Tees entfernt, aber wir hätten genauso gut mitten auf der entlegensten Heide wohnen können. Folglich waren jeder Besuch und jedes neue Gesicht ein bedeutendes Ereignis im Herrenhaus. Als ich eines Morgens Mitte Mai zum Frühstück in die Küche kam, empfingen mich der warme Duft von frisch Gebackenem und ungewöhnliche Geschäftigkeit. Mrs Hargreaves war ganz aufgeregt und fuhr Mary an, sie solle sich mit dem Eierschlagen beeilen.

Als die Köchin etwas aus der Speisekammer holte, fragte ich Agnes, was los sei.

»Mrs Crawford kommt zu Besuch. Sie lebt mit ihrem Sohn Luke draußen Richtung Ripon, aber früher hat sie jahrelang in Teesbank Hall gearbeitet. Als Mrs Hargreaves hier als Küchenmädchen anfing, war sie die Köchin.«

»Wenn sie kommt, geht es uns immer gut, denn Mrs Hargreaves glaubt, sie müsste ihr Eindruck machen«, bemerkte Eliza und stopfte sich Toast mit Marmelade in den Mund. »Wann hat sie uns das letzte Mal besucht?«, fragte sie Agnes.

»Das muss jetzt fast zwei Jahre her sein.«

»Sie ist eine pfiffige Frau, und sogar Mrs Jenson kriegt ein Lächeln zustande, wenn sie hier ist.«

Dass Eliza ein Lob aussprach, war selten.

Als ich an dem Abend nach meinem Tag mit Eleanor in die Gesindestube kam, tranken Mrs Hargreaves und Mrs Crawford am Feuer Tee. Mrs Crawford war eine winzige Frau. Ihr Haar war weiß, und ihr Gesicht war so verrunzelt wie eine Walnussschale. Mary, die sie auch noch nicht kannte, und ich wurden ihr vorgestellt. Als Mrs Hargreaves sagte, ich sei Miss Eleanors Gouvernante, tauschten die beiden Köchinnen einen Blick.

»Hat es nach dem ganzen Schlamassel noch weitere Vorfälle gegeben?«, fragte Mrs Crawford.

»Sie haben eine Pflegerin für sie eingestellt, eine Mrs Anderson, die in den Nachtstunden bei ihr ist. Das scheint recht gut zu klappen. Seitdem ist es etwas ruhiger.«

Mrs Crawford schüttelte den Kopf. »Und wie geht es Mr Henry? Er war immer ein guter Junge. Man würde die beiden niemals für Geschwister halten.«

»Er studiert im letzten Jahr an der Universität in Durham, aber er ist häufig hier, vor allem, wenn es mit Miss Eleanor Schwierigkeiten gibt.«

»Es ist nicht richtig, dass seine Eltern ihm diese Verantwortung zuschieben. Man darf einem jungen Mann nicht die Erziehung seiner Schwester aufbürden. Weder die Mutter noch der Vater haben sich ausreichend um die Kinder gekümmert. Ich habe mit ihnen darüber gesprochen«, sagte Mrs Crawford.

»O ja, ich weiß.« Mrs Hargreaves nickte. »Und ausnahmsweise haben die beiden einmal zugehört.«

Im Feuerschein in der Gesindestube zu sitzen und dem leisen Gemurmel zuzuhören, hatte etwas Friedliches. Nach einer Weile wandte sich das Gespräch der Vergangenheit und Menschen zu, die vor langer Zeit im Herrenhaus gelebt und gearbeitet hatten.

»Das waren bessere Zeiten«, sagte Mrs Hargreaves, »bevor das alles passierte. Damals haben mindestens acht weitere Bedienstete im Haus gearbeitet, und wir wurden nicht ständig auf Trab gehalten. Und es ist immer schlimmer geworden – niemand will mehr bleiben. Sie sind zum richtigen Zeitpunkt gegangen, Mrs Crawford.«

»Nachdem diese schreckliche Sache passiert ist, war es nie wieder so wie vorher. Etwas Dunkles hat sich über dieses Haus gelegt. Wohlgemerkt, ich habe Matthew Wainwright nie gemocht, und weil ich nicht mehr hier arbeite, darf ich laut sagen, was ich denke.«

»Nun, in der Hinsicht hat sich nichts geändert«, sagte Mrs Hargreaves mit einem vielsagenden Blick zu Mary hinüber. »Mit dem Alter wird er immer zügelloser.«

»Ja, seine Mama hat ihn verwöhnt und ihm alles durchgehen lassen. Ich gebe ihr die Schuld dafür, ja doch. Joshua Wainwright, unseren alten Herrn, habe ich geachtet. Er war streng, aber er hat auch hart gearbeitet und jeden Penny, den er besaß, selbst verdient.« Sie wandte sich an die jüngeren Dienstmädchen. »Er hat als kleiner Buchhalter im Bergwerk angefangen, und nach fünfzehn Jahren gehörte ihm die Grube.«

»Er hat die Tochter des Grubenbesitzers geheiratet, und das hat ihm nicht geschadet«, lachte Mrs Hargreaves.

Mrs Crawford musste zustimmen, aber sie fügte hinzu: »Jedenfalls haben Joshua und Diana Wainwright sich geliebt – was man von ihrem Sohn und seiner Frau nicht sagen kann.«

»Die beiden kannten sich ja kaum, als sie geheiratet haben, nur ihre jugendlichen Reize haben sie füreinander entflammen lassen. Aber das war ein Strohfeuer. Danach mussten sie sich im kalten Tageslicht in die Augen sehen. Ich glaube, sie haben ein halbes Jahr gebraucht, bis ihnen klar war, dass sie nicht mal im gleichen Zimmer sitzen konnten, ohne den anderen zu verärgern, und da war es zu spät. Sie hatten ihre Eheversprechen vor dem Altar gegeben, und Mrs Wainwright war schon schwanger.«

»Ist sie irgendwann mal nicht schwanger gewesen?«

Mrs Crawford nickte. »Trotzdem, wie er mit der französischen Gouvernante herumgemacht hat – das war nicht richtig. Alle wussten davon. Direkt unter Mrs Wainwrights Augen. Ich weiß nicht, wie sie diese Zeit ertragen hat. Er ist ja vor dem ganzen Haushalt mit der jungen Frau herumstolziert.«

Mrs Hargreaves stimmte ihr zu. »Das war falsch. Unsere jetzige Herrin hat oben gegessen, allein. Die Tränen sind ihr auf den Teller getropft, und Mrs Diana – sie hat ihre Schwiegertochter ja damals schon gehasst – hat ihr gesagt, sie würde nichts taugen, weil sie es nicht fertigbrächte, das Interesse ihres Mannes wachzuhalten.«

»Die zwei sind oft zusammen zum Bootshaus gegangen, und Clara und Martha sind hinterhergetrottet. Matthew

Wainwright hat behauptet, er wolle den Unterricht beaufsichtigen.«

»Ja, richtig. Mr Snowdon, der Obergärtner, hat mir einmal erzählt, dass er dazukam, wie die beiden Mädchen draußen am Bootshaus standen. Clara hat durch ein Fenster geguckt und geschluchzt. Miss Marchal und Mr Wainwright waren nirgends zu sehen, aber aus dem Bootshaus kamen recht eindeutige Geräusche.«

Wir alle waren entsetzt über diese Enthüllung.

»Er ist so ein Schwein!«, rief Eliza.

»Und diese Arielle Marchal fing an, sich für was Besseres zu halten. Sie sah sich schon als die nächste Dame des Hauses. Wissen Sie noch, wie sie da saß, genau da, wo Sie jetzt sitzen, und sagte, das Fleisch wäre zäh und Sie müssten ihr was Besseres servieren?«

Mrs Hargreaves lachte. »Daran erinnere ich mich gut. Ich habe es wieder mit in die Küche genommen, draufgespuckt und es ihr dann mit ein bisschen Soße vorgesetzt. Das ist jetzt ein zarteres Stück, habe ich gesagt. Arielle Marchal war eine Frau, die einen Dämpfer brauchte. Sie war wenig mehr als seine Hure, aber sie benahm sich, als wäre sie die Herrin im Haus.«

»Aber am Ende hat sie gelitten«, sagte Mrs Crawford leise. »Wissen Sie noch, wie Mrs Wainwright sie aus dem Haus geworfen hat und sie durch die Küche gehen musste? Alle waren plötzlich still. Wir wussten, was für ein Leben sie erwartete.«

Überrascht sah ich, dass Mrs Hargreaves sich bekreuzigte. »Ja, Gott sei ihrer Seele gnädig. Sie hat schwer gebüßt.«

»Und die beiden Mädchen, Clara und Martha. Sie haben keine Erziehung bekommen. Was aus ihnen wurde, hat niemanden interessiert.«

»Nun, das stimmt nicht ganz. Bevor Samuel geboren wurde, hat Mr Wainwright sich stundenlang mit den Mädchen beschäftigt. Er konnte ein liebevoller Vater sein – jedenfalls besser als ein liebevoller Ehemann –, wenn er das wollte. Aber als Samuel dann da war, hat er den Jungen absolut vergöttert. Da hatte er für die Schwestern keine Zeit mehr.«

»Ich glaube, das hat Clara verrückt gemacht«, sagte Mrs Crawford.

Ich hätte gern gefragt, was damit gemeint war, aber ich war zu schüchtern. Eliza jedoch hatte keine Hemmungen. Sie wandte sich an Mrs Hargreaves: »Sie haben gesagt, Clara, die ältere von den beiden Schwestern, hätte einen ganz schlechten Charakter gehabt.«

»Also, so habe ich das nicht gesagt, Eliza«, rief die Köchin.

»Nein? Aber es stimmt. Clara war wirklich ein schlechtes Mädchen. Man durfte ihr nicht in die Quere kommen.«

»Sie war bösartig. Und unbeherrscht. Sie hat geglaubt, sie könnte es sich erlauben, uns Dienstmädchen einfach zu ohrfeigen«, brummte Mrs Hargreaves.

»Alle Dienstboten hatten Angst vor ihr. Einmal hatte der kleine Samuel einen richtig schlimmen Schnitt am Arm – es blutete, und dazu hat sich noch ein blauer Fleck gebildet. Die Mädchen sagten, er wäre hingefallen und hätte sich dabei wehgetan, aber ich habe noch nie gesehen, dass ein Sturz zu einer derartigen Verletzung geführt hat.«

Ihre Geschichte wurde unterbrochen, weil Henry in die

Gesindestube kam. »Mrs Crawford, ich habe gehört, dass Sie hier sind, und ich wollte Sie doch nicht wieder gehen lassen, ohne Sie zu begrüßen.«

»Ach, der junge Mr Henry, wie groß Sie geworden sind! Wie schön, Sie zu sehen.«

»Ich freue mich auch, Sie zu sehen. Wie ist es Ihnen ergangen? Und wie geht es Luke?«

»Sehr gut, Sir, vielen Dank. Er hat gerade eine neue Stelle bei Chambers and Sons angetreten. Mit höherem Lohn.«

»Dass er Teesbank Hall verlassen hat, war die richtige Entscheidung.«

»Ja, das ist wahr, aber er erzählt immer noch von den Streichen, die Sie als Buben hier zusammen ausgeheckt haben.«

Henry lachte. »Es kommt mir vor, als wäre das schon ganz lange her. Bitte richten Sie ihm meine allerbesten Wünsche aus. Ich erinnere mich noch an Ihr Shortbread, Mrs Crawford, und an viele Tassen Tee. Ich konnte immer sicher sein, dass ich in Ihrer Küche freundlich empfangen werden würde.«

»Sie waren immer sehr willkommen, Sir.«

Plötzlich hatte ich ein Bild von Henry als Kind vor Augen, verloren in dem großen Haus, mit Eltern, die in ihrem Kummer gefangen waren. Um Gesellschaft und Wärme zu finden, musste er sich in die Küche hinunterschleichen.

Das Gespräch brach ab, weil Eleanor eintrat. Es war, als ströme ein Schwall eisiger Luft herein. Augenblicklich war alle Behaglichkeit verschwunden, und wir schwiegen betreten, während sie sich ärgerlich umsah. »Henry, was machst du denn hier in der Gesindestube?«, fragte sie.

»Ich hatte gehört, dass Mrs Crawford hier ist. Bei ihrem letzten Besuch war ich in Durham.«

Eleanor beachtete die frühere Köchin nicht, sie warf ihr nicht einmal einen Blick zu. »Morgen fährst du zurück nach Durham, und du hast mir versprochen, mit mir noch etwas Zeit zu verbringen.«

»Das können wir auch noch später, wenn Mrs Crawford wieder fort ist.«

»Dann bleibt uns nicht mehr viel Zeit füreinander«, widersprach Eleanor. »Wirklich, du musst jetzt sofort mitkommen.«

Aber Henry weigerte sich, und seine Schwester verließ türenschlagend die Gesindestube. Einen Moment lang schwiegen wir bestürzt. Dann sagte Mrs Crawford: »Vielleicht ist es am besten, wenn Sie ihr nachgehen, Sir.«

»Nein, nein, gar nicht«, erwiderte Henry. Er bemühte sich, wieder gute Laune zu verbreiten, aber die Stimmung war abgekühlt, und kurze Zeit später brach Mrs Crawford auf. Als sie sich erhob, sah ich, dass sie unter Rheumatismus litt, denn sie verzog vor Schmerzen das Gesicht und hielt sich an der Tischkante fest, um auf die Beine zu kommen. Agnes sprang auf, um ihr zu helfen, aber die alte Frau winkte ab. »Ich schaffe dass schon, meine Liebe. Vielen Dank, aber so alt bin ich nun auch wieder nicht. Mrs Hargreaves, es war schön, Sie wiederzusehen – ganz wie in alten Zeiten.« Die beiden Frauen umarmten sich mit aufrichtiger Zuneigung, und Mrs Crawford verließ das Haus durch die Spülküchentür.

Kurz darauf ging ich in die Bibliothek, um mein Buch zu holen. Zufällig fiel mein Blick durch eins der großen Fenster auf die Auffahrt hinunter, wo Mrs Crawford sich gerade vom Haus entfernte. Erstaunt sah ich, wie Eleanor ihr nacheilte. Sie musste ihren Namen gerufen haben, denn Mrs Crawford drehte sich zu ihr um. Eleanor näherte sich und trat der alten Frau blitzartig und mit großer Kraft gegen den Knöchel. Mrs Crawford stolperte und stürzte und sah verständnislos zu Eleanor hoch.

Einen Moment lang blieb ich noch ungläubig am Fenster stehen, dann rannte ich die Treppe hinunter und nach draußen.

»Mrs Crawford, was ist passiert? Sind Sie verletzt?« Ich half ihr, wieder auf die Beine zu kommen und den Staub von ihren Röcken abzuklopfen.

Sie holte tief Luft und richtete sich gerade auf. »Danke für Ihre Hilfe, meine Liebe. Ich bin eigentlich nicht verletzt, sie hat mich nur ein wenig aus dem Gleichgewicht gebracht. Die da« – sie drehte sich zu Eleanor um, die uns beobachtete –, »die sollten Sie fragen, wie es ihr geht, denn sie ist wirklich bösartig, und das Geld ihrer Familie wird sie nicht ewig schützen.« Nach diesen Worten ging Mrs Crawford langsam ihrer Wege.

Ich konnte nicht anders, ich wandte mich an Eleanor. »Warum haben Sie das getan? Ich habe gesehen, wie Sie Mrs Crawford getreten haben. Sie ist eine wehrlose alte Frau. Miss Eleanor, das ist unverzeihlich.«

»Was Sie denken, kümmert mich nicht. Mrs Crawford hat es verdient. Sie hat schon immer versucht, sich zwischen Henry und mich zu drängen, genauso wie heute Abend.«

»Sie war nur der Anlass, dass Henry Ihren gemeinsamen Ausritt verschoben hat«, sagte ich fassungslos. »Mehr nicht.«

»Doch, es war mehr als das. Sie wissen nicht, was diese Frau mir angetan hat, auch wenn sie sich immer so freundlich gegeben hat.« Erstaunt sah ich, dass Eleanors Augen sich mit Tränen füllten. »Sie hat meinen Eltern vorgeworfen, es wäre grausam, dass sie Henry nicht auf ein Internat schicken. Mrs Crawford hat behauptet, es würde Henrys Leben ruinieren, wenn er zu Hause bleiben und sich um mich kümmern müsste.«

Ich erinnerte mich an das Gespräch in der Gesindestube. »Aber Mrs Crawford wollte nur das Beste für Henry.«

»Und was war mit mir? Ich war sieben Jahre alt und wurde von dem einzigen Menschen getrennt, der mich gernhatte. Als er zum ersten Mal nach Rugby aufbrach, musste Vater mich festhalten, damit ich nicht hinter ihm herlief. Ich habe eine ganze Woche lang geschrien und wollte nicht essen.«

»Aber das war nicht –«, setzte ich an, doch Eleanor unterbrach mich.

»Ich blieb allein in diesem Haus zurück, in diesem schrecklichen Haus, und hatte nur noch Nancy Wilson, mein Kindermädchen, als Gesellschaft. Und nachts hatte ich Träume, die so lebhaft waren, dass ich sie für Wirklichkeit hielt. Aber ich habe nie von Henry geträumt, sondern immer nur von meinem toten Bruder. O Gott!« Sie schlug sich die Hände vor das Gesicht. »Aber sie ließen mich nicht entkommen, nicht so wie Henry, weil ich ein Mädchen war. Ich musste hier in Teesbank Hall bleiben.«

»Das tut mir leid –«

»Ich brauche Ihr Mitleid nicht, Miss Caldwell.« Die Tränen waren verschwunden, und Eleanors Stimme war hart. »Ich werde Mrs Crawford ewig hassen, weil sie daran beteiligt war, dass Henry mir weggenommen wurde. Aber sie hat mir eine wertvolle Lehre erteilt: Ich muss aufpassen, wem ich vertraue. Und ich werde immer für das kämpfen, was von Rechts wegen mir gehört.«

Ich hatte das Gefühl, dass ich einen kurzen Eindruck von jener Eleanor bekommen hatte, von der alle nur mit gedämpften Stimmen sprachen.

Als ich am nächsten Abend in Mrs Jensons Wohnstube meine Eintragungen in das große Buch machte, sagte ich, ich hätte etwas über Eleanors Betragen zu berichten.

»Was hat sie getan?«, fragte Mrs Jenson.

Als ich erzählte, was ich gesehen hatte, und Eleanors Reaktion schilderte, als ich sie zur Rede stellte, sagte Mrs Jenson nachdenklich: »Sie kann bösartig sein, daran besteht kein Zweifel. In den Adern dieser Familie fließt schlechtes Blut.«

Aber weiter wollte sie sich zu diesem Thema nicht äußern, und ich wurde Eleanor gegenüber noch wachsamer.

14

Das zarte Maienblau der Vergissmeinnicht war in das warme Rosarot der Junirosen übergegangen, aber sonst hatte sich wenig verändert, am wenigsten mein Alltag mit den langen, stickigen Stunden im Schulzimmer. Für Henry und Mr Wainwright war das Leben viel leichter, denn sie waren oft fort und bewegten sich draußen in der Welt, aber die drei Frauen der Familie und ich waren gemeinsam in der kalten Bequemlichkeit von Teesbank Hall gefangen.

Susan Wainwright war eine Frau, die immer weiter verfiel und sehr wenig aus ihrer Zeit machte. Sie hatte sich ganz auf das Whistspiel verlegt, das sie in ihrer Kindheit gelernt hatte. Da man dieses Kartenspiel zu viert spielt und Mr Wainwright an einem Abend unerwartet nach Newcastle gefahren war, fehlte ein Spieler.

Die ältere Mrs Wainwright hatte schon vor langer Zeit erklärt, Kartenspiele seien das Werk des Satans, eine Haltung, die sie nur aus Gehässigkeit ihrer Schwiegertochter gegenüber einnahm. Sie zog sich an den Whistabenden empört in ihre Räume zurück, wobei sie eine Bibel, in der sie nie las, an den Busen drückte. Mrs Jenson spielte nur mittelmäßig, und Eleanor weigerte sich, mitzuspielen, solange nicht eine bessere Spielerin gefunden wurde. Ich musste zugeben, dass ich recht gut Whist spielte, und so forderte man mich auf, zu Susan Wainwright, Henry und Eleanor hinzuzustoßen. Mrs Anderson genoss die Whistabende natürlich, denn so blieb ihr Eleanors Gesellschaft mehrere Stunden lang erspart. Wenn sie dann am Ende des Abends kam, um ihren Schützling abzuholen, roch sie leicht nach Gin und redete zu laut.

Wir vier setzten uns an den Spieltisch, und Henry mischte die Karten. Mrs Jenson saß am Kamin, und Albert, der verwöhnte Spaniel, hatte sich vor ihren Füßen ausgestreckt. Angeblich war er unglücklich, wenn sie ihn abends allein ließ. Während sie ihn mit zarten Stückchen gebratener Leber fütterte, plauderte sie mit Henry über den neuen Pfarrer, der gerade an der Kirche St. Johannes der Täufer sein Amt angetreten hatte. Ab und zu war aus Alberts Richtung ein merkwürdiges Rumoren zu hören.

»Das Wetter war heute so trüb und trist«, bemerkte Mrs Wainwright mit ihrer schleppenden Stimme. »Den größten Teil des Tages war es bedeckt.«

»Vielleicht wird es morgen besser. Mr Snowdon hofft, dass das Wetter schön wird – er sagt, der Garten hat jetzt mehr als genug Regen bekommen«, erwiderte Henry.

Mrs Wainwright nickte. »Wenn das Wetter besser wird, mache ich vielleicht einen Spaziergang.«

Daraufhin prustete Eleanor los. Wir alle wussten, dass Susan Wainwright niemals das Haus verließ.

»Der Garten ist jetzt so schön, Mutter. Die Rosen sind aufgeblüht, und es duftet überall. Wir könnten am Fluss entlanggehen. Wir könnten sogar Albert mitnehmen.« Henry sah zu dem Hund hinüber, der auf diesen Vorschlag mit leisem Knurren reagierte.

Susan Wainwright schien einverstanden zu sein, denn sie nickte träumerisch. »Rosen waren immer meine Lieblingsblumen. Von Juni bis September hat mein Vater dafür gesorgt, dass in unserem Haus große Vasen mit roten Rosen standen, sodass wir in den Sommermonaten immer den herrlichen Duft hatten.«

»Dann musst du unbedingt morgen mit mir spazieren gehen, Mutter.«

»Ach, Henry, es ist noch zu kühl. Vielleicht, wenn es ein wenig wärmer wird.« Um ihre Worte zu unterstreichen, zog sie ihr Tuch fester um sich. Ihr Blick war schon auf das Kartenspiel gerichtet, das vor uns auf dem Tisch lag. Da jetzt die erforderlichen Höflichkeiten ausgetauscht worden waren, wandte sie sich dem eigentlichen Zweck des Abends zu. »Wer gibt?«

Wir spielten eine Runde nach der anderen, bis die Dunkelheit das klare Licht des langen nordischen Abends verdrängte. Ich sah, wie Mrs Wainwrights Blick während des Spiels konzentrierter wurde und eine Schärfe bekam, die er sonst nicht hatte. Normalerweise wirkte sie abwesend und abgelenkt, jetzt aber verfolgte sie gespannt den Fortgang des Spiels und betrachtete aufmerksam die Weissagungen, die sie in der Hand hielt. Henry und ich versuchten, uns über Haushaltsangelegenheiten und andere Themen zu unterhalten. Er beabsichtigte, im Spätsommer mit Edward Merryweather und einem weiteren Freund in Schottland wandern zu gehen, und wir staunten darüber, dass es möglich war, am Bahnhof in Eaglescliffe in einen Zug zu steigen und damit bis in die Highlands hinaufzufahren. Mrs Wainwright warf gelegentlich etwas ein, aber eigentlich nahm das Spiel sie ganz in Anspruch. Eleanor beteiligte sich nicht an unseren seichten Gesprächen, sondern setzte genau berechnete Strategien ein und konzentrierte sich ausschließlich darauf, zu gewinnen. Sie kannte die abseitigsten Regeln und wandte sie erbarmungslos an, sodass es unmöglich war, das Spiel zu genießen.

Und es gab noch ein weiteres Hindernis: Im Laufe des Abends machte sich immer stärker ein widerlicher, aber bekannter Gestank bemerkbar. Ich erinnerte mich an die Fahrt nach Stockton, auf der wir die Kutschenfenster so weit wie möglich geöffnet hatten, um die ekelhaften Gerüche loszuwerden, die Albert ausstieß. Als wolle er mich daran erinnern, schaute der verwöhnte Köter in meine Richtung und grinste schadenfroh, sofern ein Hund so etwas vermag. An den gequälten Gesichtern meiner Mitspieler erkannte ich, dass ich nicht die Einzige war, die unter Alberts Beitrag zu dem Abend litt. Doch niemand äußerte sich dazu, nur Eleanor begann, sehr laut und eindrücklich zu husten, und Mrs Wainwright griff nach ihrem parfümierten Taschentuch.

Im Gegensatz zu uns anderen war Mrs Jenson an Alberts Ausdünstungen gewöhnt, aber selbst sie konnte die übel riechenden Schwaden bald nicht mehr ignorieren. Sie sprang auf und sagte: »Ich möchte die Fenster öffnen. Wie Mr Henry schon gesagt hat, jetzt ist die beste Zeit, um den Rosenduft zu genießen.«

Ich hatte mir schon länger das Lachen verbeißen müssen,

doch in diesem Moment sahen Henry und ich uns zufällig an, und das Unvorstellbare geschah. Ich bemerkte, dass auch er nur mühsam das Lachen zurückhielt, und jetzt brachte Mrs Jensons beschönigende Erklärung das Fass zum Überlaufen. Er lachte schallend. Zwar versuchte er noch, mithilfe eines großen weißen Taschentuchs ein Niesen vorzutäuschen, aber nun war es auch mit meiner Selbstbeherrschung endgültig vorbei, und ich brach in unbändiges Gelächter aus. Wir lachten beide hemmungslos. Das war natürlich vollkommen unangebracht und missfiel den beiden älteren Damen sehr, doch gerade ihre Missbilligung sorgte dafür, dass wir nicht aufhören konnten. In diesem bedrückenden Haus zu lachen, war befreiend. Es erinnerte mich daran, dass ich jung war und die Dunkelheit nicht ewig dauern würde.

»Ich verstehe nicht, was daran so komisch ist«, sagte Mrs Wainwright tadelnd. Doch die Tatsache, dass sie sich während dieser Äußerung mit ihrem parfümierten Taschentuch vor dem Gesicht herumwedeln musste, vergrößerte unsere Erheiterung nur noch.

»Albert hat einen sehr empfindlichen Magen«, grummelte Mrs Jenson, während sie die Fenster so weit aufriss wie nur möglich. »Es ist durchaus nicht lustig, dass er so unter seiner Verdauung leidet. Junge Leute lachen über die ernstesten Angelegenheiten.«

Damit hatte sie uns beide angemessen zurechtgewiesen, und Henry öffnete schon den Mund, um sich zu entschuldigen, doch dann sah er mich an und platzte heraus: »Der Rosenduft …«

»Jetzt ist die beste Zeit«, stimmte ich zu, und wir prusteten wieder los. Ich konnte nicht sprechen und schon gar nicht erklären, warum ich so lachte.

Mrs Wainwright und Mrs Jenson beobachteten uns mit verkniffenen Gesichtern, während Eleanor ungerührt weiterspielte und dann unserer Fröhlichkeit ein Ende setzte, indem sie ein Ass auf den Tisch knallte und bemerkte: »Ich habe gewonnen. Das Spiel ist aus.«

Sie baten mich nie wieder, mit ihnen Whist zu spielen.

15

Als Ausgleich zu der erzwungenen Enge des Schulzimmers begann ich, lange Abendspaziergänge zu unternehmen, immer am Flussufer entlang, bis ich das Bootshaus erreichte und einigermaßen außer Atem war. Ich kehrte wieder um, bevor es so dunkel wurde, dass der Weg durch den Wald nur noch schwer zu finden war. Ich wollte mich völlig verausgaben, denn ich fürchtete mich vor der Nacht, wenn ich entweder nicht schlafen konnte oder von schlimmen Albträumen geplagt wurde. Zum Glück blieb der Inhalt normalerweise undeutlich, aber sie endeten immer auf die gleiche Weise, nämlich mit einem blendenden Licht, und dann setzte ich mich auf, schlotternd und mit schweißgetränktem Nachthemd. Ich bin nicht mehr in Norfolk, sagte ich mir, und der Gedanke an die Hunderte von Meilen, die zwischen mir und Onkel Thomas Stepford lagen, beruhigte mich.

An einem besonders schönen Juniabend wanderte ich mehrere Meilen weit und kehrte unbekümmert ins Herrenhaus zurück. Am Flussufer standen die Wildblumen in voller Blüte, und der Duft von Mädesüß und Hundsrosen lag in der Luft. Die ganze Welt schien mir anzudeuten, dass neue Anfänge möglich waren. Hier im hohen Norden blieb es abends so lange hell, dass selbst die enge Dienstbotentreppe nicht mehr so finster wirkte. Vielleicht war ich auch fröhlicher, weil Eleanor nicht mehr so feindselig war oder weil Henry mir fast freundschaftlich begegnete. Warum auch immer, endlich hatte ich das Gefühl, dass es möglich sein könnte, der Vergangenheit zu entfliehen und auf die Zukunft zu hoffen.

Zurück in meinem Zimmer setzte ich mich vor die Frisierkommode. Am Himmel waren noch Schimmer von Rosa und Gold zu sehen, daher hatte ich keine Kerze angezündet. Als ich nach meiner silberbeschlagenen Haarbürste griff, musste ich mit dem Arm das Tuch gestreift haben, das ich über den Spiegel gehängt hatte. Es glitt auf den Boden hinunter, und der Spiegel stand unverhüllt vor mir. Ich wandte sofort den Blick ab. Seit dem furchtbaren Abend im März, als mein anderes Selbst mich heimgesucht hatte, hatte ich mich nicht mehr getraut, in den Spiegel zu sehen.

Ich faltete fest die Hände. Es war dumm, sich vor einem Bild zu fürchten, vor einem Gaukelspiel des Lichts. In jener Nacht, als ich die andere Harriet gesehen hatte, war ich nach meiner langen Flucht vor Onkel Thomas Stepford erschöpft und verwirrt gewesen. Jetzt lag zwischen mir und den Ereignissen, die mich derartig entstellt hatten, ein zeitlicher und räumlicher Abstand, daher erschien mir sogar etwas wie Glück möglich. Würde ich es wagen, in den Spiegel zu sehen? Langsam öffnete ich die Augen. Doch da war sie wieder. Die Spukgestalt. Sie starrte mich an – mein Ebenbild und doch nicht mein Ebenbild.

Es waren noch die gleichen dunklen Augen, die das schreckliche Geheimnis verbargen, die schlangenähnlichen

Locken und die allzu sinnlichen, leicht geöffneten Lippen. Aber heute Abend wollte ich mich von diesem Bild nicht einschüchtern lassen. Ich zündete die Kerze an, und das Flämmchen warf sanfte Schatten an die Wände und milderte die Strenge der dunklen Augen, die zu viel gesehen hatten. Die blasse Haut schimmerte im Kerzenlicht wärmer. Verführerisch und schön. Ich stieß ein einziges Wort aus: »Du!« Die junge Frau im Spiegel gab es tonlos zurück. Wir klagten uns gegenseitig an. Sie war das Ich, dem ich entkommen war, doch jetzt war sie hier, und anscheinend hatte sie mich nie verlassen.

Ich musste ihr klarmachen, dass ich keine Angst vor ihr hatte und mich von ihr trennen wollte. Mit dem Zeigefinger fuhr ich ihre Umrisse nach. In der tiefen Stille der Sommernacht ruhte mein Blick jedoch zu lange auf ihr.

Schwere Schritte draußen auf dem Flur unterbrachen mich jäh in meinen Gedanken. Männerschritte. Ich fuhr zusammen, und mein Schreck war umso größer, als ich eben noch so in mein Spiegelbild versunken gewesen war. Männer durften diesen Teil des Hauses nicht betreten, und selbst die Dienstmädchen kamen nur selten in meinen Flur.

»Wer ist da?« Meine Frage hallte in die Nacht hinaus, aber ich erhielt keine Antwort.

Ich fühlte mich ausgeliefert, so, als könnte der Eindringling erspüren, wie sehr die junge Frau im Spiegel mich angezogen hatte und dass ich ihre Gesichtszüge nachgezeichnet und als meine erkannt hatte. Jetzt schämte ich mich für meine Reaktion auf das Gesicht. Voller Entschlossenheit, dem Unbekannten gegenüberzutreten, sprang ich auf. Wäre dieser

Mensch in guter Absicht gekommen, dann hätte er sicherlich auf meine Frage geantwortet.

Als ich die Tür öffnen wollte, hörte ich, wie ein Zündholz angestrichen wurde, und dann roch ich einen warmen Duft, den würzigen Holzgeruch von Matthew Wainwrights dominikanischen Zigarren. Ich erstarrte. Er war ins Dachgeschoss hochgekommen. Mein Herz klopfte heftig, und die vertraute Übelkeit meldete sich. »Ich kann nicht«, formte ich lautlos mit den Lippen. Und dann befürchtete ich, dass ich daran schuld war, ganz so, wie Onkel Thomas Stepford es gesagt hatte. Indem ich im Spiegel in die Abgründe meiner Seele geblickt hatte, hatte ich den Herrn des Hauses herbeigerufen. Jetzt rüttelte jemand am Türgriff, und der Geruch, der durch den schmalen Spalt unter der Kammertür drang, wurde deutlicher.

Als der Onkel zum ersten Mal meinen Kopf abgetastet hatte, hatte er gesagt, die Wölbungen meines Schädels wiesen auf eine lasterhafte, schamlose Natur hin. Das stehe in meinen Knochen geschrieben. Er sagte, es sei meine Schuld, dass er so handelte, wie er es tat, denn ich hätte die Eigenschaften einer Hure. Und jetzt hatte ich den Beweis: Matthew Wainwright wartete vor meiner Zimmertür. Ich hielt den Atem an. Nichts durfte ihm verraten, dass ich mich im Zimmer befand. Ich setzte mich auf den Boden und lehnte mich gegen die Tür, ich krümmte mich zusammen und hätte leise geweint, wenn ich nicht so große Angst gehabt hätte, ihn dadurch auf meine Anwesenheit aufmerksam zu machen.

Die Schritte wanderten draußen im Flur auf und ab, hin und her. Was sollte ich tun, falls er an die Tür klopfte? Ich erinnerte mich an frühere Zeiten, wenn ich das heimliche Klopfen gehört hatte. Es war leise gewesen wie ein Atemzug, daher hatte ich mir einreden können, dass ich mich verhört hatte, und hatte die Ohren verschlossen und gebetet. Bis es dann wieder an der Tür pochte, hartnäckiger diesmal, und ich sicher gewesen war, dass er draußen lauerte.

Auch jetzt betete ich, doch die Schritte näherten sich immer wieder der Tür. Er blieb davor stehen. Ich konnte seinen rauen, stoßweisen Atem hören. Ich verkrampfte mich in Erwartung des Unausweichlichen. Dann schrie ich mit dem Mut der Verzweiflung laut auf. Vielleicht befürchtete er, dass der Lärm jemanden wecken könnte, denn auf einmal kehrte er um. Ich hörte, wie die Schritte sich den Flur hinunter entfernten.

Mir war schwindelig vor Erleichterung, aber ich musste wissen, ob er wirklich fort war. Die Vorstellung, dass Mr Wainwright sich noch irgendwo im Dachgeschoss aufhielt und nur auf einen günstigen Moment wartete, war mir unerträglich. Als ich lautlos meine Kammer verließ, erahnte ich im Flur den Schatten eines Mannes, der von der Dunkelheit fast verschluckt wurde. Ich konnte ihn kaum erkennen, aber ich war nicht mehr sicher, dass es sich tatsächlich um Matthew Wainwright handelte. Ich wartete einen Moment, dann beschloss ich, mich an der Wand entlangzuschleichen, um nachzusehen, ob die anderen Zimmer leer waren. Ich stand vor der ersten Tür, doch meine Angst, dass jemand sich auf mich stürzen könnte, war so groß, dass ich es nicht wagte, den Raum zu betreten.

In dieser verzweifelten Verfassung fand Agnes mich. »Miss

Caldwell! Was ist denn passiert? Warum haben Sie so laut geschrien?«

Ich deutete in die Richtung, aus der Agnes gekommen sein musste. »Da war ein Mann. Er hat vor meiner Tür gewartet. Können Sie mir helfen? Ich will nachsehen, ob er noch im Dachgeschoss ist.«

»Wer sollte denn hier hochkommen?«, fragte Agnes.

»Das weiß ich nicht.« Etwas hielt mich davon ab, Mr Wainwrights Namen zu nennen. Ich hatte ihn nicht richtig erkennen können, daher wollte ich den Hausherrn nicht beschuldigen.

Agnes sah mich seltsam an, willigte aber ein, und wir überprüften gemeinsam sämtliche Räume im vorderen Teil des Hauses. Alle waren menschenleer.

»Aber das ist nicht möglich, Agnes. Er hat doch gerade noch oben an der Treppe gestanden! Ich habe ihn mit eigenen Augen gesehen. Wenn er nicht in einem der Zimmer ist, muss er über die Dienstbotentreppe nach unten gelaufen sein.«

»Miss Caldwell, da bin ich gerade heraufgekommen, aber ich habe niemanden gesehen.«

»Sind Sie ganz sicher? Er kann sich doch nicht in Luft aufgelöst haben.«

»Miss Caldwell, da war niemand«, wiederholte Agnes. »Im Kerzenlicht kann man sich leicht täuschen.«

»Aber ich habe seine Schritte vor meinem Zimmer gehört, ganz deutlich. Ach, Agnes, ich weiß, dass ein Mann hier gewesen ist.«

Sie versuchte jetzt, mich zurück in mein Zimmer zu

steuern, wollte mich dabei jedoch nicht richtig ansehen. »Das müssen Sie sich eingebildet haben, ganz bestimmt. Hier war niemand.«

»Aber wie ist das möglich?«

»Haben Sie nicht selbst gesagt, in der Dunkelheit hier oben könne man sich leicht Dinge einbilden? Und es gibt so viele Geschichten …« Sie verstummte. »Eliza hat mehrmals gesagt, sie hätte eine Gestalt gesehen, aber es war nie ein Mann.«

Ich widersprach nicht mehr, aber ich wusste, was ich gesehen hatte und was geschehen war. Als Agnes fort war, verschloss ich meine Tür und rückte einen Stuhl unter den Türgriff, sodass man die Tür von außen nicht öffnen konnte. Weil ich mich vor der Dunkelheit fürchtete, ließ ich meine Kerze brennen. Trotzdem lag ich starr vor Angst im Bett und konnte nicht einschlafen. Bei dem Gedanken daran, dass ich Mr Wainwright am Morgen sehen würde, wurde mir vor Entsetzen übel.

Beim Frühstück am nächsten Morgen fragte ich Mrs Jenson, ob ich sie unter vier Augen sprechen könne, weil ich ihr etwas anvertrauen wolle.

»Hoffentlich dauert es nicht zu lange, Miss Caldwell. Ich habe heute Vormittag sehr viel zu tun.«

»Ich möchte lieber in Ihrer Wohnstube mit Ihnen sprechen«, bat ich, denn ich sah, dass Eliza in einer Ecke lauerte, und wollte nicht, dass sie unser Gespräch anhörte.

Mit mürrischem Gesicht erhob Mrs Jenson sich. Sie seufzte vernehmlich. »Eliza, können Sie bei Mary bleiben? Ich bin so schnell wie möglich zurück.«

Als wir uns in ihre private Stube zurückgezogen hatten,

erzählte ich ihr von dem Mann im Dachgeschoss, doch sie schüttelte den Kopf. »Das ist schlichtweg unmöglich.«

Ich blieb hartnäckig. »Ich weiß genau, dass ich ihn gehört und gesehen habe.«

»Ich kann Ihnen versichern, dass Sie sich irren. Die männlichen Bediensteten sind im Keller untergebracht, und sie würden es nicht wagen, ins Dachgeschoss hinaufzugehen. Sie wissen sehr gut, dass ihnen der Zutritt dort verboten ist.«

»Aber in der letzten Nacht stand ein Mann vor meiner Zimmertür.«

»Die einzigen anderen Männer im Haus sind Mr Wainwright und Mr Henry. Sie wollen doch sicher nicht andeuten, dass einer der beiden unter dem Dach herumgeschlichen ist?« Ihre Stimme klang abweisend.

»Ich sage nicht, dass –«

Sie unterbrach mich mitten im Satz: »Hat sonst noch jemand diesen Mann gesehen?«

Ich musste zugeben, dass ich die Einzige war, die etwas gesehen hatte, und dass Agnes, obwohl sie gerade hochgekommen war, ihm nicht begegnet war.

»Also, ich denke, da haben Sie Ihre Antwort, Miss Caldwell. Sehr wahrscheinlich haben Sie schlecht geträumt und mehr daraus gemacht, als es in Wirklichkeit war. So, ich muss jetzt dringende Angelegenheiten erledigen, und Sie müssen sich um Miss Eleanor kümmern. Es ist fast sieben Uhr, und Mrs Anderson wird nicht erfreut sein, wenn Sie zu spät kommen.«

Mehr konnte ich nicht tun. Widerstrebend begab ich mich in die Bibliothek. Mich ließ der Gedanke nicht los, dass ich möglicherweise meine eigenen Dämonen herbeigerufen hatte. Eleanor saß an ihrem Tisch, und ich nickte ihr zu, bevor ich mich still am Fenster niederließ, doch ich konnte die nächtlichen Ereignisse nicht vergessen. Ich schwor mir, von nun an jeden Abend den Stuhl vor die Tür zu schieben und den Spiegel mit dem Tuch zuzuhängen, damit die gespenstische junge Frau nicht noch einmal erschien. Mein Verstand hielt das für töricht, aber meine Fantasie flüsterte mir ein, dass ich bei dem Versuch, mich meinen Ängsten zu stellen, ein böses Wesen herbeigerufen hatte.

Im Gegensatz zu meiner Schweigsamkeit legte Eleanor eine ungewöhnliche Lebhaftigkeit an den Tag und wollte mich unbedingt in ein Gespräch verwickeln. Endlich rief sie aus: »Vater ist heute Morgen verreist. Ich glaube, er wird eine ganze Zeit lang fort sein.« Sie grinste.

»Ist er geschäftlich unterwegs?«, fragte ich mechanisch.

»So könnte man es nennen.« Eleanor lachte.

Als Agnes uns mittags das Essen brachte, sprang Eleanor auf und ging ihr entgegen. »Berichten Sie, was geschehen ist, ich muss alles wissen.«

Agnes war niedergeschlagen. »Es ist schlimm, Miss Eleanor. Marys Mutter kommt heute Nachmittag und holt sie ab. Sie wird nicht mehr hier arbeiten.«

»Was hat er getan?«

»Miss, wenn Sie es unbedingt wissen wollen – als Mary gestern Abend die letzten Arbeiten erledigt hat und niemand anders mehr da war, hat er sie gepackt und gegen die Wand gedrückt. Er hat sich an ihr vergangen.« Agnes schüttelte angewidert den Kopf.«

»Jeder weiß, dass es unrecht war, was er getan hat«, sagte Eleanor bitter.

»Ja«, antwortete Agnes, »aber nicht er wird dafür büßen.« Ich war überrascht, wie zornig das sonst so sanftmütige junge Mädchen plötzlich aussah. Dann aber dachte ich an die hübsche, schüchterne Mary, und mich schauderte bei der Vorstellung, was er ihr angetan haben konnte.

An diesem Tag konnte ich mich einfach nicht beruhigen. Der Mann auf dem Dachboden und Marys Unglück brachten alle Gedanken zurück, die ich zu unterdrücken versuchte. Um drei Uhr ertrug ich es nicht mehr. Erinnerungen an Onkel Thomas Stepford und Swaffham schoben sich vor alles andere. Ich konnte nicht zulassen, dass er mich wieder überwältigte, daher musste ich mich in die Geschichte einer anderen vertiefen. Arielle Marchal fiel mir wieder ein, meine Doppelgängerin. Ich wollte wissen, was ihr zugestoßen war und ob es vielleicht meine Zukunft vorhersagte. »Miss Eleanor, würden Sie mir noch weitere Dokumente über den Mordfall zeigen?«

Eleanor sah von ihrem Schreibpapier auf. »Sie haben verstanden, zu welchem Preis? Ich brauche dreißig Minuten für mich.«

»Ja.« Alles war besser, als weiter in meinem eigenen Kopf gefangen zu sein.

Eleanor holte den braunen Umschlag aus dem verschlossenen Schrank, und wir gingen gemeinsam zum Bootshaus, wo sie mir ein Dokument überreichte. Die blaue Tinte war verblasst, und an einigen Stellen war das Papier eingerissen. Es ging um Arielle Marchals Verhaftung.

Bericht von der Verhaftung der Arielle Marchal

(16. August 1849)

Erstellt von William Hughes (Bezirksrichter für Stockton-on-Tees und Umgebung).

Handschriftlich verfasst von William Hughes (Bezirksrichter für Stockton-on-Tees und Umgebung) am 17. August 1849.

Nancy Wilson, das Kindermädchen in Teesbank Hall im Pfarrbezirk Preston-on-Tees, Eaglescliffe, sagte unter Eid aus, dass Arielle Marchal, die frühere Gouvernante in Teesbank Hall, für den höchst grausamen Mord an Samuel Wainwright verantwortlich sei, der zwischen der Nacht auf Freitag, 10. August, und Montag, 13. August, dem Tag, an dem die Leiche gefunden wurde, stattfand.

Auf Anweisung des Coroners nahmen ich (William Hughes) und Jacob Moore Arielle Marchal fest, damit sie in dieser Sache vernommen werden konnte.

Arielle Marchal war am Morgen des 29. Juli von Mrs Wainwright aus ihrer Stellung als Gouvernante in Teesbank Hall entlassen worden. Es wurde nachgewiesen, dass sie unmittelbar darauf in den Nachbarort Yarm ging. Eine Reihe von Bewohnern des Ortes konnte sich dafür verbürgen, dass sie wegen einer Stellung als Dienstmädchen nachfragte, und eine Zeugin fügte hinzu, Miss Marchal habe völlig verzweifelt gewirkt, sie habe geweint und an ihrer Kleidung gezerrt. Als sie gefragt wurde, warum sie ihre bisherige Stellung verlassen hatte und warum sie kein Empfehlungsschreiben vorweisen könne, weinte die junge Frau noch kläglicher und sagte, ihr sei übel mitgespielt worden.

Ihr Leibesumfang machte offensichtlich, dass sie in anderen Umständen war, und da sie ein ansehnliches junges Weibsbild ist, schien es, dass jemand sich mit falschen Versprechungen und Betrug ihre Liebe erschlichen hatte. Zudem trug sie einen kleinen Ring mit einer Perle am Ringfinger. Obwohl alle, die sie kannten, beteuerten, dass sie unverheiratet sei, nannte sie sich Mrs Wainwright, das heißt, sie eignete sich den Namen ihrer früheren Dienstherrin an, um die Schande ihrer Ehelosigkeit zu verbergen.

Weil sie eine gefallene Frau war, wollte niemand sie im Haus haben. Sie ging jedoch weiter nach Appleton Wiske, einem Weiler etwa sieben Meilen von ihrer vorherigen Anstellung entfernt. Dort sprach sie mit John Fletcher, der eine Farm von achtzig Morgen besitzt, die er mit der Hilfe eines einzigen Farmarbeiters bewirtschaftet. Seine Frau war fünf Wochen zuvor an Scharlach gestorben und hatte ihm vier Kinder hinterlassen, das älteste ist erst acht Jahre alt. Da er dringend Hilfe im Haus benötigte, willigte er ein, Arielle Marchal gegen Kost und Logis Arbeit zu geben, machte ihr aber klar, dass sie wegen ihres Zustandes nicht länger als zwei Monate würde bleiben können.

John Fletcher war besorgt, dass ihre Anwesenheit in der Nachbarschaft zu ehrenrührigen Vermutungen führen könnte, da man vielleicht annehmen würde, er selbst sei für ihren beklagenswerten Zustand verantwortlich. Aus diesem Grund bestand er darauf, dass sie in einer behelfsmäßigen Kammer über dem Stall schlief, damit sie sich nachts nicht im Wohnhaus aufhielt und keine moralische Gefahr für seine kleinen Kinder darstellte. Er sagte aus, dass sie hart arbeitete, aber sehr still war und viel weinte.

Wir kamen am Abend des 16. August um kurz nach neun auf der Farm an, und er zeigte uns den Stall, ein verkommenes, schäbiges Gebäude, das sich nur für Tiere eignete. Arielle Marchal lag in einem behelfsmäßigen Bett, und als wir über eine Leiter in die Kammer hinaufstiegen, erschrak sie sehr und schrie. Sie forderte uns auf, die Kammer zu verlassen, aber wir zeigten ihr den Haftbefehl, den der Coroner am selbigen Morgen unterzeichnet hatte.

Während Jacob Moore ihre Habseligkeiten durchsuchte, teilte ich ihr mit, dass sie wegen des Mordes an Samuel Wainwright angeklagt sei. Sie wirkte sehr erschrocken und sagte: »Damit habe ich nichts zu tun.« Sie behauptete, sie habe den Jungen geliebt, und sagte: »Das hat sie Ihnen gesagt, oder?«

Als ich ihr darlegte, dass Nancy Wilson sie mit ihrer Aussage vor den Geschworenen belastet habe, war sie sichtlich erschüttert und erwiderte: »Nancy ist meine Freundin. Sie würde so etwas nicht sagen.«

Dann fragte ich sie, warum sie ihre Stellung bei den Wainwrights aufgegeben habe, und sie antwortete, da ich ja hier sei, müsse ich den Grund kennen. Als ich sie fragte, wo sie sich vom Abend des 10. August bis zum frühen Morgen des 11. August aufgehalten habe, sagte sie, sie sei in dieser Kammer gewesen, aber niemand könne das bezeugen, da Mr Fletcher zur fraglichen Zeit mit seinen Kindern seine Eltern besucht habe.

Jacob Moore durchsuchte währenddessen einen kleinen Handkoffer, der Arielle Marchal gehörte. Er hielt ein Stück schöne weiße Seide hoch und sagte: »In den gleichen Stoff war die Leiche des ermordeten Kindes eingewickelt.«

Bei diesen Worten stürzte Arielle Marchal auf die Leiter zu, und sie wäre uns entkommen, wenn wir sie nicht an den Haaren festgehalten und zurückgezogen hätten. Uns war klar, dass das ein Schuldeingeständnis war, und wir legten ihr Fesseln an, um einen weiteren Fluchtversuch zu verhindern. Sie war vollkommen außer sich und wiederholte mehrmals: »Ich habe nichts verbrochen, das schwöre ich bei meinem Leben. Ich trage keine Schuld an dem, was geschehen ist.«

Wir brachten sie in eine Zelle, von wo aus sie ins Gefängnis nach Durham überführt wird. Zurück in Stockton-on-Tees legten wir die weiße Seide, die wir aus der Kammer mitgenommen hatten, und das blutbefleckte Tuch vom Tatort nebeneinander. Es handelte sich um den gleichen Stoff, und beide Stücke wurden vom gleichen Stoffballen abgeschnitten.

Nancy Wilson und ihre ganze Familie sind für ihre niedrige, verlogene Wesensart bekannt, und ich war von Herzen erleichtert, dass ich nun auf diese Weise einen Beweis für Arielle Marchals Schuld erhielt.

Unterzeichnet und datiert:
William Hughes, 17. August 1849

Als Eleanor zurückkam, sagte sie: »Sie sehen, es war nicht nur die Aussage von Nancy Wilson. Die weiße Seide hat Arielle Marchal überführt.«

16

Etwa zwei Wochen später kam Mrs Jenson unerwartet in die Bibliothek und nahm Eleanor zur Seite. Während sie leise mit ihr sprach, machte Eleanor ein angewidertes Gesicht. »Warum muss ich ihren Besuch ertragen? Ich werde kein Wort mit ihnen sprechen. Mutter weiß das sehr gut.«

»Miss Eleanor, Ihre Mutter wäre sehr dankbar, wenn Sie sich gut betragen würden«, bat Mrs Jenson. »Mr Wainwright und Mr Henry sind nicht da, und Ihre Großmutter kann bei solchen Anlässen manchmal unfreundlich sein. Mrs Wainwright braucht Ihre Unterstützung, Miss Eleanor. Sie empfängt nicht gern Besucher.«

Eleanor wandte sich ab und hatte den ganzen Vormittag lang äußerst üble Laune. »Ich muss mein Lernpensum bewältigen«, klagte sie, »und danach bin ich müde.«

Ich fragte mich, wer bloß dieser angekündigte Besuch sein könnte und warum er Eleanor so aufbrachte. Das klärte sich später, als Mrs Jenson erneut erschien und nach einem kurzen Blick auf Eleanor zu mir sagte: »Der neue Pfarrer von der Kirche St. Johannes der Täufer, Reverend Sterling, kommt heute Abend nach Teesbank Hall, und er bringt seine Frau mit. Mrs Wainwright bittet darum, dass Sie bei diesem Besuch ebenfalls anwesend sind.«

Jetzt knallte Eleanor ihr Buch auf den Tisch und zog eine Grimasse. »Warum müssen die beiden denn herkommen? Warum lädt Mutter sie nicht einfach aus?«

Mrs Jenson sprach weiter nur mit mir, als hätte sie Eleanors Einwurf nicht gehört. »Pfarrer Sterling ist vor fünf Wochen in der Gemeinde eingetroffen. Da Teesbank Hall eins der größten Herrenhäuser in der Gegend ist, möchte er hier einen Besuch machen.«

Bevor ich etwas antworten konnte, rief Eleanor: »Ich hoffe nur, dass er nicht so ein Dummkopf ist wie der letzte Pfarrer. Der hat uns doch angedroht, er würde für unsere Seelen beten, und er hat verlangt, dass wir zur Kirche gehen! So etwas werde ich nicht dulden!«

Die Haushälterin nickte nur.

Ich war überrascht, dass ich hinzugebeten wurde, aber da sonst niemand infrage kam, brauchte Mrs Wainwright wohl meine Hilfe gegen dieses unerwünschte Eindringen der Außenwelt. Wäre Mr Wainwright zu Hause gewesen, dann hätte er dem Pfarrer mit Sicherheit den Zutritt untersagt und über die Folgen gelästert, aber Mrs Wainwright war zu schwach, um rundheraus Nein zu sagen. Ich meinerseits freute mich über die Aussicht auf neue Gesichter, weil sie eine Unterbrechung des eintönigen Alltags im Haus bedeuteten.

Gegen Abend saßen wir unbehaglich wartend im Wohnzimmer. Mrs Wainwright wirkte nervös und sah sich ständig im Raum um, als suche sie einen Fluchtweg. Eleanors finstere Miene ließ ihren Zorn erahnen.

Im letzten Moment kam Diana Wainwright herein, offenbar hatte sie ihre Weigerung, den neuen Pfarrer zu begrüßen, noch einmal überdacht. Sie lamentierte: »Susan, es ist doch nicht zu fassen, dass du ihnen erlaubt hast, zu uns ins Haus zu kommen. Ich kann diese Geistlichen nicht ausstehen und würde sie niemals freiwillig über meine Schwelle lassen.« Sie sah Eleanor an, die sich trotzig in einen Sessel am Kamin hatte fallen lassen. »Eleanor, du kannst dich wenigstens gerade hinsetzen und dich bemühen, zu lächeln. Dein Auftreten ist unschön genug, auch ohne dass du so ein böses Gesicht machst.«

Ich war erleichtert, dass die alte Dame mich schlicht übersah.

Mrs Jenson führte Mr Sterling und seine Frau in den Raum.

Der Pfarrer strahlte. »Es freut mich sehr, Ihre Bekanntschaft zu machen, und es tut mir nur leid, dass wir Sie erst jetzt besuchen. Elizabeth und ich beginnen gerade, uns in der Gemeinde zurechtzufinden. Kürzlich waren wir bei den Merryweathers. Was für eine bezaubernde Familie!«

»In der Tat«, sagte Diana Wainwright mit einem Blick zu Eleanor hinüber. »Mein Enkelsohn Henry ist eng mit dem Sohn und der Tochter befreundet.«

»Sehr angenehme junge Menschen«, sagte der Pfarrer. »Aber wie schade, dass Ihr Mann nicht auch hier ist, Mrs Wainwright.«

Nach allem, was ich über Mr Wainwrights Haltung zur Kirche wusste, fand ich, Pfarrer Sterling könne dankbar sein, dass der Herr des Hauses abwesend war.

Susan Wainwright nickte nur und blickte auf ihre Finger hinunter. Eleanor starrte aus dem Fenster. Diana Wainwright jedoch erhob sich und streckte dem Pfarrer die Hand hin. »Ich freue mich sehr, dass Sie Ihren Besuch möglich machen konnten. Gestern noch habe ich zu Susan gesagt, dass wir Sie nach Teesbank Hall einladen müssen, nicht wahr, Susan?«

Susan Wainwright betrachtete weiter ihre linke Hand, als habe sie darauf etwas unglaublich Interessantes entdeckt.

Der Pfarrer antwortete mit dem naiven Lächeln eines Schuljungen, der unbedingt allen gefallen möchte: »Wunderbar. Ganz wunderbar!«

Mrs Sterling war anscheinend etwas aufgeweckter als ihr Mann, denn Diana Wainwrights Tonfall sorgte dafür, dass sie der alten Dame einen prüfenden Blick zuwarf.

Dann wandte der neue Pfarrer sich an mich. Mit einem feuchten Händedruck sagte er: »Miss Caldwell, ich freue mich, Ihre Bekanntschaft zu machen. Soweit ich weiß, sind Sie in diesem Teil der Welt ebenfalls ein Neuankömmling.«

»Ja, Sir, ich komme aus Norfolk«, erwiderte ich. Es konnte nicht schaden, das zu erwähnen, schließlich war Norfolk eine große Grafschaft.

»Und wie gefällt es Ihnen so weit im Norden? Meine Frau und ich finden die Landschaft sehr malerisch, das Wetter jedoch recht kalt. Wir sind an London gewöhnt.« Seine Stimme klang begeistert und ein wenig zu hoch.

Ich stimmte zu, dass die Gegend wunderschön sei, und dann senkte sich ein dumpfes Schweigen auf die kleine Gesellschaft herab. Der Pfarrer hustete verlegen in ein großes weißes Taschentuch und begann dann erneut ein Gespräch.

»Mir ist, muss ich sagen, aufgefallen, dass sich die Familie Wainwright – abgesehen von Henry – in der Kirche nicht blicken lässt. Mein Diakon sagte mir sogar, dass Ihre Familie seit vielen Jahren nicht mehr zur Kirche geht.« Er ließ seine Bemerkung so stehen, als hoffe er, dass sie ausreiche, um die Damen zu einer zerknirschten Antwort zu bewegen. Doch da Diana Wainwright nur einen undefinierbaren Laut von sich gab, trat er nun richtig ins Fettnäpfchen: »Für das einfache Volk wäre es von großem Nutzen, wenn Sie im Gottesdienst anwesend wären.«

»Es ist wohl offensichtlich, Mr Sterling, dass ich zu alt und zu gebrechlich bin, um in die Kirche zu gehen«, entgegnete Diana Wainwright. »Aber fragen Sie doch meine Schwiegertochter Susan, warum sie sich entschieden hat, ihren religiösen Pflichten nicht nachzukommen.«

»Ich kann nicht zur Kirche gehen. Ich kann Teesbank Hall nicht verlassen«, stieß Susan Wainwright hervor.

Wieder herrschte Schweigen, doch dann verteidigte Mrs Jenson ihre Dienstherrin: »Mrs Wainwright hat ein Nervenleiden. Es ist ihr nicht möglich, sich in der Öffentlichkeit oder in größeren Menschenansammlungen aufzuhalten. Dafür entschädigt sie den Herrgott im stillen Kämmerlein.«

Mrs Jenson sprach so nachdrücklich und entschieden, dass der Pfarrer es nicht wagte, weitere Fragen zu stellen. Als er dann noch Eleanors verschlossenes Gesicht sah, befand er, dass ich ein lohnenderes Ziel für seine Missionsarbeit abgeben würde. »Miss Caldwell, sind Sie Anhängerin des anglikanischen Glaubens?«

Als ich bejahte, fuhr er fort: »Auch Sie haben wir im Gottesdienst nicht gesehen.« Sein Tonfall verriet echte Bestürzung und aufrichtiges Interesse an meiner Teilnahme am Gottesdienst. »Miss Caldwell, andere Bedienstete aus Teesbank Hall erscheinen sehr regelmäßig im Gottesdienst. Auch Ihnen ist es sicherlich möglich, zu kommen.«

»Ich würde sehr gern sonntags in die Kirche gehen«, antwortete ich, »wenn es Ihnen recht ist, Mrs Wainwright.«

Unter diesen Umständen konnte Susan Wainwright mir den Kirchgang kaum verweigern, und ich freute mich auf die Gelegenheit, Eleanor zu entkommen, auch wenn es nur für wenige Stunden war. Man beschloss, dass Agnes an den Sonntagvormittagen auf sie achtgeben solle. Sie schien Eleanor beruhigen zu können, selbst wenn andere das nicht schafften, und unterhielt sich stundenlang leise mit ihr.

Die weitere Unterhaltung schleppte sich dahin, man tauschte Bemerkungen über das Wetter aus und über die Belästigung durch die Bauarbeiten rings um den Bahnhof. Mir schien, dass Mr Sterling um gesellschaftliche Anerkennung kämpfte und sich zu sehr bemühte, den Wainwrights zu gefallen und sich bei ihnen einzuschmeicheln. Ich wusste, dass die dreisteren Dienstboten ihn und seinen vornehmen Akzent nachahmten, doch ich hielt ihn für einen gütigen, aufrichtigen Menschen, der nur Gutes tun wollte.

Seine Frau war ein wenig größer als er. Sie hatte klare blaue Augen und eine unverblümte Art. Bisher hatte sie meistens geschwiegen, aber jetzt mischte sie sich ein: »Mrs Wainwright, vielleicht steht es mir nicht zu, darüber zu sprechen, aber wie ich gehört habe, wurde Ihre Familie von einem schweren Schicksalsschlag getroffen. Wir möchten Ihnen zum Tod Ihres Sohnes unser tiefstes Beileid aussprechen. Obwohl seither viel Zeit vergangen ist, wird in der Stadt noch darüber gesprochen.«

»Was sagen die Leute denn?«, flüsterte Susan Wainwright.

»Dass ein großer Kummer Teesbank Hall heimgesucht hat.«

Ich sah Mrs Wainwright an. Alle Farbe war aus ihrem Gesicht gewichen. Ihre Schwiegermutter stand auf und begab sich auf die andere Seite des Raumes. Ich konnte kaum glauben, dass die Pfarrersfrau den Mord an Samuel hier, in diesem Haus des Verschweigens, so offen zur Sprache gebracht hatte. Es musste Mrs Wainwright einen Stich versetzt haben, dass man das Leid der Familie in aller Öffentlichkeit und sogar mit neu Zugezogenen wie den Sterlings besprach.

Törichterweise achtete die Pfarrersfrau nicht auf Mrs Wainwrights Gesichtsausdruck, sondern fuhr fort: »Im regelmäßigen Kirchgang wäre sicherlich großer Trost zu finden. Sie würden die Gnade Gottes erfahren und das Mitgefühl anderer Menschen.«

Die aufgerissene Wunde schmerzte Susan Wainwright zu sehr. Selbst ich mit meinen damals erst einundzwanzig Jahren fühlte mich veranlasst, das Gespräch in eine andere Richtung zu lenken, und ich sagte mit der für dieses Alter typischen Direktheit: »Mrs Sterling, bisher haben Sie und Ihr Mann in London gelebt. Erscheint Ihnen das Leben hier nicht sehr anders?«

Mein Einwurf kam plötzlich, hatte aber die beabsichtigte Wirkung. Vielleicht war Mrs Sterling klar geworden, dass ihre Bemerkung zu geradeheraus gewesen war, denn sie antwortete: »Doch, das Leben hier ist anders. Wir hatten uns an den Trubel und die Geschäftigkeit der Großstadt gewöhnt. Mein Mann versah sein Amt in Holloway in Nordlondon. Ich weiß nicht, ob eine von Ihnen schon einmal dort war?«

Wir alle versicherten, dass das nicht der Fall war, und sie fuhr fort: »Dort gibt es viel Armut, und es ist ein trauriger Widerspruch, dass es in der reichsten Stadt der Welt vielen Menschen am Nötigsten fehlt.«

»Ich hoffe, Sie gehören nicht zu den Radikalen, die diese absurden Theorien von der Gleichheit der Menschen vertreten«, bemerkte Diana Wainwright. »Armut wird es immer geben, weil manche Leute sich für ein sittenloses Leben entscheiden und die Folgen tragen müssen.«

Mrs Sterling bekam rote Wangen: »Mrs Wainwright, ich glaube, es gibt nur sehr wenige Menschen, die gern in Armut leben möchten. Es sind die Umstände ihrer Geburt, die über ihren Platz im Leben entscheiden.«

»Unsinn. Joshua, mein verstorbener Mann, wurde ohne einen Penny geboren, und er hat sich durch nichts als harte Arbeit ein Vermögen erworben. Er hat nie über seine Geburt oder ähnlich Törichtes gejammert.«

»Sein Fleiß und sein glückliches Schicksal sind anzuerkennen, Mrs Wainwright, aber das kann nicht für alle gelten. Vor meiner Ehe habe ich im Magdalenenheim in Highgate gearbeitet. Dort haben wir gefallenen Mädchen geholfen und ihnen Fertigkeiten beigebracht, die ihnen erlauben sollten, ihr lasterhaftes Leben hinter sich zu lassen.«

»Ihr lasterhaftes Leben! Sie oder ich oder jede andere rechtschaffene Frau würden niemals ein derartiges Verhalten an den Tag legen. Für das üble Benehmen solcher Frauen werden zu viele Entschuldigungen vorgebracht.«

»Es sind Frauen, die kaum eine andere Wahl haben«, erwiderte Mrs Sterling zunehmend gereizt.

»Selbstverständlich können sie wählen. Wir alle können uns entscheiden«, entgegnete Diana Wainwright. »Und in jedem Fall bin ich der Ansicht, dass es wohl kaum ein passendes Thema ist, um es vor einer jungen Dame wie Miss Eleanor zu besprechen.«

Eleanor lachte. Es war ihr erster Beitrag zum Gespräch.

Ihre Großmutter sah sie böse an.

»Mrs Wainwright«, sagte die Pfarrersfrau ernst, »viele Mädchen im Magdalenenheim waren sogar noch jünger als Miss Wainwright.«

Ich saß halb versteckt in einer dunklen Ecke des Raumes, und dafür war ich dankbar. Ich konnte ein Gespräch über dieses Thema nicht anhören, ohne dass mir unbehaglich zumute wurde.

»Dann trifft sie eine noch größere Schuld. In so jungen Jahren ein sündhaftes Leben zu beginnen, zeugt von einer starken Veranlagung zu erschreckender Sittenlosigkeit.«

Das war zu viel für Mrs Sterling, und trotz eindringlicher Blicke und schließlich auch Hüsteln seitens ihres Gatten ging sie zum Angriff über. »Mrs Wainwright, ich bin erschüttert darüber, dass Sie so etwas sagen können! Die sogenannten gefallenen Mädchen sind schutzbedürftig! Sie wurden von eben jenen Menschen, die sich um sie kümmern und ihr Wohlergehen fördern sollten, furchtbar missbraucht. Sie sind an diesen Vorfällen nicht schuld, nein, sie sind hilflose Opfer von Grausamkeiten, die schwerlich zu verstehen sind. Sie brauchen unsere Unterstützung, nicht unsere Verdammung.«

Mrs Sterling konnte nicht wissen, welche Wirkung ihre Worte auf mich hatten. Ich spürte, wie sich ein dunkler Schatten von mir hob. Diese Worte waren wie ein kostbarer Schatz, den ich später, allein in meiner Kammer, erneut betrachten wollte.

»Ihre Ansichten sind verwerflich, Mrs Sterling«, widersprach die alte Dame, »zumal Sie die Frau eines Pfarrers sind. Ich meinerseits werde moralische Verkommenheit weiterhin verdammen, wo ich sie finde.«

Mrs Sterling schaute mit hocherhobenem Kopf geradeaus und gab keine Antwort.

Daraufhin blickte Diana Wainwright finster ins Kaminfeuer. »Es ist lächerlich, Susan, dass du mitten im Sommer darauf bestehst, hier ein Feuer brennen zu lassen. Das ist Verschwendung.« Ihre Schwiegertochter wollte etwas entgegnen, aber die alte Frau fuhr ihr über den Mund. »Nein, ich will keine Ausreden hören. Mir ist viel zu warm. Ich fühle mich nicht wohl und werde mich jetzt zurückziehen.« Ohne jeden Gruß verließ sie den Raum, nur Mrs Sterling warf sie einen hasserfüllten Blick zu.

Der arme Pfarrer hustete noch einmal in sein Taschentuch und schien verzweifelt nach einem harmlosen Gesprächsthema zu suchen. Endlich fiel ihm etwas ein: »Wir haben uns für diese Gemeinde entschieden, weil wir Verbindungen nach Nordengland haben. Meine Eltern leben in York, und wir wollten ihnen etwas näher sein.«

Susan Wainwright überraschte uns alle, indem sie sagte: »York ist meine Geburtsstadt. Ich bin fortgezogen, als ich Mr Wainwright geheiratet habe.«

Sichtlich erleichtert, dass er eine Antwort erhalten hatte, rief der Pfarrer: »Sie sind in York aufgewachsen? Dann haben wir vielleicht gemeinsame Bekannte!«

»Ich bin schon vor vielen Jahren fortgezogen«, antwortete sie unbestimmt. »Nur mein Bruder und seine Familie und eine meiner lieben Schwestern leben noch dort.«

»Besuchen Sie Ihre Verwandten manchmal?«, fragte Mrs Sterling. Die Entfernung zwischen Eaglescliffe und York betrug etwa fünfundvierzig Meilen. Es war eine lange, aber durchaus mögliche Reise, zumal seit es die Eisenbahn gab.

Mrs Wainwright schüttelte den Kopf. »Ich bin seit mindestens zwanzig Jahren nicht in York gewesen. Das Reisen wäre zu beschwerlich.«

»Haben Sie Ihren Gatten in York kennengelernt?«, fragte der Pfarrer.

Susan Wainwright schaute in die Luft, als blicke sie in eine ferne Vergangenheit. Sie hielt sich ganz kurz die Hand vor das Gesicht und sagte dann: »Er war ein Geschäftsfreund meines Vaters und kam oft zu uns nach Hause.«

Der Pfarrer hatte jetzt wieder festeren Boden unter den Füßen. »Sie müssen Mr Wainwright sehr geliebt haben, dass er Sie überreden konnte, Ihre Familie und die schöne Stadt York zu verlassen.«

»Wir kannten uns kaum«, erwiderte sie schroff. »Ich war erst siebzehn, als wir feierlich im Münster getraut wurden. Vor unserer Hochzeit hatten wir keinen Moment allein miteinander verbracht. Meine Mutter oder meine Tante waren immer dabei.«

Mit einem Blick zu ihrer Mutter hinüber warf Eleanor ein: »Sie haben schon nach ein paar Monaten entdeckt, dass sie keine Gemeinsamkeiten haben, und seitdem sind sie unglücklich. Vater hält sich in Newcastle eine Geliebte, er ist jetzt gerade bei ihr. Sie nennt sich Mrs Wainwright, aber in Wirklichkeit heißt sie Margaret Smith, und sie hat nicht mehr Recht als ich, sich Ehefrau zu nennen.«

Erschrocken warfen der Pfarrer und seine Frau sich einen Blick zu, aber Mrs Wainwright fuhr fort, als hätte Eleanor nichts gesagt: »Mein Vater hatte fünf Töchter und nur einen Sohn. Es war unser Schicksal, dass wir so schnell wie möglich verheiratet werden mussten, ob nun Liebe im Spiel war oder nicht. Daher habe ich Gott immer gedankt, wenn ich einen Sohn geboren hatte.« In der Dämmerung war ihr Gesicht kaum noch zu erkennen, und vermutlich sprach sie deswegen mit einer Offenheit, die ich an ihr bisher nicht gekannt hatte.

»Natürlich, Sie haben einen Sohn, Henry, und –« Der Pfarrer brach ab, denn er erkannte mit Schrecken, wie sein Satz hätte enden müssen.

»Ich hatte drei Söhne, Matthew, Samuel und Henry, und auch drei Töchter. Und nur Henry und Eleanor sind mir geblieben. Alle anderen sind nicht mehr da.«

»Mutter, warum weinst du?«, wollte Eleanor wissen.

Susan Wainwright bedeckte ihr Gesicht mit den Händen. »Ich habe für meine Entscheidungen schwer gebüßt.«

Wir verfielen in Schweigen, das erst gebrochen wurde, als Mrs Jenson sich erhob. Sie sagte, die Nacht sei gekommen, und zog die Vorhänge zu. Einen Moment lang erhellte nur das flackernden Kaminfeuer den Raum, dann wurden die Petroleumlampen angezündet und die Schatten verscheucht. Doch die Dunkelheit in unserem Inneren ließ sich von dem sanften Licht nicht vertreiben. Mrs Wainwright weinte immer noch leise, und ich sah, wie sie die Hände im Schoß rang. Welche Gedanken mochten sie quälen?

Kurz darauf verabschiedeten sich der Pfarrer und seine Frau. Mrs Sterling fragte Susan Wainwright, ob sie etwas tun könne, um ihr den Kummer zu erleichtern, doch Mrs Wainwright schüttelte nur den Kopf und verneinte.

Am nächsten Morgen sagte Eleanor, sie könne mir weiteres Material zu der Geschichte geben, daher folgte ich ihr ins Bootshaus. Sie reichte mir einen Umschlag. »Arielle Marchal war Vaters erster Seitensprung. Vielleicht hat er sie wirklich geliebt. Das hier ist ein Brief an meine Mutter. Ihre jüngere Schwester Eveline hat ihn geschrieben.«

26. Juli 1849

Meine liebe, liebe Susan,

vielen Dank für Dein liebes Paket und ganz besonders für Dein gelbes Seidenkleid, das ich so bewundert habe, als ich im Frühjahr bei Euch in Teesbank Hall war. Ich habe es zuletzt am Donnerstag bei den Hemingways getragen und viele Komplimente für die Farbe und den Stoff et cetera erhalten.

Ich hoffe, dass es Euch allen gut geht und dass die drückende Hitze nachgelassen hat – sie ist so lästig, besonders bei Deinem Zustand. In London geht es uns weiterhin gut, auch wenn Vater sich aufregt und sagt, er würde gern so schnell wie möglich nach York zurückkehren. Mutter dagegen will hartnäckig aushalten, bis wenigstens eine ihrer Töchter einen passenden Ehemann gefunden hat!

Ich fürchte, ich muss Dir etwas mitteilen, was Dir Kummer bereiten kann, und ich habe lange überlegt, ob ich es Dir schreiben soll. Aber ich bin überzeugt, dass Dir ganz übel mitgespielt wurde und dass Du das Recht hast, Näheres dazu zu erfahren.

Als ich bei den Hemingways war, sprach ich länger mit Mrs Angela Baker – sie war diejenige, welche die französische Gouvernante empfohlen hatte (Arianne? Arielle?). Mrs Baker befragte mich eingehend dazu, wie diese Frau in Teesbank Hall zurechtkäme, und als ich den Grund für dieses Interesse wissen wollte, gestand sie, sie habe die junge Frau fortgeschickt, weil sie sie in einer kompromittierenden Situation mit Hugh, ihrem sechzehnjährigen Sohn, ertappt hatte – und nicht, wie sie Dir geschrieben hatte, weil ihre Tochter für Gouvernanten zu alt geworden sei. Tatsächlich hat das Mädchen jetzt eine neue Gouvernante. Nach allem, was man hört, ist die Neue ein recht unansehnliches, feistes Ding.

Als ich Mrs Baker zur Rede stellte und fragte, warum sie Dir die französische Gouvernante empfohlen habe, wirkte sie recht beschämt und gestand, dass sie die Frau rasch aus dem Haus haben wollte, und da es in Deinem Haushalt keine ledigen Männer gab, dachte sie, dort würde niemand Gefahr laufen, auf ihre Schliche hereinzufallen.

Daraufhin war ich, wie Du Dir denken kannst, ihr gegenüber recht kurz angebunden, und sie entschuldigte sich immer wieder. Ich bin jedoch sicher, dass Matthew sich nicht von einer so jungen Frau verführen lassen würde. Mir scheint aber, dass sie eine sittliche Gefahr für Deinen Haushalt ist und Deinen Seelenfrieden stören könnte.

Bitte verzeihe mir, dass ich Dir das berichte. Mir liegt, wie immer, nur Dein Wohl am Herzen.

Ich bin und bleibe Deine Dich innig liebende Schwester

Eveline

53, Hampstead Grove,
London, NW

»Mutter hat diesen Brief ein oder zwei Tage, nachdem er geschrieben wurde, bekommen. Sie hat ihn Vater gezeigt und verlangt, Arielle Marchal müsse das Haus sofort verlassen.«

»War er einverstanden?«, fragte ich.

»Ja. Nancy Wilson hat mir einmal erzählt, Vater sei der französischen Gouvernante wohl allmählich überdrüssig geworden, und jedenfalls war sie schwanger und eine Belastung. Er wollte für mehrere Tage geschäftlich verreisen, und sie einigten sich, dass Mutter Arielle Marchal ohne ihn entlassen würde. Er war zu feige, um selbst dabei zu sein.«

»War das Kind von Ihrem Vater?«

»Ich glaube, daran bestand kein Zweifel. Nancy Wilson

sagte, Arielle sei in ihn vernarrt gewesen und habe kein Interesse an anderen Männern gehabt. Ihr stand mit ziemlicher Sicherheit ein Leben in Not und Armut bevor, da sie ja schwanger war und keine Freunde hatte.« Eleanor machte eine Pause. »Dafür, dass Mutter eine so langweilige Frau ist, hat sie eine große Fähigkeit zum Hassen.«

17

Am Sonntag nach dem Besuch des Pfarrers ging ich in die Kirche. Da Mrs Jenson Methodistin war, besuchte sie die achteckige Backsteinkirche in der Stadt Yarm. Viele Dienstmädchen, Gärtner und Stallburschen waren Anglikaner, aber die soziale Hierarchie, die in Teesbank Hall herrschte, bedeutete, dass es für mich nicht angebracht war, mit ihnen zusammen zur Kirche zu gehen. Ich war dazu verurteilt, die staubigen Meilen allein zurückzulegen, vor den anderen Bediensteten des Hauses. Dabei hoffte ich, dass die Mädchen nicht glaubten, ich würde mich für etwas Besseres halten. Ich war damals recht schüchtern und fühlte mich in ihrer Gesellschaft nicht wohl. Trotzdem neidete ich ihnen die Vertrautheit, mit der sie zusammen lachten und plauderten, und ich sehnte mich nach ungezwungener Freundschaft. Vor allem das Küchenmädchen Eliza hatte eine Abneigung gegen mich entwickelt und mir den Spitznamen »unsere Hochwohlgeborene« gegeben. Die anderen wagten nicht, ihn mir ins Gesicht zu sagen, aber ich hörte, wie sie untereinander kicherten und spotteten.

Die Kirche St. Johannes der Täufer steht an einer Stelle, wo seit dem 12. Jahrhundert Kirchen gestanden haben, und von dort aus blickt man über den Fluss. Es ist ein schlichter normannischer Bau im Schatten grüner Eiben, und in dem geweihten Boden des Kirchhofs dort liegen seit mehreren Hundert Jahren die Überreste der Toten. Nach dem Fußmarsch in der Hitze war ich ganz ausgedörrt, sodass ich erleichtert die kühle Kirche betrat. Ich hatte eine Weile ganz für mich, denn die anderen Dienstboten waren noch nicht eingetroffen, und nur die frommsten Gemeindemitglieder hatten sich schon so früh in der Kirche eingefunden.

Es roch stark nach Weihrauch und nach den rosaroten und cremeweißen Rosen, die schön arrangiert in Vasen auf dem Altar standen. Wie es einer wichtigen Familie in dieser Gegend gebührte, hatten die Wainwrights eine eigene Kirchenbank. Doch während die Dienerschaft des Hauses Woche für Woche frisch geschrubbt und im besten Sonntagsstaat zum Gottesdienst erschien, waren die Wainwrights, mit Ausnahme von Henry, viele Jahre nicht in der Kirche gewesen, sodass die Bank oft leer blieb.

Ich vermutete, das Mr Wainwright ketzerischerweise glaubte, Gott selbst sei für den Mord an seinem Sohn Samuel verantwortlich. Im Gerichtsprotokoll stand, er habe gesagt: »Gott, warum hast du meine Familie auf diese Weise bestraft?« Mrs Wainwright ließ sich nicht in der Öffentlichkeit sehen, und Eleanor war so eigensinnig und stur, dass man sie zu nichts zwingen konnte, was sie nicht wollte. Sie mochte zwar an Geistererscheinungen glauben, aber sie verehrte nicht Gott, sondern Darwin.

Ich selbst begrüßte den Frieden, den ich im Gottesdienst fand, und die beruhigenden Rituale und Gebete, die seit so vielen Hundert Jahren immer wieder gesprochen worden waren. In der Kirche konnte ich mein Leben aus einem anderen Blickwinkel sehen – im großen Ganzen war es doch vollkommen unbedeutend. Als ich mich umschaute, dachte ich an die Menschen, die vor mir hier gekniet hatten, und ich fand Trost darin, dass auch sie vielleicht mit schlimmsten Verletzungen und schwierigsten Problemen gerungen hatten, dass aber letztlich der Tod und Gott uns alle richten müssen. Das, was ich am meisten fürchtete, würde vielleicht niemals eintreten, denn mein Versteck befand sich so hoch im Norden und so weit fort von zu Hause, dass ich hoffentlich vor Entdeckung und Unheil geschützt war.

Nach der Messe stand der Pfarrer an der Kirchentür und verabschiedete seine Gemeinde. Als er mich sah, drückte er mir herzlich die Hand und versicherte, er freue sich, dass ich hatte kommen können, und er hoffe, mich am nächsten Sonntag wiederzusehen. Es war ein schöner Sommertag, mit herrlich klarem Himmel und duftenden Blumen, und ich mochte noch nicht nach Teesbank Hall, in mein Gefängnis, zurückkehren. Zudem war es der eine Sonntag im Monat, an dem ich den Nachmittag zur freien Verfügung hatte, daher beschloss ich, diese Freiheit zu nutzen, um einige Zeit allein zu verbringen.

Doch über freie Zeit zu verfügen und zu wissen, was man damit anfangen soll, sind zwei verschiedene Dinge. Abgesehen vom Pfarrer und seiner Frau kannte ich niemanden im Ort, und weil ich in Teesbank Hall arbeitete, würde man mir dort wahrscheinlich mit Misstrauen begegnen. Aus meiner Erfahrung mit den Kutschern wusste ich, dass ich den Namen des Herrenhauses nur zu erwähnen brauchte, um heftige Reaktionen auszulösen. Noch dazu hatte ich keinen Penny in der Tasche. Bis ich nach einem halben Jahr meinen ersten Lohn bekommen würde, hielt meine Armut mich in Teesbank Hall gefangen.

Das Geld, welches ich für die Reise nach Eaglescliffe gebraucht hatte, hatte ich gestohlen. Fünf Wochen lang hatte ich Geldbeutel und Brieftaschen durchsucht, ja sogar die Schatulle im Studierzimmer meines Onkels. Mit meiner Verzweiflung war auch meine Waghalsigkeit gewachsen. Ich wusste nur, dass ich fliehen musste, und dieser Gedanke verjagte alle Ängste. Es wäre tatsächlich nur eine Frage der Zeit gewesen, bis man mich beim Stehlen ertappt hätte. Der Brief von Teesbank Hall bewahrte mich dann davor, entdeckt zu werden.

Da ich keine Alternative hatte, ging ich auf dem Kirchhof spazieren. Das mag nach einer trübseligen Beschäftigung klingen, doch dieser Kirchhof war ein wunderhübsches Fleckchen Erde, zumal die Bäume in ihrer sommerlichen Pracht mit ihrem Laub Schatten spendeten. Es konnte keinen besseren Ort geben, um weiter meinen Gedanken über die Bedeutungslosigkeit des Menschen nachzuhängen, denn jeder Grabstein erzählte Geschichten von langen oder kurzen Leben und erinnerte mich daran, dass all unsere Hoffnungen und irdischen Erfolge im Grab enden. Ich dachte an die Worte eines großen Dichters – wir sind wahrhaftig nicht mehr als eine »Quintessenz von Staube«.

Mit solchen Gedanken im Kopf ging ich den schmalen Pfad entlang, der um die Kirche herumführte. Überrascht fand ich mich plötzlich vor der Grabstätte der Familie Wainwright wieder. Sie lag ein wenig abseits von den anderen, und das Grabmal war ein großer Marmorblock, der noch nicht so verwittert war wie die Grabsteine der alteingesessenen Familien in der Umgebung. Die Wainwrights waren hier relativ neu. Es war noch nicht sechzig Jahre her, dass Joshua Wainwright mit dem Reichtum, den seine Bergleute im Schweiße ihres Angesichts erarbeitet hatten, das Herrenhaus erbaut hatte. Damit waren die Wainwrights hier eine Ausnahme, denn die meisten Familien konnten ihre Ahnenkette über mehrere Generationen hinweg zurückverfolgen, manche sogar bis zum Domesday Book von 1086.

Und so fand ich in den Marmor nur eine relativ kurze Geschichte eingemeißelt. Da war Joshua Wainwright, der Teesbank Hall in der Hoffnung errichtet hatte, dass seine Familie einmal in die Oberschicht aufsteigen würde. Er wurde 1851 aus dem Leben gerissen und tief betrauert von seiner liebenden Gattin Diana, doch die Inschrift versicherte, dass er in der treuen Hoffnung auf eine Auferstehung gestorben war.

Berührender als das Todesjahr des Erwachsenen fand ich die Geburts- und Sterbedaten der Kinder. Hier zeigte sich, in Stein gehauen, die traurige Geschichte von Susan Wainwrights Leben. Jeder säuberlich eingemeißelte Name stand für ihre Hoffnungen und für die Möglichkeiten eines Lebens, das vorzeitig geendet hatte. Der älteste Sohn hatte den Namen seines Vaters getragen, Matthew, und war 1840 gestorben, noch vor seinem ersten Geburtstag; Martha hatte die Schwindsucht dahingerafft, im gleichen Jahr, in dem auch ihr Großvater das Zeitliche gesegnet hatte. Aus dem Klatsch und Tratsch in der Gesindestube wusste ich, dass Susan Wainwright zwischen den Geburten auch immer wieder Fehlgeburten erlitten hatte. Und dann kam die Geschichte von Samuel Wainwright, die wegen seines unnatürlichen Todes am betrüblichsten war. Auf diesem friedlichen Kirchhof war von der Grausamkeit seines Endes jedoch nichts zu erkennen. Auf dem Stein standen lediglich die Worte: »Samuel Wainwright, geb. am 12. Februar 1847, von uns genommen um den 11. August 1849. Geliebter Sohn von Matthew und Susan Wainwright. Uns bleibt der Schmerz.«

Mir fiel wieder ein, was Mrs Wainwright in die Dämmerung des Sommerabends gesprochen hatte: »Nur Henry und Eleanor sind mir geblieben. Alle anderen sind nicht mehr da.« Eine Weile blieb ich im Schatten der Bäume stehen und sprach ein Gebet für die Seelen der Verstorbenen. Dann wanderte ich langsam nach Teesbank Hall zurück.

Ich nahm einen nagenden Argwohn vom Friedhof mit. Auf dem Grabstein waren die Namen von Matthew, Martha und Samuel aufgeführt und daneben die Daten ihrer kurzen Leben, doch der Name der zweiten Tochter, Clara Wainwright, fehlte. Sie war das Mädchen, das im Gerichtsprotokoll erwähnt wurde, das Mädchen, das am Abend des Mordes so schlecht gelaunt gewesen war, dass Nancy Wilson vor der versammelten Menge eine Aussage dazu gemacht hatte. Das Mädchen, das damals auch Mrs Hargreaves Angst eingejagt hatte.

Dass ihr Name fehlte, musste einen Grund haben. Warum hatte man sie nicht bei ihren Geschwistern beerdigt? Eine neue Idee nahm in meinem Kopf Gestalt an: Clara musste zum Zeitpunkt von Samuels Tod etwa vierzehn gewesen sein – vielleicht hatte sie den jüngeren Bruder aus Eifersucht gehasst? Matthew Wainwright war den beiden Töchtern ein guter Vater gewesen, bevor er seine ganze Zuneigung auf den Sohn übertragen hatte. Samuel war der ersehnte Erbe, während Clara nur eine nutzlose Tochter war, die auf Kosten der Familie verheiratet werden musste. Und Clara konnte gewalttätig werden – die Dienstboten sprachen immer noch davon, wie sie ihren kleinen Bruder so bösartig angegriffen hatte, dass er eine blutende Schnittwunde davongetragen hatte.

Der Arzt hatte nach der Leichenbeschau vor Gericht ausgesagt, dass das Kind das Haus wohl freiwillig verlassen haben musste, zusammen mit einer ihm bekannten Person. Für die Schwester wäre es ein Leichtes gewesen, dem Jungen ein Spiel oder eine Leckerei zu versprechen und ihn damit aus dem Bett zu locken. Zudem lag ihr Schlafzimmer nahe beim Zimmer ihres Bruders. Die französische Gouvernante war zu dem Zeitpunkt schon fortgeschickt worden, sie war also nicht in Samuels Nähe gewesen. Doch eine Verhaftung Claras hätte der Familie nur noch mehr Kummer gebracht, und ich hielt Matthew Wainwright für gewissenlos genug, statt seiner Tochter seine frühere Geliebte an den Galgen zu bringen.

Mr Wainwright war bei den Zeugenvernehmungen zugegen gewesen, und Nancy Wilson hätte niemals gewagt, seine Tochter des Mordes zu beschuldigen, jedenfalls nicht in seiner Anwesenheit. Vielleicht wussten die Einheimischen alle, dass Samuel von einem Familienmitglied getötet worden war, und nur die Stellung der Familie schützte die Mörderin. Das würde die Stimmung der Menge erklären, deren wütende Rufe im Vernehmungsprotokoll vermerkt worden waren. Als Nancy klar wurde, dass sie durch die Fragen des Coroners selbst in den Mordfall hineingezogen wurde, war sie gezwungen gewesen, nach einer anderen Schuldigen zu suchen. Und da war Arielle Marchal am naheliegendsten gewesen. Die Gouvernante hatte keine Freunde und war mittellos. Niemand hätte sich für sie eingesetzt.

Allmählich war ich überzeugt, dass Nancy Wilson den Schlüssel zur Wahrheit über den Mord besaß. Sie hatte Eleanor grässliche Geschichten über die rachsüchtige Gouvernante erzählt. Vielleicht hatte Nancy wegen ihres schlechten Gewissens geglaubt, Arielle würde sie nach ihrem Tod heimsuchen, denn womöglich hatte sie vor Gericht gelogen und ihre Freundin damit an den Galgen gebracht. Wie immer die Wahrheit auch aussehen mochte, Nancy spielte in dieser Geschichte eine Rolle, sie war ganz nahe am Kern der Sache und wusste stets mehr, als sie preisgeben wollte. Sicherlich wusste sie auch, warum Clara Wainwright nicht im Familiengrab beigesetzt worden war.

Teesbank Hall barg zahlreiche offene Fragen, und vieles verstand ich nicht. Doch da wurde ich in meinen Gedanken durch Hufgeklapper und Räderrollen unterbrochen, und eine Stimme rief: »Guten Tag, Miss Caldwell!«

Ich drehte mich um. Hinter mir kamen Henry sowie Rosalind und Edward Merryweather in einer offenen Kutsche gefahren.

»Miss Caldwell, wie schön, Sie zu sehen!«, rief Rosalind. Sie trug ein Kleid aus blauer Seide, das zu ihren Augen passte, und weder die Mittagshitze noch der Straßenstaub schienen ihr etwas anhaben zu können. »Das trifft sich sehr gut, denn

Edward und ich müssen gleich nach Long Newton abbiegen, und jetzt hat Mr Wainwright auf dem langweiligen Weg zurück nach Teesbank Hall Begleitung.«

»Gestatten Sie, dass ich mich Ihnen anschließe?«, fragte Henry und sprang vom Wagen.

»Ja, Sir, selbstverständlich.« Ich spürte, wie ich leicht errötete. »Ich hatte nicht erwartet, Sie zu treffen.«

»Wir waren in Yarm. An so einem schönen Tag ist es unmöglich, im Haus zu bleiben«, antwortete er.

»Das stimmt«, sagte Rosalind. »Und wir mussten natürlich Pläne schmieden.« Henry lächelte zu ihr hinauf, und sie berührte ihn leicht am Arm.

»Komm doch in den nächsten Tagen zu uns herüber«, sagte Edward. »Dann ist Vater auch zu Hause, und wir können uns die Daten anschauen.«

Henry war einverstanden. Damit verabschiedete er sich von den Merryweathers, und die Kutsche fuhr in scharfem Trab davon.

Er wandte sich mir zu und bemerkte: »Wie ich sehe, ist es Ihnen gelungen, aus Teesbank Hall zu flüchten.«

»Nur für einige Stunden. Ich war im Gottesdienst und bin dann noch auf den Kirchhof gegangen.«

»Was halten Sie von Pfarrer Sterling und seiner Frau?«, fragte Henry. »Eleanor hat erzählt, dass Sie dabei waren, als die beiden in der vergangenen Woche ihren Antrittsbesuch gemacht haben.«

»Ich mochte die beiden gern. Ich finde, es sind angenehme Menschen mit festen Grundsätzen, vor allem Mrs Sterling.«

Henry lachte. »Großmutter hat das etwas anders ausgedrückt, aber ja, ich stimme Ihnen zu. Sie wirken beide sehr ernsthaft und sind eine Bereicherung für die Gemeinde. Ich wäre auch zum Gottesdienst gekommen, wenn ich nicht mit Edward und Miss Merryweather die Fahrt nach Schottland geplant hätte.«

»Das heißt, Ihre Ferienreise soll demnächst stattfinden?«

»Ja, wir fahren im August und planen gerade die Einzelheiten. Den Zug nach Inverness haben wir schon gebucht, und wie es aussieht, können Miss Merryweather und ihre Eltern dort ein paar Wochen gemeinsam mit uns verbringen, was ich großartig finde.«

»Das wird sicher schön«, sagte ich höflich, wobei ich denken musste, wie sehr Rosalinds Leben sich doch von meinem eigenen unterschied.

»Und anschließend wollen Edward, Richard und ich auf die Insel Skye übersetzen – die neue ›Kyle of Lochalsh‹-Strecke wird uns bis zum Fährhafen bringen. Auf Skye möchten wir dann klettern gehen, wenn das Wetter sich hält.«

»Ist Richard ein Freund von der Universität?«

Henry lachte leise. »Doch, ja. Angeblich studiert er Theologie, aber normalerweise findet man ihn auf dem Rugbyfeld oder in der Kneipe. Er ist ein sehr netter Mensch, aber eindeutig kein Gelehrter. Der Dekan hat ihn ein Jahr zurückgestellt, und jetzt drohen sie damit, ihn ganz aus dem Studiengang zu werfen.«

»Wie furchtbar! Da macht er sich bestimmt Sorgen.«

»Richard? Keineswegs. Der Familie Wardhaugh gehört die Hälfte von Northumberland, daher spielt es keine große Rolle, ob er einen Abschluss macht oder nicht.« Nach einer

Pause sprach Henry weiter: »Wenn ich von der Reise zurückkomme, muss ich mich entscheiden, was ich als Nächstes tun möchte, denn ich habe mein Examen jetzt in der Tasche.«

»Wissen Sie schon, in welche Richtung es gehen soll?«

Henry wurde ganz still, und dann sagte er: »Wissen und Können sind zwei verschiedene Dinge.«

Daraufhin schwiegen wir beide. Ich wollte das Thema wechseln, daher sagte ich: »Skye soll ja sehr schön sein, aber gibt es im August nicht viele Mücken auf der Insel?«

»Ja, das sagen alle. Angeblich hält Eukalyptus sie fern, aber ich kann den Geruch nicht ausstehen und würde mich lieber stechen lassen.«

»Lavendel soll die gleiche Wirkung haben wie Eukalyptus.«

»Das habe ich nicht gewusst. Bevor ich abreise, werde ich also in Lavendel investieren, aber nur, wenn Sie mir versichern können, dass ich dann nicht gestochen werde.«

»Garantieren kann ich das nicht, aber Sie können es ja ausprobieren.«

Auf diese Weise plauderten wir weiter, bis wir schließlich Teesbank Hall erreichten.

»Vielen Dank für Ihre Begleitung«, sagte Henry und verschwand, um mit einem Stallburschen zu sprechen.

18

Als ich das kühle Herrenhaus betrat, glühte meine Haut noch von der Sonne. Ich hatte noch einige Mußestunden vor mir und überlegte, was ich damit anfangen könnte. Doch Eleanor und Agnes erwarteten mich. Offenbar war etwas passiert. In Eleanors Gesicht malte sich fieberhafte Erregung ab, während Agnes niedergeschlagen und kleinlaut wirkte.

»Warum sind Sie so lange fortgeblieben, Miss Caldwell?«, fragte Eleanor. »Wir haben am Fenster in der Bibliothek Ausschau nach Ihnen gehalten. Wo waren Sie denn?«

»Ich bin noch auf dem Kirchhof gewesen. Es ist schön dort und an einem Tag wie heute angenehm schattig.«

»Und Sie sind mit meinem Bruder zurückgekommen. Haben Sie sich ihm aufgedrängt? Auf Ihre leisetreterische Art? Der arme Henry! Wir amüsieren uns oft darüber, wie wenig hübsch Sie sind.«

Bei ihren Worten verließ mich meine gute Laune.

Eleanor sah mich merkwürdig an, doch dann fuhr sie fort: »Es wird Sie freuen, dass Sie heute ausnahmsweise einmal gebraucht werden.«

»Wie meinen Sie das, Miss Eleanor?«

Sie lächelte Agnes verstohlen zu. »Wir veranstalten eine Séance und wollen den Geist von Arielle Marchal herbeirufen. Dann können wir sie fragen, was wir tun müssen, um den Fluch zu lösen, der auf Teesbank Hall liegt.«

Ich war entsetzt. »Das dürfen wir nicht. Es wäre nicht recht.« Bei Eleanors Vorschlag fröstelte es mich, zumal er so kurz nach meinem Besuch bei den Grabsteinen im Kirchhof kam.

»Agnes kennt sich mit Séancen aus. Letzte Woche hat sie mit den anderen Dienstmädchen zusammen oben im Dachgeschoss eine abgehalten.«

Überrascht sah ich Agnes an, aber sie nickte. »Das ist wahr, Miss. Eliza ist sich sicher, dass da oben etwas Böses umgeht, deswegen wollte sie, dass wir alle zusammen eine Séance abhalten. Sie hatte eine Tante in Consett, die sich für eine Spiritistin hielt.«

»Sie glauben doch nicht etwa an so etwas?«

Agnes wirkte betreten. »Als wir das gemacht haben, ist etwas passiert. Wir haben gefragt, ob ein ruheloser Geist im Raum ist. Eliza ist in Trance gegangen, und das Glas auf dem Brett hat verrückt gespielt und immer wieder ›Ja‹ buchstabiert. In meinem ganzen Leben hab ich nicht solche Angst ausgestanden, und danach konnte Eliza sich an nichts erinnern.«

»Ach Agnes, das ist doch alles Schwindel«, sagte ich. »Bestimmt hat Eliza Ihnen das nur vorgespielt. Aber wenn sie so viel von der Sache versteht, sollte sie selbst an der Séance teilnehmen. Ich werde das jedenfalls nicht tun.«

»Eliza will es nicht noch einmal machen. Sie hatte Angst, eine Höllenangst.«

Allein bei dem Gedanken daran graute mir. »Ich will nicht mitmachen. Ich will nichts damit zu tun haben!«

Eleanor hatte bisher geschwiegen, aber jetzt sagte sie: »Sie müssen, Miss Caldwell. Zu zweit können wir keine Séance abhalten.« Diese merkwürdige Fieberhaftigkeit war wieder da, und mir fiel auf, dass sie an ihren zugeknöpften Ärmeln zerrte.

»Ich werde mich nicht daran beteiligen, die Toten aufzuwecken. Das ist unchristlich.« Über Teesbank Hall hing bereits ein von Menschen geschaffenes Dunkel, wir brauchten nicht auch noch die Finsternis der Geister.

»Sie müssen teilnehmen«, sagte Eleanor mürrisch.

»Nein.« Ich blieb hart.

Eleanor betrachtete mich aufmerksam. »Miss Caldwell, Sie wollen doch sicher nicht, dass Mrs Jenson erfährt, wie ich Sie besteche, damit Sie mich allein lassen.«

Bei dieser Drohung verließ mich meine Widerstandskraft.

»Ich kann gern alles aufdecken. Ich berichte Mrs Jenson, dass Sie mich stundenlang ohne Aufsicht gelassen haben, um sich in die Geheimnisse des Mordes an meinem Bruder zu vertiefen.«

»Das ist nicht in Ordnung«, protestierte ich.

»Wenn Sie mitmachen, werde ich ihr nicht sagen, dass Sie mich mir selbst überlassen haben. Das wäre unsere Abmachung.«

Mrs Jensons Warnung fiel mir wieder ein: »Sie kann eine gerissene, heimtückische junge Dame sein.« Ja, damit hatte die Haushälterin recht gehabt. Jetzt saß ich in der Falle.

»Wo soll die Séance denn stattfinden?« Ich fügte mich in mein Schicksal.

»Wir können einen der vorderen Räume im Dachgeschoss nehmen. Da kommt niemand hin. Es muss mitten in der Nacht passieren.«

Agnes und ich nickten nur. Es gab keinen Ausweg.

»Und was ist mit Mrs Anderson?«, fragte ich. »Ihr wird doch auffallen, dass Sie verschwunden sind.« Ich klammerte mich an die kleinste Hoffnung.

Eleanor lachte. »Um Mitternacht schläft Mrs Anderson tief und fest und schnarcht zu ihren gindurchtränkten Träumen. Ihretwegen brauchen wir uns keine Sorgen zu machen.«

Und so kam es, dass ich mitten in der Nacht ein leises Klopfen an meiner Kammertür hörte. Eleanor und Agnes standen davor.

»Vielleicht können wir uns auch hier hinsetzen. Das war Arielle Marchals Zimmer«, sagte Eleanor. »Hier wird ihr Geist besonders stark sein.«

Doch ich weigerte mich so entschieden, dass Eleanor schwieg, und so schlichen wir bei Kerzenlicht in ein großes Zimmer weiter hinten am Flur. Es wurde benutzt, um ausgedienten Schnickschnack zu lagern, und an den Wänden standen überzählige Möbelstücke. Auf Eleanors Anweisung hin hatte Agnes ein ovales Tischchen gefunden und stellte nun drei Stühle dazu. Mitten auf dem Tisch lag ein Ouija-Brett, ein längliches Brett, auf dem alle Buchstaben des Alphabets zu sehen waren. Eleanor überprüfte noch einmal, ob die Zimmertür geschlossen war. »Niemand darf davon erfahren. Wir dürfen uns auf keinen Fall erwischen lassen. Vater wäre strikt dagegen, dass wir die Vergangenheit heraufbeschwören.«

Wir setzten uns um das Tischchen und wussten nicht recht

weiter. Obwohl es eine Sommernacht war, fühlte sich der Raum kalt an. Nur die einzelne Kerze auf dem Tisch gab ein wenig Licht.

»Wie haben Sie das denn bei der Séance mit Eliza gemacht?«, fragte Eleanor.

Agnes überlegte kurz. »Wir haben das Glas mitten auf das Brett gestellt, und dann fing Eliza an zu fragen. Erst hat sie einfache Fragen gestellt, ob jemand im Zimmer wäre und so, und dann haben wir versucht herauszufinden, wer es war.«

Ich sah, dass selbst Eleanor Angst bekam und unsicher wurde. »Agnes, Sie müssen die Fragen stellen.«

»Aber, Miss –«

»Sie wissen, wie es geht. Miss Caldwell und ich haben noch nie an einer Séance teilgenommen.«

Damit war es entschieden, und ich war froh, dass ich wenigstens nicht diejenige sein musste, welche die Toten herbeirief. Das Glas wurde mitten auf das Brett gestellt, und wir drei legten ganz leicht einen Finger darauf.

Im Kerzenschein sahen wir uns an. Wir schwiegen einträchtig. Dann fragte Agnes versuchsweise: »Ist jemand hier?«

Keine Antwort. Ich blickte auf meine Hand hinunter, mehr konnte ich im Halbdunkel nicht sehen. Eine Ewigkeit schien zu verstreichen. »Sehen Sie? Es ist Unsinn. Wir sitzen hier wie dumme Gänse. Wir sollten jetzt aufhören«, sagte ich.

»Nein«, entgegnete Eleanor scharf. »Fragen Sie noch einmal.«

»Möchte jemand aus dem Jenseits mit uns sprechen?«, flüsterte Agnes.

Wieder nichts. Doch dann spürte ich ein ganz feines Beben. Wir hielten die Luft an, und sogar die abgestellten Möbel um uns herum schienen näher zu rücken, um besser sehen zu können. Das Glas unter unseren Fingerspitzen begann sich über das Brett zu bewegen, erst langsam und dann immer schneller, als sei es ihm eilig, seine Botschaft auszurichten. J-A. Voller Angst sahen wir uns an.

»Wer ist da?«

Wieder passierte einen Moment lang gar nichts, dann jedoch bewegte das Glas sich rasch zwischen den Buchstaben hin und her. Zuerst zum G.

»Was sagt es da?«, fragte Eleanor.

Schweigend beobachteten wir, wie das Glas G-O-U-V-E-R-N-A-N-T-E buchstabierte.

»Sie ist hier. Arielle ist hier!«, rief Eleanor aufgeregt. »Fragen Sie, ob sie ein guter Geist ist oder ein böser.«

Agnes wiederholte die Frage, doch dieses Mal blieb das Glas unbeweglich in der Mitte des Ouija-Brettes stehen. »Die Frage gefällt ihr nicht«, wimmerte Agnes. »Ich will sie nicht verärgern.«

»Fragen Sie, wer da ist, dummes Ding. Dann wissen wir mit Sicherheit, ob es Arielle Marchal ist oder nicht.«

Aber Agnes wollte keine Frage mehr stellen, daher fragte Eleanor nun selbst in die Dunkelheit hinein: »Wer sind Sie?«

Ein Moment Pause, dann bewegte sich das Glas. Zuerst steuerte es zögernd das H an, dann aber rutschte es zielstrebig auf dem Brett hin und her. Bereits bevor das Glas die nächsten Buchstaben zeigte, wusste ich, wie das Wort heißen würde.

»Hure!«, rief Eleanor triumphierend. »Das haben sie ihr zugerufen, als sie starb. Zwei Wörter: GOUVERNANTE und HURE.«

Das war zu viel. Mehr konnte ich nicht ertragen. Hier wurde nicht Arielle Marchals Geist heraufbeschworen, sondern es ging um mich.

HURE. Das Wort, das Onkel Thomas Stepford gesagt hatte.

»Nein!«, schrie ich und sprang auf. Ich stieß das Tischchen fort, sodass das Brett und alles andere auf dem Fußboden landeten.

Agnes und Eleanor sahen mich tief bestürzt an.

»Ich kann hier nicht bleiben.« Ich rannte zur Tür und rüttelte am Türgriff. In meiner Panik war ich so ungeschickt, dass es mir nicht gelang, die Tür aufzureißen.

»Miss Caldwell«, wisperte Agnes, »wir wollten nicht, dass Sie sich so aufregen. Es ist doch bloß ein bisschen Schwindelei, das haben Sie selbst gesagt.«

Ich hatte völlig die Fassung verloren, und die beiden mussten mich beruhigen. Selbst Eleanor wirkte besorgt. »Seien Sie still! Sie müssen leise sein, sonst bekommen wir alle Schwierigkeiten. Wenn Vater das erfährt …«

Schließlich hörte ich auf zu schreien und schluchzte nur noch.

»Sie sind zu weit gegangen, Miss Eleanor«, wagte Agnes zu sagen. »Sie hätten Miss Caldwell nicht dazu zwingen dürfen. Miss Caldwell, ich bringe Sie jetzt in Ihr Zimmer zurück.« Sie legte unbeholfen den Arm um mich und flüsterte mir ins Ohr: »Es tut mir so leid, Miss. Mit so etwas hatte ich nicht gerechnet, und es ist unmöglich, Miss Eleanor etwas abzuschlagen, wenn sie eine ihrer Launen hat. Ich wünschte, ich hätte ihr nie von Elizas Séance erzählt.«

Ich nickte. Auch wenn ich mich weigerte, an Gespenster zu glauben, zehrte dieses Haus mit seinen furchtbaren Geheimnissen an meinen Nerven.

19

In meinem Zimmer fand ich alles so vor, wie ich es verlassen hatte. Das weiße Nachthemd lag ordentlich auf dem Bett, die silberbeschlagene Bürste wartete auf der Frisierkommode. Alles war sorgfältig aufgeräumt, aber ich hatte das Gefühl, dass etwas im Zimmer nicht stimmte. Agnes schob das Nachthemd zur Seite, und wir setzten uns aufs Bett. »Ich habe Miss Eleanor gesagt, dass man die Toten ruhen lassen soll, aber sie wollte nicht auf mich hören.«

Ich konnte nicht sprechen. Ich fühlte mich im Innersten krank, und die Bilder, die ich immer weggeschoben hatte, tauchten jetzt vor mir auf. Das blendende Licht. Das tiefe Unbehagen und auch die panische Angst, als ich versuchte, das Unvorstellbare zu verstehen.

»Aber niemand hat damit gerechnet, dass Sie einen derartigen Schrecken bekommen, Miss Caldwell. Was hat Ihnen denn so zugesetzt?«

Ich musste Agnes antworten. Wenn ich jetzt nichts sagte, würde das nur zu weiteren Fragen führen, und ich wollte keine Aufmerksamkeit auf mich ziehen. Also musste ich entscheiden, wie viel von der Wahrheit ich mitteilen konnte, wie viel ich Agnes offenbaren durfte, damit sie nicht weiter in mich drang. »Jemand hat mich einmal so genannt. Hure. Ich finde das Wort beleidigend.«

Agnes sah mich verdutzt an. Hatte das allein meine heftige Reaktion ausgelöst?

Ich zitterte immer noch, aber ich zwang mich zu sagen: »Das ist lange her, und es war ein sehr dummer Mann. Ich werde ihn nie wieder sehen, und wir brauchen nicht weiter darüber zu sprechen.«

Als Agnes sich anschickte, mir weitere Fragen zu stellen, schüttelte ich den Kopf. Mehr hatte ich nicht zu sagen. Sie überlegte kurz und wechselte dann zögernd das Thema. »Miss Eleanor ist besessen von dem Mord und von Arielle Marchal. Das ist nicht richtig. Deswegen wollte sie unbedingt diese Séance abhalten.«

»Sie lockt mich mit Geschichten aus der Vergangenheit«, flüsterte ich, während ich in Gedanken anderswo war. In einer anderen Vergangenheit.

»Meistens ist es am besten, wenn man die Vergangenheit ruhen lässt«, antwortete Agnes und sah mich vielsagend an. »So, Miss Caldwell, kann ich Sie jetzt allein lassen?«

»Ja. Danke für Ihre freundliche Hilfe. Bitte nennen Sie mich doch Harriet.«

»Ja, Harriet.« Agnes lächelte.

Doch als sie fort war, kam ich einfach nicht zur Ruhe. Ich drehte mich auf die Seite, sodass ich den verhängten Spiegel mit dem Gesicht darin nicht sehen konnte. Mich von mir selbst abzuwenden, war jedoch nicht so leicht. Onkel Thomas Stepford. Es hatte nur ein einziges Wort gebraucht, und ich war wieder in Swaffham gefangen.

Die Lehre von der Phrenologie hatte in der Wissenschaft keinen guten Ruf, das wusste ich. Vater hatte oft geringschätzig von seinem jüngeren Bruder gesprochen, obwohl er ein Mensch gewesen war, der kaum jemals schlecht von einem anderen sprach. Vaters Geld hatte den Onkel aus seinem eintönigen Schaustellerdasein befreit, und damit hatte er seine Studien in neue Richtungen lenken können. Als er in mein Zuhause einzog, war es eine seiner ersten Handlungen gewesen, dass er eine unhandliche Boxkamera aufbaute. Sie bekam einen Ehrenplatz im Studierzimmer meines Vaters, das damit in Onkel Thomas' Werkstatt umgewandelt wurde. Fowlers *Practical Phrenology* stürzte Milton und Shakespeare von ihrem Sockel.

Der Onkel behauptete, das Wesen eines Menschen sei nicht nur in den Schädel, sondern auch in den Körper eingeschrieben. Angeblich ließen sich die Bestimmung und die Gesellschaftsschicht von der Drehung eines Fußgelenks, der Neigung der Schultern oder der Rundung des Busens ablesen. Unser Küchenmädchen Gladys und ich waren die Objekte seiner wissenschaftlichen Erhebungen, bei denen er verglich, wie die Knochenstruktur unsere unterschiedliche Gesellschaftsschicht und Erziehung widerspiegelte. Wir waren beide arm und von ihm abhängig, sodass es uns unmöglich war, uns gegen die Erniedrigung dieses allwöchentlichen Rituals zu wehren. Gladys war am Montagnachmittag und ich am Donnerstag an der Reihe. Dann mussten wir an der Tür von Vaters früherem Studierzimmer erscheinen.

Onkel Thomas Stepfords fotografischer Apparat stand mitten im Raum. Es war ein großer Kasten aus Buchenholz, der mit einem schwarzen Überwurf verhängt war. Die Kamera war auf ein schweres Leintuch gerichtet, das an der Wand befestigt war. Darauf befanden sich diverse Linien und Maße, die verschiedene Körperteile anzeigten. Der Apparat funktionierte nur an sehr hellen Tagen, und ich betete immer um Stürme und dunkle Wolken, die die Pläne des Onkels durchkreuzen würden.

Er besaß eine ganze Kiste mit wissenschaftlichen Apparaten und Messgeräten: merkwürdige Zirkel, mit denen Umfang und Form unserer Schädel gemessen wurden, und Messstäbe, mit denen er ganz genau unsere Größe ermittelte. Das Verfahren war immer das Gleiche. Ich sollte mich hinter einem provisorischen Wandschirm entkleiden und ein dünnes, fast durchsichtiges weißes Hemd anziehen. Er verschwand hinter dem Vorhang seines fotografischen Apparates und gab mir Anweisungen, wie ich stehen sollte, oder aber er kam aus seinem Zelt heraus und bewegte mich so, dass ich korrekt ausgerichtet war. Dabei schwitzte und keuchte er die ganze Zeit, und ich sah, wie er verstohlen die Hand in die Tasche schob und an sich rieb. Wenn ich Protest erhob, sagte er, ich wäre ein ungebildetes Mädchen und verstünde nichts von den naturwissenschaftlichen Anforderungen, und er benutzte lateinische Begriffe, um die Verderbtheit seines Tuns zu verschleiern.

Endlich kam dann der blendende Lichtblitz. Ich wurde vor dem weißen Laken fotografiert, reglos stand ich da, erstarrt, damit keine Bewegung die Linien der sorgsam arrangierten fotografischen Aufnahme verwischte. Der Onkel fügte sie zu seiner Sammlung hinzu. Später sah ich mich auf den Fotografien, wie ich mit leerem Blick in die öde Zukunft starrte, die er mir bereitete.

Meine Größe wurde peinlich genau auf einem senkrechten Strich parallel zu Gladys' Strich vermerkt. Wir waren nur vier Monate auseinander, aber ich war inzwischen mindestens drei Zoll größer als sie, was den Onkel immer wieder freute. Zweifellos rechtfertigte es seine Forschungen. Ich versuchte, mit Gladys darüber zu sprechen. An den Markierungen auf dem weißen Laken sah ich, dass sie sich den gleichen Erniedrigungen unterwerfen musste wie ich, aber als ich sie einmal unverblümt danach fragte, sah sie mich nur mit trüben grauen Augen an, zuckte mit den Schultern und wandte sich ab. Ich glaube, sie hatte geweint.

Einmal war Gladys eine Woche lang an Influenza erkrankt. An jenem Freitag klopfte es zum ersten Mal heimlich an meiner Zimmertür. Der Onkel brachte ein Buch mit, das er mir zeigen wollte. »Sieh dir die Bilder an«, sagte er. »Das sind Frauen wie du. Auch sie sind von Natur aus unmoralisch. Es sind Huren.«

Ich sagte: »Ich kann nicht. Ich will nicht.« Aber er zwang mich, in das Buch zu sehen, und während er atemlos die Seiten umblätterte, betrachtete ich mit fasziniertem Schrecken die Fotografien. Wie kann ich beschreiben, was ich da sah? Namenlose Frauen, die unbekleidet saßen, lagen oder standen und mit dem gleichen leeren Blick, den ich von mir kannte, in die Kamera starrten. Und dann Bilder von Männern und Frauen, die sich auf eine mir unerklärliche Weise gemeinsam verdrehten und verrenkten. Diese Bilder brannten sich in mein Gedächtnis ein.

»Du könntest schön sein, genauso wie sie«, keuchte der Onkel heiser. »Es steht in deinen Knochen geschrieben.«

»Ich will nicht so aussehen wie die Frauen da.« Ich stieß das Buch fort.

»Du bist einfach noch nicht so weit, aber die Zeit wird kommen. Gladys hat sich auch anfangs geweigert, aber dann hat sie sich überlegt, was für ein Leben auf sie warten würde, so ohne guten Ruf und ohne Stellung. Und jetzt ist sie mit allem einverstanden. Ich habe die Fotos, wenn du Beweise dafür brauchst.«

Ich spürte, dass ich kreidebleich geworden war. »Es tut mir leid, aber du musst jetzt gehen, vielen Dank. Ich bin sehr müde.«

Ich zog mich auf banale Höflichkeitsfloskeln zurück, denn ich hatte keine Ahnung, wie ich anders hätte reagieren können. Und merkwürdigerweise befolgte der Onkel die Anstandsregeln und verschwand. Als er mein Zimmer verlassen hatte, begann ich hemmungslos zu zittern und übergab mich in meinen Nachttopf. Damals lernte ich, mich in meinem Zimmer zu verbarrikadieren, indem ich einen Stuhl unter den Türgriff schob. Und ich lernte, das Geräusch von Schritten und das leise Wispern meines Onkels vor der Zimmertür zu fürchten.

Doch er fand mich im Speisezimmer, im Morgenzimmer oder im Garten, und wenn niemand in Hörweite war, ergriff er die Gelegenheit und murmelte: »Du bist einfach noch nicht so weit, aber das kommt. Du bist genauso wie die Frauen auf den Bildern. Du bist eine Hure, Harriet. Beizeiten wirst du mich finden.«

Ich sah ihm in die Augen und sagte, falls er mich berühren würde, würde ich der ganzen Welt berichten, was er für ein Mann war. Darüber lachte er nur. Wir wussten beide, dass ich in der Falle saß und meine Drohung so sinnlos war wie das altersschwache Schloss an meiner Zimmertür. Ich wusste nicht, wie lange es standhalten würde.

Ich musste fliehen, und zwar bald.

Vaters eigenbrötlerisches Wesen hatte zur Folge gehabt, dass wir recht abgeschieden lebten. Sein kleiner Freundeskreis hatte ihn bei seinem Begräbnis betrauert, aber diese Männer waren im ganzen Land verstreut, und ich hatte keine Möglichkeit, Verbindung zu ihnen aufzunehmen. Außerdem gab es noch Mr Braithwaite, den Rechtsanwalt der Familie, der die Testamentseröffnung beaufsichtigt hatte. Als der Inhalt verlesen wurde, hatte er mich betrübt angesehen, weil ich nun in die Obhut von Onkel Thomas Stepford kam, unter seine Vormundschaft, bis ich das Alter von fünfundzwanzig Jahren erreichte. Mr Braithwaite hätte mir vielleicht auf irgendeine Weise helfen können, aber seit Lucy ihn nachgeäfft hatte, kam er nicht mehr zu uns ins Haus.

Ein überaus glücklicher Zufall wollte es, dass meine frühere Gouvernante und ich den gleichen Vornamen hatten. Ich nutzte auch ihren Familiennamen und ihren Lebenslauf und setzte ein Stellengesuch in die *Morning Post*. Nun wartete ich jeden Morgen mit angehaltenem Atem auf den Postboten, denn ich wollte etwaige Briefe unbedingt selbst in Empfang nehmen, um zu sehen, ob ich eine Antwort bekam. Onkel Thomas Stepford ging erst morgens um zwei oder um drei ins Bett und stand nicht vor Mittag auf, und ich hoffte, dass er einen Brief an Miss Harriet Caldwell, meine frühere Gouvernante, nicht bemerken würde.

Zwar wagten die Dienstboten nicht, mir offen behilflich zu sein, aber ich war mir sicher, dass sie mich zumindest nicht verraten würden. Die einzige Antwort, die ich erhielt, kam von Teesbank Hall. In dem Brief wurde ein Empfehlungsschreiben verlangt, und ich erfuhr einige wenige Einzelheiten über die Stellung. Ich schickte meine sorgsam gefälschten Dokumente ab, und noch heute erinnere ich mich, wie sehr ich mich freute, als ich eine Zusage erhielt. Ich hatte eine Stellung gefunden! Schon in der folgenden Nacht packte ich heimlich meinen Reisekoffer, und dann schlich ich mich noch vor Sonnenaufgang aus dem Haus, um den Zug nach Norden zu nehmen. Ich hatte nicht einmal Lucy in meine Pläne eingeweiht, denn wie hätte ich ihr eröffnen können, dass ihr Vater ein solches Ungeheuer war? Ich dankte Gott, als ich in Swaffham lautlos die Haustür hinter mir schloss.

Es gab kein Zurück.

Jetzt lag ich in meiner Kammer in Teesbank Hall und betete um traumlosen Schlaf, aber meine Gedanken kreisten unentwegt um Onkel Thomas Stepford und den kleinen ermordeten Jungen, bis der Morgen graute. Dann fiel mir ein, dass mein Vater mir einmal den Rat gegeben hat, eine Liste zu erstellen, wenn ich mir in einer Sache unsicher war. Er hatte mich gelehrt, Argumente für beide Seiten aufzuschreiben, sodass ich das Für und Wider vor mir sehen und bedenken konnte, als wäre ich in einem Gerichtssaal. Daher stand ich auf und suchte nach Papier, um im Licht des frühen Morgens meine Gedanken aufzuschreiben. Ich entschied mich für das

Vorsatzblatt von *Über den Ursprung der Arten*, eins der beiden Bücher, die ich mitgebracht hatte, und schrieb oben auf die Seite »Arielle Marchal: des Mordes schuldig?«. Diese Worte unterstrich ich fein säuberlich, und dann zog ich in der Mitte des Blattes eine Linie von oben nach unten. Auf die eine Seite schrieb ich »Dafür« und auf die andere »Dagegen«.

Unter »Dafür« notierte ich den triftigsten Grund, der für Arielles Schuld sprach: Nancy Wilson, ihre Freundin, deren Zimmer neben dem Schlafzimmer von Samuel Wainwright lag, hatte sie öffentlich beschuldigt. Dagegen sprach die Bemerkung des Bezirksrichters, dass Nancy nicht glaubwürdig war. Ich wusste, dass Arielle während ihres Prozesses die Aussage verweigert hatte, und auch das musste als Zeichen für ihre Schuld gesehen werden – wäre sie unschuldig gewesen, dann hätte sie sich mit Sicherheit verteidigt. Am schwerwiegendsten aber war das Stück weiße Seide, das man bei ihren Habseligkeiten gefunden hatte und das vom gleichen Ballen stammte wie der Stoff, in den die kleine Leiche eingehüllt gewesen war. Wie war das zu erklären?

Doch es gab auch starke Argumente dafür, dass sie nicht die Mörderin war. Bei der Untersuchung waren sich alle einig gewesen, dass die Täterin oder der Täter sich in der Nacht des Mordes im Herrenhaus befunden haben musste. Arielle aber war aus dem Haus geschickt worden, und das schien mir der stärkste Beweis für ihre Unschuld zu sein. Außerdem hatte sie keinen Grund gehabt, ein unschuldiges Kind zu töten, denn jeglicher Hass, den sie wegen ihrer Entlassung empfinden mochte, musste sich gegen Mr und Mrs Wainwright richten. Vermutlich hatten andere infrage kommende Personen stärkere Motive, und ich musste immer wieder an Clara Wainwright denken, die eifersüchtige Schwester, deren Name nicht auf dem Grabstein stand. Sie hatte am Abend vor dem Mord einen Wutanfall gehabt. Ich spielte mit dem Satz »Clara litt unter mörderischer Eifersucht« und schrieb ihn unter »Dagegen«, weil Clara damit ein Motiv hatte.

Gegen jede Vernunft wünschte ich mir, Arielle möge unschuldig sein. Mir war, als wäre sie eine Leidensgenossin, eine alleinstehende Frau und ein leichtes Ziel für Anschuldigungen. Obwohl ich mich bemühte, sachlich zu bleiben, wünschte ich mir, dass die Spalte »Dagegen« sich füllen würde. Dennoch aber wäre die weiße Seide geblieben, das letzte Stück in diesem Rätsel, das ich mir nicht erklären konnte.

Unten auf die Seite schrieb ich die Geheimnisse um die Lebenden. Dass Eleanor ständig bewacht wurde. Die rätselhaften Einträge in Mrs Jensons großem Buch, die mysteriösen Buchstaben S und V und die monatlichen Zahlungen von fünfundzwanzig Pfund an Gate Helmsley. Außerdem war ich mir sicher, dass in jener Nacht ein Mann im Dachgeschoss hin- und hergegangen war, aber Agnes und Mrs Jenson hatten das verneint. All diese Dinge mussten eine Bedeutung haben, und ich war überzeugt, dass sie auf irgendeine Weise mit dem Mord und den dunklen Geheimnissen der Familie Wainwright zusammenhingen.

Nancy Wilson musste etwas wissen. Immer wieder kehrten meine Gedanken zu Nancy Wilson zurück.

20

Obwohl seit dem Mord erst zweiundzwanzig Jahre vergangen waren, schien es, als läge er in ferner Vergangenheit – fast vergessen, genauso wie Kerzen in unserer heutigen Welt mit Gas und elektrischem Licht –, und Nancy Wilson war Teil jener alten Welt, nichts weiter als ein Name, der auf dem vergilbenden Gerichtsprotokoll stand. Daher war ich überrascht, als Mrs Hargreaves einige Wochen später im Vorbeigehen zu Mrs Jenson sagte: »Sie ahnen nicht, wen ich in Stockton gesehen habe, wer da ohne jedes Schamgefühl herumspazierte.«

Mrs Jenson sah interessiert auf, und der Blick ihrer kleinen dunklen Augen war wachsam und berechnend. »Nein, Mrs Hargreaves, wer war es denn?«

»Es war Nancy Wilson, Miss Eleanors früheres Kindermädchen. Sie hat mich auch gesehen, aber sie ist weitergegangen, als wäre ich nicht da.«

»Sie ist ein dummes Ding.« Mrs Jenson zuckte die Achseln, aber offenbar war ihr nicht neu, dass Nancy sich in Stockton aufhielt. »Ich habe gehört, dass Nancy ihre Stellung in Sunderland verloren hat, weil sie zu trinken anfing und sich mit schlechter Gesellschaft einließ. Jetzt arbeitet sie in Stockton als Wäscherin. In der Wäscherei Atkinson, und sie hat Glück gehabt mit dieser Stelle, denn sie hat kein Empfehlungsschreiben mitbekommen, als sie gehen musste.«

Mrs Hargreaves wollte gerade eine Bemerkung dazu machen oder vielleicht auch eine Frage stellen, aber Mrs Jenson bedeutete ihr mit einer Kopfbewegung zu mir hinüber, dass das Thema nicht weiter verfolgt werden solle. Die Köchin nickte, und die beiden wandten sich wieder anderen Dingen zu. Ich hatte den Verdacht, dass Mrs Jenson noch mehr über Nancy Wilson erzählen würde, allerdings erst, wenn die beiden unter sich waren. Ich hatte geglaubt, das frühere Kindermädchen sei lange tot, ebenso wie die vier älteren Kinder der Wainwrights und Arielle Marchal, aber dann fiel mir ein, dass sie ja zum Zeitpunkt des Mordes erst sechzehn gewesen war, oder jedenfalls hatte Eleanor das gesagt. Demnach musste Nancy jetzt also etwa achtunddreißig sein. Ich war nach wie vor überzeugt, dass das Kindermädchen der Schlüssel zur Lösung der Rätsel um den Mord herum war. Wenn ich mit ihr sprechen und sie fragen könnte, was in jener Sommernacht vor über zwei Jahrzehnten geschehen war, dann würde sie vielleicht ihre Geheimnisse offenbaren. Zumindest würde ich an ihrem Verhalten vielleicht erkennen, ob sie damals vor Gericht gelogen hatte.

Stockton lag Luftlinie sechs Meilen entfernt, sodass ich unmöglich an einem meiner freien Sonntagnachmittage zu Fuß dorthin und wieder zurück gelangen konnte. Ich hatte nur eine Möglichkeit, in die Stadt zu kommen, nämlich Mrs Jenson auf einer ihrer wöchentlichen Fahrten zum Einkaufen und zu ihrer Schwester zu begleiten. Allerdings hatte ich sie wohl verärgert, weil ich mich nach meinem ersten Besuch in Stockton, als ich geglaubt hatte, ich wäre Onkel Thomas Stepford begegnet, geweigert hatte, noch einmal mit ihr in die Stadt zu fahren. Jedenfalls hatte sie mich nie wieder gefragt.

Eines Abends beschwerte Mrs Hargreaves sich bei der Haushälterin über die schlechte Qualität des gelieferten Fleisches. Obwohl die Wainwrights großzügig bezahlten, erhielten sie immer die schlechtesten Stücke.

Schließlich erklärte Mrs Jenson: »Wenn ich nächsten Mittwoch nach Stockton fahre, werde ich mit Mr Smyth, dem Fleischermeister, persönlich sprechen und ihm sagen, dass man uns anständiger behandeln muss.« Sie war trotz ihrer geringen Körpergröße eine Respekt einflößende Frau und genoss in der Gegend einiges Ansehen.

Ich nutzte meine Chance, und beide schreckten auf, als ich das Wort ergriff. »Mrs Jenson, darf ich Sie nach Stockton begleiten? Ich muss einige persönliche Angelegenheiten erledigen.«

Mrs Jenson wunderte sich über meine Bitte. Was konnte ich zu erledigen haben? Sie zog sich auf ihre übliche Position zurück. »Sie dürfen Miss Eleanor nicht unbeaufsichtigt lassen. Persönliche Angelegenheiten lassen sich doch bestimmt auch brieflich erledigen.«

Ich verlegte mich aufs Verhandeln. »Ich bin oft für Mrs Anderson eingesprungen und habe mich nie deswegen beklagt.« Das stimmte, denn die Pflegerin war häufig unpässlich, entweder, weil sie getrunken hatte, oder einfach aus reiner Bosheit. »Agnes kann sich vielleicht für einige Stunden um Miss Eleanor kümmern, und ich werde Sie nicht stören. Es geht mir nur um die Fahrt.«

Dass sie weiter keine Zeit mit mir verbringen musste, schien Mrs Jenson zu beruhigen, und es wurde beschlossen, dass ich mitfahren durfte.

Und so kam es, dass ich mich während der Hundstage unter der heißen Augustsonne in Stockton wiederfand. Ich wusste nicht mehr über Nancy Wilson, als dass sie in der Wäscherei Atkinson beschäftigt war, aber mit dem Selbstvertrauen der Jugend war ich überzeugt, dass ich sie finden würde. Mrs Jenson wollte mich schnell loswerden, und wir verabredeten, dass wir uns um zwölf vor den Markthallen treffen würden.

In der Stadt herrschte Hochbetrieb. Es war Markttag, und an der ganzen High Street entlang hatte man bunte Marktstände errichtet. Männer und Frauen priesen schreiend ihre Waren an und wetteiferten um die Kundschaft. Ich fand eine ältere Marktfrau mit freundlichem Gesicht und fragte sie nach dem Weg zur Wäscherei Atkinson.

Sie war ein wenig verblüfft. »Das ist in der Altstadt, an der Bishop Street, aber eine junge Dame wie Sie hat dort eigentlich nichts zu suchen. Warum wollen Sie denn dorthin?«

»Ich muss für eine Bekannte ein Paket abgeben«, log ich. Ich bedankte mich bei ihr und ging in die Richtung, die sie mir gewiesen hatte. Ich durfte keine Zeit vertrödeln, denn Mrs Jenson nahm es mit der Pünktlichkeit sehr genau, und ich würde um zwölf vor den Markthallen erscheinen müssen, ob ich Nancy Wilson bis dahin gefunden hatte oder nicht.

Während ich rasch durch die schmalen Straßen schritt,

hielt ich mich im Schatten, denn im hellen Sonnenschein fiel mein dunkles Kleid auf wie ein schwarzer Fleck. Meine Sorge, dass Nancy Wilson schwer zu finden sein könnte, war unbegründet: Die Wäscherei Atkinson gehörte zu einer Gruppe baufälliger Häuschen, die sich an die Rückseite der vornehmeren Wohnhäuser an der Bishop Street lehnten. Fünf Jahre zuvor war in diesen beengten Unterkünften die Cholera ausgebrochen; vor den ärmlichen Gebäuden sammelte sich in Pfützen das Wasser, und die Wände waren unten mit Moos bewachsen. Selbst an diesem strahlenden Sommertag blieb der Eindruck von Dunkelheit und Seuchengefahr.

Vor diesem Hintergrund lernte ich Nancy Wilson kennen. Ein kleines Schild über einer niedrigen Tür verriet mir, dass sich hier die Wäscherei Atkinson befand, und ich klopfte, leise zuerst, und dann, als niemand kam, lauter. Weil meine Zeit begrenzt war, drehte ich den Türknauf. Die Tür war nicht abgeschlossen, und ich trat ein. Im trüben Licht wirbelten Dampfschwaden um mich herum, und ich vermutete, dass es hier drinnen selbst an sehr kalten Tagen warm war. Heute aber war die Hitze unerträglich.

»Ist hier jemand?«, rief ich.

Ich hörte eine Stimme aus dem Inneren des Hauses, die eine Begrüßung oder eine Aufforderung rief, das konnte ich nicht erkennen. Ungesunde Dämpfe umgaben mich, und der scharfe Geruch nach Teerseife konnte die anderen Gerüche nicht überdecken – den Gestank nach Armut und Schweiß.

»Wer ist da?« Die Frauenstimme klang schroff und misstrauisch. »Bist du es, Edith?«

»Nein, Madam«, erwiderte ich. »Ich bin Harriet Caldwell,

und ich möchte mit Nancy Wilson sprechen.« Aus der Waschküche tauchte eine Gestalt auf.

»Dann mal los. Ich bin Nancy.«

Ich betrachtete sie verwundert. War in dieser verlebten Frau noch eine Spur des jungen Kindermädchens zu erkennen, das mir von der Daguerreotypie der Bewohner von Teesbank Hall entgegengeblickt hatte? Nancy wirkte viel älter als eine Frau von Ende dreißig. Ihr Gesicht war verrunzelt, und die Zähne waren vom Tabakkauen braun geworden. Sie wischte sich mit einem Tuch den Schweiß von der Stirn.

»Was kann ich für Sie tun, Miss? Falls Mrs Blatchford Sie geschickt hat, können Sie ihr sagen, dass die Laken heute Abend fertig sein müssten.« Eine deutliche Alkoholfahne schlug mir entgegen, und das künstliche Lächeln konnte über ihre Streitlust nicht hinwegtäuschen.

»Ich komme nicht von Mrs Blatchford, sondern ich habe selbst ein Anliegen. Ich bin Gouvernante in Teesbank Hall.«

Als Nancy das hörte, stutzte sie und stemmte die Hände in die Hüften. »Was wollen Sie hier?«, fragte sie. »Dazu hab ich nix zu sagen.«

»Bitte schenken Sie mir nur einige Augenblicke von Ihrer Zeit. Darf ich Ihnen ein paar Fragen zum Mord an Samuel Wainwright stellen?«

»Wenn das alles ist, was Sie von mir wollen, verschwinden Sie mal gleich wieder, denn ich hab nix zu sagen. Ist lange her, und ich hab damals meine Pflicht getan, hab alles ausgesagt, was zu sagen war.«

»Ich glaube, da gab es noch mehr, da gab es Dinge, die nicht gesagt wurden.«

Sie fuhr sich durch ihr von der Hitze feuchtes Haar. »Nix, gar nix zu sagen, Sie haben's doch gehört. Wer hat Sie geschickt, dass Sie in was rumstochern, wo längst Gras drüber gewachsen ist?«

Ich überlegte, wie ich Nancy klarmachen konnte, dass ich keine bösen Absichten hatte. »Niemand hat mich geschickt«, antwortete ich. »Ich weiß nur von dem Fall, weil ich Dokumente gesehen habe. Miss Eleanor hat sie mir gezeigt.«

»Miss Eleanor!« Nancy grinste höhnisch. »Diese Papiere gehören von Rechts wegen mir. Haben Sie sie mitgebracht, oder was?«

Ich schüttelte den Kopf.

»Dann richten Sie der Miss mal aus, dass ich nichts vergessen habe. Das Zeugs gehört mir, und ich krieg es zurück. Trotzdem, wieso sind Sie gekommen, wo doch niemand Sie geschickt hat?«

»Ich weiß von dem Mord, aber …«, ich schwieg einen Moment lang, »… ich glaube nicht, dass Arielle Marchal die Schuldige war, und ich möchte die Wahrheit herausfinden.«

Jetzt verschränkte Nancy die Arme und starrte mir ins Gesicht. »Arielle Marchal hat Samuel Wainwright umgebracht. Warum wollen Sie was anderes behaupten? Glauben Sie etwa, ich wär's gewesen?«

»Nein, nein, es ist einfach –«

»Wollen Sie etwa sagen, ich wär 'ne Lügnerin?«

»Könnte es sein, dass Sie sich geirrt haben?« Schon als ich die Worte aussprach, klangen sie falsch – falls Nancy tatsächlich log, würde sie das mir gegenüber kaum zugeben.

»Ich hab mich nicht geirrt, sie hat das arme Kind wahrhaftig abgemurkst.« Nancy wandte sich ab, um in den Dampf der Waschküche zurückzukehren.

Doch ich wollte unbedingt mehr wissen. »Der Grabstein der Wainwrights – warum fehlt Claras Name darauf?«, rief ich. »Ist das nicht der Beweis dafür, dass der Familie bekannt ist, dass Clara ihren Bruder getötet hat? Aus Eifersucht?«

Wie von der Tarantel gestochen, fuhr Nancy herum. »Sie wissen aber auch gar nix, da können Sie noch so vornehm daherreden.«

»Ich weiß nur, dass ein Unrecht geschehen ist«, sagte ich. »Nancy, es kann Ihnen doch nicht schaden, wenn Sie mir nach so vielen Jahren die Wahrheit verraten.«

»Sie wollen also die Wahrheit wissen?«, spottete sie. »Clara Wainwright ist nicht tot. Die ist quicklebendig.«

Mir blieb die Luft weg. »Wie kann sie noch am Leben sein? Ihre eigene Mutter hat gesagt, sie wäre tot.«

»Na, dann hat die Gute eben gelogen.«

Jetzt fielen mir Susan Wainwrights Worte wieder ein, in die Dämmerung einer Juninacht gesprochen, als sie an ihre Kinder dachte: »Alle anderen sind nicht mehr da.« Sie hatte nicht gesagt, die anderen Kinder seien tot. Matthew, Samuel und Martha lagen in der kalten Erde, Clara jedoch nicht. Nun war mir klar, dass Nancy die Wahrheit sagte. »Wo ist Clara denn? Jedenfalls nicht in Teesbank Hall, oder?«

»Das würd aber was kosten, wenn ich es sage.«

»Ich habe ein Sixpencestück«, bot ich ihr an.

Nancy lachte. »Nee, dann muss ich wieder an die Arbeit. Also, wenn Sie nix für mich haben, da ist die Tür.«

Ich war froh, den üblen Gerüchen zu entkommen. Nach

der Auskunft, dass Clara gar nicht tot sei, schwirrte mir der Kopf. Doch dieses neue Wissen half mir kein bisschen, die ganze Geschichte besser zu verstehen. Warum um alles in der Welt sollten die Wainwrights die Existenz ihrer eigenen Tochter leugnen? Und wo lebte Clara jetzt? Nancy Wilsons Worte schienen mir zu bestätigen, dass Clara schuldig war. Den Wainwrights musste daran gelegen gewesen sein, das Verbrechen der Tochter geheim zu halten, denn falls es an die Öffentlichkeit gedrungen wäre, hätten sie die Schande nicht ertragen. Gleichzeitig aber war ihnen klar gewesen, dass Clara zu gewalttätig war, um weiterhin in der Familie zu leben. Ich fragte mich, ob Eleanor und Henry wussten, dass ihre Schwester noch lebte. Jedenfalls sprachen sie nie von ihr.

Mr Hughes hatte in seinem Bericht von der Verhaftung pflichtgetreu erwähnt, dass Arielle Marchal schwanger war. Folglich waren bei ihrer Hinrichtung vor dem Gefängnis in Durham nicht ein, sondern zwei Menschenleben unrechtmäßig vernichtet worden. Während Mrs Jenson und ich nach Teesbank Hall zurückfuhren und dabei über Belanglosigkeiten plauderten, ging mir dieser furchtbare Gedanke durch den Kopf.

Ich war nicht wenig überrascht, als ich bei unserer Ankunft in Teesbank Hall Henry vor dem Herrenhaus warten sah. Er blickte nervös auf seine Uhr und zupfte sich den Kragen zurecht. Eleanors Worte, dass sie miteinander über mich lachten, waren mir noch allzu gut im Gedächtnis, sodass ich in seiner Gegenwart verlegen war – obwohl es eigentlich kaum eine Rolle spielte, was er über mich dachte.

»Mr Henry, Sir! Was machen Sie denn noch hier? Ihr Zug

fährt in einer knappen Stunde.« Mrs Jensons Frage klang ärgerlich.

Bei seiner Antwort blickte Henry nicht die Haushälterin an, sondern mich. »Ich bin froh, dass ich Sie beide noch sehe. Miss Caldwell, ich habe Sie in der Bibliothek gesucht, aber Agnes sagte, Sie wären nicht da.«

»Wir waren in Stockton zum Einkaufen«, erklärte ich.

»Der Tag meiner Abreise nach Schottland ist gekommen. Leider habe ich es nicht mehr geschafft, noch Lavendel zu besorgen.«

»Lavendel?«, fragte Mrs Jenson kopfschüttelnd. »Was wollen Sie mit Lavendel?«

»Er schützt gegen Mücken«, erklärte ich, was die Haushälterin aber nur noch mehr zu verwirren schien. Ich wandte mich wieder an Henry: »Ich glaube, dass Ihre Schottlandreise trotz der Bedrohung durch die Insekten wesentlich interessanter werden wird, als unsere Fahrt in die Stadt es war, Sir.«

»Ich freue mich auf die Reise. Da ich mehrere Wochen fort sein werde, wollte ich aber nicht fahren, ohne mich zu verabschieden.«

Mrs Jenson beäugte ihn misstrauisch, und ich spürte, dass ich leicht errötete. Er sah mich mit seinen strahlend blauen Augen an, aber ich konnte nicht vergessen, dass Eleanor gesagt hatte, er fände mich so wenig hübsch. Um das peinliche Schweigen zu brechen, fragte ich: »Reisen Sie mit Ihren Freunden zusammen?«

»Nur mit Richard. Edward ist schon vorausgefahren, er will sich in Inverness um die Unterkunft für seine Eltern und seine Schwester kümmern. Wir treffen die Familie dann dort.«

»Ach so, dann ist Rosalind Merryweather auch dabei?«, fragte Mrs Jenson. »Dürfen wir mit erfreulichen Neuigkeiten rechnen?«

Da ich die Antwort gar nicht wissen wollte, fragte ich Henry: »Haben Sie vor, viel Zeit in Inverness zu verbringen?«

»Ja, unbedingt. Mindestens eine Woche, denn wir wollen Kletterausrüstung besorgen und Exkursionen machen. Wir möchten einige Gipfel in den Cuillin Hills auf Skye besteigen.«

»Sir, es besteht die Gefahr, dass Sie nirgends hinkommen, wenn Sie weiter hier herumstehen und mit uns plaudern.« Mrs Jenson wirkte jetzt ausgesprochen verstimmt. »Denn dann werden Sie Ihren Zug verpassen, und der nächste fährt erst morgen.«

Henry war viel zu vergnügt, um sich von ihrem Missmut die Laune verderben zu lassen. »Sie sind eine sehr kluge Frau, Mrs Jenson«, er machte eine Verbeugung, »aber mein Gepäck ist schon mit Tom, dem Stallburschen, unterwegs. Ich brauche bloß zum Bahnhof zu gehen, und das dauert nicht lange.« Er lächelte. »Miss Caldwell, ich hoffe, dass Sie einige angenehme Wochen haben werden. Auf Wiedersehen, Mrs Jenson, und bitte empfehlen Sie mich ganz besonders Ihrem Albert.«

Wir sahen uns in die Augen, und damit war er fort, und ich dachte an unseren Whistabend zurück, zu dem Albert seinen übel riechenden Beitrag geliefert hatte. Doch in Mrs Jensons gestrenger Gegenwart musste ich mir meinen Lachanfall verkneifen.

»Albert. Warum um Himmels willen hat er meinen Albert erwähnt? Warum sorgt er sich plötzlich um meinen Hund? Er hat doch nie das geringste Interesse an ihm gezeigt. Junge Männer sind für mich wahrhaftig ein Buch mit sieben Siegeln, ts, ts, ts.« Sie schüttelte den Kopf. »Nun lassen Sie uns hineingehen, Miss Caldwell, die Arbeit ruft.«

Ich seufzte. Endlose Tage dehnten sich vor mir, und ich beneidete Henry glühend um die Möglichkeit, in die Welt hinauszureisen. Langsam wanderte ich zur Bibliothek, doch dort war von Eleanor nichts zu sehen. Ich ging in die Küche, um nach ihr zu fragen. In der Spülküche blickte Eliza ärgerlich von einem besonders schmutzigen Topf auf, dem sie gerade mit einer Bürste zu Leibe rückte. »Sie geht mit Agnes auf dem Gut spazieren.«

Es war ein schöner Nachmittag, aber dennoch war ich überrascht, dass Eleanor eingewilligt hatte, ins Freie zu gehen. Normalerweise verbrauchte sie ihre aufgestaute Energie, indem sie im Schulzimmer auf und ab wanderte. Nur wenn sie zum Bootshaus gehen wollte, konnte ich sie zu einem Spaziergang überreden. Ansonsten bereitete es ihr geradezu Vergnügen, sich starrsinnig zu weigern, die Bibliothek zu verlassen. Doch meine Überraschung war noch größer, als die beiden zurückkehrten, denn Eleanor unterhielt sich mit Agnes ebenso lebhaft und fröhlich, wie ich sie mit Henry erlebt hatte. Ich fragte mich, wie es dem stillen, sanften Dienstmädchen gelang, die Zuneigung aller zu gewinnen. Vielleicht lag es an ihrer Freundlichkeit, denn Freundlichkeit war in Teesbank Hall rar.

Als Eleanor mich sah, fragte sie: »Haben Sie Henry noch

gesprochen, als Sie zurückkamen? Er hat Sie und Mrs Jenson gesucht, weil er sich verabschieden wollte.«

»Ja, er hat vor dem Haus auf uns gewartet.«

»Er war den ganzen Tag ausnehmend gut gelaunt. Mrs Jenson glaubt, dass er dieser geistlosen Rosalind einen Heiratsantrag machen wird, während sie zusammen unterwegs sind.« Eleanor wandte sich an Agnes. »Sie glauben doch nicht, dass er so dumm sein könnte, oder? Großmutter würde ihn in diesem Vorhaben bestärken, bloß um mich zu kränken.«

»Das weiß ich wirklich nicht, Miss«, erwiderte Agnes. »Miss Merryweather ist sehr hübsch, und ich bin sicher, dass die Familie sie als gute Partie betrachten würde.«

Das gab mir einen Stich. Ich spürte etwas wie Bedauern und wandte mich schnell ab. Die beiden sollten mein Gesicht nicht sehen. Doch Agnes war klug, und als Eleanor außer Hörweite war, sah sie mich an und sagte: »Nein, Miss, das führt nur zu Herzeleid.«

»Ich … ich weiß nicht, wovon du sprichst, Agnes«, stammelte ich und eilte davon, um Eleanor einzuholen.

Henry würde einige Wochen fort sein. Ganz gleich, ob er mich für hübsch oder für hässlich hielt, ich würde ihn vermissen. Dabei hielt er sich häufig gar nicht in Teesbank Hall auf. Bei meiner Ankunft hatte er noch in Durham studiert, und nach seinem Abschlussexamen war er dann oft unterwegs gewesen und hatte Freunde besucht. Doch irgendwie schien er immer in der Nähe zu sein, und wenn er zu Hause war, war die Stimmung merklich aufgelockerter und heiterer. Ohne ihn würden die Tage noch bedrückender und düsterer werden.

21

Mrs Hargreaves hatte mehrmals vorhergesagt, dass Eleanors Verfassung sich ohne Henrys ausgleichende Gegenwart verschlechtern würde. Anfangs schien jedoch das Gegenteil der Fall zu sein. Die Gespräche zwischen Eleanor und mir wurden immer vertrauter, auch wenn wir alle Themen, die uns persönlich oder unsere Gefühle angingen, vermieden. Wir waren beide einsam, und unsere Abgeschiedenheit von der Welt schmiedete uns zusammen. Ringsherum fanden bedeutende Veränderungen und Neuerungen statt, aber Eleanor und ich waren gezwungen, uns aus zweiter Hand mithilfe von Zeitungen und Büchern darüber zu informieren. Henry hatte den Katalog der ersten Jährlichen Internationalen Ausstellung in London für Eleanor bestellt, und sie studierte ihn stundenlang und zeigte mir schon gearbeiteten Schmuck aus Indien oder eine neue Maschine zum Getreidedreschen aus Amerika. Uns beiden war klar, dass diese Druckwerke kein Ersatz für eigene Erfahrungen in der Welt draußen waren, aber sie gaben uns immerhin einen Einblick in das Geschehen um uns herum, und sie boten uns ungefährlichen Gesprächsstoff. So bekamen die öden Tage für uns beide einen gewissen Wert.

Gegen Ende August wurde Mrs Jenson fortgerufen, um ihre achtzig Jahre alte Mutter in Middlesbrough zu pflegen. Das störte die alltäglichen Abläufe im Haus, und Eleanor wurde verschlossen und unruhig. Sie erklärte, es sei sinnlos, über die Internationale Ausstellung zu sprechen, und es mache sie nur noch unglücklicher, weil sie ja doch nicht hinfahren dürfe. Stattdessen wollte sie mit mir über Arielle Marchal reden. Sie sagte, sie spüre ihre Anwesenheit viel stärker als gewöhnlich und sei sich sicher, dass Arielle etwas mitteilen wolle. Einmal versuchte Eleanor sogar, Agnes und mich zu einer weiteren Séance zu überreden, aber mein Entsetzen war so offensichtlich, dass sie ihr Vorhaben aufgab.

Mrs Anderson beklagte sich mittlerweile ständig über sie und sagte, es sei unmöglich, Eleanor zu irgendetwas zu bewegen. Wenn ich in das große Buch eintrug, was sie gegessen hatte, las ich Bemerkungen über Tränenausbrüche, und die rätselhaften Buchstaben S und V erschienen immer häufiger. Wieder und wieder fragte ich mich, was sie bedeuten mochten.

Mrs Jenson sollte fünf Tage fortbleiben, und am dritten Tag war Mrs Anderson besonders aufgebracht, als sie Eleanor in meine Obhut übergab. »Ich beneide Sie nicht«, brummelte sie, als meine Schülerin sie gerade nicht hörte. »Das war die schlimmste Nacht bisher. Miss Eleanor hat Zeter und Mordio geschrien. Sie schläft nicht, und das heißt, dass ich auch nicht schlafe. Ich halte es hier nicht mehr lange aus, ganz egal, was die Wainwrights mir bezahlen.«

Ich sah zu Eleanor hinüber, die jetzt still an ihrem Tisch saß, und konnte die Worte der Pflegerin kaum glauben. Aber als Mrs Anderson fort war, sagte Eleanor langsam und zögernd, sie wolle mich um einen Gefallen bitten. Ich war überrascht, denn sie hasste es, jemandem zu Dank verpflichtet zu sein.

»Um was für einen Gefallen handelt es sich?«, fragte ich.

»Nicht hier. Hier können wir das nicht besprechen. Wir müssen ins Bootshaus gehen.«

Als wir dort ankamen, zog Eleanor einen vergilbten Umschlag heraus. »Ich habe das hier noch nie jemandem gezeigt. Sie müssen mir versprechen, dass Sie keinem Menschen etwas davon sagen.«

»Was ist das?«

»Sie werden schon sehen. Sie sprechen Französisch, stimmt das? Können Sie die Sprache auch lesen?«

»Ja«, sagte ich, »warum?«

»Arielle Marchal hat damals im Dachgeschoss einen Brief hinterlassen. In dem Zimmer, in dem Sie jetzt schlafen. Er war an meinen Vater adressiert, aber mein Vater hat ihn nie bekommen, und als ich ihn fand, war er noch ungeöffnet.«

»Und der Brief ist auf Französisch?«

»Ich kann die Sprache nicht. Französisch ist in diesem Haus verboten, aber Sie können mir den Brief vielleicht übersetzen.«

Ich gestehe, dass meine Hände zitterten, als ich Arielles Brief entgegennahm. Es war, als würde ich die Vergangenheit berühren.

Eleanor war ganz still geworden. Dann sagte sie leise: »Vielleicht erklärt er, was geschehen ist und warum sie uns immer noch heimsucht.«

Arielles Handschrift war überraschend ausgeprägt, mit kunstvollen Schnörkeln in fliederfarbener Tinte, die in den vergangenen zwei Jahrzehnten verblasst war. Aber ich entzifferte ihre Worte, so gut ich konnte, und übersetzte sie für Eleanor.

Mein allerliebster Matthew,

Du darfst keinen Zweifel daran haben, dass ich Dich herzlich liebe. Seit meinen ersten Tagen in Teesbank Hall warst Du allein gut zu mir. Du kannst nicht wissen, wie viel Du mir bedeutet hast, als alle anderen mich übersahen, weil ich Ausländerin war, eine Fremde in einem feindseligen Haus. Im dunklen Januar hast Du mir einen Strauß Schneeglöckchen – so schön und so rein – geschenkt, die mir sagten, dass der Frühling endlich doch kommen müsse und dass Du mir zugetan warst.

Und als der Flieder blühte, haben wir uns zum ersten Mal geküsst und als Mann und Frau beieinandergelegen, versteckt im Schutz des Bootshauses. Ich wusste, dass es unrecht war. Von Anfang an habe ich gewusst, dass es unrecht war. Ich sehe Susan vor mir, Deine kaltherzige Ehefrau mit ihren fahlblauen Augen und ihren Beteuerungen, dass unsere Verbindung Schande über den Namen der Familie bringen wird – als wenn das das Wichtigste wäre! Was kümmert mich Schande? Die Dienstboten flüstern »Hure!«, wenn ich vorbeigehe, und Deine Mutter sieht mich mit einem Medusenblick an, aber innerlich lache ich, denn ich weiß, dass unsere Liebe viel stärker sein wird als das Missfallen der Leute.

Die Tage, die wir zusammen in Harrogate verbrachten, waren für mich das größte Glück. Dass die Welt uns sehen durfte, dass Du vor aller Augen meinen Arm nehmen konntest. Der Ring mit der Perle, den Du mir geschenkt hast, und die feine weiße Seide, beides sind unsere Versprechen an die Zukunft – dass wir eines Tages zusammen sein werden. Doch es schmerzt mich, dass Du unsere Seide zerschnitten und die eine Hälfte davon Susan geschenkt hast, weil Dich wegen unserer Zeit in Harrogate Dein Gewissen plagt. Susan hat ihren Teil Clara und Martha zum Spielen gegeben. Für sie hat die Seide keinen Wert, und sie will das in den Schmutz ziehen, was mir so kostbar ist. Du sagst, ich müsse versuchen, sie zu verstehen, und zu gegebener Zeit würden wir beide zusammen sein, aber wie kann ich Geduld haben, wenn Deine Frau doch das besitzt, was ich mir am sehnlichsten wünsche? Dich als Ehegemahl.

Und jetzt sagt mir mein schwellender Leib, dass ich Dein Kind gebären werde. Ich glaube, ich bin glücklich, weil ich weiß, dass es ein Junge werden wird, ein schöner Sohn, der Dich stolz machen wird. Ich möchte es Dir so gern sagen, aber irgendwie ist nie der richtige Zeitpunkt, und jetzt hast Du immer so viel mit Deinem Gut und hundert anderen Dingen zu tun.

Neuerdings scheint es immer, als wäre es sehr schwierig für uns, allein zu sein. Aber mein Herz ist so übervoll, ich muss Dir einfach von meiner Neuigkeit berichten. Statt davon zu sprechen, schreibe ich unser Geheimnis daher in meiner Muttersprache auf. Feder und Papier müssen meine Vertrauten sein, bis ich es Dir endlich selbst erzählen kann. Ich hoffe, dass wir dann ungehindert als Familie zusammenleben können, mit unserem lieben Sohn.

In aller Liebe ewig die Deine

Arielle

»Er hat ihr die weiße Seide geschenkt«, sagte ich.

»Ja, und Mutter hat die andere Hälfte bekommen«, sagte Eleanor leise. »Ich möchte ins Haus zurückgehen.«

Ohne ein weiteres Wort stand sie auf und verließ das Bootshaus. Ich folgte ihr mit einigen Schritten Abstand. Als wir in der Bibliothek angelangt waren, setzte sie sich an ihren Tisch, machte aber keine Anstalten, sich wieder ihrer Arbeit zuzuwenden. Stattdessen starrte sie auf ihre Hände hinunter. Nach einer Weile sagte sie: »Manchmal ist Arielles Geist so nah, dass ich ihre Stimme in meinem Kopf flüstern höre. Aber dieser Brief, Arielles Stimme darin, ist anders, als ich es mir vorgestellt hatte.«

Es gefiel mir nicht, dass Eleanor von der Toten sprach, daher versuchte ich, das Gespräch in eine andere Richtung zu lenken. »Vielleicht liegt es daran, wie ich den Brief übersetzt habe. Es kann manchmal schwierig sein, das tatsächliche Wesen eines Menschen zu erfassen.«

Jetzt blickte Eleanor auf und fragte merkwürdig steif: »Glauben Sie an Gespenster, Harriet Caldwell?«

»Sie wissen, dass ich nicht daran glaube«, antwortete ich.

»Auch nicht an den Geist von Arielle Marchal? Aber Sie wissen doch noch, was Sie gespürt haben, als Sie zum ersten

Mal ins Bootshaus kamen. Denken Sie daran, was dort geschehen ist. Dort hat Arielle mit meinem Vater gelegen, und dort wurde Samuel ermordet.«

»Nein. Ich glaube nicht an Gespenster, ich kann nicht daran glauben. Es kann keine Gespenster geben.«

»Dann sind Sie dumm«, sagte Eleanor wütend. Mit einer ruckartigen Bewegung fegte sie einen Stapel Lederbände von ihrem Arbeitstisch. »Keiner von diesen Schinken kann erklären, warum und wieso ich spüre, was ich spüre! Ich suche schon lange nach einer Antwort, aber in den Büchern steht nichts über die Schrecken, von denen ich als Gefangene in diesem Haus umgeben bin. Niemand weiß, welche Qualen ich ausstehe. Sie können nur von dem Fluch herrühren, mit dem Arielle uns belegt hat. Eine andere Ursache dafür kann ich nicht erkennen.«

Eleanors Verzweiflung war so groß, dass ich aufstand, um sie linkisch in die Arme zu nehmen. Doch auf mein Mitgefühl reagierte sie mit Zorn: »Finger weg! Sie Schwindlerin! Sie Lügnerin! Wenn Sie noch einmal versuchen, mich zu berühren, schreie ich das ganze Haus zusammen!«

Ich erstarrte und spürte, wie ich blass wurde. Wusste Eleanor etwa, dass meine Anstellung im Herrenhaus durch einen Betrug zustande gekommen war? Wie konnte sie erfahren haben, dass ich nicht Harriet Caldwell war, sondern Harriet Fleet?

Doch das hatte Eleanor nicht gemeint. »In diesem Haus spukt es, aber das wollen Sie mir gegenüber nicht zugeben. Sie versuchen genauso wie alle anderen, die Geheimnisse von Teesbank Hall vor mir zu verbergen. Sie tun so, als wollten Sie sich mit mir anfreunden, aber Sie sind eine Lügnerin!«

»Ich lüge nicht, und ich täusche Sie auch nicht«, erwiderte ich. »Warum sollte ich das tun? Es gibt keine Gespenster, es gibt nichts außer der greifbaren Welt.«

Eleanor sprang auf und stand nun mit geballten Fäusten vor mir. Sie riss den Mund auf und kreischte: »Sie Lügnerin! Sie Schwindlerin! Ich weiß, dass Arielle hier umgeht, und ich werde beweisen, dass Sie, Miss Caldwell, nicht ehrlich sind! Auch andere wissen das längst!« Diese Worte wiederholte Eleanor immer wieder. Bei ihrem Geschrei überlief es mich kalt, und ich wagte nicht, sie zu berühren. Hilflos und ohnmächtig blieb ich vor ihr stehen.

Wie zu erwarten gewesen war, führten ihre gellenden Schreie zu überstürzter Geschäftigkeit. Mr Snowdon, der Obergärtner, stürzte in die Bibliothek, gefolgt von Tom, dem Stallburschen, und von Diana Wainwright höchstpersönlich. »Was ist hier los? Warum schreit meine Enkeltochter so?«, fragte sie mich, als wäre ich an Eleanors Ausbruch schuld.

»Sie behauptet, ich wäre eine Lügnerin. Ich kann nichts dafür. Ich schwöre, dass ich sie nicht gereizt habe.«

Eleanor fuhr herum und zeigte auf mich. »Sie ist eine Lügnerin! Eine Schwindlerin! Ich will sie nicht mehr sehen! Sie versucht, mich zu täuschen!«

Dianas Gesichtszüge wurden hart. »Sei sofort still, Eleanor. Wie führst du dich denn auf? Miss Caldwell ist nichts weiter als eine Gouvernante. Warum sollte sie dich täuschen wollen?«

»Manchmal beobachte ich sie, wenn sie es nicht merkt,

und dann sehe ich ihr an, dass sie es weiß. Sie weiß es nämlich. Ich habe sie ins Bootshaus mitgenommen.«

»Was weiß sie?«, zischte die alte Dame. »Du hast versprochen, dass mit diesem Betragen Schluss ist.«

»Miss Caldwell weiß, dass dieses Haus böse und verflucht ist. Sie beteiligt sich an eurer Verschwörung gegen mich. Ihr wollt alle die Wahrheit leugnen.«

»Die Wahrheit?«, sagte die Großmutter ungerührt. »Die Wahrheit ist, dass du dich selbst und unsere ganze Familie vor unseren Untergebenen blamierst.«

»Ist das alles, was dir wichtig ist? Was die Leute über die Wainwrights denken?«, schrie Eleanor.

»Ich denke nicht daran, auf deine Wahnvorstellungen einzugehen, während du in diesem Zustand bist.«

Und da kehrte Eleanor seltsamerweise an ihren Tisch zurück und setzte sich wieder, als wäre ihr Anfall ein Wolkenbruch gewesen, der plötzlich die Stille eines Apriltages zerstört und gleich darauf vorbei ist. »Für heute habe ich genug von euch allen«, fuhr sie uns an. »Insbesondere von Ihnen, Miss Caldwell, dabei ist es erst zehn Uhr. Wie sollen wir es hier zusammen bis heute Abend aushalten? Sie dürfen mich nicht mehr stören.« Damit versenkte sie sich wieder in ihre Arbeit, als wäre nichts geschehen. Die Bücher, die rings um sie herum auf dem Boden lagen, beachtete sie nicht.

Diana Wainwright sah ihre Enkelin kalt an, doch ihr Tadel richtete sich an mich. »Miss Eleanor hat sich jetzt beruhigt. Miss Caldwell, Sie müssen sich bemühen, meine Enkelin nicht wieder aufzuregen. Für den Fall, dass es erneut zu Unruhe kommt, werde ich Tom bitten, in der Nähe zu bleiben.«

Mich schmerzte die Ungerechtigkeit, dass sie mir die Schuld an Eleanors Ausbruch zuschob, doch ich musste mich noch weiter erniedrigen und die Bücher und Papiere vom Fußboden aufheben und sie wieder ordentlich auf Eleanors Tisch stapeln. Sie selbst schwieg von nun an. Wir führten keine Gespräche mehr über London und die neuen Museen und Kunstgalerien, die dort gebaut wurden, und nicht einmal über ihre drängende Frage nach dem Geist von Arielle Marchal. Eleanor beachtete mich einfach nicht mehr, sondern richtete ihre ganze Aufmerksamkeit auf ihre Studien.

In der Stille der großen Bibliothek, in der die Uhrzeiger sich so langsam bewegten, als sei die Zeit selbst erschöpft, hatte ich genügend Muße, um über das nachzudenken, was Eleanor gesagt hatte. Ich fragte mich, ob sie wirklich recht hatte. Wusste ich im Herzen, dass es im Haus spukte? Ich hatte die fast greifbare Traurigkeit gespürt, die das Bootshaus umgab, und ich hatte das Gesicht im Spiegel gesehen. Gleich bei meiner Ankunft hatte ich die Gestalt im roten Umhang oben am Fenster wahrgenommen und später das unerklärliche Schluchzen und die Schritte. Und die Séance – o Gott, an die Séance mochte ich gar nicht denken. Vielleicht war das Haus durch den Mord und das Unrecht, das man Arielle Marchal zugefügt hatte, für immer besudelt.

Oder waren es möglicherweise meine eigenen Dämonen, die über mir schwebten?

Als die Uhr endlich sieben schlug, wandte Eleanor sich zu mir um und sprach seit ihrem Ausbruch am Morgen zum ersten Mal wieder. »Ich wäre eine gefährliche Feindin. Versuchen Sie niemals, mich zu betrügen.« Ich fühlte mich wie die Beute eines fürchterlichen, unberechenbaren Raubtiers, das in jedem Moment springen und mich angreifen konnte. Ich erinnerte mich, wie ich mich vor Eleanor gefürchtet hatte, als ich zum ersten Mal ins Bootshaus gekommen war. Ich versuchte, ihrem Blick standzuhalten, um zu zeigen, dass ich keine Angst vor ihr hatte, aber es war unmöglich. Eleanor jedoch blinzelte nicht einmal. Ich wandte mich ab.

Im Juni war es hier oben im Norden bis elf Uhr abends hell gewesen, und um vier Uhr morgens war die Sonne bereits wieder aufgegangen. Jetzt senkte sich abends schon um kurz nach acht ein schwermütiges Zwielicht auf uns herab. Ich hatte längst beschlossen, dass ich Teesbank Hall noch vor den dunklen Dezemberabenden verlassen würde. Bis dahin würde ich meinen halben Jahreslohn ausbezahlt bekommen und folglich Geld für meine Flucht haben. Im Hochsommer, wenn die Tage endlos lang zu sein schienen, war es hier schon trostlos genug, aber im Winter, wenn das Licht nur kurz die Dunkelheit durchbrach, musste es unerträglich sein.

Und ich sehnte mich nach einer echten Freundin. Immer wieder griff ich abends zur Feder und begann, an Cousine Lucy zu schreiben. Ich klagte ihr meine Einsamkeit und äußerte meinen Wunsch, dass wir irgendwo sicher und vor Unheil geschützt zusammen sein könnten. Doch mir war klar, dass ich diese Briefe nicht abschicken konnte. Das Risiko war zu groß. Ich würde keinen Absender darauf schreiben dürfen, denn damit würde ich mein Versteck verraten. Also zerriss ich die Briefbögen und verbarg die Fetzen unten in meinem Reisekoffer.

Am Abend nach Eleanors Anfall wollte ich unbedingt ins

Freie, und so wanderte ich allein über das Gutsgelände, bis meine Füße schmerzten und ich nicht mehr konnte. Doch ich war immer noch zornig darüber, dass Diana Wainwright mir die Schuld an Eleanors schlechter Laune gegeben hatte, und ich musste mich beruhigen. Schließlich kehrte ich eine halbe Stunde später als sonst ins Herrenhaus zurück. Als ich das düstere Haus betrat, war längst die Dämmerung hereingebrochen. Ich holte mir eine Kerze aus der Schublade in der Küche und stieg die schmale Treppe zu meiner Dachkammer hinauf.

Die meisten Bewohner gingen, wie es damals auf dem Land üblich war, früh zu Bett. Die Bediensteten standen ohnehin morgens um fünf auf, um sich den Hunderten von Aufgaben zu widmen, die in dem großen Haus Tag für Tag erledigt werden mussten. Ich war erleichtert, dass ich niemandem begegnete, denn ich wollte nicht erklären müssen, warum ich so spät nach Hause kam. Alles war totenstill. Doch als ich den Flur im Dachgeschoss erreichte, spürte ich, dass sich hier oben außer mir noch jemand befand. Ich konnte dieses Gefühl nicht begründen – ich wusste einfach, dass jemand anwesend war. Auch im Dachgeschoss war alles still, aber es war eine Stille, in der jemand mit angehaltenem Atem wartete.

In meinem Zimmer setzte ich mich sogleich vor den verhüllten Spiegel, denn ich war zu ängstlich, um mich im Kerzenschein umzusehen. Ich bürstete mir das Haar, während die Kerzenflamme orange und blau leuchtete. Plötzlich jedoch ließ ein Luftzug sie flackern und tanzen. Ich drehte mich zum Bett um und wollte nach meinem Nachthemd greifen, aber da erstarrte ich. Dunkle Schatten schienen sich auf dem Weiß niedergelassen zu haben. Als ich den Stoff berührte, spürte ich etwas Klebriges, Feuchtes an den Fingern. Ich hielt die Kerze hoch und sah, dass jemand Blut auf mein Nachthemd geschmiert hatte – rote Streifen zogen sich über das jungfräuliche Weiß. Ich schreckte zurück und ließ dabei die Kerze fallen. Jetzt war es im Zimmer stockfinster, und eine laute, durchdringende Stimme schrie immer wieder: »Nein, nein, bitte nicht, nein!«

Erst später wurde mir klar, dass diese Stimme meine eigene gewesen war. Mit meinen markerschütternden Schreien hatte ich den Frieden der Nacht zerstört und Mrs Hargreaves und Agnes herbeigerufen.

Am nächsten Morgen berichtete Agnes, dass sie mich mit dem Gesicht nach unten zusammengesunken auf dem Bett gefunden hatten. Die Kerze hatte bei ihrem Sturz zum Glück nur einen kleinen Brandfleck auf der Bettdecke hinterlassen, wie um darauf hinzuweisen, welchen Schaden sie hätte anrichten können. Mrs Hargreaves war mit der Absicht ins Zimmer gestürzt, mich wegen meines Geschreis auszuschimpfen, doch das Bild, das sich ihr bot, ließ sie schweigen. Irgendwie hatten die beiden Frauen es geschafft, mich halb stützend, halb tragend die Dienstbotentreppe hinunterzubringen, und ich hatte die Nacht in eine Decke gehüllt auf dem Sofa in Mrs Jensons Wohnstube verbracht.

Mrs Hargreaves und Agnes hofften, dass die Wainwrights meine Schreie nicht gehört hatten, doch das war, wie Agnes mir später eröffnete, nicht der Fall. Als sie am Morgen das Frühstück servierte, rief Diana Wainwright sie zu sich und fragte: »Was war das gestern Abend für ein entsetzlicher Lärm?«

»Das weiß ich nicht genau, Madam«, hatte Agnes geantwortet. Mehr wollte sie nicht sagen, aber die alte Dame setzte ihr so zu, dass sie von dem blutigen Nachthemd in meinem Zimmer erzählen musste.

»Das muss Eleanor gewesen sein. Sie ist eine Gefahr für sich selbst und für alle um sie herum. Weder Matthew noch Susan können sie bändigen. So geht es nicht weiter«, hatte die Matriarchin daraufhin erklärt, »und das werde ich ihnen sagen.«

22

Als ich wieder zu mir kam, hatte ich undeutliche Erinnerungen daran, dass Mrs Hargreaves mich in angewärmtem Wasser gebadet hatte. Während sie mich wusch, hatte sie eine traurige Melodie gesummt, und ihre Hände in meinem Gesicht und meinen Haaren waren sanft gewesen. Danach musste ich eingeschlafen sein, denn an mehr kann ich mich nicht erinnern. Und als ich wieder ganz wach war, wurde mir klar, dass das blutige Nachthemd Eleanors Rache dafür gewesen war, dass ich mich weigerte, an Gespenster zu glauben. Doch ich würde mich nicht geschlagen geben. Ich schob meine schwere Decke fort, stellte vorsichtig die Füße auf den Boden und rief: »Mrs Hargreaves!«

Kurz darauf hörte ich rasche Schritte, und die Köchin betrat das Zimmer. Von der Fürsorglichkeit, mit der sie mich in der Nacht betreut hatte, war nichts mehr zu spüren. »Sie sind also wach«, sagte sie. »Es ist nach Mittag.«

Ich war überrascht, dass es schon so spät war, doch ich sagte nur: »Ich muss ins Schulzimmer.«

»Sind Sie sicher, dass Sie das können? Nach dieser Nacht, meine ich?«

»Ja. Eleanor soll wissen, dass sie mich nicht besiegt hat.«

Mrs Hargreaves sah mich merkwürdig an und erwiderte: »Dann müssen Sie sich ankleiden. Ich werde Eliza bitten, Ihre Sachen zu holen, Sie können sich hier anziehen. Miss Eleanor ist schon in der Bibliothek. Agnes ist bei ihr.«

»Ich brauche nicht lange, um mich fertig zu machen«, versprach ich und beeilte mich.

Als ich das Schulzimmer betrat, war mir, als würde Eleanors Miene Erschrecken zeigen, aber nur für einen Moment, dann verbarg sie ihre Gefühle hinter einer ausdruckslosen Maske. »Ich bin überrascht, Sie heute hier zu sehen«, höhnte sie. »Ich hatte gehört, nach den Ereignissen der vergangenen Nacht ginge es Ihnen nicht gut.«

»Mir scheint, dass das ein Missverständnis war. Mir geht es sehr gut, Miss Eleanor, und ich bin bereit, mit der Arbeit zu beginnen.« Ich sah meine widerstrebende Schülerin herausfordernd an und sagte dann leise, damit Agnes es nicht hörte: »Warum haben Sie das getan?«

Sie lächelte böse. »Ich habe nichts getan. Das muss sie gewesen sein. Die Gouvernante. Vielleicht ist sie zornig, weil Sie nicht glauben wollen, dass sie hier umgeht.«

»Es gibt in diesem Haus keine Gespenster, Miss Eleanor. Das war allein Ihr Tun.«

Eleanor stand langsam auf, wobei sie mit der rechten Hand ihr linkes Handgelenk umfasste. »Mrs Anderson hat mich die ganze Nacht lang beaufsichtigt, das kann sie bezeugen. Ich hätte unmöglich in Ihr Zimmer gelangen können, Miss Caldwell.«

»Aber ich weiß, dass Sie es waren. Als ich die Kerze fallen ließ, hätte das Zimmer in Flammen aufgehen können. Ich hätte sterben können. Wie soll ich Ihnen jemals wieder vertrauen?« Vor Erregung sprach ich immer lauter, und ich bemerkte, dass Agnes zu uns herüberblickte.

Auch Eleanor hatte das gesehen und sagte schroff zu ihr: »Sie können jetzt gehen.« Daraufhin knickste Agnes kurz und verschwand. Eleanor starrte mich wütend an. »Sie haben sich entschieden, hierherzukommen. Jetzt müssen Sie auch die Verantwortung für Ihre Entscheidung übernehmen.«

»Für diesen Vorfall sind Sie selbst verantwortlich, Miss Eleanor, Sie ganz allein.« Ich betrachtete ihre Hände und entdeckte unter den Fingernägeln rote Linien. »Sehen Sie, das ist Blut. Einen weiteren Beweis brauche ich nicht.«

Ärgerlich verbarg sie ihre Hände hinter dem Rücken. »Das ist kein Beweis. Mrs Anderson war die ganze Zeit bei mir. Warum hätte ich in Ihr Zimmer gehen sollen?«

»Sie wollten mich bestrafen, weil ich Ihnen nicht zugestimmt habe. Ihre blutigen Fingernägel sagen mir die Wahrheit.«

»Ich lüge nicht – wagen Sie es bloß nicht, mir das vorzuwerfen.« Eleanors Gesicht war jetzt rot vor Zorn, und sie war so aufgeregt, dass ich fast anfing, ihr zu glauben. Ich beschloss, bei nächster Gelegenheit Mrs Anderson zu fragen, ob Eleanor in der vergangenen Nacht ihr Schlafzimmer verlassen hatte.

Doch Eleanor befasste sich bereits mit einem anderen Thema. »Sie haben die Frau gesehen, stimmt's? Im Spiegel«, sagte sie.

Erschrocken fragte ich: »Wen meinen Sie? In welchem Spiegel?«

Jetzt lächelte sie beinahe. »Als Mrs Hargreaves und Agnes Sie zusammengebrochen auf dem Bett fanden, haben Sie immer wieder gerufen: ›Die Frau im Spiegel. Sie hat das getan. Sie will mir mein Ich stehlen.‹«

Ich konnte mich nicht erinnern, so etwas gesagt zu haben, aber diese Worte drückten meine größte Angst aus, die ich tief im Inneren verbarg. Ich war erschüttert, weil ich mein Geheimnis offenbar laut ausgesprochen hatte. »Was meinen Sie, wen ich im Spiegel gesehen habe?«

»Natürlich Arielle Marchal! Es war der Spiegel, vor dem sie sich für ihren Liebhaber schön gemacht hat, für meinen Vater. Sie war eine Hure, aber sie hat weiß Gott vielfach dafür gebüßt.«

»Sie war keine Mörderin«, entgegnete ich. »Ich weiß, wer Samuel wirklich getötet hat.«

»*Was* wissen Sie? Haben Sie Arielles Vermächtnis gefunden? Das, was sie vor ihrem Tod niedergeschrieben hat?«

Ich wollte gerade antworten, doch da öffnete sich die Tür, und Diana und Matthew Wainwright traten ein. Ich hatte sie noch nie in der Bibliothek gesehen, und Eleanor und ich schwiegen überrascht.

Ihr Vater ergriff das Wort. »Eleanor, deine Großmutter hat mir berichtet, dass dein Leiden wieder aufgetreten ist. Sie musste mitansehen, wie du geschrien und mit Büchern geworfen hast.«

»Dein Verhalten war würdelos, Eleanor«, fügte Diana Wainwright hinzu, »insbesondere vor den Bediensteten. Wir haben dich viele Male gewarnt, doch der Ruf der Familie scheint dir wenig zu bedeuten.«

Matthew Wainwright fuhr fort: »Und hinzu kommt jetzt dieser weitere Vorfall. Du bist ins Zimmer der Gouvernante geschlichen und hast ihr Nachthemd mit Blut besudelt.«

Eleanor richtete sich zu ihrer ganzen Größe auf und stand reglos, mit herabhängenden Armen und geballten Fäusten, vor ihrem Vater und ihrer Großmutter. »Ich bin nicht verantwortlich für das, was da oben geschehen ist, und ich bin auch nicht krank, Vater. Wenn ich leide, dann weißt du, weshalb.«

Mr Wainwrights Lippen zuckten vor Verärgerung. Mir schien, dass er mich aus dem Raum schicken wollte, doch es war zu spät, denn Eleanor sprach weiter, monoton und unerbittlich. »Du verbietest mir, dieses Haus zu verlassen. Du sperrst mich hier ein. Es ist nichts weiter als ein Gefängnis.« Dann zeigte sie auf mich. »Warum muss sie hier sein? Ich brauche keine Gefängniswärterin. Kannst du mir nicht vertrauen?«

Ich hörte die Verzweiflung aus Eleanors Sätzen heraus, aber ihr Vater herrschte sie an: »Du weißt, was passiert ist, als wir dir Freiheit zugestanden haben und du unbeaufsichtigt warst. Dr. Landown hat gesagt, dass immer jemand bei dir sein muss, Tag und Nacht.«

»Vater, ich verspreche dir, ich flehe dich an: So etwas wird nicht wieder –«

Diana Wainwright schnitt Eleanor das Wort ab. »Nicht vor der Gouvernante.«

»Sie können gehen«, sagte Mr Wainwright daraufhin zu mir. »Wir müssen Dinge besprechen, die nur die Familie etwas angehen. Wenn wir fertig sind, schicken wir nach Ihnen.«

Ich war froh, dass ich mich entfernen durfte. Trotzdem interessierte es mich sehr, was Eleanor so Schreckliches getan hatte, dass sie ständig unter Beobachtung stehen musste. Kurz nach meiner Ankunft in Teesbank Hall, als ich die Familie beim Abendessen beobachtet hatte, hatte ich gedacht, Eleanor sei ihren Eltern gewachsen. Sie hatte ihren Vater so gereizt, dass er die Fassung verloren hatte, und damit hatte sie die Oberhand behalten. Aber jetzt erfuhr ich, dass sie sich in einer schwachen, verzweifelten Position befand.

Da ich nicht wusste, wie lange das Gespräch in der Bibliothek dauern würde, setzte ich mich in die große Eingangshalle. Ab und zu vernahm ich erhobene Stimmen, und ich glaubte, Eleanor schluchzen und bitten zu hören. Schließlich erschien Mr Wainwright in der Eingangshalle. Er war rot vor Zorn und offenbar überrascht, mich zu sehen. Ein wenig atemlos blieb er stehen, doch dann sammelte er sich und wies mich an, auf meinen Posten zurückzukehren. »Eleanor weiß sehr gut, welches Benehmen von ihr erwartet wird. Sie wird keine weiteren Schwierigkeiten machen.« Er entfernte sich.

Vor der Bibliothek begegnete ich Diana Wainwright, die gerade aus der Tür trat. Sie drehte sich noch einmal zu ihrer Enkelin um und sagte langsam und bedächtig: »Du widerst mich an.« Offenbar wollte sie, dass ich ihre Worte hörte.

Besorgt betrat ich die Bibliothek, denn ich wusste nicht, wie Eleanor auf mich reagieren würde. Doch sie stand am Fenster und starrte nach draußen, als nähme sie meine Gegenwart gar nicht wahr. Den ganzen übrigen Tag lang blieb sie regungslos dort stehen, und ich begann, um ihren Verstand zu fürchten. Selbst die Bücher, die so ordentlich auf ihrem Tisch aufgestapelt waren, lockten sie nicht. Obwohl ich wusste, dass sie jede freundliche Geste meinerseits ablehnen würde, fragte ich sie, wie sie sich fühle und ob ich nach einem Glas Wasser klingeln solle. Keine Antwort. Ich war erleichtert, auch wenn ich deswegen ein schlechtes Gewissen hatte. Eleanors stürmischer Gefühlsausbruch und ihre Unbeständigkeit hatten mich ausgelaugt.

Die Stunden des Wartens endeten schließlich, als Mrs Anderson kam. Eleanor stand immer noch am Fenster, starr und wachsam; sie schien auch die Pflegerin nicht zu bemerken. Mrs Anderson nahm mich beiseite und flüsterte: »Mr Wainwright hat gesagt, wir hätten von jetzt an keine Probleme mehr mit ihr. Ist das wahr?«

»Sie steht einfach am Fenster und sagt kein Wort«, erwiderte ich. »Was kann Mr Wainwright ihr angedroht haben, dass sie derartig betroffen ist?«

Mrs Anderson sah mir nicht in die Augen, sondern zuckte nur die Achseln und sagte: »Morgen kommt der Arzt. Wollen wir hoffen, dass er ihr wieder etwas verschreibt, was ihre Stimmungsschwankungen dämpft.«

Nach den Ereignissen des Tages war ich so entkräftet, dass ich auf meinen abendlichen Gang zum Bootshaus verzichtete. Ich aß rasch in der Gesindestube und wollte früh ins Bett gehen, doch da kam mit rotem Kopf Mrs Anderson herein. Sie schaute sich rasch um, und als sie sah, dass ich allein war, sagte sie: »Miss Eleanor weigert sich, sich zum Schlafen fertig zu machen. Sie steht einfach nur da, steif wie ein Brett.«

»Und was erwarten Sie jetzt von mir?« Ich wollte an diesem Abend nichts mehr mit Eleanor zu tun haben.

»Mrs Jenson ist nicht da, und Agnes kann ich nicht finden, also müssen Sie uns helfen.« Sie sprach etwas undeutlich, und mir fiel ein, wie sicher Eleanor sich gewesen war, dass Mrs Anderson während unserer Séance nicht aufwachen würde, weil sie dem Gin zugesprochen hatte.

»Ich will nicht, dass die Wainwrights mich für ihr schlechtes Benehmen verantwortlich machen. Sie muss sich abends auskleiden und bettfertig machen – das wird erwartet. Und wenn sie es nicht von sich aus tut, muss man sie dazu zwingen.«

Widerwillig folgte ich Mrs Anderson nach oben. Eleanor hatte ein prächtiges, kostbar möbliertes Schlafzimmer vorn im Haus. Doch trotz eines großen, mit Schnitzereien verzierten Bettes und einem Kleiderschrank und einer Frisierkommode aus Mahagoni wirkte der Raum kahl und leer – es gab weder Bücher noch Blumen oder Bilder, die ihm eine persönliche Note verliehen hätten. Die nackten Wände waren in einem tristen Erbsensuppengrün gestrichen. Mrs Anderson sah, dass ich stutzte, und als habe sie meine Gedanken erraten, sagte sie: »Es ist gefährlich, irgendetwas liegen zu lassen. Sie wirft damit, wenn sie einen Anfall hat.«

Eleanor stand stocksteif am Fenster und starrte in die Dunkelheit hinaus. »Miss Eleanor, Zeit zum Schlafengehen. Ich hab Miss Caldwell mitgebracht, und die wird sich ihre Streiche nicht gefallen lassen.« Offenbar war Mrs Anderson kurz davor, die Beherrschung zu verlieren, und ich fragte mich, was wohl geschehen war, bevor sie mich geholt hatte.

Eleanor antwortete nicht.

»Jetzt reicht's mir«, brummte Mrs Anderson. Sie trat zu

Eleanor und packte sie am Arm. »Sie verschwenden meine Zeit. Sie sollten jetzt für die Nacht umgekleidet sein. Ich stehe hier nicht stundenlang und warte, bis Sie bereit sind. Mr Wainwright hat gesagt, ich könnte tun, was nötig ist, damit Sie sich benehmen, und ich dulde diesen Unsinn heute Abend nicht.«

Ich war erschrocken über Mrs Andersons heftige Worte und ihre grobe Art, mit Eleanor umzugehen, aber Eleanor blieb stehen, als hätte sie nichts gehört. Ich befürchtete, dass Mrs Anderson zu weiteren Maßnahmen greifen würde, und hörte mich fragen: »Vielleicht möchten Sie, dass ich Eleanor heute zum Schlafengehen fertig mache?«

Mir schien es das Beste zu sein, wenn die Pflegerin das Zimmer verließ, wenigstens für eine Weile. Ich hatte die grausame Gleichgültigkeit miterlebt, die Diana und Matthew Wainwright Eleanor entgegenbrachten, und jetzt sah ich, wie gefühllos Mrs Anderson sie behandelte. Trotz allem, was Eleanor mir angetan hatte, war es mir unmöglich, nicht Mitleid mit der verzweifelten jungen Frau zu haben, die in diesem Haus mit ihren übel gesinnten Verwandten eingesperrt war.

Mrs Anderson war sehr froh, dass sie gehen durfte. »Ich setze mich für ein halbes Stündchen in die Gesindestube, und dann komme ich wieder. Aber sehen Sie, was ich meine? Niemand sollte sich mit ihr abgeben müssen.« Sie sprach, als wäre Eleanor nicht dabei und könnte ihre Worte nicht hören.

Als wir allein waren, wusste ich nicht recht, was ich tun sollte. Ich zog die Vorhänge zu und bemühte mich, beruhigend auf sie einzureden. »Miss Eleanor, es ist Zeit, dass Sie schlafen gehen. Würden Sie mir erlauben, Ihnen zu helfen? Das ist besser, als wenn Mrs Anderson es tut.«

Eleanor blieb stumm stehen, schüttelte aber den Kopf. Sie war bleich und zuckte zusammen, als habe sie Schmerzen. Sie hatte die Arme schützend um sich geschlungen und blickte mit geweiteten Pupillen in die Ferne.

»Miss Eleanor, Mrs Anderson kommt gleich zurück – machen Sie sich doch zum Schlafen fertig, dann hat sie keinen Grund, sich zu beschweren.«

Ganz langsam, ganz behutsam begann Eleanor, ihr Kleid aufzuknöpfen. Ich wandte den Blick ab und legte ihr umständlich das Nachthemd zurecht. Als ich mich wieder zu ihr umdrehte, verschlug es mir den Atem. Unter ihrem Kleid trug Eleanor ein weißes Hemd, durch das auf der linken Seite Blut sickerte. »Miss Eleanor, Sie bluten ja!«, rief ich.

Sie blickte erstaunt an sich hinunter und betastete die Stelle. Vor Schmerz verzog sie kurz das Gesicht. Ich trat zu ihr und zupfte sanft an ihrem Hemd.

»Eleanor, was ist geschehen? Das muss sich ein Arzt ansehen.« Sie hob ihr Hemd an, und der Anblick, der sich mir bot, war grässlich: Ihre Brüste waren mit Narben übersät, so, als hätte ihr jemand kreuz und quer Schnitte beigebracht. Die meisten Wunden waren inzwischen verheilt, aber ein Schnitt war ganz frisch, und daraus sickerte das Blut. Eleanor stand mit ausgebreiteten Armen vor mir, und ich sah, dass auch ihre Handgelenke mit einem Muster aus roten Narben und Kratzern bedeckt waren.

»Wer hat das getan?« Manche Narben sahen aus, als seien

sie viele Jahre alt, während andere Schnitte jünger zu sein schienen. »Eleanor, wer hat Sie so verletzt?«

Sie hatte das Gesicht abgewandt und weinte. Dann wischte sie sich mit dem Arm die Tränen ab. »Versprechen Sie mir, dass Sie niemandem davon erzählen, und schon gar nicht von diesem neuen Schnitt.«

»Wie kann ich Ihnen das versprechen, wenn hier im Haus jemand ist, der Ihnen so etwas antut?«

»Die Schnitte sind nicht tief – sie werden verheilen.« Eleanor wandte sich mir wieder zu und bat inständig: »Sagen Sie es niemandem. Sonst bekomme ich größte Schwierigkeiten.«

»Welche Schwierigkeiten könnten schlimmer sein als das hier?«, rief ich. Der Gedanke, dass es in Teesbank Hall einen Menschen gab, der solche Grausamkeiten an Eleanor verübte, erschütterte mich.

Sie schüttelte den Kopf. »Sie verstehen mich nicht. Wenn Sie mich verraten, tut Vater, was er mir angedroht hat.«

»Aber Henry darf ich es doch bestimmt sagen, wenn er zurückkommt? Er will immer nur Ihr Bestes und würde Sie beschützen.«

Ein Schauder überlief sie. »Henry am wenigsten, Sie dürfen es Henry auf gar keinen Fall sagen. Bitte lassen Sie mich still für mich leiden und verraten Sie mich nicht.«

Eleanor war so verzweifelt, dass ich mich gezwungen sah, ihr zu versprechen, dass ich dieses Geheimnis für mich behalten würde – auch wenn das ganz gegen mein Gefühl ging. In den Minuten, bevor Mrs Anderson zurückkehrte, säuberten wir die Wunde, so gut wir konnten, und tupften den frischen Schnitt mit kaltem Wasser ab, bis er nicht mehr blutete.

Ich fragte mich, ob Mrs Anderson von den Verletzungen wusste, vor allem aber, wer sie Eleanor zugefügt hatte.

In dieser Nacht konnte ich vor Angst kein Auge zutun. Ich war sicher gewesen, dass Clara Wainwright den kleinen Samuel ermordet hatte, aber was war, wenn ich mich irrte? Und wenn auch Arielle Marchal nicht die Mörderin war? Hatte jemand Eleanor auf ähnliche Weise angegriffen wie damals ihren Bruder? Da ich ohnehin keine Ruhe fand, ging ich die Menschen durch, die bei Samuels Tod im Haus gewesen waren und immer noch hier lebten: Diana, Matthew und Susan Wainwright, Mrs Jenson, Mrs Hargreaves und Mr Snowdon, der jetzt Obergärtner war. Ich dachte auch an den Mann, der vor meinem Zimmer gelauert hatte, und überlegte, ob er etwas mit dem Mord zu tun haben könnte. Befand der wahre Mörder oder die wahre Mörderin sich noch in Teesbank Hall? Und wenn ja, warum wollte Eleanor den Namen nicht preisgeben?

23

Am vergangenen Abend war Eleanor schutzbedürftig gewesen und hatte mich angefleht, ihr Geheimnis nicht zu verraten, doch heute Morgen weigerte sie sich wieder, mit mir zu sprechen. Ich fragte sie, ob sie Schmerzen habe, und sie drehte sich um, als wäre ich nicht da. Sie bemühte sich nicht, ihre Bücher zu lesen, sondern trommelte stattdessen unablässig mit den Fingern der linken Hand auf dem Tisch herum. Zuerst dachte ich, sie tue das nur, um mich zu ärgern, aber als sie den ganzen Vormittag monoton weitertrommelte, begriff ich, dass dieses Verhalten Ausdruck ihrer großen Not war.

Als Agnes das Tablett mit dem Essen aus der Küche brachte und zögernd fragte, ob Miss Eleanor etwas essen wolle, bedeutete sie dem Mädchen, sie habe keinen Hunger. Normalerweise hätte ich versucht, Eleanor zu überreden, doch wenigstens etwas zu probieren, aber heute hatte ich nicht den Mut dazu und schwieg.

Der Tag zog sich endlos hin, und ich seufzte erleichtert auf, als Mrs Anderson endlich kam und Eleanor in ihre Obhut nahm. Wenn ich jetzt schnell aß, blieb mir noch etwa eine halbe Stunde Tageslicht für einen Spaziergang am Fluss entlang. Nach den Dramen der letzten Tage wollte ich im Freien sein, fort vom Haus, und die letzten sommerlichen Momente genießen. Tagsüber duftete es im Wald noch zart nach blühendem Heidekraut, und die Bienen summten träge, aber abends ging schon ein kühler Wind, und die früher einsetzende Dämmerung kündete den Wechsel der Jahreszeit an. Die wehmütige Süße in der Luft erzählte flüsternd vom nahenden Herbst.

Ich ging rasch, und vermutlich sorgten meine Vitalität und meine blühende Jugend dafür, dass mein von den vielen Stunden im Schulzimmer blasses Gesicht bald Farbe bekam. Ich nahm meinen üblichen Weg zum Bootshaus. Es lag abgeschieden am Fluss, und aus seinen Fenstern waren die geschlossenen Läden des Herrenhauses nicht zu sehen, sondern man blickte auf das Wasser hinaus. Dort würde ich mit meinen Gedanken allein sein. Es war so erbaut worden, dass die letzten Sonnenstrahlen darauf spielten und es noch im Licht stand, während alles ringsherum schon in Schatten gehüllt war.

Obwohl ich von der Gräueltat wusste, die dort stattgefunden hatte, spürte ich inzwischen auch eine heitere Ruhe an diesem Ort, und ich fragte mich, ob die Zeit die Fähigkeit besaß, alle Frevel der Menschen fortzuwaschen, sodass nur der Friede der Natur blieb. Ich setzte mich ans Fenster und genoss die letzten Strahlen der Abendsonne. Da rief mich plötzlich eine Stimme, die ich am wenigsten erwartet hätte, in die Wirklichkeit zurück.

»Miss Caldwell?« Es war Henry. Hätte er nicht in Schottland sein sollen? Was machte er in Teesbank Hall?

Ich war besorgt, dass ich mich vielleicht nicht allein im Bootshaus aufhalten durfte, daher sprang ich auf und machte einen ungeschickten Knicks. »Entschuldigen Sie, Sir, ich … ich wollte gerade gehen«, stammelte ich.

An seiner Kleidung und seiner ganzen Erscheinung sah ich, dass er mehrere Stunden geritten war. Seine Stiefel waren mit Schlamm bespritzt, sein weißes Hemd stand am Hals offen, und sein dunkles Haar war zerzaust. Es schien, als würde er mit seiner Anwesenheit den Raum ausfüllen, und ich merkte, wie heftig mein Herz klopfte. Ich befürchtete, dass ich gegen eine Regel verstoßen hatte, aber gleichzeitig hatte ich auch eine ganz neue Empfindung – ein Gefühl, das gleichzeitig verstörend und köstlich war.

»Nein, bleiben Sie nur. Ich wollte Sie nicht stören. Als ich Sie am Fenster sitzen sah, waren Sie so tief in Gedanken versunken, dass ich mir dachte, ich sollte Sie lieber vorwarnen, um Sie nicht zu erschrecken.«

Auch Henry wirkte einigermaßen verlegen. Es war das erste Mal, dass wir uns allein in einem Raum befanden, und wir wussten beide nicht, wie wir uns verhalten sollten. Er war nahe bei der Tür stehen geblieben, und mir wurde klar, dass ich dicht an ihm vorbeigehen musste, wenn ich das Bootshaus verlassen wollte. Sollte ich bleiben? Sollte ich gehen? Ich konnte mich nicht entscheiden. Einerseits wollte ich vor ihm und meinen verwirrenden Gefühlen fliehen, aber andererseits wäre es unhöflich gewesen, einfach zu verschwinden. Eine ganze Weile sagten wir beide kein Wort, bis ich mich schließlich gezwungen fühlte, das lastende Schweigen zu brechen. »Ich bin überrascht, dass Sie schon aus

Schottland zurückgekehrt sind. Hatten Sie eine gute Heimreise?«

»Wie bitte? Ja, ja, natürlich, danke. Ich bin mit dem Zug bis Darlington gefahren, aber ich hatte keinen Anschluss nach Eaglescliffe. Daher bin ich das letzte Stück geritten. Ich brauchte ohnehin frische Luft.«

Ich traute mich zu fragen: »Ich dachte, Sie wollten viel länger unterwegs sein. Sind Ihre Freunde noch in Inverness?« Den Namen Rosalind Merryweather mochte ich nicht erwähnen.

»Ja, sie bleiben noch«, sagte Henry ruhig. »Die Merryweathers haben ein Haus mit Blick auf den See gemietet und wollen noch einige Wochen dort verbringen.«

»Und warum sind Sie schon nach Hause gekommen?«

»Man hat nach mir geschickt. Wie ich höre, hat sich Eleanors Zustand wieder verschlechtert.«

Angespannt, als könne ein Versagen meinerseits an Eleanors Verfassung schuld sein, versuchte ich, mich zu rechtfertigen. »Ich … ich finde, dass es manchmal nicht einfach ist mit ihr. Seit Ihrer Abreise ist es schlimmer geworden.«

»Das liegt nicht an Ihnen, Miss Caldwell. Es liegt daran …« Er verstummte und fuhr dann fort: »Sie ist sehr unglücklich, weil sie so von der Gesellschaft abgeschnitten ist. Und es hat auch noch andere Ursachen.«

»Das Haus ist sehr groß«, sagte ich, »und es liegt so abgeschieden. Seit ich hier bin, ist kaum jemand zu Besuch gekommen.«

Ein Schatten huschte über Henrys Gesicht. »Die Leute kommen nicht gern nach Teesbank Hall.«

»Vielleicht sollte Miss Eleanor sich eine Zeit lang anderswo aufhalten. Eine Ortsveränderung könnte ihr guttun. Seit Sie die Internationale Ausstellung und die neuen Museen in South Kensington erwähnt haben, spricht sie kaum noch von etwas anderem –«

»Das würden meine Eltern nicht gestatten. Gewisse Vorfälle in der Vergangenheit haben dazu geführt, dass sie Eleanor nicht mehr erlauben, Teesbank Hall zu verlassen.«

»Wie Sie meinen, Sir.« Ich spürte, wie der Abstand zwischen uns größer wurde. »Ich muss ins Haus zurück. Es wird dunkel.«

Ich wandte mich zum Gehen, aber Henry sprach weiter mit mir, so, als wünsche er sich, dass ich noch ein wenig länger im Bootshaus blieb. Vielleicht wollte er mit seinen trüben Gedanken nicht allein sein. »Das ist ein sehr friedliches Fleckchen hier unten am Wasser. Mein Großvater hat das Bootshaus für meine Großmutter Diana geplant, als Geschenk zu einem Hochzeitstag. Sie war als junge Frau sehr schön, und die beiden sind sehr verliebt gewesen. Es heißt, er sei mehrere Wochen lang am Flussufer auf und ab gegangen, um die richtige Stelle für das Haus zu finden.«

»Was für ein wunderbares Geschenk«, sagte ich.

»Hier am Fluss konnten die beiden allein sein.«

Mir vorzustellen, dass jemand in Diana Wainwright verliebt gewesen war, fiel mir schwer – sie erschien mir so verschrumpelt und uralt … und so grausam, sie verdiente keine Liebe. »Das erklärt vielleicht, warum das Bootshaus so besonders friedlich wirkt«, sagte ich. Gleichzeitig aber konnte ich die Bilder nicht ganz vergessen, die Eleanor von Samuel

Wainwrights entstellter Leiche, halb versteckt unter der Plane, entworfen hatte. Ich fragte mich, ob Susan Wainwright nach dem Mord an ihrem Sohn jemals wieder hierhergekommen war. Kein Zeichen wies darauf hin, was hier geschehen war. Das Häuschen hatte etwas Vernachlässigtes, so, als hätte man es vergessen und würde sich nur hierherstehlen, wenn man für sich sein wollte.

Henry seufzte, es klang fast kummervoll. Dachte er an Rosalind Merryweather und ihre unerwartete Trennung?

Er und Agnes waren die einzigen Menschen in Teesbank Hall, denen ich vertraute, die einzigen, die freundlich zu mir waren, und die Gelegenheit, unter vier Augen mit ihm zu sprechen, machte mich so mutig, dass ich die Frage stellte, die mich schon lange quälte. »Sir, darf ich Sie um Ihre Meinung zu etwas bitten, das mich beunruhigt?«

Überrascht und erwartungsvoll sah er mich an, und seine Stimme war sanft, als er erwiderte: »Miss Caldwell, es ist mir eine Ehre, dass Sie auf meine Meinung Wert legen. Worüber möchten Sie mit mir sprechen?« Wir setzten uns nebeneinander auf den Fenstersitz, nur eine gute Handbreit voneinander entfernt. Mir war bewusst, wie nahe wir uns waren.

Ich schwieg. Natürlich wusste ich, was ich ihn fragen wollte, aber ich konnte es nicht recht in Worte fassen. Schließlich sagte ich: »Als der neue Pfarrer und seine Frau hier ihren Antrittsbesuch gemacht haben, hat sie erzählt, dass sie im Magdalenenheim in Highgate mit Frauen gearbeitet hat, mit gefallenen Frauen.«

Henry nickte ein wenig fragend, er hatte keine Ahnung, was ich als Nächstes sagen würde.

»Ihre Großmutter sagte, diese Frauen seien sittlich verkommen und hätten eine Veranlagung zum Sündigen, umso mehr, als sie ... als sie noch so jung seien.« Hier stockte ich. Henry sah mich aufmerksam an, und ich musste weitersprechen. »Aber Mrs Sterling hat gesagt, diese Frauen und Mädchen seien Opfer, und die meisten lebten gegen ihren Willen in Schande, sie seien dazu gezwungen worden, häufig von den Menschen, die sie hätten beschützen sollen. Ich möchte gern wissen, wie Ihre Meinung dazu ist, Mr Henry. Glauben Sie, dass in solchen Fällen die Frau die Schuldige ist?«

»Miss Caldwell, wir wissen beide, dass meine Großmutter in vielen Dingen sehr rigoros urteilt.« Ich meinte, eine gewisse Ungehaltenheit in seiner Stimme zu hören. »Meiner Meinung nach vertritt Mrs Sterling die richtige Ansicht. Jeder, der auch nur einen Funken Menschlichkeit und Verstand besitzt, muss demjenigen die Schuld geben, der der Frau Gewalt angetan hat. Das Opfer ist natürlich unschuldig. Wie beurteilen Sie selbst diese Frage?«

»Ich bin der gleichen Meinung wie Sie«, antwortete ich leise. Ich spürte, dass ich freier atmete, doch ich musste ihm noch etwas mitteilen. Ich wagte es nicht, ihm von Eleanors Verletzungen zu erzählen, denn dann hätte ich mein Versprechen ihr gegenüber gebrochen. Aber ich konnte etwas anderes zur Sprache bringen, und ich war sicher, dass beides miteinander verknüpft war. »Henry – Sir – es gibt noch etwas, das ich Ihnen gern anvertrauen möchte.«

Wieder sah er mich erwartungsvoll an.

Als ich die Worte aussprach, klangen sie töricht. »Im Dachgeschoss war ein Mann. Ich habe mitten in der Nacht seine Schritte gehört, vor meiner Zimmertür. Und dann habe ich gesehen, wie er den Flur entlangging und verschwand. Ich war nicht schnell genug, um ihn einzuholen.«

Vorsichtig fragte Henry: »Hat außer Ihnen noch jemand diesen Mann gesehen?«

»Nein«, musste ich zugeben. »Agnes war da, aber sie hat nichts gesehen, und Mrs Jenson meinte, ich müsse mich geirrt haben.«

Henry schwieg.

»Aber ich weiß genau, dass ich jemanden gesehen habe.« Meine Stimme klang zu schrill.

Henry schüttelte den Kopf. »Mrs Jenson hat recht. Kein Mann würde es wagen, da oben hinaufzugehen. Es ist verboten. Versuchen Sie, nicht mehr daran zu denken – es muss ein Traum gewesen sein, oder vielleicht hat Ihre Fantasie Ihnen einen Streich gespielt.«

Doch er beobachtete mich so merkwürdig, und ich befürchtete, dass er mich für verrückt hielt, daher sagte ich: »Wahrscheinlich haben Sie recht. Mein Zimmer liegt weitab, und manchmal schlafe ich nicht gut.«

»Wie gefällt Ihnen das Leben im Herrenhaus?«

Es war die erste persönliche Frage, die er jemals an mich gerichtet hatte. »Es ist still hier, Sir.« Was ich wirklich dachte, wagte ich ihm nicht zu sagen.

»Als wäre man lebendig begraben«, erwiderte Henry so heftig, dass ich überrascht war. »Wenn Mutter und Eleanor nicht wären, hätte ich kein Bedürfnis, hierher zurückzukehren.«

Seinen Vater erwähnte er nicht.

»Und Sie, Miss Caldwell? Ich weiß nichts von Ihnen – Sie sind normalerweise so still und zurückhaltend. Doch Sie scheinen mir keine typische Gouvernante zu sein.«

Ich scheute mich ein wenig vor einer Antwort, denn ich wollte nicht zu viel von mir preisgeben. Aber ich musste seine Wissbegier einigermaßen befriedigen. »Ich hatte nicht damit gerechnet, dass ich als Gouvernante arbeiten würde, aber als die Verhältnisse meiner Familie sich änderten, musste ich mir eine Stellung suchen.«

»Und wer ist Ihre Familie?«, fragte er.

»Ach, Sie werden nicht von uns gehört haben«, sagte ich. »Wir stammen aus Norfolk, und Vater und ich lebten in einem großen alten Haus in der Nähe von Norwich.«

»Und Ihre Mutter?«, fragte er.

»Meine Mutter starb, als ich sieben Jahre alt war.«

»Das tut mir leid«, sagte Henry. »Ihre Kindheit muss traurig gewesen sein.«

»Nein, nein«, versicherte ich. »Vater und ich waren uns sehr nahe, und wir waren glücklich. Wir führten ein stilles Leben, weil er kein geselliger Mensch war. Unser Bekanntenkreis war zwar klein, aber wir waren zufrieden, bis er starb.«

»Dann haben Sie keine lebenden Angehörigen mehr?«, fragte Henry.

Ich spürte diese kalte Angst in mir aufsteigen. »Nur noch meinen Onkel, Sir, und seine Tochter. Das Gut ging beim Tod meines Vaters auf ihn über, weil er der nächste lebende männliche Verwandte war.«

Und damit begann die finstere Zeit, sagte die unbarmherzige Stimme in meinem Kopf.

»Und Ihr Onkel hat Ihnen nicht erlaubt, in Ihrem Elternhaus zu bleiben?« In Henrys Stimme schwang Empörung darüber mit, dass jemand zu einem verwaisten Kind so grausam sein konnte.

»Doch, er hätte es mir erlaubt, Sir«, sagte ich mechanisch.

Aber nun musste ich schweigen, und ich blickte auf den dunklen Fluss hinaus. Ich konnte und wollte keine weiteren Fragen beantworten.

Ein einsamer Brachvogel rief nach seiner Gefährtin. Es gab Dinge, über die ich niemals sprechen würde – es reichte mir völlig, daran zu denken, und sie erinnerten mich, dass Teesbank Hall, auch wenn man sich dort lebendig begraben fühlen konnte, immerhin ein Zufluchtsort für mich war. Ich zwang mich, meine Erinnerungen fortzuschieben, und fragte Henry, warum er ins Bootshaus gekommen war, statt nach seiner langen Reise gleich ins Herrenhaus zu gehen.

Er schaute auf den stillen Fluss hinaus und dann in die Richtung des Hauses mit den geschlossenen Fensterläden. »Weil ich Teesbank Hall hasse und mich immer wappnen muss, bevor ich es betrete. Nachdem ich mein Pferd in den Stall gebracht hatte, bin ich hergekommen, um meine Rückkehr noch ein wenig hinauszuzögern.«

»Das tut mir leid.« Was hätte ich sonst sagen können? Ich hatte vom ersten Tag an eine tiefe Abneigung gegen das Herrenhaus verspürt.

Einen Moment lang sahen wir uns schweigend an, dann sagte er: »Möglicherweise haben Sie recht. Eine Ortsveränderung könnte Eleanor tatsächlich guttun. Und ich weiß, wie gern sie die Internationale Ausstellung in South Kensington besuchen würde.«

Ich glaube, wir waren beide froh, zu weniger persönlichen Themen zurückkehren zu können. »Sie spricht kaum noch von etwas anderem. Ich glaube, das würde ihr große Freude machen.«

»Ich will es mit meinen Eltern besprechen. Vielleicht kann ich die beiden dieses Mal dazu bringen, richtig zuzuhören. Vater will Eleanor von der Welt abschotten, aber damit zerbricht er sie.« Henry fuhr sich durchs Haar und stand dann auf, als brauche er dazu große Willenskraft. »Vielen Dank für Ihren Rat, Miss Caldwell. Aber es wird spät, und ich glaube, es ist Zeit, dass wir beide zurückgehen.«

Ich nickte, und er nahm meinen Arm, um mir beim Aufstehen zu helfen. Es war nur eine ganz leichte Berührung, aber die Wärme seiner Hand drang durch den weichen Stoff meines Kleides und übertrug sich auf meinen ganzen Körper. Für einen zu langen Moment standen wir einander gegenüber, dann traten wir hastig auseinander.

»Miss Caldwell, ich freue mich, dass ich Sie heute Abend hier getroffen habe. Es ist schön, in Teesbank Hall ein freundliches Gesicht zu sehen.«

Ich fand es merkwürdig, dass selbst Henry, der bevorzugte Sohn und Enkel, der Teesbank Hall erben sollte, das Haus hasste. Während wir zurückgingen, sprachen wir über seine Schottlandreise und über die Ereignisse im Herrenhaus während seiner Abwesenheit. Er erzählte begeistert von der Insel Skye und von seinen Plänen, im nächsten Sommer wieder dort hinzufahren. Ich überlegte, ob er dann wohl mit Rosalind Merryweather zusammen reisen würde.

Es war nach acht Uhr und fast schon dunkel. Über dem Garten lag noch der Duft der späten Sommerrosen, und die ganze Atmosphäre hatte etwas Traumhaftes.

»Ich erinnere mich, dass Ihre Mutter sagte, ihr Elternhaus sei voller Rosen gewesen, aber in Teesbank Hall sind die Vasen immer leer. Warum holt sie hier keine Blumen ins Haus?«

»Großmutter erlaubt es nicht. Sie behauptet, von dem Duft müsse sie sich erbrechen.«

»Wie bitte? Ist das wirklich wahr?«, fragte ich.

Henry lachte. »Nein, es ist bloß eine weitere Strategie in dem Krieg, den sie und Mutter führen. Ich glaube, Großmutter würde niemals zulassen, dass irgendetwas sie krank macht.«

Als wir uns dem Herrenhaus näherten, entdeckte Henry in einem Blumenbeet eine herrliche, voll aufgeblühte rote Rose. Er zog ein Klappmesser aus der Tasche und schnitt sie ab. »Wollen wir es einfach riskieren, dass wir uns Großmutters Zorn zuziehen, und diese Rose ins Haus schmuggeln?« Er reichte mir die Blüte. »Dann wird es wenigstens in Ihrem Zimmer nach Rosen duften, wenn wir schon sonst keine Rosen im Haus haben.«

Ich sog den reichen Duft ein. »Sie ist wunderschön, vielen Dank.« Ich hielt mir die Blüte vor das Gesicht, damit Henry nicht sehen konnte, wie ich errötete.

Er lächelte und wollte gerade etwas sagen, als Diana Wainwrights scharfe Stimme ertönte: »Bist du das, Henry? Ich habe in der Haustür nach dir Ausschau gehalten und dachte, ich hätte etwas gesehen.«

»Ja, Großmutter. Ich bin soeben aus Schottland zurückgekommen.«

Sie trat aus der Tür. »Wie schön, dass du wieder da bist, Henry. Wie geht es Rosalind?«

»Sie blüht richtig auf. Die Luft in den Highlands scheint ihr hervorragend zu bekommen, und die Merryweathers haben ihren Mietvertrag für das Haus in Inverness verlängert.«

Diana Wainwright lächelte kurz. »Du musst mir nachher alles von ihr und ihrer Familie berichten, aber jetzt haben wir erst etwas Wichtiges zu klären.«

Sie warf mir einen giftigen Blick zu. Ich verbarg die Rose zwar hinter meinem Rücken, hoffte aber, der alten Dame würde von dem Duft speiübel werden.

»Du kommst keinen Moment zu früh zurück, Henry«, sagte sie. »Es ist schlimmer geworden, und die Familie braucht dich. Komm mit in den Salon.«

Henry verbeugte sich vor mir und wünschte mir eine Gute Nacht, dann folgte er seiner Großmutter in den herrschaftlichen Teil des Hauses.

In meinem Zimmer angekommen, stand ich eine ganze Stunde lang am Fenster, schaute in die Mondnacht hinaus und dachte über das gerade Erlebte nach. Ich kam zu dem Schluss, dass Henry mich zumindest ein klein wenig gernhaben musste, und dieser Gedanke ließ meine Seele vor Freude tanzen. Mein Zimmer war von Mondlicht erfüllt, und die rote Rose, die ich immer noch in der Hand hielt, versprach einen Neubeginn.

Der Spiegel war noch zugehängt, aber jetzt war der Moment gekommen, da ich der gespenstischen Frau in die Augen sehen musste. Ich stellte die rote Rose neben die gerettete Perlenkette von meiner Mutter in ein Glas. Dann zog ich mit zitternden Händen das wollene Tuch vom Spiegel. Und da war sie. Sie war immer hinter dem Tuch gewesen. Doch jetzt betrachtete ich sie gelassener. Ich zog die Linien ihres Gesichtes, meines Gesichtes, mit dem Finger nach. Die sinnlichen Lippen, die ich so lange verabscheut hatte, wirkten jetzt einladend, beinahe zart; im Mondlicht schimmerte mein braunes Haar golden, und die Geheimnisse hinter den dunklen Augen schmerzten nicht mehr so sehr. Ich brauchte mein Spiegelbild nicht mehr abzulehnen. Die Frau, zu der ich geworden war, bestand aus allem, was ich erlebt hatte, den guten wie den schlimmen Erfahrungen. Und dass ich entkommen war und überlebt hatte, hatte mich stärker gemacht.

Das Gesicht, das mich anblickte, war schön – es war nicht die wilde, schamlose Schönheit, die mein Onkel mir hatte überstülpen wollen. Nein, der Spiegel zeigte mir, welche Wahl ich getroffen hatte. Ich hatte selbst über mein Schicksal entschieden. Das Glas schimmerte silbern im Mondlicht. Ich würde es nie wieder verhängen müssen.

24

Obwohl Henry wieder da war, herrschte in Teesbank Hall weiterhin eine angespannte, trübsinnige Atmosphäre. Eleanor hatte jeglichen Kampfgeist verloren und war nervös und gereizt. Ich dachte an die bläulichen Narben auf ihren Handgelenken und ihrer Brust und fragte mich, warum sie den Namen des Täters nicht preisgeben wollte.

Mr Wainwright konnte seine Wut auf seine Tochter kaum verbergen. Der Vorfall mit dem blutigen Nachthemd war der Tropfen gewesen, der das Fass zum Überlaufen gebracht hatte. Ein Teil ihrer Strafe war, dass sie nicht an der Allgemeinen Prüfung für Frauen an der Universität in London teilnehmen durfte, und daher hatte man auch alle Bücher über Mathematik und Naturwissenschaften aus der Bibliothek verbannt. Weitere Drohungen hingen in der Luft wie ein schlechter Geruch. Tag für Tag saß Eleanor wie eine gespannte Feder an ihrem Tisch, mit starren Armen und geballten Fäusten, als erwarte sie einen Angriff. Sie las nicht mehr, sondern schob die noch vorhandenen Bücher fort und sagte, das alles sei sinnlos. Stundenlang saß sie einfach da und starrte ins Nichts.

Zur Sicherheit hatte man ihr die Nägel kurz geschnitten, und nach jeder Mahlzeit wurden die Messer genauestens gezählt – selbst Eliza kümmerte sich jetzt darum, dass keins fehlte. Anfangs lehnte Eleanor sich noch auf, indem sie gar nichts mehr aß, aber jetzt beugte Mrs Jenson sich bei den Mahlzeiten über sie und zwang sie, kleine Löffel Suppe zu sich zu nehmen, die die Arme dann würgend hinunterschluckte. Als sie versucht hatte, sich dagegen zu wehren, hatte die Haushälterin entschuldigend gesagt: »Ihr Vater besteht darauf, dass ich ihm unverzüglich Bericht erstatte, wenn Sie nichts gegessen haben. Und Sie wissen, was das bedeuten würde.« Danach aß Eleanor, aber ihr ohnehin schlanker Körper wurde immer magerer.

Nach wie vor behauptete sie hartnäckig, sie habe mein Nachthemd nicht mit Blut beschmiert, und Mrs Anderson bestätigte das, indem sie sagte, Eleanor habe das Zimmer die ganze Nacht lang nicht verlassen. Doch natürlich hatte die Pflegerin selbst ein Interesse an dieser Darstellung, daher glaubte ihr niemand so recht. Ich meinerseits hatte nach dem Vorfall mit meinem Nachthemd ein wenig Angst, wenn ich in Eleanors Nähe war, und das schuf einen Abstand zwischen uns, der vorher nicht da gewesen war. Außerdem befürchtete ich, dass sie mir die Schuld an ihrer harten Strafe geben könnte. Aber sie schien mir gegenüber genauso gleichgültig zu sein wie allen anderen gegenüber.

Der einzige Mensch, der sie zerstreuen konnte, war Henry, und gelegentlich ließ sie sich von ihm zu einem Spaziergang überreden. Sonst saß sie teilnahmslos im Haus. Da die Merryweathers immer noch in Schottland waren und Henry sein Studium beendet hatte, hatte er viel Zeit und hielt sich häufig im Schulzimmer auf. Manchmal versuchte er, mich in die Unterhaltung einzubeziehen, doch dann sah Eleanor ihn so gequält an, dass ihm die Worte auf den Lippen erstarben und er seinen Versuch aufgab. Inzwischen befürchtete ich, dass er unser vertrauliches Gespräch im Bootshaus bereute.

An einem Vormittag Mitte September saßen Eleanor und Henry wieder zusammen und unterhielten sich. Er hatte ihr einen Artikel über die Cardwell-Reformen mitgebracht, ein Thema, zu dem sie in der Vergangenheit leidenschaftlich ihre Ansichten vertreten hatte. Jetzt schob sie den Artikel fort. Hohläugig saß sie an ihrem Tisch und zupfte an einem Ärmel ihres Kleides herum, bis sie einen Faden herausgezogen hatte.

»Ellie, du musst dich wieder für die Welt interessieren. Es wird nicht ewig so weitergehen.« Er klang wie ein Vater, der mit einem kleinen Kind spricht.

»Doch, ewig. Wie kann es anders sein? Du weißt, welche Macht sie über mich haben.« In gedämpftem Ton sprach sie weiter, sodass ich ihre Worte nicht verstehen konnte. Aber ihre Verzweiflung war offensichtlich.

Als sie geendet hatte, rief Henry: »Nach Gate Helmsley? Das würde er nicht tun.«

Ich verstand Eleanors Erwiderung nicht, aber Henrys Worte erstaunten mich. Von Gate Helmsley hatte ich schon gehört, aber wo? Ich erinnerte mich, dass ich in der Nacht nach der Séance aufgeschrieben hatte, welche Rätsel es in diesem Haus gab. Gate Helmsley hatte auch auf meiner Liste gestanden. Es war der Name neben den Zahlungen in Mrs Jensons kleinem Ausgabenbuch. Monat für Monat wurde eine Summe von fünfundzwanzig Pfund, meinem halben Jahreslohn, an Gate Helmsley ausbezahlt. Die Haushälterin war böse geworden, als sie mich auch nur in der Nähe des offenen Schranks gesehen hatte, in dem sich das Buch befand. Und jetzt hatte dieser Name etwas mit Eleanors abgrundtiefer Verzweiflung zu tun.

Ich wurde in meinen Überlegungen unterbrochen, denn Mrs Jenson trat ein und sagte, sie wünsche, mich unter vier Augen zu sprechen. Sie zog mich mit ans Fenster, doch in dem jetzt stillen Raum war jedes ihrer Worte zu hören.

Ihre Stimme war eisig vor Wut. »Miss Caldwell, Eliza ist in Tränen aufgelöst zu mir gekommen. Sie befürchtete, etwas Vertrauliches auszuplaudern, aber als sie Miss Eleanors Zustand sah, hatte sie das Gefühl, es sei ihre Pflicht. Ich bin sehr enttäuscht von Ihnen. Ich hatte Ihnen mehr Verstand zugetraut.«

Ich wusste nicht, was sie meinte.

»Eliza hat mir von der Séance mit Miss Eleanor erzählt, an der Sie und Agnes teilgenommen haben. Nicht lange vor dem Vorfall mit dem Nachthemd. Sehr wahrscheinlich ist diese Spielerei mit dunklen Kräften der Grund für Miss Eleanors kürzlichen Zusammenbruch und für ihr verwirrtes Handeln. Sie können nicht wissen, welche Folgen das für Miss Eleanor hat.«

Ich spürte, wie mir das Blut aus dem Gesicht wich.

Mrs Jenson betrachtete mein Schweigen als Schuldbekenntnis und fuhr fort: »Sie hatten die Aufgabe, sich um Miss Eleanor zu kümmern. Miss Eleanor ist Ihre Schutzbefohlene, und Sie haben versagt. Eliza war entsetzt, dass unter diesem Dach etwas so Gottloses geschehen konnte.«

»Dann ist sie scheinheilig«, traute ich mich zu sagen. »Eliza selbst hat die erste Séance in Teesbank Hall abgehalten, und sie hat die anderen erst auf die Idee gebracht.«

»Eliza mag manchmal scharfzüngig sein, aber im Herzen ist sie ein gutes, gottesfürchtiges Mädchen – sie würde sich niemals an solchen gotteslästerlichen Handlungen beteiligen.« Als ich widersprechen wollte, hob Mrs Jenson die Hand. »Um Agnes werde ich mich auch noch kümmern, obwohl sie bloß ein dummes kleines Ding ist. Ich werde Mr und Mrs Wainwright berichten müssen, was Sie beide angerichtet haben.«

Das war ungerecht. Weder Agnes noch ich hatten die Toten herbeirufen wollen, doch Eleanor hatte uns zum Mitmachen gezwungen. Aber jetzt wurde uns die Schuld in die Schuhe geschoben. Eliza musste sich über diese Gelegenheit, mir eins auszuwischen, diebisch gefreut haben.

Da überraschte Eleanor uns alle: »Es war meine Idee«, sagte sie. »Agnes und Miss Caldwell können nichts dafür. Ich habe sie dazu überredet.«

»Ist das wahr, Miss Eleanor?«, fragte Mrs Jenson.

»Ja. Ich hätte keinen Grund, zu lügen.«

»Ihr Vater wird davon erfahren müssen.«

Eleanor nickte bedruckt.

Als die Haushälterin die Bibliothek verlassen hatte, wagte ich es, Eleanor direkt anzusprechen. »Danke, dass Sie die Wahrheit gesagt haben. Sie haben mich gerettet.«

Einen kurzen Moment sahen wir uns in die Augen, dann wandte sie sich ab. »Aber ich habe mich selbst angeklagt.«

25

An jenem Abend war ich von den Ereignissen der vergangenen Tage so erschöpft, dass ich beschloss, auf meinen üblichen Spaziergang zu verzichten. Wenn Eliza mir über den Weg gelaufen wäre, hätte ich sie darauf angesprochen, welche Schwierigkeiten sie mir mit ihrem Lügenbericht über die Séance bereitet hatte, doch sie war nirgends zu sehen. Ich aß allein in der Gesindestube und begab mich dann in mein Zimmer, um früh ins Bett zu gehen. Ich war wirklich so müde, dass ich sofort einschlief. Ich träumte von Cromer, einem Seebad in Norfolk, ganz in der Nähe meines Elternhauses, wo Vater und ich einmal einige Tage verbracht hatten.

Das scharfe Zischen eines Zündholzes riss mich aus der Geborgenheit meines Traumes. Sofort war ich hellwach. Jemand war im Flur. So wie schon einmal. Die schweren Schritte, die heftigen Atemzüge und dann der Zigarrenrauch mit dem Geruch nach würzigem Holz. Er war wieder da und stand jetzt genau vor meiner Tür. Ich hielt den Atem an. Er durfte nicht wissen, dass ich wach war. Eine endlose Minute verging, bis er sich rasch entfernte und ich mir erlaubte, wieder tief Luft zu holen.

Ich stieg aus dem Bett, überprüfte, ob die Tür fest verschlossen war, und schob den Stuhl wieder davor. Ringsherum herrschte eine lastende Stille. Die Kerze war fast heruntergebrannt und warf schwankende Schatten in den Raum. Ich legte die Hände zusammen und betete, das er nicht wiederkommen möge. Und da hörte ich von fern eine junge Frau schluchzen und schreien. Ihre Rufe waren schwer zu verstehen, aber als ich mich anstrengte, verstand ich die Worte: »Ich will raus, bitte! Ich kann nicht mehr!«

Sie war in großer Gefahr, und mir war klar, dass ich ihr helfen musste. Zitternd nahm ich die Kerze und verließ mein Zimmer. Es war die dunkelste, einsamste Stunde der Nacht. Ich überlegte, eins der Dienstmädchen zu wecken, aber zwischen ihnen und mir befand sich eine Mauer, und ich würde bis zum Ende des Flurs gehen müssen, um ein Mädchen zu holen. Und ich durfte keinen Moment verlieren. Ich wusste nicht, ob ich rufen sollte, um die schreiende junge Frau zu beruhigen, oder ob ein derartiger Ruf den Angreifer warnen und uns beide in Gefahr bringen würde.

Die Schreie wurden schwächer, und ich fürchtete, dass ich zu spät kommen könnte. Vom Flur gingen vier Türen ab, und ich wusste nicht, in welchem Raum sich die Hilfsbedürftige befand. Ich erinnerte mich an die Nacht, als ich hier oben die Umrisse des Mannes gesehen hatte. Agnes und ich hatten nach ihm gesucht, hatten ihn aber nicht finden können. Dieses Mal aber durfte ich nicht versagen.

Der Griff der nächsten Tür ließ sich nur schwer hinunterdrücken. Meine Anstrengungen mussten vernehmlich gewesen sein, denn jetzt hörte ich wieder einen lauteren Schmerzensschrei – aus dem Zimmer, in dem wir die Séance abgehalten hatten. Die Worte konnte ich nicht verstehen, aber offenbar lebte das Opfer noch. Dann vernahm ich ein Krachen, einen Sturz und einen Schrei, bei dem mir das Blut in den Adern gefror. Ich rannte zu der Tür und rief mit vorgetäuschtem Mut: »Loslassen! Aufhören!«

Anfangs reagierte die Tür nicht auf meinen Druck von außen. Sie war zwar nicht abgeschlossen, aber im Laufe der Zeit hatte das Holz sich verzogen, daher klemmte sie. Ich fürchtete mich so sehr, dass ich am ganzen Körper zitterte und ungeschickt war. Ich stellte die Kerze ab, um beide Hände frei zu haben, und warf mich mit der Schulter gegen die Tür. Plötzlich gab sie nach, und ich stolperte in den Raum hinein. Es war stockdunkel darin, sodass ich nichts sehen konnte. Ich hob meine Kerze auf.

Die winzige Flamme war das einzige Licht. An den Wänden lauerten drohend die aussortierten Möbel und machten die Nacht noch finsterer. Und ganz vorn am Fenster stand mit dem Rücken zu mir ein Mann. In einer Hand hielt er eine Zigarre. Zu seinen Füßen lag ein zerrissenes weißes Spitzennachthemd. Nun erkannte ich ihn. »Henry!«, rief ich.

Er kam auf mich zu und sah mich an.

Ich war so durcheinander, dass sich sein Gesicht vor mir immer wieder veränderte, mal grinste es anzüglich, dann war es Henrys Gesicht, aber verzerrt, und dann Eleanors, allerdings sehr verändert. Ich wimmerte vor Angst und wollte nur noch fliehen.

»Still. Ich tue Ihnen nichts.« Die Stimme war rau, aber es war unverkennbar Eleanors Stimme. »Ich will nur mich selbst vernichten.«

Sie deutete auf das große Fenster. So wie alle anderen Fenster hier oben war es mit einem dichten, dunklen Drahtnetz versehen, welches das Tageslicht dämpfte und die Bewohner gefangen hielt.

»Meine Hände bluten, weil ich an dem Draht reiße. Sehen Sie das Blut unter meinen Fingernägeln?« Sie streckte die Hände aus. »Ich wollte mich von hier oben runterstürzen, aber auch diesen Weg haben sie mir versperrt.«

Mrs Jenson hatte gesagt, die Drahtnetze sollten Vögel davon abhalten, in die Zimmer zu fliegen. Sie hatte mich belogen. Jetzt begriff ich, dass diese Netze Eleanor daran hindern sollten, den einzigen Fluchtweg zu nehmen, der ihr geblieben war. »Aber was ist so grauenhaft, dass Sie sterben möchten?«, fragte ich angstvoll.

»Der hier«, sagte sie und deutete angewidert auf ihren Körper. »Als Frau geboren zu werden, heißt, bei jedem Schritt eingeschränkt und gefesselt zu sein.«

Inzwischen hatten meine Augen sich an das schwache Licht gewöhnt, und ich erkannte, dass Eleanor einen Herrenanzug aus Tweed und schwere schwarze Schuhe trug. Ihr dunkles Haar hatte sie zurückgebunden, daher hatte ich sie anfangs für Henry gehalten. Doch mir fiel auf, dass die Steifheit und das Linkische, das ich so oft an ihr beobachtet hatte, verschwunden waren. Selbst in ihrer tiefen Verzweiflung schien sie sich in Henrys maßgeschneiderten Hosen wohler zu fühlen als in Seidenkleid und Korsett. Das Nachthemd auf dem Fußboden war zerrissen und fleckig. Offenbar hatte sie sich damit das Blut von den Händen gewischt.

»Wären Sie denn lieber ein Mann?«, fragte ich verwirrt.

»Nein«, sagte sie entschieden. »Ich möchte kein Mann sein, aber ich möchte spüren, wie es wäre, die Möglichkeiten und die Macht zu haben, die ein Mann besitzt.«

»Was meinen Sie damit?«

»Ich möchte die Freiheit haben, so zu denken und zu handeln, wie ich es will. Ich möchte spazieren gehen, ohne in Metern von Seide und einem Korsett gefangen zu sein. Wenn ich die Kleidung meines Bruders anziehe, übe ich mich darin, genauso frei zu sein wie er. Ich koste eine Freiheit aus, die von Rechts wegen alle Frauen haben sollten.«

»Ja«, stimmte ich ihr zu. »Frauen haben die gleichen Gedanken, Bedürfnisse und Fähigkeiten wie Männer, warum sollten wir also nicht auch genauso unabhängig sein wie sie?«

Eleanor war erstaunt. »Sie sind ja doch nicht so ein Mäuschen, wie ich dachte«, sagte sie und fuhr fort: »Vor zwei Jahren konnte ich kurz einen Blick auf ein freies Leben werfen.« Sie zeigte mit den Händen an, wie kurz diese Zeitspanne gewesen war. »Meine damalige Gouvernante, Miss Howard – ich nannte sie Lilian –, war auch davon überzeugt, dass Männer und Frauen gleichgestellt sein sollten. Sie erkannte, dass ich intelligent, aber entmutigt war, und sie öffnete mir die Augen für neue Ideen und neue Arten, die Welt zu betrachten.«

»Dagegen konnten Ihre Eltern doch schwerlich etwas einwenden, oder?«

Eleanor lachte bitter. »Sie können sich sicherlich vorstellen, was meine Großmutter von radikalen Ansichten und den sogenannten Freidenkern hält! Und welche Anschauungen sie auch vertritt, Vater übernimmt sie von ihr. Als die beiden herausfanden, welche Bücher wir lasen und über welche

Ideen wir sprachen, wurde Lilian sofort entlassen. Wir konnten uns nicht einmal mehr verabschieden. Und mich haben sie hier in Teesbank Hall eingesperrt.«

»Bloß, weil Sie nachgedacht haben?«, fragte ich verwundert.

»Ich habe nicht nur nachgedacht«, sagte Eleanor mit triumphierendem Unterton. »Nach meinem sechzehnten Geburtstag durften Lilian und ich zu ihrer Tante nach Manchester reisen und bei ihr wohnen. Wir sollten an einer Akademie für junge Damen das Zeichnen studieren. Stattdessen besuchten wir meistens naturwissenschaftliche Vorlesungen am Owens College – selbstverständlich in Männerkleidung, denn sonst hätte man uns den Zutritt verwehrt. Als Frauen wurden wir von jeglichem Wissen ferngehalten, das uns hätte nützlich werden können. Und mein Wissensdurst war groß!« Sie lachte bitter. »Zu groß, und das war mein Verderben. Alles andere hätten sie mir vielleicht noch verziehen, aber unter anderem wollte ich wissen, wie es ist, einen Mann körperlich zu lieben.«

»Sie haben eine Affäre gehabt?«, fragte ich.

Eleanor prustete. »Bitte glauben Sie nicht, ich würde jetzt von einer großen Liebesgeschichte berichten. Seit ich die Ehe meiner Eltern beobachte, mache ich mir über die Liebe kaum noch Illusionen. Nein, ich wollte die Bedürfnisse meines Körpers verstehen.« Sie schwieg einen Moment. »Und ich wollte unbedingt wissen, ob es eine Erfahrung gab, mochte sie körperlicher oder geistiger Art sein, die so stark war, dass sie die finsteren Gedanken verdrängen konnte, die mich verfolgten.«

»Und war diese Erfahrung so stark?«, fragte ich fasziniert.

»Auf jeden Fall! Ich hatte eine für beide Seiten zufriedenstellende Abmachung mit William, einem Arbeiter, der Sozialist und Autodidakt war – er gehörte genau zu den Männern, die meinen Eltern solche Angst machen.«

»Und Ihre Eltern haben es herausgefunden?«

»Ja. Irgendjemand, ich weiß nicht, wer, hat ihnen einen anonymen Brief über meine ... meine Experimente geschrieben. Daraufhin ist mein Vater nach Manchester gekommen, und ich wurde mit Schimpf und Schande nach Hause geschleift.« Eleanor hielt kurz inne, und als sie weitersprach, schwangen Zorn und Verzweiflung in ihrer Stimme mit: »Er hat gesagt, ich wäre moralisch verdorben und hätte Schande über meine Familie gebracht. Ausgerechnet er musste das sagen! Wie konnte er nur? Es gibt doch kein Dienstmädchen, das vor seinen Händen sicher ist!«

Mitfühlend schüttelte ich den Kopf. »Und Ihre Mutter? Wie hat sie reagiert?«

»Sogar meine Mutter hat seine Scheinheiligkeit erkannt. Ich glaube, es verschafft ihr eine stille Genugtuung, darauf hinzuweisen, dass ich wahrhaftig in jeder Hinsicht seine Tochter bin.«

»Ist das der Grund, weshalb Sie Teesbank Hall nicht verlassen dürfen?«

»Vater sagt, mir wäre nicht zu trauen und ich müsste weggesperrt werden. Er will mir meine sogenannten unnatürlichen Bedürfnisse austreiben und mich dann mit dem erstbesten Idioten verheiraten, der mich noch nimmt. Deswegen kann ich das Leben nicht mehr ertragen.« Eleanor begann zu schluchzen. »Der einzige Fluchtweg, der mir bleibt, ist die Flucht aus meinem Leben.«

»Wie meinen Sie das?«

»Als Vater mich hierher zurückgebracht hatte, habe ich mir geschworen, nicht mehr zu essen. Wenn ich auch sonst nichts bestimmen konnte, hatte ich doch wenigstens noch die Macht über meinen Körper.«

Eleanor war so furchtbar mager, und ich wusste, woran das lag. »Und Ihre Eltern wissen, weshalb Sie sich weigern zu essen?«

»Meine liebenden Eltern. O ja, sie wissen alles über meine geistige Verwirrung, wie sie das nennen. Ich widere sie an. Vater – nein, Großmutter hat Ihnen das gesagt, oder nicht? Nachdem sie in der Bibliothek mit mir gesprochen und mir diese schrecklichen Sachen angedroht hatte.«

Ich erinnerte mich, dass Diana Wainwright, schon in der Tür zur Bibliothek, Wert darauf gelegt hatte, dass ich ihre letzte Beleidigung hören konnte. »Du widerst mich an«, hatte sie zu Eleanor gesagt.

»Jetzt muss ich ständig überwacht werden, für den Fall, dass ich vielleicht auch nur eine Minute lang bin, wer ich bin, und selbstständig denke.«

»Und deswegen wurde Mrs Anderson eingestellt?«

»Ja, und Sie und auch die anderen Gouvernanten, die nach Lilian kamen. Sie sollen jedes Eigenleben in mir im Keim ersticken. Mrs Anderson hat den Vorteil, dass sie trunksüchtig ist, daher kann ich manchmal hier ins Dachgeschoss entkommen und so tun, als wäre ich frei.«

»Dann waren es also Ihre Schritte, die ich im Flur gehört

habe, und als ich dann meine Zimmertür öffnete, habe ich Sie von hinten gesehen. Ich dachte, es wäre ein Mann gewesen«, sagte ich.

»Ja, das war ich. Ich hatte große Angst, dass Sie mich entlarven und es meinen Eltern sagen könnten – aber dann haben die Eltern es von Mrs Jenson erfahren.«

»Aber wie konnten Sie einfach verschwinden? Agnes und ich haben in alle Räume am Flur geguckt, und alle waren leer.«

»Ich bin über die Dienstbotentreppe nach unten gelaufen.«

»Aber Agnes kam über die gleiche Treppe hoch und hat Sie nicht gesehen.«

»Ich bin Agnes auf der Treppe begegnet – aber alle Bediensteten haben die Anweisung, niemals über meine Fehltritte zu sprechen.« Das Wort Fehltritte sprach sie mit einem verächtlichen Unterton aus. »Agnes durfte Ihnen gegenüber nicht zugeben, dass sie mich in Männerkleidung gesehen hatte. Mrs Jenson hat es ebenfalls rundweg geleugnet, als Sie mit ihr sprachen, aber ich wurde am nächsten Tag zu einem Gespräch mit ihr und meinem Vater bestellt.«

»Hat Ihr Vater Sie bestraft?«

»Wozu wäre das gut gewesen? Meine Eltern wissen, dass ich mich aushungere und mich mit den Fingernägeln verletze. Wenn ich ein Messer finde, benutze ich es auch. Deswegen werden die Messer im Haus ständig gezählt. Ich muss lange Ärmel tragen, die man unten zuknöpfen kann, damit ich nicht versuche, meinen Selbsthass an meiner Haut auszulassen. Ich will diesen weiblichen Körper, in dem ich gefangen bin, zerstören. Hier, in diesem schrecklichen, verfluchten Haus.«

Da begriff ich endlich. Es hatte in Teesbank Hall keinen geheimnisvollen Angreifer gegeben. Eleanor hatte sich ihre Wunden selbst beigebracht. Angesichts ihrer tiefen Verzweiflung fand ich keine Worte.

»Mrs Jenson und Mrs Anderson schreiben es in das große Buch. Ein S, wenn ich mich schneide, und ein V für Verfehlung, wenn ich mich wie ein Mann kleide oder eine Sichtweise vertrete, die weder reaktionär noch ungebildet ist.«

Die Buchstaben, die Buchstaben in dem großen Buch – endlich verstand ich, was sie bedeuteten. »Aber warum wird das aufgeschrieben?«

»Mein Vater besteht darauf, damit er dem Arzt berichten kann, ob ich auf die Behandlung anspreche.«

»Was ist das für eine Behandlung?«

»Sie versuchen, mir Medikamente zu geben, die meine Sinne betäuben, und der Arzt hat mir lange Spaziergänge verordnet, um Körper und Geist von unnatürlichem Verlangen frei zu halten. Manchmal verlasse ich das Haus einfach aus Trotz nicht.«

Ich dachte an all die langen Tage, an denen wir zusammen in der Bibliothek eingeschlossen waren, obwohl ich so gern im Freien gewesen wäre.

Da stellte Eleanor eine höchst merkwürdige Frage: »Glauben Sie, dass das Arielle Marchals Fluch ist?« Ihre Stimme klang ernst. »Ich kann so nicht weiterleben. Meine Familie hat ein großes Unrecht begangen, und jetzt ersticken die Toten die Lebenden.«

»Das ist nichts Übernatürliches, es ist menschliche Grausamkeit.« Eine andere Antwort konnte ich ihr nicht geben.

»Sie müssen mich für ein Ungeheuer halten.«

»Nein!«, widersprach ich.

»Ich weiß, dass ich Sie grausam behandelt habe. Aber alle behaupten, ich wäre ein Ungeheuer, ich wäre unnatürlich und widerwärtig, und vermutlich bin ich deshalb jetzt so geworden. Aber innerlich bin ich einfach völlig verzweifelt.«

»Wie kann es ungeheuerlich sein, wenn eine Frau sie selbst sein möchte?«, fragte ich. »Mein Onkel – mein Onkel war ein Ungeheuer. Er wollte, dass ich Dinge tue ...« Ich zögerte. Ich wollte ehrlich sein, so, wie Eleanor ehrlich gewesen war, aber ich brachte die Worte nicht über die Lippen. »Er war ein Scheusal. Ich bin ausgerissen, um ihm zu entkommen. Auch ich weiß, was es heißt, verzweifelt zu sein.«

Eleanor überlegte einen Augenblick, dann streckte sie die Hand aus, und ich ergriff sie. Wir schwiegen beide. Ich dachte an unsere zahlreichen gemeinsamen Geheimnisse.

Mit unserem Lärm hatten wir das Haus aufgeweckt, und ich hörte Schritte auf der Treppe.

Eleanor sank in sich zusammen. »Jetzt kommen sie. Warum haben Sie mich bei meiner Flucht gestört?«, fragte sie mich.

»Sie haben gerufen – ich wollte helfen.«

»Das ist Ihnen nicht gelungen«, bemerkte sie bitter. Sie zog ihre Hand aus meiner und bedeckte ihr Gesicht mit den Armen. Nach ihren Anstrengungen und dem Gefühlsausbruch war sie jetzt erschöpft. Sie setzte sich an die Wand und zog die Beine an, immer noch in der Kleidung, die sie ihrem Bruder entwendet hatte. Das Jackett war ihr zu groß, daher hatte sie die Ärmel umgeschlagen. Im Sitzen hatten sie sich zudem hochgeschoben, sodass ich die silbrigen Narben erkennen konnte, die sich auch an ihren Armen hinaufzogen.

Bald war der Raum voll lärmender Menschen. Mrs Jenson schimpfte: »Miss Eleanor, Sie haben Ihrem Vater und auch Ihrem Bruder versprochen, dass es keine derartigen Eskapaden mehr geben würde.«

Hinter ihr stampfte atemlos Mrs Anderson herein, während sie bereits Entschuldigungen von sich gab, die rechtfertigen sollten, dass sie ihren Schützling aus den Augen gelassen hatte. »Sie war plötzlich verschwunden. Ich hatte sie überprüft, sie hatte auf ihren Namen geantwortet, und auf einmal war sie weg. Sie will ihr Schlafmittel nicht nehmen. Ist das etwa meine Schuld?«

Mrs Jenson ließ sich darauf gar nicht ein, sondern zog Eleanor hoch. »Mr Wainwright wird Ihnen keine weitere Chance geben«, sagte sie.

Eleanor erwiderte: »Was glauben Sie, warum ich versucht habe, mich vom höchsten Punkt hinunterzustürzen, den ich in diesem Haus finden konnte?«

26

Am folgenden Tag wurde Mrs Anderson ohne Empfehlungsschreiben entlassen. Mrs Jenson hatte schon lange den Verdacht gehabt, dass aus dem Keller Alkohol verschwand, und jetzt galt es als sicher, dass Mrs Anderson die Schuldige war, denn wenn sie kam, um die Aufsicht über Eleanor zu übernehmen, war sie häufig nicht arbeitsfähig. Seit Beginn des Jahres war Eleanor schon mehrmals aus ihrem Schlafzimmer entkommen, auch wenn das bisher nie Folgen gehabt hatte, die zu ihrem Tod hätten führen können. Ihr Schluchzen war es gewesen, das ich in der Märznacht vor vielen Monaten gehört hatte. In jener Nacht hatte Mrs Anderson sie allerdings gefunden, bevor sie sich Schaden zufügen konnte.

Die Räume im Dachgeschoss bekamen stabile Schlösser, sodass Eleanor sie nicht mehr betreten konnte. Und dieses Mal suchten die Wainwrights keine neue Pflegerin. Eleanor und Agnes standen sich auffällig nahe, daher wurde beschlossen, dass das Hausmädchen vorläufig diese Stellung ausfüllen sollte. Und Eleanors Eltern hatten ohnehin entschieden, dass die Lage sich zuspitzte und Eleanors Bedürfnissen in Teesbank Hall nicht mehr Rechnung getragen werden konnte.

Auch an diesem Morgen musste ich um sieben in der Bibliothek erscheinen. Es fiel mir schwer, mein Gähnen zu unterdrücken. Eleanor und ich waren beide müde und sprachen anfangs wenig, aber ich spürte ein Gefühl von Kameradschaft zwischen uns, das vorher nicht da gewesen war. Diese neue Wärme machte mir Mut, und ich gab vor, gehört zu haben, wie einige Bedienstete sich über Gate Helmsley unterhielten. »Wissen Sie, was das ist?«, fragte ich Eleanor.

Sie zuckte zusammen, als hätte man sie geschlagen, und ich befürchtete, dass meine Frage falsch gewesen war. Doch nachdem sie kurz überlegt hatte, antwortete sie: »Es ist ein privat geführtes Irrenhaus bei Helmsley in North Yorkshire. Die Reichen bezahlen dafür, dass lästige Angehörige dort eingesperrt werden, weil sie angeblich geisteskrank oder unzurechnungsfähig sind.«

Ich dachte über Eleanors Worte nach. »Ist es eine Heilanstalt für Gemütskranke?«

»Es ist eine grässliche Anstalt. Da kommt niemand wieder heraus. Vater hat mir gedroht, mich nach Gate Helmsley zu bringen, wenn ich meine Bedürfnisse nicht beherrschen kann. Er hat genug Geld, um mich da unterzubringen, und niemand wird es wagen, seine Entscheidung infrage zu stellen.«

Das also war die Drohung, die Eleanor so bedrückte. Aber wurden nicht bereits Monat für Monat große Summen an Gate Helmsley gezahlt? Wieder entschloss ich mich, kühn zu sein, und fragte: »Ist Ihre Schwester Clara dort?«

Überrascht sah Eleanor mich an. »Ja, fast schon seit …« Sie verstummte. »Das gehört auch zu den Dingen, über die wir nicht sprechen. Woher wissen Sie von Clara?«

»Ihr Name taucht in den Gerichtsprotokollen auf.«

»Ach ja, natürlich.« Eleanor nickte. »Dann haben Sie das Rätsel jetzt beinahe gelöst.«

»Sie haben gesagt, und alle anderen sind auch dieser Meinung, das Beweisstück, das Arielle Marchal überführt hat, sei der weiße Seidenstoff gewesen, in den Samuels Leiche eingehüllt war. Das sei der gleiche Stoff gewesen, der in der Schlafkammer der Gouvernante gefunden wurde.«

»Und weiter?«

»Ihr Vater hatte eine Hälfte der weißen Seide Arielle geschenkt, und die andere Hälfte hatte Susan Wainwright bekommen. Arielles Stück befand sich noch bei ihren Habseligkeiten, als sie verhaftet wurde. Das Stück, das nach dem Mord verwendet wurde, war also die andere Hälfte. Es war die Seide, die Ihre Mutter Clara und Martha zum Spielen gegeben hatte.«

Eleanor senkte die Stimme fast bis zum Flüstern. »Ich hatte schon immer den Verdacht, dass in Wahrheit meine Schwester Clara die Mörderin war, aber ich konnte mir nicht erklären, wer Samuels Leiche in die weiße Seide gewickelt haben sollte, wenn nicht Arielle Marchal.«

»Der Brief …«

»Als Sie mir den Brief übersetzt haben, habe ich erfahren, dass Clara das andere Stück Seide hatte, und diese letzte Erkenntnis hat das Rätsel gelöst. Wie werden Sie mit diesem Wissen über meine Familie umgehen? Meine Eltern müssen es über zwanzig Jahre geheim gehalten haben.«

»Ich weiß es nicht. Clara wurde vielleicht schon genug bestraft«, sagte ich.

»Ich habe noch ein letztes Dokument, und das möchte ich Ihnen jetzt zeigen.« Eleanor öffnete eine Schatulle und nahm einige offizielle Papiere heraus. »Das hier kennt selbst Nancy Wilson nicht. Ich habe es aus dem Schreibtisch in Vaters Studierzimmer gestohlen.«

Sie reichte mir die Blätter, und ich las:

Privatirrenanstalt Gate Helmsley

NAME: *Wainwright, Clara*
AUFNAHME: *10. Januar 1850*
ALTER: *14 Jahre und 10 Monate*
EINGELIEFERT VON: *Mr Matthew Wainwright, Teesbank Hall (Vater)*
GRUND FÜR DIE AUFNAHME: *Anfälle von Gewalttätigkeit und Wahnvorstellungen*
MONATLICHE KOSTEN: *18 Pfund (dieser Betrag wird jährlich angepasst)*
FÜR DIE KOSTEN KOMMT AUF: *Mr Matthew Wainwright, Teesbank Hall (Vater)*
VORAUSSICHTLICHER ENTLASSUNGSTERMIN: *Unheilbar*
DIAGNOSE: *Gemütskrankheit mit Wahnvorstellungen und Hysterie, ausgeprägte Wahnvorstellungen von zerstörerischer Natur führen zu Gewalttaten. Damit verbunden macht die Patientin widernatürliche und unwahre Enthüllungen, die häufig sexueller oder gewalttätiger Natur sind.*
KRANKENGESCHICHTE: *Von frühester Kindheit*

an neigt die Patientin zu Anfällen von geistiger Umnachtung mit Gewalttätigkeit, die sich seit dem Eintritt der Menarche verstärkt haben. Diese Anfälle werden von Hysterie begleitet, die Patientin verliert dann die Beherrschung über ihre niedere Natur und schlägt um sich, mit der Absicht, anderen Schaden zuzufügen.

Die Patientin zeigt wenig Interesse an ihrer Mutter, spricht aber zwanghaft von ihrem Vater. Unter anderem behauptet sie fälschlicherweise, sie habe ihn bei sexuellen und entwürdigenden Handlungen beobachtet (siehe ANMERKUNG *unten). Sie hat eine enge Beziehung zu ihrer zwei Jahre jüngeren Schwester* MARTHA, *ihr Einwirken auf das friedlichere Geschwisterkind wird jedoch als verderblich betrachtet. Das ist einer der Gründe für ihre Einweisung. Die Patientin ist krankhaft eifersüchtig auf ihren jüngeren Bruder* SAMUEL *(mittlerweile verstorben), weil sie den Eindruck hatte, dass er ihr die Zuneigung des Vaters raubte. Damit in Zusammenhang steht ihre Wahnvorstellung, dass sie für Samuels Tod verantwortlich sei (siehe* ANMERKUNG *unten).*

ANMERKUNG – WICHTIG FÜR ALLE ÄRZTE UND WÄRTERINNEN, DIE FÜR CLARA WAINWRIGHT ZUSTÄNDIG SIND!

Der Bruder der Patientin, SAMUEL WAINWRIGHT, *wurde von seiner Gouvernante ermordet. Dieser Fall wurde allgemein als der* FRANZÖSISCHE MORD *bekannt (da die Mörderin Französin war). Der Mord darf vor der Patientin niemals erwähnt werden.*

Ein wichtiges Symptom für CLARA WAINWRIGHTS *Gemütskrankheit ist ihre Überzeugung, sie sei selbst für den Tod ihres Bruders verantwortlich. Sie behauptet, sie habe ein Geheimnis, das sie niemandem verraten dürfe. Mr Wainwright hat der Anstalt jedoch mitgeteilt, dass seine Tochter am Tod ihres Bruders völlig unschuldig ist. Weiterhin spricht die Patientin von einem außerehelichen Verhältnis zwischen der Gouvernante und ihrem Vater. Das ist äußerst unnatürlich und peinlich.*

Falls die Patientin versucht, über eines der oben genannten Themen zu sprechen, ist es zwingend erforderlich, dass unverzüglich der diensthabende Arzt benachrichtigt und die Patientin von den anderen Patientinnen abgesondert wird, um unnötige Aufregung zu vermeiden.

FAMILIENGESCHICHTE: *Die Mutter wurde im Dezember 1840 wegen Wochenbettirreseins in die Irrenanstalt in York eingewiesen und im Dezember 1840 als geheilt entlassen. Keine weiteren Vorfälle dieser Art.*

ZUSTAND DER PATIENTIN BEI DER EINLIEFERUNG: *Wegen ihres unberechenbaren, angriffslustigen Verhaltens musste die Patienten ruhiggestellt werden. Sie ist kräftig und hat keine offensichtlichen körperlichen Deformationen.*

BEHANDLUNG: *Vorerst Quecksilber und Calomel, um die Wahrscheinlichkeit von gewalttätigen Vorfällen zu senken.*

Ich wollte etwas sagen, doch da wurde die Tür zur Bibliothek geöffnet, und Matthew Wainwright und sein Sohn traten ein. Vor dem Hausherrn zuckte ich ein wenig zurück, aber Henry nickte mir beruhigend zu, als wolle er sagen, es gäbe gute Neuigkeiten. Eleanor jedoch wirkte völlig verängstigt. Sicherlich dachte sie, jetzt würde sie nach Gate Helmsley geschickt.

Ohne große Einleitung verkündete Mr Wainwright, dass Eleanor nach London reisen solle.

»Warum soll ich nach London?« Ein Besuch in der Hauptstadt war einer ihrer größten Wünsche, aber sie misstraute ihrem Vater so gründlich, dass ihre erste Vermutung war, es müsse sich um eine Strafe handeln.

Henry griff ein. »Es ist nicht das, was du befürchtest, Ellie.«

Ein strenger Blick seines Vaters gebot ihm Schweigen. »Du wirst zu einem Arzt gehen, der auf die Behandlung des Gehirns spezialisiert ist. Er hat Erfahrung mit sittlich verdorbenen Menschen und mit Frauen, die unnatürliche Bedürfnisse haben.«

»Ich bin nicht verdorben«, sagte Eleanor bestimmt, »und ausgerechnet du, Vater, solltest wissen, dass meine Bedürfnisse natürlich sind. Ich lasse nicht zu, dass man mich wieder mal entkleidet und schubst und stößt, weil man angeblich versuchen will, mich zu heilen.«

»All das wird nicht geschehen, das verspreche ich dir«, sagte Henry. »Der Arzt wird dich fragen, was dir Angst macht, und Wege finden, um dir beim Gesundwerden zu helfen.«

»Ihr wisst doch alle, was mir Angst macht.« Ihre erstarrte Miene drückte nichts als Ablehnung aus. Dieses Gefühl musste so stark sein, dass es sogar die Angst vor ihrem Vater überwand. »Ich kann nicht ändern, dass ich so bin, und ich will es auch nicht.«

»So wie bisher kann es nicht weitergehen«, stellte Mr Wainwright fest. »Ich will keine Widerrede mehr hören. Du hast es ausschließlich Henry und seiner Vermittlung zu verdanken, dass ich bereit bin, es damit zu probieren, bevor ich nach anderen, dauerhafteren Lösungen suche.«

Ich fragte mich, wie viel Überredungskunst und Bitten Henry um Eleanors willen hatte einsetzen müssen.

Jetzt sprach er gerade den letzten Punkt in dieser Abmachung an: »Wenn du ohne Widerstand zu diesem Arzt gehst und die Tropfen und Tabletten einnimmst, die er dir empfiehlt, dann darfst du dich eine Woche in London aufhalten und die Museen in South Kensington und die Internationale Ausstellung dort besuchen.«

Eleanor schwankte. »Ist das wahr, Vater? Du erlaubst mir, anschließend noch in London zu bleiben?«

»Wenn du in den ersten vier Tagen dort zu Dr. Sedgewick gehst, dann darfst du die restlichen Tage nutzen, wie es dir gefällt. Henry hat das vorgeschlagen, er meint, es würde dir Vergnügen machen.«

»Nein, Sir«, sagte Henry, »es war die Idee von Miss Caldwell. Sie hat gesagt, Eleanor würde kaum noch von etwas anderem sprechen.«

»Miss Caldwells Idee?«, wiederholte Eleanor erstaunt.

Ich errötete. »Ich wusste, dass Sie sich darüber freuen würden«, sagte ich.

»Miss Caldwell will dein Bestes«, fügte Henry hinzu.

Eleanor überlegte kurz, dann sagte sie mit einem Lächeln:

»Danke. Es ist mein allergrößter Wunsch.« Sie kam herüber und setzte sich neben mich.

Zu meinem Erstaunen erfuhr ich nun, dass ich die Geschwister nach London begleiten sollte. Mrs Wainwright hatte sich endlich überreden lassen, ihre Familie in York zu besuchen, und Mr Wainwright hatte geschäftlich in Newcastle zu tun. Teesbank Hall sollte für eine Woche mehr oder weniger geschlossen werden, nur Mrs Jenson und einige wenige Bedienstete würden bleiben, zusammen mit Diana Wainwright, die sich strikt weigerte, das Herrenhaus zu verlassen.

Die nächsten Tage waren voller Betriebsamkeit. Unterkunft und Zugfahrkarten wurden gebucht, Kleidungsstücke gewaschen und eingepackt und Pläne geschmiedet. Eleanor, Henry und ich saßen zusammen in der Bibliothek, lachten zusammen und planten, welche Konzerte und Ausstellungen wir besuchen wollten. Endlich hatte ich das Gefühl, unter Freunden zu sein. Der einzige dunkle Punkt in meinem neuen Glück waren die Briefe, die jeden zweiten Tag eintrafen, adressiert an Henry und mit dem Poststempel von Inverness. Rosalind Merryweathers Handschrift war genauso hübsch wie ihr Lächeln, und ich konnte mir nicht erklären, warum ich eine derart heftige Abneigung dagegen gefasst hatte.

27

Am Montag darauf nahmen wir den ersten Zug nach London. Wir reisten in der ersten Klasse, und ich überlegte, wie anders diese Fahrt doch war als meine verzweifelte Flucht vor einem halben Jahr. Damals war ich im Zickzack durch das Land gefahren, denn ich hatte mehrmals die Eisenbahnlinie und die Richtung gewechselt, damit niemand mich einholen konnte.

Schon als wir Teesbank Hall verließen, war Eleanor sehr schweigsam. Ich führte das auf die frühe Stunde zurück und dachte mir nichts weiter dabei. Henry und ich waren aufgeregt und sprachen über die Städte, durch die wir auf der Reise kommen würden, und über die Erfrischungen, die wir im Zug kaufen wollten. Eleanor jedoch starrte unentwegt aus dem Fenster und beteiligte sich nicht an unserem Gespräch. Sie begann, an den langen Ärmeln ihres Kleides herumzuzupfen, und plötzlich fielen mir die Narben darunter wieder ein.

Als wir York erreichten, hatte sie immer noch kein Wort gesprochen, und ihr Verhalten war so rätselhaft, dass Henry sie schließlich fragte: »Ist alles in Ordnung, Ellie? Du bist so still.«

»Doch, mir geht es gut, Henry. Ich möchte nur euer privates Gespräch nicht stören.« Sie warf mir einen giftigen Blick zu.

»Was meinst du denn damit, Ellie? Du warst doch sehr froh, dass Miss Caldwell mitfährt. Sie wird eine Gefährtin für dich sein.«

»Ich brauche keine Gouvernante, die mir nachspioniert«, erwiderte sie, »und wenn ich mir eine Gefährtin aussuchen würde, dürfte sie nicht so hinterhältig sein wie Miss Caldwell.«

Mir wurde innerlich ganz kalt. Da sprach wieder die alte Eleanor. »Eleanor, warum sagen Sie das? Ich wollte Sie nicht kränken. Was ist nur los?«

Wieder sah sie mich böse an. »Offen gesagt, Sie brauchen mich gar nicht absichtlich zu kränken, Ihre bloße Anwesenheit reicht schon.«

»Eleanor!«, stammelte ich erschrocken.

Jetzt wurde ihr Bruder zornig. »Eleanor, sofort entschuldigst du dich. Wie kannst du so mit Miss Caldwell sprechen? Sie ist immer nur freundlich zu dir gewesen.«

»Miss Caldwell, ich entschuldige mich aufrichtig«, leierte sie herunter, während sie mich mit kaltem Blick musterte.

Das Vergnügen an der Reise war verflogen, und niemand von uns sprach mehr viel. Ich hatte geglaubt, Eleanor und ich würden allmählich Freundinnen. Wir hatten uns Geheimnisse erzählt, aber das alles hatte sie in einem einzigen Moment zerstört. Ich hatte früher schon gesehen, dass ihre Wutanfälle aus dem Nichts entstehen und sich genauso schnell wieder legen konnten, doch als ich jetzt zu ihr hinübersah, starrte sie immer noch aus dem Fenster, und dann wischte sie sich heimlich eine Träne fort. Ihre Unbeständigkeit erschreckte mich. Man konnte unmöglich wissen, wie sie im nächsten Augenblick reagieren würde. Und ebenso unmöglich war es, sie nicht zu bedauern.

Wir waren in der Nähe der King's Cross Station untergebracht, im Great Northern Hotel, einem eleganten, weitläufigen Gebäude mit über hundert Zimmern und allem modernen Komfort. Doch Eleanors Verhalten wischte jegliche Freude darüber, dass wir im Herzen Londons wohnen würden, fort, und die Stimmung wurde noch schlechter, als der Portier unser Gepäck nach oben trug und sich herausstellte, dass Eleanor und ich uns ein Zimmer teilen mussten. Henry murmelte, das Hotel sei wegen der Internationalen Ausstellung ausgebucht, ein zweites Zimmer sei daher nicht mehr frei gewesen. Mir wurde schwer ums Herz.

Doch richtig erschrocken war ich über Eleanors heftige Erwiderung. »Vertraust du mir immer noch nicht, Henry? Ich will nicht, dass die da neben mir schläft. Ich will die Frau nicht in meiner Nähe haben.«

»Eleanor, es ist …« Doch Henrys Worte stießen auf taube Ohren, denn sie war aus dem Zimmer marschiert und hatte die Tür hinter sich zugeschlagen. Er wandte sich an mich. »Miss Caldwell, es tut mir leid, dass meine Schwester sich so aufführt, aber ich sehe keine andere Lösung. Sie muss unter Aufsicht bleiben. Ihre Behandlung wird eine Tortur werden. Ich darf gar nicht daran denken, wie furchtbar das werden wird …« Er rang um Fassung. »Ich fürchte, sobald sie unbeaufsichtigt ist, wird sie wieder versuchen, sich zu verletzen.«

»Warum haben Sie Ihre Zustimmung gegeben, wenn die Behandlung so schrecklich ist?«, fragte ich aus echter Neugier.

»Weil die Alternative noch schlimmer wäre.« Verzweifelt fuhr er sich durchs Haar.

»Sie würde nach Gate Helmsley geschickt, so wie Clara?«

Wenn Henry erstaunt war, dass ich von seiner ältesten Schwester wusste, ließ er sich das nicht anmerken. Er ging zum Fenster hinüber und blickte auf die herbstlich goldenen Bäume hinaus. »Clara ist vierzehn Jahre älter als ich, und ich habe sie nur ein einziges Mal gesehen. Als ich etwa acht Jahre alt war, haben sie mich einmal nach Gate Helmsley mitgenommen. Dort hatte man Clara ein wenig gesäubert, weil in der Anstalt bekannt war, dass wir kommen würden, aber sie war immer noch schmutzig und ungepflegt. Sie hatte fast alle Zähne verloren, und an den Handgelenken hatte sie rote Striemen von den Fesseln, mit denen sie nachts ruhiggestellt wurde.«

»O Gott.« Entsetzt schlug ich mir die Hand vor den Mund.

»Sie streckte die Hand aus und nannte mich ihren liebsten Bruder, aber ich wich voller Angst vor ihr zurück und fing an zu weinen. Sie mussten mich aus dem Raum bringen, und seitdem will sie mich nicht mehr sehen. Ich werde mir das niemals verzeihen.« Henry schüttelte den Kopf. »Der Tod wäre besser als Gate Helmsley. Dass ich den Terminen mit Dr. Sedgewick zustimmte, war die einzige Möglichkeit, wie ich Vater davon abhalten konnte, Eleanor auf die gleiche Weise aus dem Weg zu schaffen.«

»Dann wissen Sie, dass Sie richtig gehandelt haben«, sagte ich.

Henry drehte sich zu mir um. »Aber das hier? Ich verstehe nicht, warum meine Eltern Eleanor nicht in Ruhe lassen. Diese Behandlung wird zu qualvoll für sie werden, und ich mache mir wirklich große Sorgen, dass sie sich wieder selbst verletzt.«

Ohne nachzudenken, legte ich ihm die Hand auf den Arm. »Was können Sie sonst tun? Sie sind der einzige Mensch, der sich bemüht, in Eleanors Interesse zu handeln.«

»Danke, Miss Caldwell. Sie können nicht wissen, wie viel Ihre Worte mir bedeuten.« Wir sahen uns an, und sofort stellte sich die Vertrautheit, die wir im Bootshaus erlebt hatten, wieder ein.

In diesem Moment kam Eleanor zurück, und Henry und ich nahmen verlegen Abstand voneinander. Blitzgescheit, wie sie war, erfasste sie die Lage mit einem Blick. »Henry, ich möchte jetzt schlafen. Der Tag war lang, und ich muss morgen früh aufstehen. Geh jetzt.«

Er schenkte uns beiden ein halbes Lächeln, zuckte die Achseln und verließ das Zimmer. Eleanor sagte den ganzen Abend kein Wort mehr, aber ich ertappte sie immer wieder dabei, wie sie mich von Kopf bis Fuß musterte.

Am nächsten Morgen nahmen wir drei einen Wagen, um zu Dr. Sedgewicks Praxis in der Harley Street zu fahren. Den größten Teil der Fahrt verbrachten wir schweigend, auch wenn Henry versuchte, die bedrückte Stimmung aufzulockern, indem er uns auf Sehenswürdigkeiten hinwies. Eleanor reagierte nicht, sondern zupfte wieder an ihren Ärmeln und starrte mit leerem Blick auf den Boden. Wieder dachte ich an die Narben unter dem Stoff und von wie viel Unglück sie zeugten.

Als wir angekommen waren, musste Henry Eleanor überreden, mit ihm in das Gebäude hineinzugehen. Ich wartete draußen, und als er wieder herauskam, war sein Gesicht finster.

»Wie war es?«, fragte ich.

»Schrecklich.« Er zuckte mit den Schultern. »Dr. Sedgewick ist nichts weiter als ein rücksichtsloser Geschäftsmann. Ich wollte Eleanor eigentlich nicht allein bei ihm in der Praxis lassen, aber er bestand darauf, dass ich wieder ging. Anscheinend darf es in dieser ganz besonderen Beziehung zwischen Arzt und Patientin keine Störungen geben«, bemerkte er ironisch.

Wir schwiegen beide.

»Kommen Sie, wir gehen ein Stück weg von hier«, sagte Henry dann. »Er wird die arme Eleanor mehrere Stunden da drinnen festhalten.«

Wir schlenderten zum nahe gelegenen Regent's Park. Es war ein herrlicher Tag Ende September, und bald standen wir am See. Blau und heiter lag er zwischen den Bäumen, die in goldener und orangefarbener Herbstfärbung leuchteten. Ich dachte an Arielle Marchal, die zu Unrecht an einem schönen Herbsttag hingerichtet worden war. Sie hatte nicht sterben wollen, sondern hatte der grölenden Menge zugerufen, sie wolle endlich die Wahrheit sagen. Wie schrecklich, dass niemand ihr zuhörte und die Worte der Sterbenden von den Rufen »Hure! Hure!« übertönt wurden.

»Sie wirken so abwesend, Miss Caldwell. Woran denken Sie gerade?«

»Ach, eigentlich an gar nichts.« Ich konnte Henry wohl kaum erzählen, dass ich an die französische Gouvernante dachte, die anstelle von seiner Schwester Clara gestorben war. War es möglich, dieses Unrecht, das man Arielle angetan hatte, in irgendeiner Weise wiedergutzumachen?

Wir sprachen von anderen Dingen und lauschten der Militärkapelle, die mitten im Park spielte. Die Zeit verflog, und zu unserer Verwunderung stellten wir fest, dass es schon fast drei Uhr war.

»Wir müssen zurück und Eleanor abholen!«, rief Henry. Wir rannten tatsächlich die ganze Harley Street hinunter und kamen trotzdem mehrere Minuten nach der verabredeten Zeit an, außer Atem, aber fröhlich nach der gemeinsam verbrachten Zeit. Henry ging in das Gebäude hinein und kehrte mit Eleanor zurück. Blass und mit glasigen Augen hing sie an seiner Schulter. Dr. Sedgewick hatte ihr ein starkes Beruhigungsmittel verabreicht, um ihre Nerven abzustumpfen und das, was er als hysterische Anfälle bezeichnete, zu dämpfen. Ich hatte ein schlechtes Gewissen, weil Henry und ich so fröhlich von unserem Spaziergang zurückgekehrt waren.

In dem geschlossenen Wagen, der uns zum Hotel zurückbrachte, breitete sich ein ekelhaft süßlicher Geruch nach Kirschen aus.

»Was stinkt denn hier so?«, frage Henry.

Eleanor blickte zu ihm hoch. Ihre Bewegungen waren linkisch und ihre Sprache etwas undeutlich. »Dr. Sedgewick will, dass ich mich mit einer Mischung aus Chemikalien einsprühe. Er behauptet, dass dadurch die sanfteren weiblichen Strömungen in meinem Körper ins Fließen kommen und die Oberhand über meine männlichen Neigungen zu Rationalität und körperlichem Vergnügen gewinnen.« Halb lachend, halb schluchzend fuhr sie fort: »Der Mann ist ein Schwindler. Es gibt keine wissenschaftliche Grundlage für das, was er behauptet.«

Sie lehnte den Kopf ans Kutschenfenster und sagte kein Wort mehr. Als wir im Hotel ankamen, wollte sie sofort in unser Zimmer hinaufgehen, und ich musste ihr folgen. Wie gerne hätte ich ihr irgendwie geholfen, aber sie war zu stolz, um sich von mir bemitleiden zu lassen. Ihre erste Handlung bestand darin, alle Pillen und Tinkturen in der Toilette hinunterzuspülen. Ich schaute fort. Da ich die Wirkung der Medikamente miterlebt hatte, würde ich Eleanors Geheimnis nicht verraten. Doch sie kam nicht darum herum, sich regelmäßig mit dieser übel riechenden Flüssigkeit einzusprühen. Sie bestand darauf, dass ich mich abwandte, wenn sie den ganzen Körper mit dem widerlichen Duft benetzte, und danach lag sie dann starr auf ihrem Bett und klagte über Kopfschmerzen, während ihr die Tränen über das Gesicht rannen.

Es gibt eine bestimmte Sorte Kirschbonbons, deren Geruch mich in jene schreckliche Zeit zurückversetzt und die Erinnerungen an Eleanors Demütigung wieder wachruft.

Henry fiel es nicht leicht, sie weiterhin zur Behandlung zu bringen. Er konnte ihr Elend kaum ertragen. Doch wir wussten beide, wenn Eleanor nicht wenigstens so tat, als befolge sie die Anweisungen des Arztes, würde Mr Wainwright seine

Drohung wahr machen und sie genauso wie Clara in Gate Helmsley einsperren.

An den beiden nächsten Tagen wollte Eleanor nicht, dass ich die Geschwister in die Harley Street begleitete. Aber ich war ganz zufrieden damit, die Tage allein zu verbringen. Ich wanderte durch die Straßen und wartete auf ihre Rückkehr.

Am vierten Tag weigerte Eleanor sich, in die Praxis zu fahren. Als wir versuchten, sie dazu zu überreden, wurde sie hysterisch.

»Ich steige nicht in die Kutsche ein. Lieber würde ich sterben, als noch ein einziges Mal da hinzufahren. Er versucht, mich mir selbst zu rauben! Aber ich will mich nicht verlieren!«

»Ellie, er versucht doch nur, dir zu helfen«, sagte Henry, aber wir alle empfanden seine Worte als unaufrichtig. »Du musst in die Praxis fahren. Bedenke die Folgen, wenn du die Behandlung jetzt abbrichst!«

Ich warf Henry einen Blick zu und sah, wie sehr Eleanors Gefühlsausbruch ihn erschöpft hatte. Er war blass und wirkte abgekämpft, hin- und hergerissen zwischen dem Bemühen, sie zum Einsteigen zu überreden, und der Versuchung, ihr diesen letzten Tag zu ersparen.

»Miss Eleanor, bitte«, sagte ich. »Es ist nur noch ein Tag. Dann sind Sie frei und können London genießen. Morgen um diese Zeit brechen wir auf, um die Ausstellung zu besuchen.«

Sie reagierte nicht auf meine Worte und schien gar nicht zuzuhören, aber sie beruhigte sich ein wenig und stieg schließlich doch in die Kutsche ein, die sie in die Harley Street bringen sollte.

Bevor Henry ihr folgte, sagte er leise: »Danke, Miss Caldwell. Es ist für uns alle nicht leicht, aber am schwersten ist es für Eleanor.«

»Ja, es ist schwer«, antwortete ich, »aber es geht nicht anders, sie kann nicht hierbleiben.«

Wieder spürte ich das vertraute Einvernehmen zwischen uns.

Aber Eleanor hatte meine Worte gehört. »Sie wollen mich loswerden«, sagte sie entsetzt. »Es ist also wahr, dass Sie mich opfern würden.«

»Nein, Miss Eleanor, so habe ich es nicht gemeint«, sagte ich.

Und Henry fügte hinzu: »Ellie, du verstehst das falsch. Wir möchten nur, dass du zu Dr. Sedgewick fährst.«

»Miss Caldwell will mich los sein. Das weiß ich ganz sicher«, entgegnete sie.

Ich versuchte, Eleanor zu beschwichtigen, aber sie starrte nur auf ihre Hände hinunter. Vor Zorn war ihre Haut fleckig geworden. Den ganzen Tag lang überlegte ich, wie ich meine ungeschickte Formulierung wiedergutmachen könnte, wenn sie gegen Abend zurückkam.

28

Am fünften Tag konnte Eleanor endlich ihre Belohnung einfordern, und wir fuhren nach South Kensington zur ersten Jährlichen Internationalen Ausstellung. Wir hatten vor, in den nächsten beiden Tagen die Ausstellung und dann anschließend die Royal Albert Hall zu besuchen. In South Kensington drängte sich eine begeisterte Menge, und das Museum erhob sich vor uns wie ein weitläufiger, von Bäumen umstandener Palast in Ziegelrot und Cremeweiß. Ich fühlte mich wie in einem Märchenland, und dieser Eindruck wurde durch die Orgelmusik im Hintergrund noch verstärkt. Im Gebäude selbst konnte man dann eine Weltreise machen und die exotischen Anblicke, Farben und Gerüche ferner Länder kennenlernen, einfach indem man durch die langen Korridore wanderte.

In ganz kurzen Momenten waren wir drei in unserem Staunen über die Bandbreite der Ausstellungen vereint, aber das währte nie lange, weil Eleanors Feindseligkeit mir gegenüber zu groß war. Da ich um ihre Launenhaftigkeit wusste, hoffte ich, dass ich mich wieder mit ihr versöhnen würde. Ich musste nur den richtigen Zeitpunkt finden, um unter vier Augen mit ihr zu sprechen. Ich beobachtete sie verstohlen. Sie sah sich aufmerksam um, als wolle sie sich jeden Eindruck und jede Sinneswahrnehmung, die die Ausstellung bot, einprägen, um sie später mit nach Teesbank Hall zu nehmen. Wir befanden uns im Mittelpunkt der Welt, umgeben von den neuesten Entwicklungen in den Künsten und in der Industrie. Eleanor strahlte über das ganze Gesicht, und ihre Augen leuchteten in kindlichem Staunen.

Plötzlich sah sie mich an, und ihre Miene wurde abweisend. Offenbar glaubte sie wieder, ich würde sie bespitzeln, denn sie zischte: »Sie dürften gar nicht hier sein. Henry ist mein Bruder, und niemand braucht Sie hier. Warum verschwinden Sie nicht einfach?« Der Zauber des Einvernehmens war gebrochen. Sie hätte mich am liebsten im Hotel zurückgelassen, weil sie mich während ihrer kostbaren Zeit mit Henry als Störenfried betrachtete. Ich brach das peinliche Schweigen, indem ich Henry fragte, ob ich in die indische Abteilung zurückgehen dürfe, wo mich die kunstvolle Weißstickerei aus der Stadt Lucknow besonders fasziniert hatte. Ich sah ihm an, wie unangenehm es ihm war, dass ich im Getriebe des großen Gebäudes allein unterwegs sein würde, aber ich versprach, in spätestens einer halben Stunde wieder zu ihnen zu stoßen. Eleanor lächelte kühl. Sie war offensichtlich erleichtert.

Ich verließ die Abteilung für landwirtschaftliche Geräte, und mein Weg zurück führte mich durch einen wahren Rausch an Sinneswahrnehmungen. Weil ich gegen den Menschenstrom ging, senkte ich den Kopf ein wenig, während ich mich zielstrebig durch die Massen drängte. Ich kannte in dieser großen Stadt niemanden und war daher umso überraschter, als eine vertraute Stimme einen Jubelschrei ausstieß: »Harriet, meine liebe Harriet!« Ich hob den Kopf und traute meinen Augen kaum: Es war meine Cousine, meine liebe blonde Cousine und Gefährtin im Elend.

»Lucy!«, rief ich, und wir fielen uns in die Arme. Die Freude verschlug uns beiden die Sprache.

Doch dann überschüttete Lucy mich mit einer Sturzflut von Fragen und Ermahnungen: »Harriet, wo warst du denn? Ich hatte solche Angst um dich. Warum hast du kein Wort gesagt, bevor du dich aus dem Staub gemacht hast?«

Ich hatte Tränen in den Augen, so glücklich war ich, meine geliebte Lucy wiederzusehen. »Ich konnte es dir nicht sagen. Ich hatte Angst, dass er mich erwischen würde, und ich wollte nicht, dass er dir die Schuld an meinem Verschwinden gibt. Ich musste einfach fort.«

Lucy nickte ernst. Mittlerweile bildeten wir ein kleines Hindernis, und mehrere schwarz gekleidete Matronen sahen uns kopfschüttelnd an. Lucy lächelte ihnen zu, öffnete ihre klaren grünen Augen weit und erklärte: »Ich habe gerade unverhofft meine Cousine getroffen. Bitte entschuldigen Sie.« Sie kicherte. »Komm, wir suchen uns ein stilles Plätzchen, damit wir in Ruhe reden können.«

Ich war ein wenig unsicher. Henry erwartete mich schon bald, und das South Kensington Museum war verwirrend groß. Wenn ich zu weit von dem Weg abkam, den wir gegangen waren, würde ich vielleicht nicht zu ihm zurückfinden. Aber wie konnte ich Lucys Vorschlag ablehnen? Es war wunderschön, dass wir uns so zufällig getroffen hatten, und von Onkel Thomas Stepford war nichts zu sehen. Außerdem standen wir eindeutig im Weg. Also nickte ich und folgte meiner Cousine, als sie unter einem der rot glänzenden Seile durchtauchte, die als Absperrung dienten. »Wo wollen wir hin? Dürfen wir das?«, fragte ich. Ihre List, sich in den für die Öffentlichkeit verbotenen Bereich hineinzuschleichen, verschlug mir den Atem.

Lucy legte den Zeigefinger an die Lippen. »Leise. Folge mir«, flüsterte sie. »Das ist der Weg hinter den Ausstellungsständen entlang.«

Wir schlängelten uns zwischen den sich blähenden Seidenbahnen hindurch, welche die verschiedenen Abteilungen der Ausstellung voneinander trennten. Lucy war sich ihrer Sache sicher und wusste genau, wo sie hinwollte. Ich folgte ihr, schließlich kannte ich mich in der riesengroßen Halle nicht aus. Doch schon bald wusste ich nicht mehr, wo wir waren, und in dem Versuch, Lucy ein wenig zu bremsen, umklammerte ich ihre Hand fester. Ich wollte mich ausruhen, wenigstens ein paar Momente. Hier, versteckt in den Falten der seidenen Zeltbahnen, waren wir doch so ungestört, wie wir es uns wünschten. »Lucy, Lucy, bleib bitte stehen«, bat ich sie, »oder ich muss umkehren. Ich werde erwartet. Ich darf mich nicht verlaufen.«

»Aber liebste Harriet, ich habe dich doch wiedergefunden!«, rief sie und hielt meine Hand noch fester. Ihr entschiedener Griff beunruhigte mich.

»Lucy, du tust mir weh!« Ich versuchte, mich zu befreien, aber sie war zu stark.

Sie blickte sich zwar um und rief: »Was für ein herrliches Spiel!«, doch dabei wirkte sie todernst, und mir war klar, dass ich die Regeln, nach denen wir spielten, nicht verstand. Keuchend und außer Atem hetzten wir weiter zwischen den wehenden Seidenbahnen hindurch und entschuldigten uns bei den Gruppen und Familien, die wir beiseiteschoben, weil wir es so eilig hatten, anzukommen – wo, wusste ich nicht.

»Wir sind fast da«, versicherte Lucy mir, aber ihre Stimme hatte jetzt etwas Eisenhartes, das ich bei ihr noch nie gehört hatte. »Ich habe eine unglaubliche Überraschung für dich!«

»Lucy – aber Lucy, was könnte das sein?« Ich war so arglos und so naiv. Ich bildete mir etwas auf meinen Verstand ein und auf meine Fähigkeit, Situationen richtig einzuschätzen, aber jetzt lief ich meiner Cousine ahnungslos in die Falle.

Plötzlich stand ich vor ihm, und im gleichen Moment erkannte er mich.

»Wir sind da, Harriet«, verkündete Lucy. Dann sagte sie: »Sieh nur, was ich dir mitgebracht habe, Vater. Freut dich das?«

Das blendende Licht, die angehaltene Zeit. Ich sah zu ihm hoch, und Dunkelheit umfing mich. Ganz in der Nähe befanden sich Menschen, nur eine leichte seidene Zeltbahn trennte mich von der Jahrmarktstimmung der Ausstellung, aber ich hörte und sah nichts mehr außer ihm. Einen Moment lang fürchtete ich, meine Beine würden unter mir nachgeben, so stark war seine Wirkung auf mich.

Wie eine Schwachsinnige konnte ich nur murmeln: »Onkel Thomas Stepford.« Ob es eine Frage oder eine Begrüßung war, wusste ich nicht, aber es waren die einzigen Worte, die ich hervorbrachte. Er war ein kräftiger Mann, und seine Masse machte ihn noch einschüchternder – wer ihn sah, ging ihm instinktiv aus dem Weg. Er hatte grobe Gesichtszüge, und sein fettiges dunkles Haar klebte ihm am Schädel. Am schlimmsten aber war sein Körpergeruch – er roch wie jemand, der sich lange nicht gewaschen hatte.

Er würde wütend sein, das war mir klar, fuchsteufelswild, weil ich ihn überlistet hatte und ihm entkommen war. Ich war sechs Monate lang verschwunden gewesen, und er war nicht der Mann, der sich einen Strich durch die Rechnung machen ließ.

»Ich wusste, dass du mich beizeiten finden würdest.« Seine Worte waren mir vertraut, es war der immer gleiche Refrain, der sich durch meine Albträume zog. »Und noch einmal wirst du nicht verschwinden. Du bist mein Mündel, und ich bin dein gesetzlicher Vormund. So hat dein Vater es gewünscht.«

Ich schrie, meine Hilferufe gingen jedoch mehr oder weniger im Tohuwabohu der Menge unter.

Der Onkel griff nach mir, um mich festzuhalten. Als ich seine Hand wieder auf meiner Schulter spürte, war mein Entsetzen so groß, dass ich die Kraft fand, mich aus Lucys Griff zu befreien und unter einer Zeltbahn hindurchzuschlüpfen, sodass ich mich wieder im öffentlichen Teil der Ausstellung befand. Doch meine Freiheit war nur von kurzer Dauer, denn Lucy und der Onkel stutzten zwar einen Augenblick, aber dann folgten sie mir und hielten mich nun gemeinsam fest. Da ich offensichtlich in Not war, boten mehrere Passanten mir Hilfe an und fragten, was los sei. Lucy bedankte sich lächelnd für ihre Fürsorglichkeit und schickte sie fort. »Meine liebe Cousine gerät häufig in solche Zustände. In Menschenmengen wird sie leicht hysterisch. Wir müssen sie nach Hause bringen, bevor sie einen Anfall erleidet.«

Als ich Lucy jetzt ansah – die niedliche, grünäugige Lucy –, erinnerte ich mich an Swaffham und daran, wie sie die Rolle der sittsamen jungen Dame gespielt und dann aber über die Erwachsenen gespottet hatte, die sie mit ihrem Charme hinters Licht geführt hatte. Sie hatte mir damals geraten, niemandem zu vertrauen, und ich hatte geglaubt, ich wäre der einzige Mensch auf der Welt, zu dem sie ehrlich war. Jetzt erst erkannte ich, dass sie auch mich getäuscht hatte.

Je mehr ich mich anstrengte, um mich aus ihren Klauen zu befreien, desto mehr schien mein verzweifelter Kampf zu bestätigen, was Lucy den Vorübergehenden sagte. Sie bedankte sich weiterhin für ihre Sorge um mein Wohlergehen und beteuerte, dass ich sobald wie möglich an einen sicheren Ort gebracht werden würde. Währenddessen drückte Onkel Thomas Stepford mir einen Arm fest gegen den Rücken. »Du machst deine Situation nur noch schlimmer, wenn du das Maul aufreißt«, zischte er mir ins Ohr. »Und du wirst weiß Gott noch genug leiden, wenn wir nach Swaffham zurückkommen. Was nützt dir dein Widerstand, und wer soll dir glauben?«

Mich erfasste eine so furchtbare Angst, dass ich ohnmächtig wurde. Als ich wieder zu mir kam, hatten sie mich aus der Ausstellung fort in einen kleinen Nebenraum gebracht, in dem ein Tisch und ein Stuhl standen. Nur Lucy war bei mir. Sie versuchte, mir gewaltsam ein wenig Wasser einzuflößen. Ich öffnete die Augen und blickte sie flehend an.

Wie als Antwort auf meine stumme Frage sagte sie: »Vater mietet gerade einen Wagen, der uns in unsere Unterkunft bringt. Morgen früh fahren wir dann nach Swaffham zurück.«

»Lucy, du hast mich verraten. Du kannst nicht wissen, was mir in Swaffham blüht.«

Ich erwartete halb, dass sie nachfragen würde, denn ich hatte nie mit ihr über die Vorfälle gesprochen. Ich fand ja für mich selbst kaum Worte dafür, wie hätte ich da einem anderen Menschen erklären können, was der Onkel getan hatte? Außerdem hatte ich immer geglaubt, Lucys kindliche Verpflichtungen machten sie blind dafür, wer ihr Vater in Wirklichkeit war.

Sie wehrte sich nicht gegen meinen Vorwurf. Stattdessen erklärte sie nüchtern: »Wenn du es nicht gewesen wärst, hätte er mich genommen. Ich war so froh, dass es vorbei war – das Maßnehmen, seine angeblichen Forschungen in der Phrenologie, die Fotografien. Alles.«

Mir blieb die Luft weg. »Du weißt, was er getan hat?«

Ihr Lachen war traurig und gleichzeitig höhnisch. »Ja, zum Teil. Glaubst du, du wärst die Einzige gewesen, die er sich ausgesucht hat? Ich habe auch gelitten, stundenlang musste ich stillstehen und darauf warten, dass er endlich seine Aufnahme machte. Denk nur nicht, dass du etwas Besonderes bist. Ich war froh, als er dich für sein Vorhaben benutzte und mich in Ruhe ließ!«

»Und du weißt auch von den anderen Dingen? Was er Gladys angetan hat? Und was er auch mit mir gemacht hätte, wenn ich in Swaffham geblieben wäre?«

Sie hatte die Güte, beschämt auszusehen. »Er ist ein furchterregender Mann, und ich würde ihn niemals infrage stellen. Es ist besser für mich, wenn ich manche Dinge nicht erfahre.«

»Du und ich waren die besten Freundinnen.«

Lucy zuckte mit den Achseln. »Und er ist mein Vater. Du hast doch geschworen, dass du mich nicht verlassen würdest, oder nicht?«

»Ich hatte Angst, du könntest meine Pläne verraten, wenn ich dir davon erzählen würde.«

»Ja, das hätte ich auch getan«, fauchte sie. »Wenn du dich mir anvertraut hättest, hätte ich dich sofort verpetzen können. Stattdessen aber musste ich in seinen Forschungen deinen Platz einnehmen. Und ich hatte doch geglaubt, ich hätte das alles hinter mir.«

»Lucy«, sagte ich traurig, »du könntest jetzt sofort mitkommen. Wir könnten zusammen fliehen …«

Ich verstummte, denn sie schüttelte entschieden den Kopf. »Du kannst ihm nicht entkommen, auch wenn du vielleicht glaubst, das wäre möglich. Ich habe es auch einmal versucht, aber er findet einen immer.« Sie wandte den Blick ab, und ihre Augen wurden dunkel, doch dann fuhr sie fort: »Er war so aufgebracht, er war sehr böse auf dich. Du hattest viele Monate seiner Forschungsarbeit zunichtegemacht, und das wird er dich büßen lassen.«

Ich dachte an die Striche auf dem Stoff, die peinlich genau meine Körpergröße und daneben Gladys geringeres Wachstum anzeigten. Ich erinnerte mich an das heimliche Klopfen an meiner Zimmertür.

In meiner Not sah ich mich nach einem Fluchtweg um. Doch selbst jetzt war Lucy mir einen Schritt voraus. »Glaub nur nicht, dass du fliehen kannst. Vater war so schlau, uns zusammen einzusperren. Du kannst so viel klopfen und schreien, wie du willst, man wird nur denken, du hättest einen hysterischen Anfall. Vater hat dem Personal gesagt, dass er dich zu deinem eigenen Schutz eingeschlossen hat.«

Ich ließ mich gegen die harte Stuhllehne fallen. Verzweifelt dachte ich an Henry und Eleanor. Bestimmt war es schon spät, und sie warteten irgendwo in den Weiten der Ausstellungshallen auf mich. Oder suchten sie schon nach mir? Wie in einem Albtraum hatte ich kein Zeitgefühl und konnte nicht einschätzen, wie lange ich mich bereits in der Gewalt meines Onkels und meiner Cousine befand. Vielleicht, so hoffte ich, ergab sich eine Fluchtmöglichkeit, wenn sie mich zur Droschke brachten. Bis dahin wollte ich mir meine Schreie aufsparen. Aber wenn ich erst in Swaffham begraben war, hatte ich keine Chance, dem Onkel ein zweites Mal zu entkommen.

Der Schlüssel klirrte im Schloss, und schon stand der Onkel vor uns. »Ich habe einen Wagen gemietet«, sagte er zu Lucy. »Er wartet auf der anderen Seite des Parks.« Er sah mich an. »Ich habe dem Kutscher erklärt, dass du wahnsinnig bist und er die unsinnigen Anschuldigungen, die du von dir geben könntest, nicht beachten soll. Ich musste ihn doppelt bezahlen, erst dann war er einverstanden, dich mitzunehmen.«

»Du kannst mich nicht zwingen, mit zurückzufahren, Onkel. Lieber möchte ich auf der Straße verhungern, als in Swaffham gefangen zu sein.«

Er verzog keine Miene. Obwohl meine Worte mutig und trotzig klangen, bebte ich innerlich vor Angst. Ich versuchte es mit einer anderen Strategie. »Warum willst du unbedingt, dass ich zurückkomme? Ich bin dir doch nur eine Last. Es ist besser, wenn du mich gehen lässt. Ich kann mich selbst ernähren.«

Dieses Mal ließ er sich zu einer Antwort herab. »Dein Vater war ein Dummkopf. Er hat seine gesamte Barschaft für dich festgelegt, bis du fünfundzwanzig bist. Wenn ich dich nicht unter meinem Dach habe, komme ich nicht an die Kohle heran. Deswegen muss ich dich bei mir behalten, ob ich will oder nicht. Was hätte ich davon, ohne Geld in diesem todlangweiligen Haus in Norfolk zu leben? Es ist ein glücklicher Zufall, dass Lucy dich hier gefunden hat, aber wir haben schon überall und nirgends gesucht, und unsere Kontakte hätten uns sowieso ganz bald zu deinem Versteck geführt.«

Mein armer Vater. Er hatte mich vor Onkel Thomas Stepfords Grausamkeit beschützen wollen und mich damit in noch größere Gefahr gebracht. Da er seinen Bruder nur zu gut kannte, war ihm klar gewesen, dass Thomas Stepford nicht freundlich für mich sorgen würde, sondern dass er ihn durch ein rechtskräftiges Testament dazu zwingen musste. Aber er hatte nicht damit rechnen können, dass die Verworfenheit seines Bruders so groß war. Es wäre besser für mich gewesen, auf der Straße zu leben und zu hungern.

»Lucy, du gehst vor und bahnst uns einen Weg durch die Menge, und ich stütze sie«, wies der Onkel seine Tochter an. Zu mir sagte er: »Kein Wort von dir, oder du bekommst die Folgen zu spüren.«

Er drehte mir wieder die Arme auf den Rücken, sodass ich mich nicht frei bewegen konnte und halb gegen ihn sackte. Dabei murmelte er mir ständig ins Ohr: »Kein Wort. Damit würdest du es nur noch schlimmer machen.« Meine Angst war so groß, dass ich kaum Luft bekam, und mein ganzer Körper schreckte vor der Nähe des Onkels zurück – vor dem säuerlichen Geruch seines verschwitzten Anzugs und vor seinem schmerzhaften Griff. Nur in meinem Kopf arbeitete es fieberhaft, während ich überlegte, wie ich fliehen könnte.

Wir verließen den kleinen Nebenraum und mischten uns unter die Ausstellungsbesucher. Mir war übel, und die vielfältigen Anblicke und Geräusche verstärkten mein Gefühl von Orientierungslosigkeit noch. Gesichter schoben sich dicht an mich heran, und besorgte Stimmen fragten: »Geht es der jungen Dame nicht gut?«, und: »Können wir irgendwie helfen?« Als ich den Mund öffnete, weil ich um Hilfe bitten wollte, grub der Onkel seine Fingernägel in mein bloßes Handgelenk, und Lucy sagte liebenswürdig: »Sie ist überreizt. Die Ausstellung ist zu aufregend für sie. Wir müssen sie so schnell wie möglich nach Hause bringen, bitte lassen Sie uns durch.«

Ich hätte gern etwas gesagt, aber ich wagte es nicht. Ich war völlig verschreckt, und wer weiß, ob ich vernünftige Worte herausgebracht hätte. In meiner neuen Rolle der hysterischen Kranken beachteten die Menschen mich nicht mehr, sondern nickten dem Onkel und Lucy mitfühlend zu. Doch dann, als wir die Abteilung für Fertigungstechnik durchquerten, sah ich ganz hinten Henry und Eleanor stehen. Das war meine Rettung. Henry kehrte mir zwar den Rücken zu, aber seine ganze Haltung drückte aufgeregtes Suchen aus, schließlich war ich nach der abgesprochenen halben Stunde nicht zurückgekehrt. Meine Erleichterung war überwältigend, mein Wunsch nach Befreiung so groß, dass mein ganzer Körper sich zu den beiden hinbog, als würde er von einem unsichtbaren Band gezogen. Lucy spürte, wie ich mich anspannte, und folgte meinem Blick. »Das sind also deine Freunde«, höhnte sie und zerrte mich in die entgegengesetzte Richtung.

In diesem Moment drehte Eleanor sich um und blickte zu mir herüber. Ich wusste, dass sie mich sah, denn auf ihrem Gesicht zeichnete sich Erstaunen ab. Meine Notlage war offenkundig, und ich flehte lautlos um Hilfe. Sie starrte mich an, als wäre sie unsicher, wie sie sich verhalten solle. Ich betete darum, dass sie sich daran erinnern möge, wie wir beide uns in unserer Verzweiflung nähergekommen waren und ein Einvernehmen zwischen uns entstanden war.

Der Moment, in dem sie über mein Schicksal entschied, schien eine Ewigkeit zu dauern. Dann wandte sie sich ab, zupfte Henry am Mantel und bedeutete ihm, dass sie einen anderen Weg nehmen wolle. Ich war verloren. Schlaff vor Kummer und Enttäuschung sank ich in mich zusammen. Wir näherten uns jetzt dem Ausgang, und Swaffhams Gefängnistore öffneten sich schon für mich.

Doch das Schicksal musste es gut mit mir meinen, denn im letzten Augenblick, bevor ich nach draußen gestoßen wurde, ertönten laute Rufe, und ein Tumult entstand: Eine Bande von Gassenjungen war in die Ausstellung eingedrungen. Sie stifteten Verwirrung, um die Besucher abzulenken und möglichst viele gut gefüllte Brieftaschen zu stehlen. Die schmutzigen, zerlumpten Kinder machten sich einen Spaß daraus, einige aufgeblasene Wachleute an der Nase herumzuführen, sie schlitterten durch die Menge und duckten sich weg, während die Wachleute schwerfällig hinter ihnen herstapften. Alle wandten sich den Jungen zu, und Henry – auch Henry drehte sich um. Und da entdeckte er mich. Seine Augen wurden groß. Er bahnte sich einen Weg durch die Menge und trat vor meinen Onkel.

»Was tun Sie da, Sir? Warum halten Sie meine Begleiterin fest? Lassen Sie Miss Caldwell sofort los«, verlangte er.

»Miss Caldwell?«, stammelte der Onkel. Mein angenommener Name überraschte ihn, doch dann sagte er höhnisch: »Das ist nicht Ihre Miss Caldwell. Das ist Harriet Fleet von Swaffham Hall in Norfolk, und ich habe das Recht, sie festzuhalten. Sie ist wahnsinnig, und sie ist mir ausgerissen. Ich bin ihr Vormund. Sie ist meine Nichte, und ich kümmere mich um sie.«

Henry war völlig verblüfft. »Harriet, ist irgendetwas davon wahr?«, wandte er sich an mich.

Ich fühlte mich wie kurz vor dem Ertrinken. Die Wörter wirbelten in meinem Kopf herum, sodass ich Mühe hatte, sie festzuhalten. »Henry, Sie kennen mich gut«, versuchte ich zu erklären. »Sie wissen, dass ich nicht wahnsinnig bin. Aber ich musste vor diesem niederträchtigen Mann flüchten. Bitte, ich flehe Sie an, helfen Sie mir«, brach es aus mir heraus.

Lucy legte Henry ganz leicht die Hand auf den Arm. Sehr ernsthaft sagte sie: »Vater ist kein niederträchtiger Mann. Das ist das Gerede einer Wahnsinnigen, und offensichtlich hat diese Frau Sie genauso getäuscht wie uns alle. Sie hat unter falschem Namen gelebt. Wir müssen sie an einen sicheren Ort zurückbringen. Es ist zu ihrem eigenen Besten.«

Der liebe Henry jedoch zögerte keinen Moment. Er glaubte mir, obwohl alles gegen mich zu sprechen schien. »Miss Caldwell – oder Miss Fleet, das spielt keine Rolle – hat mich um Schutz gebeten. Sir, ich muss Sie daher bitten, sie loszulassen und in meine Obhut zu übergeben.«

Jetzt zeigte der Onkel sein wahres Gesicht. Er versteckte sich nicht mehr hinter einer Maske der Ehrbarkeit, sondern knurrte wütend: »Ich bin ihr Vormund und habe das Recht, über sie zu bestimmen. Bis zu ihrem fünfundzwanzigsten Lebensjahr gehört sie mir. So steht es im Testament ihres Vaters, und deswegen nehme ich sie jetzt mit.«

Inzwischen hatten sich viele Menschen um uns versammelt, und jetzt zögerte Henry doch. Ich fürchtete schon, dass er sich einschüchtern lassen würde, aber da entgegnete er: »Ich bin ihr Brotherr, Sir, und als solcher fordere ich Sie jetzt auf, mir die junge Dame zu überlassen. Zu gegebener Zeit können Sie Ihre Rechte wahrnehmen und Beweise dafür vorlegen, dass Ihre Aussagen der Wahrheit entsprechen. Bis dahin aber bestehe ich darauf, dass Sie sie loslassen.«

»Ich werde meine Rechte wahrnehmen, darauf können Sie sich verlassen«, brummte Onkel Thomas Stepford. Henry überhörte das und sagte: »Sie finden uns im Great Northern Hotel. Fragen Sie nach Henry Wainwright, wenn Sie mit mir reden wollen, oder schicken Sie Ihren Rechtsbeistand.«

Da Henry so vernünftig gesprochen hatte und die Menge eindeutig zeigte, auf welcher Seite ihre Sympathien lagen, konnte der Onkel seinen Anspruch auf mich nicht aufrechterhalten. Er gab sich jedoch nicht geschlagen. »Wir sehen uns wieder, Sir. Ich werde Sie gleich morgen früh persönlich aufsuchen, zusammen mit meinem Rechtsanwalt und der ganzen Härte des Gesetzes.«

Widerstrebend ließen mein Onkel und meine Cousine mich frei, und ich taumelte auf Henry zu. Er stützte mich, indem er den Arm um mich legte, und die neugierige Menge teilte sich, um uns durchzulassen. Es ging mir nicht gut, und Henry wollte mich so schnell wie möglich an die frische Luft und aus der Reichweite meines Onkels bringen. Seine ganze Aufmerksamkeit galt jetzt mir, ich jedoch drehte mich noch einmal um und sah zu meiner Verwunderung, dass Eleanor bei Lucy stand und mit ihr sprach. Ich hatte keine Ahnung, was sie sagte, aber es war unwahrscheinlich, dass sie etwas zu meiner Verteidigung vorbrachte.

Die Gefühlsaufwallungen und die Dramatik der Situation führten dazu, dass ich die Stunden danach nur noch verschwommen in Erinnerung habe. Doch einige lebhafte Bilder haben sich mir eingeprägt. Ich erinnere mich, dass ich an Henrys Schulter lehnte, als die Kutsche losfuhr, und dass ich mich in seiner schützenden Gegenwart beruhigt und getröstet fühlte. Er fragte mich mehrmals nach meinem Befinden, und er versprach mir, er werde nicht zuzulassen, dass jemand mir Schaden zufüge. Doch ich wusste, dass Onkel Thomas Stepford hinterhältig war – und Lucy auch, wie sich herausgestellt hatte. Sie würden nicht ruhen, bis sie mich in ihren Fängen hatten, und ich befürchtete, dass das Gesetz sie in ihren Bemühungen unterstützen würde.

Zudem konnte ich Eleanors unerklärliche Abneigung gegen mich nicht vergessen. Ich musste daran denken, wie sie sich fortgedreht hatte, als ich in höchster Gefahr gewesen war, und ich wusste, dass die unmittelbare Bedrohung zwar abgewendet, die Gefahr aber noch nicht gebannt war.

29

Ich erzählte Henry eine Version meiner Lebensgeschichte, berichtete von meiner Herkunft, meiner Familie, vom Tod meines Vaters und von der schrecklichen Zeit in den Fängen meines Onkels. Manche Ereignisse zu schildern, war schwierig – erst jetzt, im hohen Alter, da die Zeit ihnen den Stachel genommen hat, kann ich allmählich beschreiben, was Lucy, Gladys und ich und alle, die Thomas Stepford vielleicht außerdem noch seinen wissenschaftlichen Experimenten unterworfen hatte, für uns behielten. Ich möchte nicht ausführlich darüber berichten, denn ich fürchte, dass das Sprechen über diese Vorfälle die Kraft haben könnte, sie heraufzubeschwören und wieder lebendig werden zu lassen.

Es war eine bedauerliche Tatsache, dass der Onkel, da ich erst einundzwanzig war und Vater ihn zu meinem Vormund und Beschützer bestimmt hatte, über mich verfügen konnte. Zuerst sah es so aus, als hätte ich kaum Chancen, ihm zu entkommen. Henry hatte ihm seinen Namen und die Adresse unseres Hotels gegeben, weil ihm nicht klar gewesen war, in welcher Gefahr ich mich befand. Ich hatte große Angst, dass der Onkel mich aufspüren könnte und mich der Obhut eines ehrbaren Mannes, dem mein Wohlergehen am Herzen lag, entreißen und wieder zum Opfer seiner eigenen Gelüste machen würde. Daher beschlossen wir, dass ich London so schnell wie möglich verlassen und nach Teesbank Hall zurückkehren sollte. Der Onkel wusste nicht, wo sich der Wohnsitz der Wainwrights befand, und dass das Herrenhaus in Nordengland lag, gab mir eine gewisse Sicherheit.

Obwohl Teesbank Hall zum Teil geschlossen und fast verlassen war, sollten Eleanor und ich gleich am nächsten Morgen zurückfahren. Das Gepäck würde man uns nachschicken. Henry hatte das Hotelpersonal angewiesen, niemandem zu verraten, dass wir vorzeitig abreisten. Er hoffte, dass er Mrs Jenson von der Hauptpost aus ein Telegramm schicken konnte, um sie auf unsere verfrühte Rückkehr vorzubereiten, aber da wir wahrscheinlich vor seiner Nachricht in Teesbank Hall eintreffen würden, hatte er außerdem einen Brief geschrieben, den ich ihr mitnehmen sollte. So würde ich nicht noch einmal von den leidvollen Umständen meiner Flucht berichten müssen.

Henry wollte die besten Anwälte der Stadt beauftragen, um meinem Onkel weitere Versuche, mich nach Swaffham zurückzubringen, zu untersagen. Dabei war er zuversichtlich, dass Thomas Stepfords Grausamkeiten mir gegenüber und die Tatsache, dass er sich mein Einkommen aneignete, Grund genug waren, um seine Vormundschaft für ungültig zu erklären. Sobald Henry die rechtlichen Schritte eingeleitet hatte, wollte er wieder zu uns stoßen.

Und während der ganzen Zeit spürte ich Eleanors glühenden Hass.

Am Bahnhof King's Cross brachte Henry uns in unser

Eisenbahnabteil, und nachdem wir uns eingerichtet hatten, sagte Eleanor: »Ich habe Sie von Anfang an für eine Betrügerin gehalten, und jetzt hat sich mein Verdacht bestätigt.«

»Welcher Verdacht?«, fragte ich.

»Sie sind eine Lügnerin, Harriet Fleet. Sie haben vorgegeben, eine Person zu sein, die Sie nicht sind.«

»Ich musste fliehen, und gerade Sie sollten das verstehen, Miss Eleanor.«

»Was ich nur zu gut verstehe, ist, dass Sie mir Henry wegnehmen wollen. Was haben Sie ihm an der Kutsche zugeflüstert? *Sie kann nicht hierbleiben?*«

»Miss Eleanor, Sie wissen, dass ich es anders gemeint habe. Es sollte nur heißen, dass Sie zu Dr. Sedgewick fahren mussten. Sie wollten mich absichtlich missverstehen.«

»Und wie erklären Sie sich dann das hier?«, fragte Eleanor. Sie zog ein Blatt Papier aus ihrer Reisetasche und reichte es mir.

Die Handschrift mit den kunstvollen Bögen in fliederfarbener Tinte war unverwechselbar. Erstaunt sah ich Eleanor an. »Das sieht ja aus wie der Brief von Arielle Marchal, den ich übersetzt habe.«

»Es ist eindeutig Arielles Handschrift. Und darin steht die Wahrheit über Sie, Miss Caldwell oder Miss Fleet.«

Verblüfft blickte ich auf das Schreiben. »Ich weiß nicht, was Sie meinen.«

Eleanor entriss mir das Blatt wieder. »Dann lese ich Ihnen den Brief jetzt vor.« Sie las von dem Briefbogen ab: *»Liebste Eleanor, hüte Dich vor Harriet. Sie ist voller List und Tücke und will Dich vernichten. Deine englische Gouvernante hat sich in Henry verliebt und wird Dich opfern, um ihn für sich zu ge-*

winnen.« Eleanor hielt inne und sah mich an. Dann fuhr sie fort: »*Sie wird dafür sorgen, dass du nach Gate Helmsley gebracht wirst. Arielle Marchal.*«

Als von Henry die Rede war, begannen meine Wangen zu brennen. »Das sind grundlose Anschuldigungen. Außerdem können die Toten keine Briefe schreiben«, sagte ich.

»Jedes Wort ist wahr. Ihr Erröten verrät Sie. Und als der Brief mir die Augen für die Wahrheit geöffnet hatte, konnte ich Ihr albernes Verhalten meinem Bruder gegenüber nicht mehr übersehen.«

»Ich bin nicht verliebt in Henry – in Mr Wainwright, meine ich.«

Eleanor lachte bitter. »Und ein weiterer Beweis dafür, dass in diesem Brief die Wahrheit steht, ist, dass Sie nicht Harriet Caldwell sind. Sogar Ihr Name ist eine Lüge.«

Mir war elend zumute. Ich fragte Eleanor, wie der Brief in ihren Besitz gelangt sei.

»An dem Abend, bevor wir nach London abgereist sind, lag er auf meinem Bett.«

Jetzt verstand ich, warum sie mich seit dieser Zugfahrt so hasste.

»Rosalind Merryweather ist zwar dumm, aber sie ist immerhin schön und kommt aus einer guten Familie. Großmutter würde sagen, sie ist eine gute Ergänzung für unsere Familie. Aber Sie, Miss Fleet? Nein, an einer Person wie Ihnen hätte Henry kein Interesse.«

»Dieser Brief ist eine Fälschung. Die Toten schreiben den Lebenden nicht«, sagte ich und wandte mich ab. »Da hat ein Mensch Ihnen einen Streich gespielt.«

»Eine Fälschung? Sehen Sie sich den Brief noch einmal an. Ist das etwa nicht Arielles Handschrift?«

Widerstrebend betrachtete ich das Blatt. »Es sieht aus wie Arielle Marchals Handschrift, aber sie könnte nachgemacht sein.«

»Ich habe Arielles Brief an meinen Vater niemandem gezeigt außer Ihnen. Wir beide sind die einzigen lebenden Menschen, die ihre Handschrift kennen. Und vermutlich haben Sie diesen Brief nicht verfasst.«

Ich schüttelte den Kopf, aber bei Eleanors Worten packte mich die Angst. Ich hatte den Brief nicht geschrieben, aber wenn Eleanor nun selbst die Verfasserin war? Ich hatte in Berichten über Wahnsinnige von derartigen Vorfällen gelesen. Die Geistesgestörten hatten nachts furchtbare Taten begangen, von denen sie am Tag nichts mehr wussten. Ich hatte die Erinnerung an mein blutverschmiertes Nachthemd weit fortgeschoben, aber war das nicht etwas ganz Ähnliches gewesen? Eleanor fand Möglichkeiten, mich zu attackieren, und leugnete ihre Taten dann. Sie legte ihren ganzen Hass in fliederfarbene Tinte oder in Blutflecken auf einem Nachthemd. Und Clara war ihre Schwester, Clara, die Mörderin. Nicht nur ihre Blutsverwandtschaft, sondern auch ihr Wahnsinn verband die beiden.

»Es war immer mein Traum, nach London zu reisen, und Sie haben mir auch diese Reise verdorben«, sagte sie mit kalter Wut. »Mehr habe ich Ihnen nicht zu sagen.«

Während der vielen Stunden Zugfahrt schwieg Eleanor beharrlich. Ich war erschöpft und zudem wütend auf sie, daher hatte auch ich kein Bedürfnis nach Gesprächen. Ich fürchtete mich schon davor, wie die Wainwrights mich behandeln würden, und versuchte, diese Ängste beiseitezuschieben.

In einer Hinsicht hatte dieser angeblich von Arielle verfasste Brief etwas Wahres: Ich konnte meine Gefühle für Henry nicht mehr leugnen. Ich wusste, dass er Rosalind Merryweather liebte, aber er war gütig zu mir und behandelte mich wie eine Gleichgestellte. Er hatte mich vor Onkel Thomas Stepford beschützt, und er hatte das Feingefühl besessen, nicht zu genau nachzufragen, als ich bei dem Gedanken an eine Rückkehr in mein früheres Zuhause laut aufschrie. Er akzeptierte ohne Wenn und Aber, dass ich nicht nach Swaffham zurückkehren konnte und wollte. Ich wusste, dass ich nicht auf eine Verbindung zwischen uns hoffen durfte, aber in den Stunden im Zug konnte ich von der Wirklichkeit absehen und an ihn denken.

Als wir schließlich Eaglescliffe erreichten, bestach Eleanor mit ihrem Geld einen Mann, der uns die zwei Meilen nach Teesbank Hall in seiner Kutsche fuhr. Der Kutscher weigerte sich, uns direkt vor das Haus zu bringen, und als er uns vor dem Tor abgesetzt hatte, fuhr er sofort zurück.

Es dämmerte schon, als wir ankamen, und das Herrenhaus erschien mir nach dem bunten Leben und Treiben in London noch finsterer und trostloser, als ich erwartet hatte. Die Bediensteten waren zum größten Teil fortgeschickt worden, daher wirkte es noch verlassener als sonst. Es dauerte lange, bis Mrs Jenson auf unsere Bitte um Einlass reagierte, aber schließlich öffnete sie.

Als sie Eleanor und mich vor der Tür stehen sah, wirkte sie erschrocken und missmutig. Offensichtlich war Henrys Telegramm noch nicht angekommen. Ich überlegte, ob die Haushälterin sich vielleicht freute, wenn Eleanor einmal einige Tage lang nicht da war und ihre Launen nicht das ganze Haus beherrschten. Jedenfalls fand ich ihre Reaktion merkwürdig: »Teesbank ist nicht gelüftet, meine jungen Damen. Ich weiß nicht, ob es richtig ist, dass Sie jetzt schon wiederkommen.«

»Wir mussten aus London abreisen«, sagte ich und reichte ihr Henrys Brief. »Hier sind die Gründe erklärt.«

Sie nahm das Schreiben entgegen und las es. »Ist das wahr?«, fragte sie ungläubig.

Ich hatte den Brief nicht gelesen, aber ich konnte mir denken, was darin stand. »Es waren furchtbare Stunden. Miss Eleanor und ich sind erschöpft. Könnten wir irgendetwas zu essen und zu trinken bekommen?«

»Agnes wird sehen, was noch im Haus zu finden ist«, antwortete Mrs Jenson.

Eleanor hatte währenddessen stumm neben mir gestanden, aber ihr Zorn und ihr Missvergnügen waren nicht zu übersehen. Nun wandte Mrs Jenson sich ihr zu. »Miss Eleanor, darf ich Ihnen den Reisemantel abnehmen? Nach der langen Fahrt müssen Sie todmüde sein.«

Eleanor reagierte nicht auf Mrs Jensons Worte, sondern beklagte sich mit ausdrucksloser Stimme: »Sie hat alles verdorben. Die Reise nach London, meine Tage weit weg von Teesbank Hall – alles hat sie mir verdorben.«

Sie war kalkweiß und offensichtlich unglücklich. Ihre Augen waren glasig, als sie sich mit wildem, verzweifeltem Blick in der Eingangshalle umsah. Ich bekenne, dass ich Angst vor ihr hatte, wenn sie in dieser Verfassung war.

»Ich habe gewusst, dass es so kommen würde! Sie hat von Anfang an gelogen.« Eleanor zeigte auf mich. »Sie ist nicht die, die zu sein sie vorgibt. Sie ist in unser Haus gekommen und hat versucht, uns mit ihrer Bescheidenheit zu täuschen. Das war ihre Maske!«

»Das ist nicht wahr, Mrs Jenson! Es stimmt nicht!«, rief ich.

»Sie hat uns belogen. Sie hat den Namen Harriet Caldwell angenommen, das ist nicht ihr richtiger Name. Und jetzt will sie mir Henry wegnehmen. Vom ersten Tag an habe ich gespürt, dass sie eine Schwindlerin war, aber niemand hat auf mich gehört, wie immer.«

Mrs Jenson ging auf Eleanor zu, denn jetzt wurde sie hysterisch. Eleanor zuckte bei ihrer Berührung zurück und machte sich ganz steif, so, als wäre sie dadurch unverletzlich.

»Miss Eleanor, Sie sind nach Ihrer langen Reise müde, und deshalb sprechen Sie so. Sie müssen sich beruhigen«, sagte Mrs Jenson bestimmt.

»Nein, ich beruhige mich nicht. Vater und Mutter sind nicht da, deswegen schicke ich diese Lügnerin selbst aus dem Haus. Meine Eltern würden nicht erlauben, dass sie hierbleibt.«

Ich fürchtete, dass Eleanor damit recht hatte. Mr und Mrs Wainwright würden keinerlei Bedenken haben, mich wegen meines Betrugs zu entlassen. Mrs Jenson allerdings wirkte unschlüssig. Nur Henrys Brief konnte mich jetzt davor bewahren, auf der Stelle hinausgeworfen zu werden.

Und tatsächlich sagte Mrs Jenson: »Miss Caldwell kann das Haus nicht sofort verlassen. Es wird jetzt rasch dunkel. Über Nacht muss sie hierbleiben.«

»Aber morgen früh verschwindet sie«, befahl Eleanor.

»Vielleicht«, antwortete die Haushälterin vorsichtig. »Das werden wir morgen sehen.« Offensichtlich hoffte sie, dass Eleanor sich bis dahin beruhigen würde.

Die Unruhe, die durch unsere Rückkehr entstanden war, und der hitzige Wortwechsel mussten Diana Wainwright aufgestört haben, denn sie erschien plötzlich in der Eingangshalle. Ihr Gesicht war wutverzerrt, als sie unsere kleine Gruppe mit ihren eisblauen Augen musterte und dann mich ansah. »Sie ist hinterlistig!«, fauchte die alte Frau. »Sie hat uns alle betrogen. Gott schütze Henry vor ihr und ihrer Falschheit.«

Eleanor ergriff ihre Hand. Ausnahmsweise hatten Großmutter und Enkelin ein gemeinsames Ziel, und der Hass auf mich vereinte sie. »Ich weiß, dass du das von Anfang an erkannt hast, Großmutter.«

Die vergangenen beiden Tage waren ein Albtraum gewesen. Die Begegnung mit Onkel Thomas Stepford und die Erkenntnis, dass Lucy mich stets getäuscht hatte und nie eine echte Freundin gewesen war, hatten mich tief erschüttert. Und jetzt nagte die Angst an mir, dass die beiden mich tatsächlich wieder mit nach Swaffham nehmen könnten, dass ich ihnen ausgeliefert war und keinen Einfluss darauf hatte, was mit mir geschehen würde. Hinzu kamen die Anstrengungen der Flucht aus London und die stundenlange Reise in Gesellschaft der hasserfüllten Eleanor. Das alles war mehr, als ich verkraften konnte.

Mir schwindelte vor Schwäche, und ich lehnte mich an den Tisch in der Eingangshalle. Ich muss krank ausgesehen haben, denn nach einem Blick auf mich sagte Mrs Jenson mit noch größerer Entschiedenheit als zuvor: »Miss Caldwell kann das Haus zu dieser Stunde nicht verlassen. Sie muss jetzt auf ihr Zimmer gehen und dort bleiben. Morgen wird über ihr Schicksal entschieden. Agnes wird Ihnen Gesellschaft leisten, Miss Eleanor, bis Sie sich ein wenig erholt haben.«

Ich verstand, dass meine Tage in Teesbank Hall gezählt waren, und ging trotzig die schön geschwungene Treppe für die Herrschaft hinauf. Eleanor rief mir nach: »Sobald meine Eltern zurück sind, werden Sie fortgeschickt. Es sei denn, Ihr Onkel kommt vorher und nimmt Sie mit.«

»Was meinen Sie damit?« Ich blieb stehen.

»Ich habe Ihrer Cousine gesagt, dass wir nach Teesbank Hall zurückfahren.«

Fast hätten meine Beine unter mir nachgegeben. Ich musste mich am Geländer festhalten, um stehen zu bleiben. »Sie können nicht wissen, was Sie damit getan haben, Miss Eleanor«, sagte ich, »und in welche Gefahr Sie mich gebracht haben.«

Einen Moment lang sah sie aus, als schäme sie sich, aber dann sagte sie starrköpfig: »Sie hätten mich nach Gate Helmsley schicken lassen und mir Henry weggenommen.«

Ich schüttelte den Kopf. In Gedanken plante ich bereits meine nächste Flucht.

Als ich meine Dachkammer erreicht hatte, sackte ich auf dem harten Bett zusammen. Ich war vollkommen verzweifelt. So lange war ich stark und voller Entschlossenheit gewesen, aber es hatte nicht gereicht. Ich wusste nicht mehr, wohin. Ich wünschte mir sehnlichst Henry herbei. Aber er war noch in London. Ich hatte mich so bemüht, hatte seit Vaters Tod ständig gekämpft, und jetzt fühlte ich mich nur noch ausgelaugt und leer.

Meine Gedanken kreisten zwar noch fieberhaft, aber allmählich überwältigte mich die Erschöpfung. In einem Zustand zwischen Wachen und Träumen dachte ich an meine Vorgängerin Arielle, die erst verführt, dann grausam behandelt und schließlich hingerichtet worden war. Ich dachte an die dunklen Geheimnisse der Familie Wainwright, an den Wahnsinn, der sie heimzusuchen schien. Ich war überzeugt, dass Clara ihren Bruder aus Eifersucht ermordet hatte. Matthew Wainwright aber hatte zugelassen, dass seine schwangere Geliebte für dieses Verbrechen gestorben war. Und jetzt hatte ich es mit Eleanor zu tun. Ich wusste, dass sie furchtbar eifersüchtig war, und ich fürchtete mich vor ihr.

Dazu hatte ich allen Grund – meine Angst entsprang nicht einer überhitzten Fantasie. Ich war todmüde, aber ich musste aufpassen, auch hier oben unter dem Dach des Hauses, wo die schwarzen Drahtnetze vor den Fenstern mich einschlossen. Eleanor hatte versucht, sich in die Ewigkeit zu stürzen und so den Qualen ihres Lebens zu entkommen. Würde ich jemals so verzweifelt sein, dass ich ebenfalls diesen Weg gehen wollte? Mir blieb nur ein einziger winziger Trost: Falls Henry zurückkehrte, bevor Onkel Thomas Stepford mich fand, würde alles gut werden. Ich war mir sicher, dass Henry mich beschützen und nicht zulassen würde, dass der Onkel mich wegbrachte. Doch wenn Henry sich aus irgendeinem Grund verspäten sollte, war ich verloren. Mrs Jenson würde Eleanor und Diana Wainwright gehorchen, und beide Frauen würden mich bereitwillig dem Onkel ausliefern.

In diesem Zustand hörte ich leise, zögernde Schritte. Ich richtete mich im Bett auf und lauschte. Zu einem anderen Zeitpunkt hätte ich mich vielleicht unter der Decke versteckt und so getan, als wäre ich nicht da – jetzt aber hatte ich nichts mehr zu verlieren, und so stieg ich aus dem Bett und öffnete die Tür. Überrascht erkannte ich Agnes, die mit einer Kerze vor mir stand. Sie erschrak, als habe sie ein schlechtes Gewissen.

»Agnes, was machst du denn hier? Müsstest du nicht bei Eleanor sein?«

Sie wollte antworten, aber in diesem Moment hämmerte jemand gegen die Haustür, und unten entstand ein Tumult. Mir blieb das Herz stehen. Ich war mir sicher, dass mein Onkel gekommen war, um mich zu holen.

»Das ist Onkel Thomas Stepford«, flüsterte ich zu Tode erschrocken.

Agnes sah mich an und überlegte kurz. »Schnell, du musst aus deinem Zimmer heraus. Hier suchen sie dich zuerst.«

Schon hörte ich unten seine Stimme. Er forderte lauthals das, was von Rechts wegen ihm gehöre, und verlangte, man solle ihm sagen, wo ich sei. Ich hörte Mrs Jensons gedämpfte Stimme, verstand aber ihre Worte nicht. Ich befürchtete, dass der Lärm Eleanor wecken würde. Dann könnte der Onkel seinen Anspruch auf mich sofort durchsetzen. Eleanor würde sich freuen, wenn sie mich los war, und Mrs Jenson würde erleichtert sein, dass ihr die Entscheidung abgenommen wurde.

Agnes nahm mich an der Hand. »Ich weiß ein Versteck.«

Sie führte mich durch den dunklen Flur bis zur letzten Tür, zu dem Raum, in dem wir die Séance abgehalten hatten und in dem ich Eleanor gefunden hatte, als sie sich das Leben nehmen wollte. Agnes öffnete mit einem Schlüssel, den sie aus der Tasche gezogen hatte.

»Das ist das beste Versteck. Das Schloss ist neu – es ist so stabil, dass dein Onkel es nicht aufbrechen kann.«

Erleichtert folgte ich Agnes in den düsteren Raum, der nur durch das Kerzenlicht und einen blassen Mond draußen vor dem Fenster erhellt wurde. Erst als wir in Sicherheit waren, dachte ich wieder daran, Agnes zu fragen, warum sie sich hier oben im Dachgeschoss aufhielt. Sie sah mich an. »Ich habe dir etwas mitgebracht. Miss Eleanor hat mir erzählt, dass du die ganze Geschichte von Arielle Marchal erfahren möchtest. Das hier ist der letzte Teil. Selbst Eleanor kennt dieses Vermächtnis nicht.«

»Du hast es bei dir?« Einen Moment lang überwand meine Neugier die Angst vor einer Entdeckung. »Warum ist es in deinem Besitz?«

»Das wirst du sehen, wenn du es liest.« Sie zog einen Umschlag heraus. »Hier steht die Wahrheit über den Mord an Samuel Wainwright. Du kannst in Ruhe lesen – ich muss den Schlüssel wieder mitnehmen, sonst vermisst Mrs Jenson ihn, aber ich schließe die Tür ab, sodass niemand zu dir hereinkommen kann.«

»Danke«, sagte ich.

»Ich gehe jetzt nach unten und sehe mal nach, was da los ist.« Sie lächelte mir kurz zu. Im flackernden Kerzenschein sah ich, wie ihre treuen braunen Augen groß wurden. »Ich mache so schnell, wie ich kann.«

Und damit war sie fort, und ich blieb im Halbdunkel zurück. Ich öffnete den Umschlag und zog ein vergilbtes Dokument heraus. Da ich es kaum lesen konnte, trat ich ans Fenster, wo das Mondlicht mir half, die Worte besser zu sehen. Erschrocken erkannte ich die kunstvollen Bögen der fliederfarbenen Schrift.

Das Vermächtnis von Arielle Marchal
verfasst im Gefängnis in Durham
in der Nacht vor ihrem Tod

4. Oktober 1850

Mein liebes Kind,

Du wirst viel Schlimmes über mich hören, und mein Dasein wird einen Schatten auf Dein Leben werfen; das kann ich nicht verhindern. Stattdessen muss ich jetzt den Balsam der Mutterliebe eines ganzen Lebens in die dürren Seiten dieses Briefes gießen. Du schläfst gerade so friedlich, Du atmest leise und regelmäßig, und ich kann es kaum ertragen, mich von Dir abzuwenden, auch nicht für einen Moment. Aber ich muss die Wahrheit für Dich niederschreiben.

Morgen früh werde ich unter den Galgen hinaustreten, die Welt wird mich sehen, und ich werde spüren, wie der Henker mir mit seiner kalten Hand die Schlinge um den Hals legt. Jetzt schon höre ich, wie die Menge sich draußen versammelt, um mich sterben zu sehen. Die Wärter haben mir erzählt, dass Tausende gekommen sind und dass sie einen Festtag daraus machen. Straßenhändler preisen Austern und Bratfisch an, alles drängelt sich um die besten Plätze, und ich höre, dass mein Name in anrüchigen Liedern gesungen wird.

Ich werde dafür sterben, dass ich am 11. August letzten Jahres Samuel Wainwright getötet habe. Man hätte mich gleich danach hingerichtet, wäre ich nicht mit Dir schwanger gewesen. Wie es in diesem Land Brauch ist, wurde meine Hinrichtung verschoben, bis Du geboren und abgestillt sein würdest, und so wurde mir das Glück zuteil, Dich kennenzulernen und eine, wenn auch nur kurze, Zeit mit Dir zusammen zu sein.

Ich war so sicher, dass Du ein Junge werden würdest, ein gesunder Sohn für Matthew Wainwright, aber nein, ich habe Dich bekommen, meine schöne, wonnige Tochter. Und ganz bald muss ich Dich allein und schutzlos in dieser Welt zurücklassen, so, wie ich einst selbst alleingelassen wurde.

Ich wurde 1831 in der Provence geboren. Meine Eltern waren Jean und Ines Marchal. Sie besaßen einen Bauernhof in der Nähe von Sault. Meine Mutter starb, als ich fünf Jahre alt war, und ihr zum Gedenken trägst Du ihren Namen. Ich hoffe, Du wirst zu einer kraftvollen Frau heranwachsen, so wie sie es war. Mein Vater hat Maman viel zu schnell durch eine grausame Nachfolgerin ersetzt. Diese Frau tat so, als hätte sie mich lieb, bis sie eigene Kinder bekam. Von da an wurde ich nur noch geduldet.

Als ich zwölf war, schickten sie mich in ein Kloster.

Dort brachten die Nonnen mir alles bei, was man braucht, um eine gute Ehe einzugehen. Ich war eine brave, gehorsame Schülerin, die bei den Schwestern sehr beliebt war. Doch als ich siebzehn war, kam mein Vater bei einem Unfall auf dem Hof ums Leben. Meine Stiefmutter schickte den Nonnen einen kurzen Brief. Vater hatte nur wenig Geld hinterlassen, und sie hatte nicht die Absicht, weiterhin für meinen Aufenthalt im Kloster zu bezahlen.

Nachdem die Nonnen den Brief erhalten hatten, veränderte sich ihre Haltung mir gegenüber, daher konnte ich mir denken, was darin gestanden hatte. Ich musste das Kloster verlassen, aber niemand wusste, wie es mit mir weitergehen sollte. Schließlich wurde beschlossen, dass ich als Gouvernante nach England gehen sollte – ich hatte eine Begabung für Sprachen gezeigt und würde dort meinen Lebensunterhalt verdienen können. Unter der Voraussetzung, dass ich nicht wiederkommen würde, erklärte meine Stiefmutter sich bereit, die Kosten für die Reise nach England zu übernehmen.

Zuerst arbeitete ich für die Familie Baker in Aldgate in London. Dort musste ich ständig vor den ungehörigen Aufmerksamkeiten von Mr Baker und seinem sechzehnjährigen Sohn flüchten. Als der Sohn dann versuchte, mir Gewalt anzutun, und seine Mutter davon erfuhr, gab sie mir die Schuld daran. Sie fand eine entfernte Freundin, die eine Gouvernante suchte, und ich wurde nach Teesbank Hall im County Durham geschickt.

Es war ein trostloses Haus. Mr und Mrs Wainwright hassten sich, und meine Schülerinnen, Clara und Martha, waren richtiggehend verwildert. Clara, das ältere Mädchen, war böse und machte mir das Leben zur Hölle. Am meisten aber hasste sie ihren Bruder Samuel. Manchmal kritzelte sie über ihre Schreibaufgaben: »Ich hasse Samuel. Samuel muss sterben.« Meine einzige Freundin war Nancy Wilson. Sie war Samuels Kindermädchen und etwa in meinem Alter. Wir sprachen oft darüber, wie gern wir dieses Haus verlassen würden und dass wir davon träumten, echte Liebe zu finden.

Und dann begann Matthew Wainwright, uns im Schulzimmer zu besuchen. Anfangs fragte er nur nach den Mädchen und ob sie fleißig lernten, doch dann hielt er sich länger bei uns auf. Ich freute mich über seine Besuche und sein Interesse an mir.

Im dunklen Monat Januar brachte er mir einen Strauß Schneeglöckchen mit, und ich wagte es, auf eine Zukunft mit ihm zu hoffen. Er hatte seine Frau, und ich bemühte mich, ihn abzuweisen, wenn er mir Avancen machte, aber er war sehr hartnäckig und versprach mir, dass wir eines Tages heiraten würden. Zum ersten Mal lag ich auf dem Lehmboden des Bootshauses bei ihm, während draußen der Regen herunterprasselte. Später verbrachten wir wie Eheleute drei Tage zusammen in Harrogate. Er schenkte mir einen Ring mit einer Perle und kaufte mir wunderschöne weiße Seide – sie sollte der Stoff für mein Hochzeitskleid und für Dein Taufkleidchen sein.

Doch ich fürchte, er wurde meiner bereits müde, und bei unserer Rückkehr schenkte er Mrs Wainwright die Hälfte des Stoffes, weil er ein schlechtes Gewissen hatte. Ich wusste schon, dass ich sein Kind unter dem Herzen trug, aber mit einem Mal waren wir nie mehr allein, und ich konnte ihm nicht von meinem Glück erzählen, dass wir einen Sohn bekommen würden. Dann schrieb Susan Wainwrights Schwester aus London einen Brief voller Lügen. Angeblich hatte ich versucht, in Aldgate den Sohn des Hauses zu verführen. Als Matthew einige Wochen in geschäftlichen Angelegenheiten unterwegs war, schickte sie mich aus Teesbank Hall fort. Sie sagte, ich würde den Haushalt moralisch vergiften und wäre eine Gefahr für sie alle!

Nancy Wilson half mir beim Packen. Als Matthew zurückgekehrt war, bat ich sie, mich noch einmal ins Haus zu lassen. Am Abend des 10. August öffnete sie nach Einbruch der Dunkelheit den Dienstboteneingang für mich. Damals glaubte ich noch, wenn Matthew mich nur sehen würde, wäre alles wieder so wie zuvor.

Ich lächelte, als ich sein Studierzimmer betrat, denn ich zweifelte keinen Moment an der Beständigkeit seiner Liebe, nicht einmal, als seine Stimme vor Überraschung hart war und er sagte, ich dürfe nicht hier sein.

Ich bat ihn inständig, mich anzuhören, und als ich ihm sagte, dass ich mit seinem Sohn schwanger sei, sah ich einen Funken Zärtlichkeit in seinen Augen aufblitzen. Aber dann kam seine Mutter ins Zimmer. Sie war eine böse Frau, die sich in alles einmischte. Als ich ihr in die Augen blickte und sagte, Matthew und ich liebten uns und würden einen Sohn bekommen, lachte sie mich aus. Sie meinte, das Kind könnte von jedem hergelaufenen Mann sein, und ihr Sohn würde nicht für den Bastard eines anderes aufkommen.

Als Matthew sich wehren wollte, sagte sie, sein einziger wahrer Sohn sei Samuel, und er müsse jetzt das Richtige tun und mich aus dem Haus werfen. Ich flehte Matthew an, nicht auf die Lügen seiner Mutter zu hören, und erklärte ihm, dass es fast mit Sicherheit den Tod für mich und unser Kind bedeuten würde, wenn er mich aus dem Haus schickte. Doch er entschied sich, seiner Mutter zu gehorchen, und ließ zu, dass sie mich schamlos und Hure nannte. Sie befahl mir, das Haus sofort durch den Dienstboteneingang zu verlassen, sonst würden die Stallburschen mich hinauswerfen.

Ich schlich die Treppe hinunter und setzte mich in die verlassene Küche. Als ich mir die Hände auf den Bauch legte, spürte ich Dein Strampeln, mein liebes Kind – das die Wainwrights zum Tode verurteilt hatten. Matthew hatte mich betrogen, und die Enttäuschung darüber versetzte mich in eine andere Zeit zurück, als ich zwolf war und meine Stiefmutter mich ins Gesicht schlug und Vater so tat, als sähe er es nicht.

Damals hatte ich zum ersten Mal die Stimmen in meinem Kopf gehört. Die Stimmen, die Rache für das Unrecht verlangten, das ich erlitten hatte. Mein Halbbruder Alain spielte draußen im Frühlingssonnenschein, und ich schlug ihn hart, so, wie meine Stiefmutter mich geschlagen hatte. Hinterher tat es mir leid, und ich versuchte, es mit Streicheln wiedergutzumachen, aber er erzählte es trotzdem seiner Mutter. Da schickten sie mich fort ins Kloster. Sie bezahlten die Kosten, und ich bekam jedes Jahr eine neue Uniform, aber weder Briefe noch Besuche.

Ich muss mehrere Stunden in der Küche gesessen haben. Die tiefe Dunkelheit der Nacht hob sich allmählich, und die erste Morgendämmerung malte rötliche Streifen an den Himmel. Anfangs hatten die Stimmen in meinem Kopf nur geflüstert, aber jetzt wurden sie eindringlicher. Sie befahlen mir, Samuel zu töten, weil er der Grund sei, dass mein Kind sterben müsse. Ich wusste, dass die Stimmen erst schweigen würden, wenn ich ihnen gehorchte, also nahm ich das schärfste Messer, das ich finden konnte, und schob es unter meine Jacke. Dann ging ich die Dienstbotentreppe hinauf zu Samuels Kinderzimmer.

Nancy war wach, weil Samuel aus einem Albtraum hochgeschreckt war, und jetzt schmiegte er sich im Bett an sie. Sie wollte wissen, was Matthew gesagt hatte. Wie konnte ich ihr die Wahrheit gestehen? Ich murmelte, er liebe mich und alles sei gut. Falls Nancy das bezweifelte, sagte sie es nicht. Dann erklärte ich, ich würde Samuel gern zum Spielen mit nach draußen nehmen und in der Morgendämmerung Gänseblümchen mit ihm pflücken. Ich versprach Nancy, dass ich ihn in sein Bettchen zurückbringen würde, bevor sie wieder erwachte. Samuel war schläfrig und missmutig. Er fing an zu weinen, weil ihm kalt war und er nicht mit nach draußen gehen wollte. Nancy und ich stritten uns, und davon wachte Clara auf und kam in Samuels Zimmer.

Nancy ging ärgerlich in Marthas Zimmer hinüber, um nachzusehen, ob sie ebenfalls aufgewacht war. Da bat ich Clara, Samuel zu überreden, mit mir nach draußen zu gehen. Ich versprach ihr, dass sie ihn nie wiedersehen würde, weil ich ihn von Teesbank Hall mitnehmen wolle. Sie zögerte nur kurz, dann begann sie, schmeichelnd auf ihn einzureden und ihm schönzutun, bis er aufhörte zu schluchzen. Als er sich noch einmal über die Kälte beklagte, nahm Clara die weiße Seide, die über einem Stuhl hing, und gab sie ihm, sodass er sich gegen die Morgenkühle darin einhüllen konnte. Bevor sie wieder verschwand, küsste sie ihn auf die Wange und flüsterte, das wäre ein besonderes Geheimnis zwischen ihr und ihm. Ich lächelte Clara zu und sagte, jetzt sei sie meine Komplizin.

Wie ich es schon geahnt hatte, befahlen die Stimmen mir, dass Samuel im Bootshaus sterben solle. Während er auf der nackten Erde spielte, hob ich das Messer, stach zuerst ungeschickt zu und bemühte mich, seine Schreie zu überhören. Ich beobachtete mich von außen, und mein Gewissen versuchte, zu mir zu sprechen, aber die anderen Stimmen waren lauter. Samuels Leben für das Leben meines Kindes. Die Familie Wainwright würde die abgrundtiefe Verzweiflung kennenlernen, die ich jetzt schon erfuhr.

Hinterher schämte ich mich. Ich schluchzte, als ich die

Gänseblümchen in seinem Blut liegen sah, und als könnte ich noch etwas retten, hüllte ich ihn in die weiße Seide, sein Leichentuch. Dann versteckte ich den leblosen Körper unter der Plane im Bootshaus. Ich wusch mich im Fluss und wanderte zu der Farm bei Appleton Wiske zurück, auf der ich Arbeit gefunden hatte. Die Stimmen waren viel leiser geworden, und sie sagten, man könne mir eigentlich nichts vorwerfen. Diana Wainwright sei schuld, weil sie ihren Sohn gegen mich aufgehetzt habe.

Ich habe vor Gericht nichts zu meiner Verteidigung gesagt. Was hätte ich auch vorbringen können? Außerdem hatte ich für mein Schweigen etwas bekommen. Ich hatte mit dem Einzigen gehandelt, was ich noch zu vergeben hatte. Drei Tage nach meiner Verhaftung besuchte mich nämlich Diana Wainwright im Gefängnis, weil sie sichergehen wollte, dass der Name der Familie nicht durch einen Skandal beschmutzt würde. Sie wollte, dass ich nicht über mein Verhältnis mit Matthew sprach, und gab mir im Gegenzug das Versprechen, nach meiner Hinrichtung ein gutes Zuhause für Dich zu finden.

Das war alles, was ich für Dich tun konnte.

Ich bat sie um einen Beweis, dass ich ihr vertrauen könne, und sie sagte: »Ihr Kind ist mein Fleisch und Blut, und ich schwöre beim Glück der Wainwrights, dass ich mein Wort halten werde.« Hah! Mit jeder Minute rückt mein Tod näher, und die Wärter lachen nur, wenn ich sie frage, wo die gute Familie sein könnte. Diana Wainwright hat ihren Eid gebrochen, und ich verfluche sie und ihre Familie.

Mehr gibt es nicht zu sagen, meine geliebte Ines. Es bricht mir das Herz, dass Du keine Erinnerung an mich haben wirst und dass Du nie erfahren wirst, wie sehr ich Dich geliebt habe. Während ich auf den Tod zugehe, bete ich nicht für mich, sondern nur für Dich, dass Du das Glück und die Liebe finden mögest, die mir versagt blieben.

In ewiger Liebe
Arielle Marchal

Benommen schob ich den Brief wieder in den Umschlag. Dabei flatterte ein amtliches Formblatt auf den Boden, und ich hob es auf. Oben trug es den Stempel *Bishop Auckland Workhouse.* Darunter standen zwei Daten und daneben handschriftliche Bemerkungen. Am 4. Oktober 1850 war das Dokument eingegangen, das hatte der Vorsteher des Arbeitshauses unterschrieben. Am 9. Oktober 1868 war es dann Agnes Smith ausgehändigt worden. Neben ihrem Namen stand in Klammern: »Ines Marchal – sie soll das Vermächtnis ihrer Mutter beim Verlassen des Arbeitshauses oder sonst spätestens an ihrem einundzwanzigsten Geburtstag erhalten.«

30

Mir war kalt ums Herz. Arielle Marchal war also doch die Mörderin. Und Agnes? Was war mit Agnes? Ich hörte, wie die Tür aufgeschlossen wurde. Sie kam mit einer hell brennenden Petroleumlampe herein. »Hast du das Vermächtnis gelesen?«, fragte sie.

Meine Erschütterung reichte ihr als Antwort.

»Der Vorsteher des Arbeitshauses meinte, es würde meinem Ruf schaden, wenn ich den Familiennamen meiner Mutter beibehielte. Er änderte meinen Nachnamen in Smith, damit niemand mich mit ihr in Verbindung bringen konnte. Und weil der französische Vorname Ines zu ungewöhnlich war, wurde daraus Agnes.«

»Du bist Arielle Marchals Tochter.«

»Sie war die Mutter, deren Liebe ich gebraucht hätte. Man hat sie grausam ausgenutzt. Matthew Wainwright trägt einen Teil der Schuld daran, aber vor allem ist Diana Wainwright die Schuldige, und ich werde mich an ihr rächen.«

»Was meinst du damit?«, fragte ich.

In diesem Moment tauchte Eleanor auf. Sie sah mich mit eisigem Blick an. »Agnes hat mich immer gewarnt, dass Sie mir Henry wegnehmen und mich dann in Gate Helmsley vermodern lassen wollen. Und der Brief, den Arielle aus dem Grab geschrieben hat – der auf meinem Bett lag, bevor wir nach London gereist sind –, hat das bestätigt.«

»Eleanor, ich würde Sie niemals nach Gate Helmsley bringen lassen. Was in dem Brief steht, stimmt schlichtweg nicht. Außerdem kann Arielle Marchal ihn nicht geschrieben haben.«

»Agnes hat mich von Anfang an gewarnt und mir von Ihrer hinterlistigen Art berichtet. Sie haben nur so getan, als suchten Sie meine Freundschaft, aber eigentlich wollten Sie mir Henry wegnehmen und Agnes und mich daran hindern, unseren Plan auszuführen. Sie sind genauso wie alle anderen Gouvernanten seit Lilian.«

»Welchen Plan meinen Sie? Agnes, warum haben Sie Lügen über mich verbreitet? Ich hatte nie die Absicht, Eleanor zu betrügen. Wir waren beinahe Freundinnen. Miss Eleanor, ich schwöre Ihnen, ich würde Ihnen niemals wehtun.«

Meine Stimme klang offenbar so aufrichtig und gleichzeitig so verzweifelt, dass Eleanor kurz verunsichert war.

»Hör nicht auf sie, Eleanor, was sie sagt, ist Gift«, warnte Agnes. »Miss Caldwell versucht nur zu verhindern, dass wir das Haus reinigen. Aber das ist unsere Aufgabe, und du weißt, was jetzt zu tun ist. Fang an, ich mache gleich mit.« Die Agnes, die so sprach, war nicht mehr das furchtsame Mäuschen mit den treuen braunen Augen, sondern eine ganz andere, fast gebieterische junge Frau. Eleanor wandte sich ab, und erst jetzt fiel mir auf, dass sie einen schweren Gegenstand trug.

»Eleanor –«, begann ich.

Agnes unterbrach mich sofort. »Wir haben nicht mehr viel

Zeit. Schnell, Eleanor, wir wollen nicht im letzten Moment noch scheitern.«

Die beiden jungen Frauen lächelten einander zu, und Eleanor verschwand im Flur.

Agnes sah mich trotzig an. »Eleanor glaubt mir immer mehr als allen anderen.«

»Weiß sie, dass du Arielle Marchals Tochter bist?«, fragte ich. Ich war unsicher, wie ich mich jetzt, da ich die wahre Geschichte kannte, verhalten sollte.

»Und die Tochter von Matthew Wainwright. Wir sind Halbschwestern.«

Natürlich, dachte ich.

»Ich habe Eleanor über unsere Blutsverwandtschaft aufgeklärt, nachdem sie von ihrem Abenteuer mit Lilian Howard zurückgekehrt war. Während diese Frau hier war, kam man einfach nicht an Eleanor heran. Als die Gouvernante dann fort war, ließ Eleanor sich viel leichter beeinflussen.«

»Wie meinst du das?« Ich musste alles neu bewerten, was ich bisher über Agnes gedacht hatte.

»Eleanor will mir helfen, das wiedergutzumachen, was hier geschehen ist. Wie kann das schlecht sein?«, erwiderte Agnes. »Danach wird die Seele meiner Mutter in Frieden ruhen können.«

»Hast du Eleanor gesagt, dass Arielle die Mörderin war?«

»Das braucht sie nicht zu wissen. Sie glaubt, dass Samuel von seiner Schwester Clara ermordet wurde. Nein«, Agnes schüttelte den Kopf, »du bist der einzige Mensch, dem ich das Vermächtnis gezeigt habe. Meine Mutter trägt moralisch gesehen keine Schuld an dem Mord.«

»Aber sie hat ein unschuldiges Kind getötet. Das war ein Verbrechen.«

»Wage es nicht, meine Mutter eine Verbrecherin zu nennen!« Agnes' Blick wurde hart. »Sie trifft keine Schuld. Ich lasse nicht zu, dass sie für den Mord verantwortlich gemacht wird.«

»Und Eleanor ist so wehrlos. Dieses Haus schadet ihr schon genug, und jetzt benutzt du sie für deine Zwecke.«

»Sie lässt sich benutzen – sie war geradezu besessen von dem Mord. Es war nicht schwer, sie in dem Glauben zu bestärken, dass es in Teesbank Hall spukt.«

»Das hast du aus Berechnung getan?«, fragte ich.

Agnes zuckte die Achseln. »Ich brauchte ihre Hilfe, und sie glaubte ohnehin schon mehr oder weniger an das Gespenst. Die Séance war meine Idee. Es war keine echte Séance – ich hatte eine Botschaft von der toten Gouvernante geplant, sie sollte Eleanor auffordern, Rache zu üben. Aber dein hysterischer Anfall hat alles verdorben.«

»Dann hatte Eliza also vorher gar keine Séance abgehalten?«

»Nein.« Agnes lachte. »Das würde sie sich niemals trauen, sie ist viel zu gottesfürchtig. Und ich habe Messer für Eleanor gestohlen, wann ich nur konnte.«

»Obwohl du wusstest, dass sie sich damit schneidet?«

Auf diese Frage antwortete Agnes nicht. Stattdessen sagte sie: »Ich hatte Sorge, dass du dich mit Eleanor anfreunden könntest, und ich wollte nicht, dass sie dir von unserem Plan erzählt. Du hättest sie vielleicht davon abgehalten. Daher war es besser, Feindschaft zwischen euch zu säen.«

Allmählich dämmerte mir, was Agnes vorhatte. Ich musste vom Fenster fort und zur offenen Tür hinüber. In diesem Raum zu bleiben, war zu gefährlich. Um Agnes abzulenken, musste ich dafür sorgen, dass sie weitersprach. »Von was hätte ich sie abgehalten?«

»Ach, das erfährst du bald genug, und es ist nur recht und billig, dass zwei von Matthew Wainwrights drei noch lebenden Töchtern Teesbank Hall vernichten.«

»Dieser gefälschte Brief, den Eleanor am Vorabend unserer Reise nach London bekommen hat – das warst du! Aber wieso war es Arielles Handschrift?«

Agnes lachte. »Ich habe einfach die Schrift vom Vermächtnis meiner Mutter kopiert – von dem Dokument, das du gerade in der Hand hältst. Und war der Brief tatsächlich gelogen, Harriet? Jeder, der Augen im Kopf hat, kann sehen, dass du Henry liebst. Da versteht es sich doch von selbst, dass du Eleanor aus dem Weg haben willst.«

Ich wollte Agnes widersprechen, aber sie fuhr fort: »Ich war es auch, die dein Nachthemd mit Blut beschmiert hat. Ich wollte jedes Vertrauen zwischen Eleanor und dir zerstören. Ich wusste, dass man ihr die Schuld geben würde und niemand ihr glauben würde, wenn sie die Tat bestritt.«

Während Agnes sprach, hatte ich mich näher an sie herangepirscht. Plötzlich fiel ihr das auf. »Wenn du noch näher kommst, lasse ich die Lampe fallen, dann setzt das Petroleum den ganzen Raum in Brand.«

Ich blieb stehen. »Warum bist du eigentlich nach Teesbank Hall gekommen?«

»Ich hatte geglaubt, es könnte mein Zuhause werden«, antwortete Agnes schlicht. »Als der Vorsteher des Arbeitshauses mir das Vermächtnis meiner Mutter aushändigte, hatte ich endlich eine Familie – einen Vater und weitere Blutsverwandte.«

»Die Wainwrights?«

»Meine verworfene, zerbrochene Familie. Als ich begriff, wie grausam sie waren – vor allem Matthew und Diana –, wurde mir klar, dass ich den Tod meiner Mutter rächen musste. Ich wollte, dass ihr Fluch sich erfüllt.«

»Und wie geht es jetzt weiter?« Ich schob mich noch eine Handbreit näher an die Tür heran.

»Jetzt kann es ja nicht mehr schaden, wenn ich es dir sage. In den vergangenen Monaten haben wir Petroleum gesammelt. Immer wenn Eleanor sich mit den Dokumenten über den Mord bei dir Zeit erkauft hatte, hat sie mir geholfen, das Petroleum auf dem Anwesen zu verstecken.«

»Aber warum Petroleum?«

»Wir werden Teesbank Hall für alle Zeit reinigen, und das muss heute Abend geschehen.«

»Warum heute Abend?«

»Während ihr in London wart, hat Mrs Jenson mir anvertraut, dass Matthew Wainwright Eleanor doch in eine private Irrenanstalt einliefern will. Er wird also sein Versprechen brechen. Deswegen muss es jetzt schnell gehen, denn Eleanor muss sich daran beteiligen.«

Ich stürzte zur Tür, aber Agnes war schneller als ich. Sie warf die Tür von außen zu und drehte den Schlüssel um. »Jetzt kann es endlich losgehen. Ich lasse mich von dir nicht aufhalten.«

»Agnes, bitte mach die Tür wieder auf!«

»Nein! Du würdest alle warnen, und du hast meine Mutter als Verbrecherin bezeichnet.« Ich hörte, wie ihre Schritte im Flur verklangen.

Ich saß in der Falle – aber wie konnte ich um Hilfe rufen, wenn meine einzige Rettung vermutlich Onkel Thomas Stepford sein würde? Als mir bewusst wurde, wie ausweglos meine Lage war, ließ ich mich gegen die Wand sinken. Von unten drang zorniges Stimmengewirr herauf. Türen wurden geöffnet und geschlossen, dann hörte ich schwere Schritte die Treppe hinauf und immer näher kommen. Offenbar hatte mein Onkel mich gefunden. Ich versuchte, mich zu beruhigen, indem ich mir sagte, Agnes wolle mir persönlich nichts Böses und in diesen Raum könne wenigstens niemand eindringen.

Doch während ich an der Wand saß, wurde es im Zimmer immer wärmer und stickiger.

Da hörte ich einen schrillen Schreckensschrei von Mrs Jenson und gleich darauf Eleanors angstvolle, aber triumphierende Stimme: »Geschafft! Jetzt geht alles seinen Gang! Wir haben unser Versprechen erfüllt!«

Und dann rief eine tiefe, vertraute Männerstimme voller Entsetzen: »Guter Gott, das Haus steht in Flammen. Eleanor, was ist passiert?«

»Das habe ich Arielle Marchals Geist versprochen. Es wird uns alle reinwaschen, Henry. Es ist richtig so, es musste geschehen.«

»Das ist Wahnsinn. Du hast uns alle in Gefahr gebracht. Wo ist Harriet? Sag es mir! Jetzt auf der Stelle!«

Bei dem Lärm von krachenden Balken und knisternden Flammen war es schwer, Eleanors Worte zu verstehen, aber sie musste Henry verraten haben, wo ich zu finden war, denn kurz darauf hörte ich, wie er, schon auf der Treppe, meinen Namen rief. Die Angst riss mich aus meiner Lethargie, und während beißender Rauch ins Zimmer drang und ich ihn schon in der Kehle schmeckte, hämmerte ich mit aller Kraft gegen die Tür. »Henry! Ich bin hier! Aber die Tür ist abgeschlossen!«

»Gott sei Dank, dass ich dich gefunden habe, Harriet. Geh von der Tür weg, ich versuche jetzt, sie aufzubrechen!« Ich hörte ihn husten. Der dichte Qualm musste ihm in die Lungen gedrungen sein.

Während ich mich neben dem Türrahmen an die Wand stellte, hörte ich schon seine wilden Versuche, die massive Tür einzutreten. Doch sie gab nicht nach. Es war furchtbar, dass meine Rettung so nah war und jetzt um Haaresbreite scheitern sollte.

»Henry, du musst dich selbst retten. Du kannst die Tür nicht aufbrechen. Schnell, sonst schneidet das Feuer dir den Weg über die Treppe ab«, beschwor ich ihn, aber er antwortete nicht, sondern schlug jetzt mit einem schweren Gegenstand auf die Tür ein.

Ich sah mich im Zimmer um. Das Fenster bot keinen Fluchtweg. Ich erinnerte mich daran, wie verzweifelt Eleanor an dem Drahtnetz gerissen hatte, bis ihre Fingernägel abbrachen und die Fingerkuppen bluteten. Ein furchtbarer Tod in den Flammen erwartete mich. Mit merkwürdiger Klarheit wanderten meine Gedanken zu einem Geschichtsbuch, das ich in der Bibliothek meines Vaters entdeckt hatte. Der Verfasser berichtete von Märtyrern, die zum Tod auf dem Scheiterhaufen verurteilt worden waren. Er behauptete, sie hätten ihre Henker dafür bezahlt, sie zu erdrosseln, damit ihnen die Qualen des Feuertodes erspart blieben. Als ich meinen Vater dazu befragte, versicherte er mir jedoch, der Rauch würde den Verurteilten das Bewusstsein rauben, lange bevor die Flammen sie erreichten.

Die Rufe im Haus waren verstummt. Im Flur war niemand mehr. Vor Hitze und Rauch fast betäubt, betete ich zu meinem Schöpfer um ein schmerzloses Ende.

Da hörte ich eilige Schritte und laute Stimmen. Henry war so geistesgegenwärtig gewesen, nach unten zu laufen und den Zweitschlüssel aus Mrs Jensons Schrank zu holen. Jetzt kam er mit Tom, dem Stallburschen, zurück. Gerade als ich das Bewusstsein verlor, wurde die Tür geöffnet. Sie zogen mich aus dem Raum und trugen mich die Dienstbotentreppe hinunter. Anders als die geschwungene Prunktreppe bot das geschlossene Treppenhaus Schutz vor den Flammen.

Sie legten mich draußen ins feuchte Gras. Mein Husten brachte mich wieder zur Besinnung, und meine Lungen sogen die kühlende Luft ein. Mrs Jenson und eine Gruppe verängstigter Bediensteter standen mit höflichem Abstand um mich herum, wie dunkle Schatten vor der orangegelben Feuersbrunst.

»Wie geht es ihr, Mrs Jenson?«, fragte Eliza.

»Das weiß ich nicht. Man kann es jetzt noch nicht sagen – wir müssen warten, bis wir besseres Licht haben.«

Ein weiterer dunkler Schatten schob sich zwischen den Hausbewohnern hindurch. Onkel Thomas Stepford. »Sie ist meine Nichte«, rief er. »Ich muss sofort zu ihr.«

Da alle ihn für einen besorgten Verwandten hielten, machten sie ihm Platz, und schon beugte er sich über mich, und ich spürte seinen sauren Atem warm im Gesicht. »Wird sie sterben? Wird sie sterben?«, wollte er wissen. Alle glaubten, seine Erregung sei ein Beweis für die Sorge eines liebevollen Onkels, und sie versicherten ihm, dass ich überleben würde. Doch das war nicht die Antwort, die er hatte hören wollen. Mir war klar, dass er auf das Einkommen von Vaters Gut spekulierte, das mein Tod ihm bescheren würde.

Als er nach mir greifen wollte, schrie ich aus Leibeskräften. Meine Kehle brannte, trotzdem brachte ich heraus: »Bringt ihn weg! Er darf mich nicht anfassen!« Ich wurde so hysterisch, dass er peinlich berührt zurücktrat.

»Ich glaube, im Moment lassen Sie Miss Caldwell am besten in Ruhe«, sagte ein Stallbursche.

»Sie ist meine Nichte, und ich gehe erst weg, wenn ich sie bei mir habe.«

»Kommt Zeit, kommt Rat«, sagte Mrs Jenson, um ihn zu beschwichtigen. »Jetzt muss sie sich erst einmal ausruhen.«

Endlich stapfte der Onkel fort, aber dabei drohte er mehrmals, dass er zurückkehren würde. Ich war völlig damit beschäftigt, wieder zu mir zu kommen. Trotz der kühlen Luft brannten meine Lungen bei jedem noch so vorsichtigen Atemzug. Was mein Onkel mir in London angedroht hatte, war furchtbar, aber damit würde ich mich später befassen. Als ich mich schließlich mit großer Anstrengung zum Sitzen aufrichtete, trat Mrs Jenson zu mir, um mir zu helfen. »Wo ist Henry?«, fragte ich sie.

»Er ist noch einmal ins Haus gegangen. Miss Eleanor wird vermisst.«

»Nein!«, röchelte ich. »Eleanor und Agnes haben den Brand gelegt. Es könnte sein, dass sie Henry in den Tod lockt.«

Die Haushälterin sah sich rasch um. Hatten die anderen meine Worte gehört? »Sie fantasieren, Miss Caldwell. Miss Eleanor würde ihrem Bruder niemals etwas zuleide tun. Und Sie dürfen niemals sagen, Miss Eleanor sei an dem Brand schuld gewesen.«

Ich kam mühsam auf die Füße, denn ich wollte unbedingt Henry suchen. Doch da sah ich ihn plötzlich. Von den Flammen beleuchtet stolperte er auf uns zu. Er trug Eleanor auf den Armen, und sein Gesicht war vom Rauch geschwärzt. Nach Luft ringend, sank er zu Boden, richtete sich dann aber wieder auf. Er hatte Eleanor ins Gras gelegt. Ihr Kleid war verbrannt, und jetzt dienten ihr Fenstervorhänge als eine Art Umhang und als Unterlage. Henry gab an, was zu tun war, und man holte Wasser, um Eleanors Haut zu kühlen, die sich abschälte. Ich ging zu Henry hinüber und fragte, ob ich helfen könne.

Er sah mich an. Sein eingefallenes Gesicht war von Sorge gezeichnet. »Sie wollte sterben«, rief er. »Warum hat sie das Haus nicht verlassen?«

Ich konnte seine Frage nicht beantworten.

Als Eleanor schließlich wieder zu sich kam, krächzte sie: »Wir hätten alle umkommen sollen. Alle. Wir sind verflucht.

Warum hast du mich ins Leben zurückgeholt?« Diese Worte wiederholte sie immer wieder, sodass sie ein Teil des Schreckens jener Nacht wurden und sich für immer in mein Gedächtnis einprägten.

Das Herrenhaus wurde vollkommen zerstört. Das Feuer schwelte mehrere Tage, und die Einheimischen kamen und begafften die Ruine. Große Stücke Mauerwerk, geschwärzte Fetzen von Dokumenten und Überreste von Mobiliar lagen in der Asche. Alles war verbrannt und verschwunden. Die Bestrebungen der Familie Wainwright waren in einer Nacht des Irrsinns zunichtegemacht worden.

Eleanors Eltern blieben von dem Brand verschont, weil sie an jenem Abend nicht zu Hause waren und weil Agnes es sich in den Kopf gesetzt hatte, dass Eleanor mit ihr zusammen das Feuer legen sollte, bevor ihr Vater sie nach Gate Helmsley bringen konnte. Diana Wainwright jedoch überlebte den Brand nicht. Aus irgendeinem Grund war ihre Tür von außen abgeschlossen gewesen, und man hatte den Schlüssel nicht finden können.

Der Brand wurde allein Agnes in die Schuhe geschoben. Es hieß, sie wäre ein unzufriedenes Dienstmädchen gewesen und hätte sich furchtbar gerächt, weil sie entlassen werden sollte. Das war natürlich eine Lüge, aber die Wainwrights hatten Erfahrung mit dem Lügen. Zudem wurde Agnes' Leiche nie gefunden. Das Feuer hatte so gewütet, dass die Räume über dem Erdgeschoss völlig zerstört worden waren, und von ihr war keine Spur geblieben. Jemand sagte, sie sei absichtlich ins Zentrum der Feuersbrunst hineingelaufen, weil sie den Tod gesucht habe, aber andere behaupteten, sie hätten gesehen, wie eine junge Frau mit treuen braunen Augen nach Eaglescliffe zum Bahnhof geeilt sei, um den letzten Zug nach London zu erreichen. Soweit ich weiß, könnte sie sich immer noch gesund und munter irgendwo ihres Lebens freuen.

31

Sie brachten Eleanor und mich ins Pfarrhaus. Mrs Sterling richtete ein Kämmerchen im vorderen Teil des Hauses für mich her, aber ich kam nicht zur Ruhe. Der Strom von Menschen riss die ganze Nacht hindurch nicht ab. Ich hörte, wie Onkel Thomas Stepford an der Haustür mit lauter Stimme verlangte, man solle ihm das Versteck seiner Nichte verraten. Er drohte, mich noch in dieser Nacht nach Swaffham zurückzubringen. Vor lauter Angst machte ich mich ganz klein und verkroch mich unter der Bettdecke. Außerdem hörte ich besorgte Gespräche über Eleanors Verfassung. Wie gern hätte ich allen gesagt, dass sie an der Brandstiftung beteiligt gewesen war, weil sie die Absicht gehabt hatte, ihr Elternhaus zu zerstören.

Doch ich schwieg. Inzwischen fühlte ich mich mit der Familie Wainwright hinreichend verbunden, um zu begreifen, dass ich ihre Geheimnisse für mich behalten musste. Und Eleanor war tatsächlich sehr krank. In den ersten Tagen hing ihr Leben am seidenen Faden. Dass Henry sie mit Wasser übergossen hatte, milderte die Narbenbildung auf ihrer Haut, aber durch den Rauch, den sie eingeatmet hatte, waren ihre Lungen unwiderruflich geschädigt. Ihr pfeifender Atem war im ganzen Pfarrhaus zu hören. Ärzte gingen ein und aus, und ihre ernsten, gemurmelten Gespräche machten deutlich, dass die Patientin in Lebensgefahr schwebte.

Maisie, das junge Mädchen für alles, hatte die Aufgabe bekommen, Eleanor zu pflegen. Am dritten Tag vertraute das Mädchen mir an, dass sie vor Eleanor Angst habe. »Ich will nicht unbarmherzig sein, sie leidet doch so sehr, aber ich fürchte mich so vor ihr.«

»Aber warum denn, Maisie?«

»Also, Miss ...« Sie machte eine kleine Pause, und dann brach es aus ihr heraus: »Sie sitzt da so mit den Kissen im Rücken, und ihr Gesicht ist wie tot, aber ihre Augen, die Augen sind so lebendig und beobachten ganz genau.«

»Was beobachtet sie denn?«

»Alles, aber besonders die Ärzte. Da guckt sie zu, wie wenn sie sich jeden Handgriff merken wollte. Ich würd in dem Krankenzimmer kein Arzt sein wollen, nicht um alles Geld der Welt.«

»Maisie, das ist albern. Miss Eleanor kann doch gar nichts anderes tun, als sich anzusehen, was um sie herum vor sich geht.«

»Ich hab das Gefühl, dass sie den bösen Blick hat. Das kann von mir aus jeder wissen! Alle sagen doch, dass diese Wainwrights verflucht sind.«

Schließlich musste die Pfarrersfrau Maisies Pflichten im Krankenzimmer übernehmen, denn das Mädchen weigerte sich einfach, den Raum zu betreten, wenn Eleanor wach war.

Und was mich angeht, ich wohnte zwar im gleichen Haus wie Eleanor, aber nach der Brandnacht sah ich sie kaum, denn meine Gegenwart regte sie zu sehr auf. Agnes hatte sie gegen mich aufgehetzt, und vermutlich war sie immer noch überzeugt, dass der Brief auf ihrem Bett tatsächlich von der toten Arielle geschrieben worden war. Daher war es für uns beide leichter, wenn wir möglichst wenig miteinander zu tun hatten. Der Brand und die Ereignisse an den Tagen davor hatten mich mehr mitgenommen, als ich zugeben mochte. Ich schlief die meiste Zeit, auch wenn der Gedanke an Onkel Thomas Stepford mich nicht losließ. Sobald ich unten Stimmen hörte, befürchtete ich jedes Mal, dass er gekommen war, um mich abzuholen. In meinen schlimmsten Albträumen hing sein Gesicht wieder über mir, und ich roch seinen sauren Atem, als er wissen wollte, ob ich sterben oder überleben würde, und auf meinen Tod hoffte. Ich war froh, als ich erfuhr, dass er zwei Tage nach dem Brand wieder nach Norfolk abgereist war. Allerdings berichtete Mr Sterling mir, dass er weiterhin drohte, mich wieder in seine Obhut zu nehmen.

Mr und Mrs Wainwright waren bereits zu Susans Bruder in York abgereist. Sie kehrten nie wieder nach Teesbank Hall zurück, nicht einmal, um die Ruine zu besichtigen oder um Diana Wainwright zu beerdigen. Bei ihrem Begräbnis war Henry der einzige Vertreter der Familie. Er hatte die ersten Tage nach dem Brand im Pfarrhaus verbracht und war dann wegen einer dringenden Geschäftsangelegenheit aufgebrochen. Ich hatte ihn kaum zu Gesicht bekommen, einerseits, weil es mir so schlecht ging, und andererseits, weil Eleanor immer gleich losschrie, wenn sie ihn auch nur einen Moment lang nicht sehen konnte. Als sie schließlich so weit wiederhergestellt war, dass man sie für reisefähig hielt, kam die Kutsche der Wainwrights und holte sie zu ihren Eltern in York. Von mir verabschiedete sie sich gar nicht und von den Sterlings nur mit wenigen widerwilligen Dankesworten.

Der Pfarrer und seine Frau gestatteten mir, im Pfarrhaus zu bleiben. Sie waren sehr gütig zu mir, und ihre Pflege half mir, wieder gesund zu werden. Mrs Sterling, die ich schon bald Elizabeth nennen durfte, wurde zu einer echten Freundin, und sie bestand darauf, dass ich so lange blieb, bis ich mich wieder völlig erholt hatte. Ich glaube, sie freute sich, eine Freundin im Haus zu haben. Nach dem anstrengenden Leben in Teesbank Hall fügte ich mich erleichtert in die Rolle der Genesenden und verbrachte meine Zeit vor allem mit Lesen. Meine Verletzungen und meine Krankheit – ich hatte nach den Schrecken der Nacht ein Fieber bekommen – dienten mir als Vorwand, um nicht über meine Zukunft nachdenken zu müssen.

Ich sehnte mich nach einer Nachricht von Henry, aber es dauerte vier lange Wochen, bevor ich endlich einen Brief von ihm erhielt. Er erkundigte sich nach meiner Gesundheit und hoffte, dass es mir besser ging, doch er schrieb sehr förmlich, wie ein entfernter Bekannter, nicht wie ein guter Freund. Er berichtete, dass Eleanor immer noch krank sei, sich aber schrittchenweise erhole und mittlerweile den ganzen Tag medizinische Lehrbücher studiere, um den Heilungsprozess besser zu verstehen. Er hoffte, die Sterlings bald einmal besuchen zu können, doch die gegenwärtigen Umstände machten dieses Vorhaben schwierig. Hinsichtlich der Finanzen seiner Familie und der Zukunft von Teesbank Hall sei noch viel zu klären, und das nehme ihn zurzeit sehr in Anspruch.

Er entschuldigte sich für den trübseligen Ton seines Briefes und schrieb dann, er habe jedoch auch eine gute Nachricht für mich. Mein Onkel habe eingewilligt, für eine Summe von zweihundertfünfzig Pfund, die Henry ihm offenbar zur Verfügung gestellt hatte, alle weiteren Ansprüche auf mich aufzugeben. Außerdem verzichte er zu meinen Gunsten auf jegliche Anteile an dem Geld, das Vater zur Seite gelegt hatte und über das ich nach meinem fünfundzwanzigsten Geburtstag verfügen sollte. Ich hatte damit gerechnet, dass der Onkel dafür einen hohen Preis verlangen würde, und war nun einfach erleichtert, dass ich von ihm befreit war. Außerdem hatten Henrys Anwälte einen Nachlass von eintausend Pfund aufgetan, der aus der Familie meiner Mutter kam, und dieses Geld sollte ebenfalls in vier Jahren ausbezahlt werden. Das würde mir immerhin in Zukunft eine gewisse Unabhängigkeit garantieren.

Ich hatte mich in freudiger Erwartung auf dem Sofa niedergelassen, um Henrys Brief zu lesen. Doch jetzt trieb sein kühler Ton mir die Tränen in die Augen. Ich nahm hin, dass er in Rosalind Merryweather verliebt war, und ich wusste, dass ich niemals mit ihrer Schönheit oder ihrer Unberührtheit würde wetteifern können. Aber ich hatte geglaubt, Henry und mich würde eine herzliche Freundschaft verbinden. In den Wochen nach dem Brand hatte ich kein einziges Mal geweint, aber jetzt strömten meine Tränen, und ich drückte das Gesicht ins Sofakissen.

So fand mich Elizabeth. Mitfühlend sah sie mich an. »Was hast du denn, Harriet? Was betrübt dich so sehr?«

Ich deutete auf den Brief, der jetzt auf dem Fußboden lag.

Sie fragte, ob sie ihn lesen dürfe, und als ich bejahte, tat sie es mit äußerster Konzentration. Dann stellte sie mit der für sie typischen Ehrlichkeit fest: »Du hast dich in Henry verliebt.«

Elizabeth anzulügen, war unmöglich. »Ja«, antwortete ich, »und ich weiß, dass er meine Liebe nicht erwidert, aber dieser Brief ist so kaltherzig. Ich hatte geglaubt, wir wären befreundet.«

Elizabeth setzte sich neben mich, nahm meine Hand und sagte: »In den Tagen nach dem Brand war er sehr beschäftigt, aber er hat stets darauf geachtet, dass du in guten Händen bist. Er hat sich ernsthaft Sorgen um dich gemacht.«

»Aber warum hat er mich nach dem Brand nicht besucht?«

»Er hat dich aus den Flammen gerettet, oder nicht?«, antwortete sie.

»Ja, er hat sein Leben aufs Spiel gesetzt. Er ist ein edelmütiger, rechtschaffener Mann.«

Elizabeth schwieg, als überlege sie, ob sie weitersprechen solle. Dann drückte sie mir die Hand. »Liebe Harriet, kurz bevor Henry abgereist ist, hat er sich lange mit meinem Mann unterhalten. Soweit ich weiß, strebt er eine Verbindung mit Miss Merryweather an.« Sie seufzte. »Sie war noch in Schottland mit ihrer Familie, aber Henry hatte die Absicht, gleich nach ihrer Rückkehr nach Long Newton zu reiten und um ihre Hand anzuhalten.«

Es verschlug mir den Atem. Obwohl ich damit gerechnet hatte, schmerzten Elizabeths Worte.

»Das tut mir sehr leid, Harriet.«

»Aber das kann doch nicht der Grund dafür sein, dass Henry mir gegenüber so kühl ist.«

»Es ist denkbar, dass Miss Merryweather seine Freundschaft mit dir als Bedrohung ansieht. Vielleicht ist es daher richtig, dass er von dir Abstand nimmt.«

»Aber wie könnte ich für Rosalind Merryweather eine Bedrohung sein?«, fragte ich bitter.

»Du bist schön, und du hast Grundsätze. Insofern stellst du eine sehr große Bedrohung dar.«

Ich schüttelte den Kopf. »Ich danke dir für deine lieben Worte, Elizabeth.« Dann knüllte ich den Brief zusammen. »Würdest du mich bitte entschuldigen? Ich möchte eine Weile in mein Zimmer gehen.«

Elizabeth und ich sprachen nicht wieder von Henry. Ich wusste, dass sie sich Gedanken um mich machte, und einige Male fragte sie mich noch nach meinen Gefühlen für ihn, aber ich schüttelte nur den Kopf. Es war leichter, wenn ich mich nicht mehr mit dem Thema beschäftigte. Ich wappnete mich gegen jegliche Gedanken an Henry und versuchte so, mein gebrochenes Herz zu heilen.

Der Brand hatte mich zwar stark mitgenommen, aber ich war jung und widerstandsfähig. Schon nach wenigen Wochen mit gutem Essen und viel Schlaf war meine Gesundheit wiederhergestellt. Da ich mich jedoch nur im Haus aufhielt, wurde ich immer rastloser, bis Elizabeth mir vorschlug, jeden Morgen einen langen Spaziergang zu machen. Mit der Zeit wurde ich fast süchtig nach diesem Gang, und ich verzichtete nie darauf, ganz gleich, wie kalt oder nass es war. Ich borgte mir derbe Stiefel von Elizabeth und wanderte, bis mir die Füße wehtaten und der Schmerz in meinem Herzen nachließ. Die Ufer des Tees und die ganze Landschaft sind malerisch, und ich fand neue Pfade am Fluss entlang und über die Wiesen. Irgendwann wurde mir klar, dass ich bisher nur einen Weg gemieden hatte: den Weg nach Teesbank Hall.

Etwa sechs Wochen nach dem furchtbaren Brand fühlte ich mich endlich kräftig genug, um zum Herrenhaus zurückzukehren, und ich folgte dem Weg, den ich damals im März gegangen war. Dazwischen schien ein ganzes Leben zu liegen, so viel war seither geschehen. Damals war alles neu und fremd für mich gewesen, doch jetzt war dieser Landstrich mir so vertraut, als wäre er ein Teil von mir.

Ich folgte der Jackson's Lane zum Fluss hinunter. Als ich um die Ecke bog, erwartete ich aus lauter Gewohnheit, Teesbank Hall wie immer vor mir zu sehen. Doch vom Herrenhaus war nicht mehr als ein Gerippe übrig geblieben. Die oberen Stockwerke ragten gefährlich unsicher vor dem kalten blauen Himmel auf, und über dem Gelände hing immer noch der Geruch nach Feuer und beißendem Rauch. Ich konnte die Ruine nicht betrachten, ohne an die Brandnacht zu denken. Während ich davorstand, durchlebte ich noch einmal das Chaos, die Angstschreie, das furchtbare Knistern der Flammen, die das Hause fraßen, und dann meinen eigenen Zustand, wie ich nach Luft ringend im feuchten Gras lag.

Jetzt war hier alles totenstill. Die einzigen Zeichen für Leben waren die Brachvögel, die am Himmel kreisten und tanzten. Leise und ehrfürchtig ging ich weiter. Die Ruine erschien mit wie ein Symbol für den Untergang der Familie Wainwright, und ich sann darüber nach, dass wir, auch wenn wir uns noch so sehr bemühen können, irdischen Ruhm zu erlangen, jedoch nicht verhindern können, dass er uns in einem einzigen Augenblick wieder genommen wird. Das Herrenhaus hatte für Joshua Wainwrights Versuch gestanden, eine Dynastie zu gründen. Jetzt lag es in Schutt und Asche. Ich blickte über die Trümmer hinweg auf die Schönheit des Flusses und der Wiesen, auf die schlichte Pracht des Waldes, der noch mit dem letzten herbstlichen Gold und Orange gesprenkelt war. Diese Landschaft wird fortdauern, dachte ich.

Während ich tief in derartige Betrachtungen versunken war, hörte ich Pferde, die sich näherten, und Männerstimmen. Da ich hinter einer Ecke der Ruine stand, würden sie mich erst sehen können, wenn sie fast bei mir waren. Ich erkannte Henrys Stimme. Wie soll ich meine Gefühle beschreiben? Einerseits freute ich mich unbändig darüber, den Mann, der mir immer noch so lieb und teuer war, in meiner Nähe zu wissen. Andererseits aber war ich verletzt, weil er sich in der Gegend aufhielt und sich offenbar entschieden hatte, mich nicht zu besuchen.

Immerhin hatte ich einige Momente Zeit, um meine Gefühle zu sortieren und eine gelassene Miene aufzusetzen, bevor wir uns unvermeidlich begegnen würden, denn sie ritten genau in meine Richtung.

Als Henry mich sah, bekam er vor Überraschung und, so fürchtete ich, auch vor Verlegenheit einen roten Kopf.

Er stieg vom Pferd und verbeugte sich vor mir. »Miss Caldwell – Miss Fleet, meine ich, ich hatte nicht erwartet, Sie hier zu treffen.«

»Sir, ich hatte das Bedürfnis nach frischer Luft, daher bin ich von Eaglescliffe hierher spaziert.«

»Das Haus wurde fast völlig zerstört«, sagte er, indem er

auf die schwarzen Reste seines früheren Zuhauses deutete. Dann setzte er hinzu: »Mögen Sie noch ein wenig weitergehen, Miss Fleet? Es gibt einige Dinge, die ich mit Ihnen besprechen muss.«

Er drehte sich zu den beiden anderen Reitern um, zwei Herren, die ich noch nie gesehen hatte. Sie wirkten tüchtig und zielstrebig. Beide waren gut gekleidet, sie trugen Zylinder und den zu jener Zeit beliebten Übermantel. »Meine Herren, bitte entschuldigen Sie mich kurz«, sagte Henry. »Ich habe unerwartet Miss Fleet getroffen, eine Bekannte von mir, und ich möchte gern unter vier Augen mit ihr sprechen.« Die Herren willigten ein, und Henry bot mir seinen Arm.

Als wir uns ein wenig von den anderen entfernt hatten, wandte er sich mir zu und musterte mich. »Sie scheinen sich von den Auswirkungen des Brandes recht gut erholt zu haben«, sagte er.

»Ja«, erwiderte ich. »Ich war kurze Zeit krank, aber jetzt fühle ich mich wieder viel kräftiger und ganz so wie früher.«

»Das freut mich«, sagte er.

Daraufhin entstand ein verlegenes Schweigen. Mein Herz quoll über von all dem, was ich ihm sagen wollte, aber meine Zunge konnte die Worte nicht bilden. Vor allem bewegte mich die Frage, wie er sich hier ganz in der Nähe von Eaglescliffe aufhalten konnte, ohne mich zu besuchen. Ich wusste, dass ich ihm viel zu verdanken hatte. Er hatte mich aus dem brennenden Herrenhaus gerettet und mich aus den Fängen meines Onkels befreit. Selbst wenn ich mich geirrt hatte, als ich glaubte, er hege freundschaftliche Gefühle für mich, schuldete ich ihm doch tiefe Dankbarkeit. Und so war ich es, die das peinliche Schweigen zwischen uns brach. »Ich muss mich bei Ihnen bedanken, Sir, weil Sie mir das Leben gerettet haben.«

Er machte eine wegwerfende Handbewegung, als sei das nicht der Rede wert. Dabei hatte er sein Leben aufs Spiel gesetzt, als er mit dem Schlüssel ins Dachgeschoss zurückgekehrt war. Wie leicht hätte das brennende Gebäude für ihn zur Todesfalle werden können.

»Außerdem muss ich Ihnen dafür danken, dass Sie sich bei Thomas Stepford für mich verwendet und mich aus den Verpflichtungen ihm gegenüber befreit haben.«

Jetzt schien Henry sich wohler zu fühlen, weil wir uns auf dem sicheren Boden eines neutralen Themas befanden. Er erklärte mir ausführlich, dass er das Glück gehabt hatte, die Dienste von Cragside, Johnson und Co., einer der besten Anwaltskanzleien in London, in Anspruch nehmen zu können, und dass sie die Verhandlungen mit meinem Onkel geführt hätten. Thomas Stepford jedoch hatte anfänglich darauf beharrt, dass er und Lucy meine einzigen noch lebenden Verwandten seien, und da sie mich so ins Herz geschlossen hätten, könne er seine Vormundschaft über mich nicht aufgeben. Henry berichtete, der Fall sei ihm hoffnungslos erschienen, doch seine juristischen Berater hätten ihm versichert, das sei nur ein Schachzug von meinem Onkel, um den Preis für meine Freiheit in die Höhe zu treiben. Diese Annahme erwies sich als richtig. Als Henrys Kanzlei ein drittes Angebot gemacht hatte, hatte Onkel Thomas Stepford sich in der Lage gesehen – kaum dass die Tinte auf dem Vertrag getrocknet und das Geld bei ihm angekommen war –, seine tiefe Zuneigung zu mir aufzugeben.

Als Henry seinen Bericht beendet hatte, zwang ich mich, mit ruhiger Stimme zu sagen: »Ich glaube, es ist angebracht, dass ich Ihnen meine Glückwünsche zu Ihrer Verlobung mit Miss Merryweather ausspreche. Mrs Sterling hat mir von dem frohen Ereignis erzählt.«

Doch jetzt schüttelte er den Kopf. »Die Verlobung wird nicht stattfinden. Gleich nach dem Brand wollte ich tatsächlich um Miss Merryweathers Hand anhalten, aber als ich die Familie besuchte, stellte ich fest, dass die Verhältnisse sich verändert hatten.«

»Inwiefern?« Ich wurde hellhörig.

»Die Merryweathers hatten ihren Aufenthalt in Schottland verlängert, weil sich zwischen ihrer Tochter und meinem Studienfreund Richard, unserem Reisegefährten, eine große Zuneigung anbahnte.«

»Sie meinen den Richard, dessen Familie halb Northumberland gehört?«

»Genau den. Als ich in Long Newton ankam, waren Rosalind und Richard bereits miteinander verlobt.«

»Das tut mir sehr leid, Henry. Sie müssen sehr traurig sein.« Ich stellte mir vor, dass ihm das Herz ähnlich schwer war wie mir.

»Ach nein – nein, gar nicht«, entgegnete er.

Als er meine Verwirrung sah, fuhr er fort: »Ich hatte das Gefühl gehabt, ich wäre moralisch verpflichtet, Rosalind zu heiraten, weil mein Verhalten ihr gegenüber den Anschein erweckt haben musste, dass ich ernste Absichten hatte. Ich wollte die Familie nicht enttäuschen. Aber …« Er verstummte.

Ich musste nachfragen: »Aber?«

»Aber ich war ungeheuer erleichtert, dass sie sich in einen anderen Mann verliebt hatte.«

Ich war sprachlos.

»Sie hat sich natürlich tausendmal entschuldigt und war sehr liebenswürdig zu mir, aber sie sagte, in meiner Abwesenheit habe sie mehr und mehr Zeit mit Richard verbracht und festgestellt, dass sie viele Ähnlichkeiten mit ihm habe. Wenn Rosalind und ich hingegen länger zusammen waren, merkten wir, dass wir uns wenig zu sagen hatten und uns so gar nicht ähnlich waren. Ich fand sie«, er suchte nach Worten, »ganz reizend, aber mehr auch nicht.«

Ich hatte den Blick im Gehen fest auf den Boden geheftet, aber jetzt spürte ich einen Funken Hoffnung. An einer Wegbiegung blieben wir beide stehen und sahen uns an, so eindringlich, dass die Zeit stillzustehen schien. Ich betrachtete seine geliebten Gesichtszüge und wünschte mir, er würde mich in die Arme schließen und sagen, dass er mich nie verlassen würde. Dann fing ich an zu sprechen, zögernd, denn was ich sagen wollte, war äußerst bedeutsam und konnte über mein ganzes Leben entscheiden.

»Henry, ich bin Ihnen dankbar für alles, was Sie für mich getan haben, und ich werde für immer in Ihrer Schuld stehen, aber … aber …« Jetzt rang ich nach Worten, bis ich schließlich unverblümt fragte: »Wie kann es sein, dass Sie hier sind und mich nicht aufgesucht haben?«

Sein Blick schweifte ab. Ich hoffte, er würde sagen, er sei

gerade erst in der Gegend eingetroffen und hätte mich unverzüglich aufgesucht, wenn er seine dringende geschäftliche Angelegenheit geregelt hätte.

Doch nun zögerte Henry seinerseits. »Ich hatte in den vergangenen Wochen viel zu tun. Das Haus ist, wie Sie sehen, nur noch eine Ruine, und das Vermögen meiner Familie existiert nicht mehr.«

Erst später erfuhr ich die ganze Wahrheit hinter dieser Feststellung. Sogleich nachdem Joshua Wainwright gestorben war, hatte Matthew Wainwright begonnen, den größten Teil der Kohlegruben seines Vaters zu verkaufen und stattdessen Ländereien zu erwerben. Er war bestrebt, in den Landadel aufzusteigen, hatte aber durch Verschwendung, Maßlosigkeit und falsche geschäftliche Entscheidungen nahezu das ganze Vermögen verloren oder verschleudert. Wie sich herausstellte, hatte er mehrere Hypotheken auf das Herrenhaus aufgenommen, um sich neues Kapital zu verschaffen. Als Teesbank Hall abbrannte, waren diese Kredite nicht mehr gedeckt. Die beiden Herren, die Henry begleiteten, kamen im Auftrag der Bank. Sie wollten prüfen, ob es noch Vermögenswerte gab, welche die ungeheure Schuldenlast zumindest zum Teil tilgen konnten.

Henry wandte sich von mir ab und ging ein paar Schritte weiter. Ich beeilte mich, ihn einzuholen. »Es tut mir leid, dass es Ihre Familie so schlimm getroffen hat, aber trotzdem bin ich traurig darüber, dass Sie mich nicht sehen wollten. Ich hätte Ihnen den Trost einer guten, dankbaren Freundin bieten können. Auch wenn Sie mich nicht lieben –«, hier, muss ich bekennen, versagte mir fast die Stimme, und ich musste ein Schluchzen unterdrücken, »– auch wenn Sie mich nicht so lieben, wie ich Sie liebe, sind Sie doch mein Beschützer und mein Freund gewesen, als ich Schutz und Freundschaft brauchte, und ich möchte Ihnen voller Dankbarkeit eine innige Freundschaft und meine ganze Unterstützung anbieten.«

Henry blieb stehen und wandte sich zu mir um. Dann ergriff er meine Hände und sah mir wieder in die Augen – ach, hätte ich diesen Moment doch für immer festhalten können! »Meine teure Harriet«, sagte er, »ich liebe dich von ganzem Herzen. Daher ist das, was ich tun muss, umso schwerer für mich.«

»Das verstehe ich nicht, Henry. Was beabsichtigen – was beabsichtigst du?« Das ungewohnte Wörtchen Du fühlte sich köstlich an auf meiner Zunge.

Er sah mich unverwandt an und hielt weiter meine Hände. »Eleanor ist krank«, sagte er. »Das Feuer hat ihre Lungen stark geschädigt, und hinzu kommen Gott weiß welche Gemütsleiden. Vater will sie immer noch nach Gate Helmsley schicken.«

»Das wäre ihr Ende«, sagte ich.

»Ja, und nur weil ich versprochen habe, die Verantwortung für sie zu übernehmen, hat er seine Drohung noch nicht wahr gemacht. Zurzeit wohnt Eleanor bei meinem Onkel in York, und sie lässt nicht zu, dass sich außer mir jemand um sie kümmert. Ich mache mir Sorgen, wie es werden soll, wenn ich in Geschäften unterwegs bin. Ich kann sie nicht für längere Zeit allein lassen.«

»Sie erpresst dich!«, rief ich unwillkürlich aus.

Er sah mich seltsam an. Vermutlich dachte er, ich hätte kein Mitgefühl mit Eleanor, denn es war klar, dass sie sich nur auf Agnes' Betreiben an diesem furchtbaren Racheakt beteiligt hatte. Agnes hatte Eleanors Verzweiflung zynisch ausgenutzt, sie hatte Eleanors Fantasien in diesem Haus der Geheimnisse und des Mordes weitere Nahrung gegeben. Aber wie konnte man von mir erwarten, dass ich Eleanor vergab? Und jetzt sah es so aus, als sei der Mann, den ich liebte, im Begriff, sich für seine Schwester aufzuopfern.

Henry ging nicht auf meinen Zwischenruf ein, sondern fuhr fort: »Als wir Kinder waren, waren meine Eltern so sehr mit ihrem eigenen Kummer beschäftigt, dass sie uns keine große Zuneigung entgegenbringen konnten. Daher sind Eleanor und ich uns näher als die meisten Geschwister, und ich kann nicht zulassen, dass Vater sie in Gate Helmsley verkommen lässt.«

Ich nickte verständnisvoll und unterdrückte mühsam die Worte, die mir auf der Zunge lagen. Wie gern hätte ich ihn umgestimmt.

»Ich habe dich nicht besucht, weil ich nicht wusste, wie ich dir meine Handlungsweise erklären sollte. Ich habe mich nach dir gesehnt, aber ich musste dir so vieles sagen, und daher habe ich eine Begegnung immer wieder hinausgeschoben.«

Ich fürchtete, das Herz würde mir zerspringen.

»Ich habe keine andere Wahl, ich muss mich Eleanors Pflege widmen, bis sie sich erholt hat oder bis sie stirbt. Das kann niemand anders übernehmen, und ihr Leben ist auch so schon qualvoll genug.«

Aber was ist mit mir?, hätte ich am liebsten gerufen. Wieder beherrschte ich mich. Was Henry sagte und was er beabsichtigte, war ehrenwert und richtig. Eleanor war schutzbedürftig. Ohne Henry würde sie nicht überleben. Doch mir brach seine Entscheidung das Herz. Ich gehöre nicht zu den Frauen, die leicht weinen, daher erscheine ich vermutlich manchmal gefühllos, so, als mangele es mir an weiblicher Empfindungsfähigkeit. Doch mein rasender Kummer ging tiefer als die Gefühle, die bei anderen Frauen so schnell Tränenfluten auslösen. Ich konnte nicht sprechen und brauchte ein Weilchen, um die Fassung wiederzugewinnen. Und dann würde ich meinen geliebten Henry, meine große Liebe, für immer verlassen.

Henry sah mich jetzt nicht mehr an. Ich hatte das Gefühl, dass er mir eine kleine Gnadenfrist gewährte, damit ich seine Worte auf mich wirken lassen konnte, bevor wir uns endgültig trennten. Doch da sagte er: »Du zweifelst vermutlich an der Wahrhaftigkeit meiner Gefühle, weil ich sage, dass wir voneinander scheiden müssen. Doch ich liebe dich aufrichtig. Wenn ich dich bitten könnte, auf mich zu warten, bis Eleanor mich nicht mehr braucht, dann könnten wir heiraten. Aber möglicherweise ist sie ihr Leben lang von mir abhängig, und ein so großes Opfer darf ich nicht von dir verlangen. Es wäre eigensüchtig von mir, wenn ich dich jetzt überreden wollte, deine Jugend fortzuwerfen, vielleicht auch deine Aussicht, Kinder zu bekommen.«

Während er sprach, begann meine Welt, sich wieder zu drehen, und ich spürte, dass der Boden unter meinen Füßen mich wieder trug.

»Ich bin kein wohlhabender Mann mehr. Als ich erfuhr,

wie groß der Schuldenberg meiner Familie ist, war mir klar, dass ich niemals werde heiraten können. Ich würde nichts als Schulden mit in die Ehe bringen, und dazu das schlechte Blut der Wainwrights.« Vor innerer Qual knirschte er mit den Zähnen.

Daraufhin konnte ich nicht mehr schweigen. Wie war es möglich, dass er geglaubt hatte, ich liebte ihn wegen seines großen Vermögens? Mit leidenschaftlichen Worten versicherte ich ihm, dass ich mit Freuden bis in alle Ewigkeit auf ihn warten würde. Dass ich keinen anderen Mann lieben könne und eher mein Leben mit dem Warten auf ihn hinbringen wolle, als mit dem reichsten Mann der Welt ein Luxusleben zu führen. Wir tauschten Schwüre und Versprechen aus. Ich glaube, wir weinten beide. Er hielt mich so zärtlich in den Armen, als wäre ich die schönste und kostbarste Frau der Welt. Und wir küssten uns. Mein Glück war vollkommen, auch wenn unsere eheliche Verbindung bis zu einem unbekannten Zeitpunkt aufgeschoben werden musste, denn endlich wusste ich, dass Henry mich herzlich liebte.

Epilog

In den ersten Tagen nach dem Feuer schrieben die Ärzte Eleanor als dauerhaften Pflegefall ab. Umso erstaunter waren sie daher, als sie sahen, mit welcher Entschlossenheit ihre Patientin kämpfte, um sich von den Folgen des Brandes zu erholen. Und dass sie aus dem Gefängnis Teesbank Hall mit all seinen Schrecken befreit worden war, führte dazu, dass auch ihr Gemüt allmählich genesen konnte. Mit der gleichen Hartnäckigkeit jedoch, mit der sie am Leben hing, hielt sie auch an ihrem Verdacht fest, dass ich seit jeher geplant hatte, ihr den Bruder zu rauben. Das bedeutete, dass wir uns nicht im gleichen Raum aufhalten konnten, sodass Henry seine Zeit zwischen uns beiden aufteilen musste. Und selbst in späteren Jahren behielt Eleanor eine gewisse Frostigkeit mir gegenüber bei.

Ein unerwartetes Ergebnis des Brandes war, dass Eleanor Medizin studieren wollte. Sie hatte aus nächster Nähe miterlebt, welche Macht Ärzte über Leben und Tod besaßen, und beneidete sie um ihr Wissen. Wie nicht anders erwartet, waren ihre Eltern bei dieser Aussicht entsetzt, aber als Eleanor einundzwanzig und damit volljährig wurde, konnten sie ihr dieses Vorhaben nicht mehr verbieten. Sie hatte sich fast vollständig von ihren Verletzungen erholt und flüchtete nach London. Lilian Howard, ihre Freundin und frühere Gouvernante, stand ihr dabei zur Seite. Mittlerweile unterrichtete Lilian an einem Internat in Kentish Town, daher konnte sie Eleanor auch finanziell unterstützen. Eleanor gehörte zu den ersten Studentinnen, die sich an der Medizinischen Hochschule für Frauen in London immatrikulierten. Sie war eine der besten Studentinnen ihres Jahrgangs.

Als sie 1881 ihren Abschluss machte, erklärte Mr Wainwright, sein einziger Trost sei es, dass seine Mutter tot sei und ihr daher die Schande, eine Ärztin in der Familie zu haben, erspart bleibe. Eleanor und Lilian bezogen ein dreistöckiges Haus in Camden. In ihrer Freizeit fuhren sie Fahrrad oder beschäftigten sich mit avantgardistischer Literatur. Lilian wirkte lange Zeit als Vorkämpferin für das Frauenwahlrecht und saß deswegen mehrmals im Gefängnis. Eleanor arbeitete viele Jahre in einem Krankenhaus für Frauen, wo sie sich auf die Behandlung von Verbrennungen spezialisierte.

Ihre Gesundheit war angegriffen, weil ihre Lunge durch den Brand geschädigt war. Lilian und sie planten ihren Ruhestand lange im Voraus, und als es so weit war, zogen die beiden in das Dörfchen Far Oakridge in den Cotswolds, in ein Haus mit einem großen, verwilderten Garten. Doch ihr Traum von der ländlichen Idylle wurde durch den Ausbruch des Großen Krieges zerstört. Eleanor ließ sich überreden, wieder als Ärztin zu arbeiten, und praktizierte im Militärkrankenhaus in Kent, wo sie sich mit ihrer schroffen Art und ihrer bahnbrechenden Arbeit auf dem Gebiet der Behandlung von Verbrennungen einen Namen machte.

Leider ist sie im vergangenen Jahr gestorben, wohl auch, weil sie im Krankenhaus so viele Überstunden gemacht hatte, und so konnten Eleanor und Lilian den Frieden und die Stille in Far Oakridge nur kurze Zeit genießen. Für Lilian war es ein gewisser Trost, dass Eleanor in Nachrufen, die in der *Times* und im *Manchester Guardian* erschienen, für ihren Beitrag zum medizinischen Fortschritt glühend verehrt wurde.

Henry ist immer ein Fels in der Brandung geblieben, und unsere Liebe zueinander hat nie nachgelassen. Der Tag, als wir in der Kirche St. Johannes der Täufer getraut wurden, war der glücklichste meines Lebens. Ich ging damals schon auf die dreißig zu, aber mein Herz floss über vor Liebe, und ich glaube, mein glückstrahlendes Gesicht war mindestens ebenso schön wie das einer jugendfrischen Braut. Es war eine stille Hochzeit, bei der nur eine Handvoll enger Freunde zugegen waren. Die Sterlings waren natürlich dabei, und Elizabeth war meine Trauzeugin. Richard und Rosalind Wardhaugh reisten von ihrem Landgut in Bamburgh an und schenkten uns ein kostbares silbernes Teeservice, das wir immer noch benutzen, wenn wir Besuch haben. Mrs Jenson war auch unter den Gästen und hatte sich für diesen Anlass einen üppig mit Federn geschmückten Hut zugelegt. Matthew und Susan Wainwright lebten weiterhin in York, weigerten sich aber standhaft, zur Trauung zu kommen. Eleanor jedoch reiste an – vermutlich hatte Lilian sie dazu überredet. Zwischen uns fand etwas wie eine Versöhnung statt, allerdings erklärte sie, Henry und ich seien sehr provinziell und langweilig geworden.

Ich wünschte mir Kinder, aber dieser Segen blieb uns verwehrt. Ich weiß, dass Henry froh darüber war, denn er glaubte felsenfest, dass in seinen Adern verdorbenes Blut floss und dass es richtig war, wenn seine Familie mit ihm ausstarb, auch wenn ich immer wieder versuchte, ihn zu überzeugen, dass er ein guter, ehrenwerter Mensch war.

Jedenfalls erfüllte unser Zusammenleben mich vollkommen, und wir haben unsere gemeinsamen Jahre in größter Zufriedenheit verbracht. Wir wohnen in einem hübschen Häuschen in Eaglescliffe, und obwohl diese Landschaft so anders ist als das sanfte, in goldenes Sonnenlicht getauchte Norfolk meiner Kindheit, fühle ich mich hier zu Hause. Vom Reichtum der Wainwrights ist nichts übrig geblieben. Obwohl Teesbank Hall nur zwei Meilen entfernt ist, sind wir erst nach vielen Jahren einmal dorthin zurückgekehrt. Nach dem Brand war das Anwesen mit allen Ländereien in den Besitz der Bank übergegangen. Ich vermute, man hatte gehofft, durch den Verkauf einen großen Gewinn zu erzielen, aber schließlich erwarb eine Familie neureicher Werftbesitzer die Ruine und das dazugehörige Land zu einem deutlich geringeren Preis, als die Bank ursprünglich verlangt hatte.

Die Bewohner von Eaglescliffe nahmen Henry und mich wohlwollend auf, und wir fanden unseren Platz in dem Ort. Wir haben einen kleinen Kreis guter Freunde und leben von dem bescheidenen Einkommen, das die Dorfschule, die wir führen, uns bietet. Das Mordhaus wird uns gegenüber nicht erwähnt, und in unserer Gegenwart spricht niemand von den Ereignissen der Vergangenheit. Ich weiß aber, dass wilde Gerüchte kursieren. Ich glaube fast, man bringt uns mit diesen Schauergeschichten gar nicht in Verbindung, denn wir dürfen hier still und friedlich unser Leben verbringen.

Ein einziges Mal sind wir nach Teesbank zurückgekehrt, jedoch nur auf das Gelände. Henry und ich bewegen uns nicht in den gleichen Kreisen wie die neuen Besitzer, doch einmal öffneten sie den Garten, um Geld für die Frauen zu sammeln, deren Männer im Großen Krieg ums Leben gekommen waren.

Es war seltsam, an einem so vertrauten Ort zu sein, der sich jedoch sehr verändert hatte. Das Herrenhaus war ganz und gar abgerissen worden, und an seiner Stelle hatte man ein Ungetüm aus rotem Backstein errichtet. Die Gartenanlagen waren erhalten geblieben, und ich fand darin die Spuren unserer jugendlichen Gestalten von vor nahezu fünfzig Jahren wieder. Henry und ich waren mit einer Gruppe unserer Kirche unterwegs, blieben jedoch ein wenig zurück. Henry hatte Schwierigkeiten beim Gehen, und das nutzte ich als Vorwand, um mich aus dem allgemeinen Trubel und Geplauder herauszuziehen. Wir sprachen nicht miteinander, aber wir gingen noch ein wenig dichter nebeneinander her und atmeten die bittersüßen Erinnerungen ein.

Als wir ans Bootshaus kamen, wurden die Erinnerungen am deutlichsten. Da es ein gutes Stück vom Herrenhaus entfernt lag, hatte der Brand es nicht beschädigt. Mir scheint, die Ehefrau des Besitzers war von dem eigentümlichen Häuschen bezaubert gewesen, und da sie nicht aus der Umgebung stammte und nichts von seiner blutigen Vergangenheit wusste, hatte sie dafür gesorgt, dass es erhalten blieb. Man hatte es liebevoll hergerichtet und gerade frisch gestrichen.

Hier fühlte ich mich in die Vergangenheit zurückversetzt. Im Bootshaus war vor vielen Jahren die verstümmelte, geschändete Leiche von Samuel Wainwright gefunden worden, hier hatten sich Arielle Marchal und Matthew Wainwright heimlich getroffen, um ihrer Lust zu frönen, die so viel Leid gebracht hatte. Doch hier war auch der Ort, an dem Henry und ich uns verliebt hatten, verborgen vor den neugierigen Blicken der anderen Hausbewohner.

Es war ein wunderschöner, sonniger Tag, aber als ich auf der Schwelle des Bootshauses stand, erinnerte ich mich an mein Frösteln, als Eleanor mich zum ersten Mal zum Eintreten aufgefordert hatte. Ich zögerte einen Moment, weil ich fürchtete, dass ich erneut die kalte Hand der Vergangenheit spüren würde, die nach der Gegenwart griff. Ich betrat das Häuschen und blinzelte, während meine Augen sich nach dem blendenden Sonnenschein an das Dämmerlicht des Innenraumes gewöhnten.

Doch ich spürte nichts. Die Erinnerungen waren verblasst. Lag es daran, dass die Hauptpersonen der Tragödie alle tot waren? Matthew Wainwright und seine gefühlskalte Frau Susan, Diana, die herrschsüchtige Matriarchin, und Arielle, die verletzte, mörderische Gouvernante – sie alle waren gestorben, und mit ihnen waren auch die Gespenster der Vergangenheit für immer verschwunden.

Dank

Ein großes Dankeschön geht an meine exzellente, wunderbare Lektorin Jane Wood, weil sie immer so positiv und so einfühlsam ist, und an das Team bei Quercus, insbesondere an Florence Hare und Hazel Orme, über deren Feedback ich lächeln musste. Ich danke auch meinem fantastischen Agenten Giles Milburn für seine unschätzbare Hilfe und Unterstützung vor allem im Manuskriptstadium und allen anderen Mitarbeitern der Madeleine Milburn Literary Agency, insbesondere Rachel Yeoh.

Sehr dankbar bin ich auch Tammy Evans, Catrin Huws, Tony Widdrington, Kathryn Donnelly und Sue Gardner für ihre unglaubliche Begeisterung, ihre tollen Ratschläge und ihre Freundschaft. Ich weiß nicht, ob ich es ohne ihre Ermutigung geschafft hätte, die verschiedenen Fassungen dieses Romans fertigzustellen.

Und zum Schluss alles Liebe und ein großes Dankeschön an Izzy und Maddie, weil sie mir wegen der vielen Stunden, die ich mit dem Schreiben verbracht habe, nicht böse waren (und weil sie überhaupt wunderbar sind), an meine Eltern, weil sie mich stets unterstützen, und an meinen lieben Mann Mark, der immer an mich und an diesen Roman geglaubt hat.

Ein Herrenhaus und sein düsteres Geheimnis

Coveränderungen vorbehalten

Laura Andersen

Das Haus der tausend Fenster

Roman

Aus dem amerikanischen Englisch
von Sabine Schulte
Piper Taschenbuch, 384 Seiten
ISBN 978-3-492-31730-6

Juliet ist überwältigt, als sie das alte Familienanwesen Havencross zum ersten Mal sieht. Die junge Historikerin wurde von den Eigentümern beauftragt, das riesige Haus zu entrümpeln, bevor es in ein Hotel verwandelt werden soll. Doch eines Nachts hört Juliet Schritte und glaubt, die Gestalt eines Kindes zu erkennen – sieht sie Geister? Um sich abzulenken, stürzt sich Juliet in die Geheimnisse von Havencross und stößt auf die Legende vom verschollenen Jungen.

Leseproben, E-Books und mehr unter www.piper.de